NUANCES D'HENRY

AMY LANE

NUANCES D'HENRY

AMY LANE

DREAMSPINNER PRESS

Publié par
DREAMSPINNER PRESS

5032 Capital Circle SW, Suite 2, PMB# 279, Tallahassee, FL 32305-7886 USA
www.dreamspinnerpress.com

Nuances d'Henry
Copyright de l'édition française © 2023 Dreamspinner Press.
Titre original : Shades of Henry
© 2020 Amy Lane.
Première édition : mars 2020
Traduit de l'anglais par Emmanuelle Guilluy.

Illustration de la couverture :
© 2020 L.C. Chase.
http://www.lcchase.com
Conception graphique :
© 2023 L.C. Chase.
http://www.lcchase.com
Les éléments de la couverture ne sont utilisés qu'à des fins d'illustration et toute personne qui y est représentée est un modèle

Édition e-book en français : 978-1-64108-568-7
Édition imprimée en français : 978-1-64108-569-4
Première édition française : mars 2023
v 1.0

Édité aux États-Unis d'Amérique.

Celui-ci est pour Desi, Brenda et Mary, bien sûr – parce que tout le monde était aussi investi dans Henry que je l'étais, et c'était tout pour moi. Et aussi pour Mate et les enfants – parce que ma maison est simplement parfois cet endroit foldingue, et Mate est mon partenaire, qui regarde le chaos, puis moi et dit : « OK… Alors, comment on s'occupe de ça ? »

RÉVEILS BRUTAUX

HENRY CONNAISSAIT l'odeur du lit d'un hôtel bon marché. Durant leurs neuf années dans l'armée, Mal et lui avaient été en permission dans un millier d'endroits différents. Et le grincement des ressorts, l'odeur de sexe, le frottement des draps bas de gamme ?

C'était familier au point de lui en donner la nausée.

Excepté que son visage lui faisait mal et son épaule aussi, là où quelqu'un lui avait asséné un coup, et les articulations de ses mains avaient cette douleur de trois jours d'avoir été trop serrées.

Qui avait-il tabassé déjà ?

Ses yeux s'ouvrirent brusquement.

Non. Il n'avait donné aucun coup dans cette bagarre. Et Malachi l'avait en réalité trahi et avait arraché son cœur. Et sa famille avait pris le parti de Mal.

Alors pourquoi sentait-il le sexe ?

Il roula sur le lit double, sentit un endroit chaud – et un endroit humide – et grimaça. La nuit précédente était si floue. Seigneur. Le bus était arrivé à, quoi ? Dix heures trente, le soir d'avant. Il pleuvait, et il avait pris une chambre d'hôtel à proximité, et il y avait eu un type… pas trop moche. Yeux marron, cheveux châtains, un sourire enjôleur qui montrait toutes ses dents et des fossettes en prime.

Il avait été un peu éméché. Au début, Henry avait pensé que c'était de l'alcool, mais après que le type fut monté dans la chambre d'hôtel, il avait ouvert un petit flacon de pharmacie et en avait offert un à Henry. Et cela n'avait pas été de la vodka dedans.

Habituellement, les drogues auraient sacrément rebuté Henry, mais son visage lui faisait encore mal, et son cœur lui faisait encore mal, et il était seul à Sacramento – un endroit aussi étrange pour lui que lui l'était pour cette ville – et la seule personne qu'il devait contacter au matin pourrait tout aussi bien lui claquer la porte au nez.

Il n'en avait pas pris, mais il n'avait pas non plus viré Martin de la chambre.

1

La douche s'éteignit, et Henry fit basculer ses jambes par-dessus le bord du lit grinçant et se prit la tête dans les mains. Un nuage de vapeur et de shampoing d'hôtel entra dans la chambre avec Martin, et il sourit, l'air si suggestif, si obscène, que Henry sentit sa colère monter.

— Prêt pour un autre tour, soldat ?

— Non, merci, marmonna Henry. Je dois me doucher et dégager d'ici.

— C'est dommage, répondit Martin avec une moue clairement fausse. Tu es sûr que tu ne veux pas rester pour… un café ?

— Tout à fait, assura Henry en se levant tout en tenant le drap autour de sa taille.

— Eh bien, alors, pourrais-tu me donner un peu d'argent pour prendre un taxi ?

Ce fut dit avec un sourcil levé, et l'estomac d'Henry s'agita. Ce n'était même pas un coup d'un soir. Enfin, merci Seigneur pour les préservatifs et la PrPE [1].

Eh bien, le type aurait pu prendre son portefeuille et s'enfuir pendant que Henry dormait encore ; c'était quelque chose.

— Oui, bien sûr. Donne-moi mon pantalon. Mon portefeuille est…

Martin alla directement prendre le portefeuille dans la poche.

— … sur le côté.

Il se demanda s'il allait devoir courir après son coup d'un soir, nu dans le couloir au revêtement synthétique de cet hôtel merdique, mais Martin se figea quand il ouvrit le portefeuille.

— Henry ?

— C'est moi.

— Henry Matthew Worrall ?

Henry cligna des paupières et se frotta les yeux.

— Martin Qui-Que-Tu-Sois ?

Martin plissa les yeux et remit le portefeuille dans le pantalon d'Henry, avec l'argent liquide qu'il avait été sur le point de saisir.

— Sampson. Mais tu peux m'appeler Martin-Bientôt-Hors-de-Tes-Pattes, dit-il brusquement. Merci pour le bon moment, soldat. À un de ces quatre.

---

1 Prophylaxie pré-exposition, utilisée par les personnes séronégatives pour aider à prévenir la transmission du VIH.

Il s'habilla en disant ça, le genre de mouvements rapides et efficaces de quelqu'un qui était apparemment habitué à mettre et enlever souvent ses vêtements.

Puis il fut à la porte avant que Henry puisse se sentir gêné de ne pas vouloir laisser son portefeuille dans la même pièce que ce type, même si Martin venait juste de refuser un paiement pour ce qui avait été sur le point de devenir une transaction commerciale.

— Tu as dit que tu rendais visite à ton frère? demanda Martin avec précaution, son visage mince sans expression.

— Oui?

— Bien. J'espère que vous trouverez tous les deux le chemin du retour.

Et il partit.

Henry grogna et se frappa silencieusement la tête sur le poing. *Merde. Merde, merde, merde, merde, merde.* Un soupir. La merde était quelque chose qu'il devait rassembler dans un sac en papier tout de suite ou il allait fusionner avec ce lit vraiment horrible.

Neuf ans dans l'armée. Neuf ans à apprendre comment s'élever à la force du poignet et faire son putain de boulot, et il allait arrêter maintenant?

Il se leva, le dos droit, et laissa tomber le drap, puis attrapa les serviettes que Martin avait abandonnées sur le sol. Il avait l'adresse de son frère dans son téléphone et assez d'argent pour un taxi et un petit déjeuner. Et plutôt mourir que de laisser un bug dans son plan, comme Martin Sans-Nom-De-Famille, l'empêcher de continuer sa vie.

Amusant comme ce que le destin prévoyait et ce que nous prévoyions pour nous-mêmes étaient très rarement la même chose, pas vrai?

Pas vrai?

— HENRY? SÉRIEUSEMENT? C'est toi?

Henry souleva son sac marin par-dessus son épaule et tenta un sourire. Davy, son frère, avait toujours eu un sourire charmant. Henry avait appris à garder ses propres traits stoïques, même durant les neuf dernières années.

—Davy?

Oh, c'était plus difficile qu'il ne l'avait pensé.

Son frère David vivait dans une adorable petite maison, dans une agréable zone résidentielle de la ville à proprement parler. D'après les lettres de Davy les années précédentes, Henry savait que la valeur de l'immobilier à Sacramento était plutôt élevée, le jardin était petit et la maison avait seulement une vraie salle de bain et une chambre d'amis, mais il ne s'était pas attendu à ce qu'elle soit aussi… mignonne. Les gouttières et encadrements étaient peints en vert, le stuc peint d'une couleur crème pâle, la clôture récemment lasurée, et d'après l'aperçu qu'on en avait par-dessus la barrière, le jardin à l'arrière avait reçu un aménagement paysager.

La pelouse était coupée au même niveau que l'allée, et les arbustes à l'avant avaient récemment été taillés.

Ce n'était pas l'antre vulgaire de l'iniquité, comme son père l'avait dit avec mépris depuis que Davy avait fait son coming-out – pas simplement comme gay, mais comme ancien acteur de porno. C'était un foyer, jusqu'aux trois paires de couvre-chaussures en caoutchouc sous le porche, une paire recouverte de boue et de couleur rose, avec de petits parapluies partout dessus…

Le petit ami de Davy – mari, bon sang, mari ! – avait une nièce dont ils s'occupaient. Henry l'avait oublié jusqu'à ce qu'il arrive sous leur porche, et soudain, il ne pouvait décider qui était le plus obscène, son frère pour avoir fait son coming-out envers la famille et être parti ou Henry pour avoir été foutu à la porte de la ferme et traîner tous ses problèmes avec lui.

Mais Davy ouvrit ensuite la porte, et Henry arrêta de se poser des questions stupides.

— Henry ?

Il essaya d'offrir un sourire charmeur, mais avant même qu'il puisse se transformer en air renfrogné, son frère – qu'il avait méprisé avec leur père, parce qu'il était une pédale, une pute et une disgrâce pour la famille – lui sourit avec des larmes dans les yeux et enveloppa Henry dans le genre d'étreinte qu'il avait rêvé d'obtenir de sa famille, mais qu'il n'avait jamais eu.

UNE HEURE plus tard – après que Carlos, le petit… euh… mari de Davy eut emmené sa nièce à l'école, tout en lui lançant de nombreux regards suspicieux qu'il avait plus que mérités –, Henry était assis à table pour le petit déjeuner, mangeant des pancakes, buvant du café et se sentant à la fois plus heureux et plus coupable qu'il ne l'avait jamais été de sa vie.

— Est-ce que Papa m'insulte toujours dans mon dos ? demanda Davy.

4

Quelque chose dans sa voix semblait être douloureux, comme s'il se détestait de demander.

— Oui, dit Henry avec un soupir, les pancakes ayant soudain un goût de pneus. Je… je dois admettre, Davy. Jusqu'à très récemment, je le faisais aussi.

David avait les cheveux blonds et les yeux bleus de la famille, avec de hautes pommettes et un menton solide, une bouche généreuse et un genre d'innocence dans les yeux qui démentait le fait qu'il avait sans hésiter admis avoir financé son école de commerce en étant acteur de porno.

Henry avait eu du mal à accepter le fait que son frère – celui qui avait toujours pris soin des plus jeunes, le nourricier, celui qui avait sauvé leur frère cadet de la noyade et qui avait empêché leur sœur d'effrayer tous les garçons dans son adolescence turbulente – avait travaillé dans le porno. Il y travaillait *toujours,* si on en croyait les lettres de Davy à leur frère aîné. Derrière la caméra ou devant – du porno. Ce n'était pas une chose à laquelle Henry aurait pensé. Même si Davy était magnifique, incroyablement magnifique, comme peu d'hommes pouvaient le revendiquer, il semblait plus fait pour la paternité et la vie de bureau, malgré les gros muscles de ses bras et de son torse.

Et d'une certaine manière, cette beauté rendait son expression compréhensive plus difficile à supporter.

Henry repoussa son assiette et se leva.

— Écoute, tu sais, je devrais y aller. Tu n'as pas besoin de moi, avec toute l'attitude merdique de Papa, pas besoin que je m'incruste dans ta vie ici. Je devrais probablement…

— Assieds-toi et finis ton petit déjeuner, Henry, dit doucement Davy.

Les genoux d'Henry cédèrent vraiment, tant il était excité d'obéir à cet ordre.

— Tu as une sale gueule. Qui a fait ça à ton visage ?

Henry ouvrit la bouche pour mentir, mais il ne put le faire. Et il ne put pas non plus croiser le regard de son frère.

— Papa, souffla David. Moi, j'avais Kane pour me protéger quand il a essayé cette merde sur moi. Qui avais-tu ?

Kane. Parfois, Davy appelait son mari Kane, et celui-ci appelait Davy Dex – cela mettait vraiment la pagaille dans l'esprit d'Henry, et il ne voulait même pas penser au fait que l'habitude des noms alternatifs avait commencé quand ils avaient couché ensemble dans un film porno.

5

Henry secoua simplement la tête. Il n'avait pas été là quand Davy avait fait son coming-out, Carlos à ses côtés. Il se souvenait de ce sentiment dégoûtant, cependant, cette terreur que si jamais il faisait la même chose, personne ne prendrait sa défense, parce qu'il n'avait pris celle de personne d'autre. Du moins, pas dans leur famille, où d'après ce qu'en savait Henry, seul leur frère aîné, Travis, était toujours en contact avec Davy.

— Veux-tu me dire pourquoi ? interrogea David en hochant la tête.

— Non, répondit Henry en secouant la sienne.

— Est-ce que tu crois que je pourrais le deviner ?

David arqua un sourcil, et le rougissement d'Henry se transforma en suée immédiate, coulant de ses aisselles, piquant ses yeux.

— Seigneur, Davy. Je ne peux pas en parler, supplia-t-il en s'essuyant les yeux. Je... Je ne peux pas, même maintenant.

Son humiliation était palpable, si épaisse qu'il pourrait presque s'étouffer avec. Davy avait été préparé à laisser derrière lui tout ce qu'il était – il s'y était exercé, probablement depuis le moment où il s'était éloigné du Montana. Mais Henry s'était cramponné toute sa vie à sa famille, et il ne pouvait simplement pas parler de ce qu'il avait laissé sur le sol de la cuisine – avec beaucoup de son sang après que son père l'avait tabassé, lui, un adulte entraîné par l'armée, parce qu'il était gay.

Argh – les yeux de Davy étaient encore si sérieux.

— Je comprends. Mais tu vas devoir en parler un jour. Quant à savoir où te mettre, pourquoi ne restes-tu pas ici quelques jours ? Pour te doucher, faire ta lessive. Je te trouverai un ordinateur portable, et nous pouvons travailler sur ton CV.

— Je ne peux pas vivre ici, contra Henry en regardant autour de lui. C'est ta famille.

Il y avait des images sur le réfrigérateur, dont une avec une tortue tenant des fleurs, pour l'amour de Dieu, et une petite étagère de livres pour enfants dans un coin du salon. Et Henry était sale, qu'il le dise à son frère ou non.

— C'est trop petit, dit David d'un air sombre. Frances a l'autre chambre. Tout ce que nous avons pour toi est le canapé. Tu en es où niveau argent ?

— Pas génial. Je... j'économisais pour la fac, mais...

Un renvoi pour déshonneur ne s'accompagnait pas de paie.

— Tu as un peu, mais tu ne penses pas que ça ira loin, dit David, hochant la tête quand Henry le fit.

— Je peux faire un travail basique, lui dit Henry. Dans un fast food, travailler comme serveur… Simplement, j'ai…

— Besoin d'un endroit où commencer. Je comprends, acquiesça David, comme s'il prenait une décision. D'accord. Je pense que je peux organiser quelque chose pour toi. Ce sera plutôt sporadique, des petits boulots pour John, mon patron, et moi, en gros, mais nous avons parlé du besoin d'avoir un assistant, et il a été assez sympa pour accepter que Kane tienne les spots et fasse des trucs en postproduction pour gagner un salaire.

— Je ne devrai pas…

La panique d'Henry fit craquer sa voix. David lâcha un grognement clairement négatif.

— Non, tu ne devras pas tourner de scènes. Doux Jésus, Henry… je ne vais pas te prostituer sur pellicule alors que tu es désespéré. Nous prenons uniquement les volontaires. Kane et moi n'avons pas été filmés depuis deux ans, et l'affaire continue de grandir. Ne t'inquiète pas. Nous trouverons quelque chose. Ce que nous devons trouver, c'est un endroit où tu puisses vivre.

Le soulagement d'Henry fit couler de la sueur le long de son dos.

— Bon à savoir, lâcha-t-il d'une voix éraillée.

David leva de nouveau les yeux au ciel et continua à réfléchir. Il grimaça et le regarda directement.

— Il y a un endroit… Tu ne vas pas aimer. Un groupe de gars de chez Johnnies vit là-bas. C'est en quelque sorte une piaule… deux chambres et, genre, cinq types, ils vont et viennent et tout ça. Mais ce sont des bébés, vraiment. Je veux dire, oui, ils gagnent leur vie en faisant du porno, mais certains n'ont jamais vécu loin de chez eux. À l'exception du sexe… et comprends-moi bien, on peut pratiquement sentir le sperme dans l'escalier… c'est comme une pension de famille pour jeunes hommes. Ils pourraient avoir besoin d'un adulte pour les aider.

— Alors, tu veux, euh, une nounou pour stars du porno ?

Henry le regarda fixement, perplexe. Une autre expression venant de David lui donna l'impression d'être mesquin.

— Je travaille avec ces gars… j'apprécierais que tu ne l'exprimes pas comme ça, d'accord ? Comme je le disais, ce sont de bons gamins. Mais… tu sais. Faire son coming-out, les petites amies qui ne savent pas, les parents qui découvrent à propos du porno, les petits amis qui ne comprennent pas. La plupart d'entre eux ont dix-huit, dix-neuf ans. Je pense que le plus âgé est

Lance ; il a vingt-six, vingt-sept ans, et il fait de son mieux. C'est surtout le bazar avec les autres, et je... s'interrompit-il en se mordant la lèvre comme s'il avait mal. J'ai vu des crises *spectaculaires*. Des amis. Ce sont des amis qui ont vraiment besoin d'un gardien, que *quelqu'un* leur dise qu'ils en valent la peine et de ne surtout rien faire qui puisse tous nous blesser.

Henry reprit sa respiration. Automutilation. Drogues. Comportements dangereux. Il pouvait voir tout ça fondre sur des jeunes gens stupides. Ou de stupides jeunes gens. Ou simplement des gamins comme il l'avait été, sans le support de l'armée et une histoire frappante pour expliquer pourquoi il passait autant de temps avec Mal.

Henry avait vingt-sept ans, était entraîné au combat physique, et il avait laissé son père le tabasser parce qu'il pensait qu'il le méritait. Que ferait un adolescent si Papa arrivait à sa porte avec cette attitude ?

Il n'avait pas fait grand-chose dans le passé pour se racheter. C'était comme... comme protéger des gens, pas vrai ? Il avait voulu servir son pays, et bien que ça ne s'en rapprochait pas vraiment, c'était quelque chose. Quelque chose qui ne faisait pas tourner le monde autour d'Henry Matthew Worrall – menteur, tricheur et briseur potentiel de ménage, renvoyé pour déshonneur du travail qu'il avait adoré.

— Bien sûr, dit-il en se demandant si la sensation douloureuse disparaîtrait un jour. Qu'est-ce que j'ai à perdre ?

— Haine de soi, répondit brutalement David. Préjudice. Toutes les conneries que Papa nous a refilées, qui vont te tuer si tu ne les laisses pas sortir. N'hésite pas à mettre toute cette merde dans ton rétroviseur, petit frère.

— Où as-tu laissé les tiennes ? demanda amèrement Henry.

Il détestait que son frère paraisse heureux, qu'il en soit presque imbu de lui-même, alors que Henry ne pouvait supporter sa propre peau.

— Sur le sol de la cuisine de Maman, quand Kane a bloqué son deuxième coup de poing.

Henry ouvrit la bouche et la referma, pas sûr d'avoir une réponse à ça, mais David leva la main pour l'arrêter.

— Cela va être plus difficile pour toi, Henry. Tu n'avais personne pour bloquer les coups.

C'était assez vrai. Parce que même avant que Henry n'ait laissé sa dignité sur le sol de la cuisine de sa mère, il avait laissé son cœur, son espoir et son estime de lui aux pieds de Malachi, et Mal les avait piétinés avec ses rangers. Enfin, coucher avec son beau-frère était une sorte d'invitation à la maltraitance, non ?

Il ravala sa salive, toute l'histoire tambourinant dans sa gorge pour pouvoir sortir, mais à cet instant, son frère sursauta légèrement dans ce geste humain qui disait qu'il avait un appel, mais était déterminé à l'ignorer.

— Prends-le, Davy, incita Henry de façon bourrue. Je vais aller me doucher, faire ma lessive et essayer de me reprendre en main, d'accord ?

— Ça pourrait être John à propos d'une éventuelle voiture pour toi, soupira David. Sacramento est assez étendue. Tu en auras besoin. Mais Henry ?

— Oui ? questionna-t-il en mettant son masque militaire en place.

— J'en parlerai avec toi. N'importe quand. Tout ce que tu veux dire. Je… s'interrompit-il avec une grimace. Il y a des choses que tu ne peux pas garder secrètes, et ça te tuerait d'essayer. Je ne te mettrai pas à la porte. Je ne te tournerai pas le dos. Jamais. Compris ? Je ne pourrais pas aller en prison pour toi, mais je t'écrirais chaque putain de jour, d'accord ?

Henry avala de nouveau sa salive difficilement et essaya de ne pas rire à cette idée.

Un type réglo comme Henry, aller en prison ? Le préféré de Papa ? Nan.

— Bien reçu, dit-il, comme si le langage militaire pouvait contenir ses émotions.

David toucha de nouveau sa poche et soupira.

— Tiens le coup, Henry. Je vais revenir te voir pour ton souci de logement, d'accord ?

— Oui. Merci, Davy.

— De rien. La machine à laver est dans le garage.

David agita la main vers la porte communicante à l'autre bout du salon, et Henry comprit l'allusion et le laissa à son appel téléphonique.

Tandis qu'il vidait son sac de chaque vêtement civil qu'il possédait, il lutta contre la brûlure dans ses yeux et l'horrible conviction que faire face à son frère aurait été bien plus facile si Davy avait tabassé Henry comme il le méritait.

C'était amusant que Davy mentionne la prison, cependant – Henry se demanda si un des gamins en difficulté que Davy connaissait avait fini là-bas. Cela avait paru une remarque au hasard, mais la vie de Davy était bien différente de celle d'Henry. Peut-être que ses amis étaient les cibles de poursuites judiciaires injustes.

Henry déglutit. Ils l'auraient été, s'ils avaient été dans ses casernes. Mal et lui l'avaient su tout de suite. Peut-être y avait-il une raison pour que le cerveau de Davy aille dans ce sens.

Et peut-être que c'était simplement Dieu, l'avertissant des choses à venir.

MÈRE POULE

— LANCE ! MON pote, as-tu des laxatifs ? Je… je suis en quelque sorte… tu sais. Bloqué.

Le nez rose et tacheté de Randy se plissa, lui donnant l'air d'avoir douze ans au lieu de presque dix-neuf.

Galahad « Lance » Luna grimaça.

— Randy, de quoi avons-nous parlé ?

— De manger des légumes, répondit-il en gigotant, mal à l'aise.

— Quoi d'autre ?

— Mais c'est simplement si…

— Quoi d'autre ?

— Dégoûtant !

— Oui, mais tout comme une torsion intestinale. Arrête de te doucher chaque putain de jour, Randy. La personne que tu baises peut se contenter d'une pipe. Cette merde tue les bactéries dans tes intestins qui t'aident à chier. Tu es *littéralement* un trou du cul constipé. Je comprends que tu veuilles avoir un peu d'action en dehors des scènes, mais tu connais une des choses vraiment extra dans le fait d'utiliser des préservatifs ?

— Un nettoyage facile ? tenta Randy en déglutissant.

— Bingo, approuva Lance en se touchant le nez. Maintenant, j'ai des émollients pour les selles dans mon sac. Je vais te les chercher. Mais arrête de vivre de soda allégé et de sperme, d'accord ? C'est mauvais pour toi.

— D'accord, Lance.

— Bois au moins du café avec du lait – c'est un laxatif naturel.

— Vraiment ? demanda Randy, revigoré. Je ne le savais pas !

Lance se retint d'ébouriffer les cheveux de ce gamin. Randy était un adulte parfaitement responsable et fermement décidé à prouver que ses parties privées fonctionnaient mieux que le reste de sa personne – y compris son cerveau.

— Ajoute ça à tes vices, concéda-t-il gracieusement. Le soda allégé tue *aussi* les bonnes choses dans ton ventre, alors ça fait d'une pierre deux coups.

Randy sourit, parce que c'était son genre d'humour, et Lance quitta la cuisine pour le lit qu'il avait marqué comme sien.

Seigneur, ces gamins avaient besoin d'une nounou.

Il alla chercher son laxatif pour Randy, puis retourna à ses manuels, parce qu'en dépit de l'agréable journée de fin mars à l'extérieur, il devait passer ce foutu examen le lendemain matin, et il devait ensuite prendre son service pour son internat au Centre Médical UC Davis immédiatement après. Mon Dieu… il avait terminé son internat de troisième cycle quelques mois plus tôt, et maintenant, il devait passer trois ans à suivre le Dr Schearer pour son internat en médecine cardiaque avant de pouvoir prendre un poste de chercheur ou d'établir un cabinet.

Pour qu'il puisse finir de payer son prêt étudiant.

Il gagnait en fait une belle somme, maintenant qu'il était enfin interne. Pas des tonnes d'argent – mais certainement mieux qu'un enseignant qualifié après vingt ans de fonction. Mais Lance avait des dépenses, il remboursait sa dette et, secrètement, il ne voulait jamais l'admettre, Johnnies et les gars là-bas étaient devenus son foyer – à tel point qu'il alimentait le malentendu qu'il allait toujours à l'école. C'était simplement plus facile de rester à la piaule si les gens pensaient que c'était parce qu'il avait besoin d'argent.

Il faisait encore une scène porno tous les deux mois environ, pas tellement parce qu'il les appréciait – bien qu'il apprécie, car laisser libre cours à son hédoniste intérieur et baiser quelqu'un comme une bête, sans engagement, était une *montée* de voyeurisme – mais parce que tous ces gars, avec tout leur bazar, lui donnaient l'impression qu'on voulait de lui.

Il n'était pas au-dessus de cette sensation. Tout le monde avait besoin d'être valorisé, pas vrai?

Mais il n'avait pas besoin de regarder ses finances pour savoir qu'il pourrait déménager autre part, n'importe où, même si c'était un autre appartement dans ce complexe où il pourrait toujours veiller sur les gars.

Une des premières choses qui était devenue apparente quand il avait commencé ce boulot trois ans plus tôt – quand il n'avait plus eu de quoi payer les frais de scolarité, que ses parents avaient arrêté de lui parler et qu'il avait été si proche de son internat qu'il pouvait presque goûter le revenu stable – était que la plupart des gamins qui démarraient dans le commerce du porno étaient vraiment des gamins. Ils étaient jeunes, énergiques et pouvaient baiser comme des dieux, mais ils étaient irréfléchis, impulsifs et guidés par leurs hormones.

La première fois que Skylar – qui avait déménagé pour être exclusif avec Rick presque un an auparavant – avait baissé son caleçon dans le salon et gémit : «Aide-moi, Dr Lance, qu'est-ce qui ne va pas avec mon trou du cul?», Lance avait réalisé que ces gamins avaient besoin de conseils sans jugement ni chichis, même si c'était simplement : «Crème contre les hémorroïdes, mon frère, et peut-être arrêter d'être passif jusqu'à ta prochaine scène.»

Dex essayait.

Lance l'avait vu quand Dex lui avait parlé de la piaule au début. Il se rappelait la façon dont les jolis yeux bleus de Dex avaient étudié avec intensité son visage, comme s'il cherchait quelque chose dont la présence était incertaine pour Lance.

— Oui, la piaule, avait-il dit pensivement. Qui t'en a parlé?

Lance avait encore été capable de rougir à l'époque.

— Euh, Skylar. Nous venions juste de tourner une scène ensemble, et j'ai mentionné le fait que je n'aurai pas les moyens de payer le dortoir cette année.

Dex s'était penché au-dessus de son bureau et avait joint les doigts.

— Fac de médecine, pas vrai?

À cet instant, il était venu à l'esprit de Lance que Dex avait peut-être seulement trois ans de plus que lui, et il étudiait Lance avec la sagacité d'un conseiller d'orientation.

— Oui. J'ai encore une année à faire et je rembourserai ensuite ma dette. Mais toute l'assistance de mes parents s'est asséchée…

Dex avait levé les sourcils et Lance avait lâché un soupir.

— Oui, ils ont découvert que j'étais gay, et ces fonds universitaires que mon père avait économisés pour moi ont soudain été pour ma petite sœur.

Cela n'avait pas été grand-chose, de toute façon, d'où la raison pour laquelle il aidait Morgaine pour l'école de droit. Leurs *parents* avaient peut-être décidé de ne plus lui parler, mais elle était toujours sa plus grande fan.

— Sais-tu que ce n'est pas la première fois que j'entends ça? avait questionné Dex avec un signe de tête.

— Non, vraiment? avait-il répliqué en sentant sa bouche se tordre. Bon sang, monsieur, je pensais que j'étais le seul.

— Tous ceux qui font du porno ici ne sont pas gay.

13

Dex avait lâché ça avec un petit rire. Cela s'était passé six mois avant qu'ils commencent à engager des femmes et à se diversifier, alors les sourcils de Lance étaient montés jusqu'à la naissance de ses cheveux.

— Non... sérieusement. Certains des gars sont bi et certains sont hétéros mais pas fermés là-dessus. Ils doivent faire beaucoup de gymnastique mentale et physique pour durcir, cependant. Nous préférons vraiment les types que ça intéresse. Mais oui. C'est un souci. Tu sembles l'avoir accepté, mais...

Dex s'était mordu la lèvre, et malgré le fait qu'il avait passé six heures à coucher avec l'irrépressible Skylar, Lance avait senti sa libido papillonner. Dex faisait encore des scènes à ce moment-là... *Seigneur, ne serait-ce pas génial de faire une scène avec lui ?*

— Mais quoi ? avait-il demandé.

Lance s'était senti émotionnellement nu pour la première fois depuis les six mois qu'il avait été viré de chez lui.

— Mais la piaule où Skylar t'a invité à pieuter est en quelque sorte... Pense à une salle de jeux sans supervision où tout le monde a plus de dix-huit ans et l'habitude d'être nu.

Lance avait alors eu un sourire en coin, parce qu'il avait cette image de dessins animés, de types avec la gaule sautant partout dans la maison.

— Quoi que tu sois en train de penser, c'est pire, avait confirmé Dex. J'essaie de ne pas le recommander à ceux qui gagnent plus ou qui se sont repris en main. Il y a du bazar... beaucoup. C'est un lycée nudiste sans filles pour maintenir les occupants sains d'esprit. J'arrête un crêpage de chignons au moins une fois par semaine. Si je pouvais me permettre d'engager un gaybi-sitter, je le ferais totalement.

— Honnêtement, avait écarté Lance avec un haussement d'épaules, ça ressemble au dortoir, mais personne ne dit : « J'ai seulement touché un pénis parce que j'étais bourré. » Je commence mon internat dans moins d'un an. Ça ne pourrait pas être pire.

Dex s'était levé et lui avait serré la main.

— Comme tu veux. Maintenant, Kelsey va te faire un chèque pour la scène d'aujourd'hui... mais n'oublie pas de vérifier avec elle à la fin du mois, parce que c'est à ce moment-là que les royalties arrivent, d'accord ?

Lance avait hoché la tête, se souvenant qu'il avait une rémunération fixe pour tourner une scène, puis une part des profits chaque fois qu'elle était téléchargée. Plus les acteurs étaient populaires, plus ils étaient payés, ce qui était vraiment sympa. Kelsey, la réceptionniste, semblait un peu désorganisée mais plutôt compétente, et elle était allègrement normale à propos du fait que tout le monde entrant dans le bâtiment à l'allure ordinaire allait à l'arrière pour avoir des rapports sexuels.

— Je vérifierai. Merci, mon vieux.

— Merci à toi ! avait rétorqué Dex avec un clin d'œil. Je dois avouer, tu fais vraiment du joli porno.

Lance avait souri, sentant la chaleur du compliment jusque dans ses orteils. Dex, derrière la caméra, l'avait fait se sentir professionnel et respecté pendant six heures, tandis que Lance, dans le plus simple appareil, faisait la chose avec un bel acteur dragueur, qui s'entraînait probablement avec des boules ben-wah six fois par jour pour obtenir ce genre de contrôle sur son sphincter. Jusqu'à cet instant, il n'y avait pas eu le moindre moment de flirt ou de sexualité entre eux.

Mais là, avec cette jolie bouche d'ange se relevant aux coins et ces yeux bleus pétillants, Lance avait senti un soupçon de possibilité. Et une partie de l'attirance était venue du fait que Dex faisait attention à lui, s'assurait qu'il était heureux.

Lance avait admiré ce genre de responsabilité, même à l'époque. C'était ce qui l'avait poussé durant la fac de médecine, l'idée que si chaque personne aidait son voisin, le monde serait un endroit meilleur.

Maintenant, trois ans plus tard, il était vraiment content que Dex et lui aient filmé cette scène ensemble – mais il regrettait complètement de ne pas avoir agi sur la base de cette étincelle d'attirance en dehors du bureau. Dex avait commencé à sortir avec Scott peu après ça, même si tout le monde savait que Scott était un connard. Et quand cela avait implosé, Kane avait apparemment attendu pour intervenir. Ces deux-là étaient désormais mariés et tous les deux hors de l'écran, mais travaillant toujours dans l'affaire. Lance avait observé Dex organiser une surveillance médicale pour un acteur qui avait essayé de se faire du mal, préparer Noël pour les gars qui n'étaient pas autorisés à rentrer chez eux, et trouver des appartements pour ceux qui avaient été mis à la porte. Il avait trouvé des avocats, aidé à placer des frères et sœurs qui avaient besoin de soins médico-psychologiques, et avec l'aide de John Carey, le fondateur de Johnnies, il avait démarré un projet d'emploi pour les gars qui voulaient une vie après le porno.

Dex était plus qu'un patron pour le boulot à temps partiel de Lance – il était un modèle pour tout le monde dans l'industrie du sexe, qui voulait voir comment être un adulte *et* une star de films pour adultes.

15

Malheureusement, Lance avait été trop concentré sur son dénouement pour voir où cette attirance aurait pu aller.

Il soupira et plongea dans ses revues médicales, essayant de ne pas se languir d'une chose qui n'avait jamais été. La pensée continuait de le hanter, cependant, que ce n'était pas qu'il était passé à côté de *Dex,* mais qu'il passait à côté de quelque chose de plus grand.

Ici, dans l'appartement 126C, il avait pratiquement du sexe à disposition, mais il n'avait été intéressé par personne depuis plus d'un an. Et même, cela avait été Reg et Bobby, qui étaient mieux ensemble qu'ils ne l'avaient jamais été avec lui. Il avait été leur baise par pitié, pour les deux, mais autrement ?

Eh bien, c'était une bonne chose qu'il filme des scènes toutes les six semaines, n'est-ce pas ?

Il était officiellement trop vieux pour cette merde. Mais il n'avait pas l'intention de grandir dans un futur proche, et cela le déprimait à mort. Doux Jésus, était-ce si difficile de réorganiser sa vie pour qu'il puisse trouver un gars pour lui ?

Il s'était *enfin* installé quand un coup à la porte le sortit de sa concentration. Il leva les yeux pour voir Randy allongé sur le lit en face du sien, Billy assis sur son visage. Ce dernier – petit, à la carrure compacte, avec des cheveux sombres et de grands yeux couleur prunelle, retournait la faveur de l'anulingus en suçant le sexe étonnamment épais de Randy, leurs bruits étouffés par la chair de l'autre.

Bon sang… Il avait vraiment pris l'habitude d'occulter les événements extérieurs.

— Lance ! appela Dex depuis le palier. Lance ! J'ai quelqu'un ici à te présenter. Pourrais-tu t'assurer que personne n'est nu dans le salon ?

Lance regarda de nouveau Billy et Randy, sa libido se réveillant sérieusement. Il n'aurait probablement pas participé – il avait évité de coucher avec les gars de la piaule, parce que, mon Dieu, qui avait besoin de tout ce drame ? – mais le voyeurisme était très *très* acceptable ici, et il aurait pu se faire une grande faveur à regarder ça.

Vu la situation, il grogna, se leva et quitta la chambre, puis entra lentement dans le salon et vérifia la porte de l'autre chambre. Il entendit des bruits très spécifiques qui en provenaient aussi, et soupira. Quoi, le sexe dans l'après-midi existait désormais et personne ne lui avait passé le mémo ?

— Je viens, appela-t-il en allant ouvrir la porte. Je veux dire, j'arrive. Mais je ne peux pas faire de promesses concernant la nu… *dité*?

Ce n'était pas simplement Dex là dehors. À côté de lui, qui était élancé, blond, grand, bien bâti et montrant constamment des fossettes parce qu'il aimait sourire, se trouvait une version de Dex plus petite et plus trapue. Ce type avait la même couleur de cheveux et d'yeux, mais sa mâchoire était plus carrée, il avait légèrement moins de cou, des épaules plus étroites et plus d'attitude. Il était bien bâti aussi, mais ses muscles paraissaient avoir été durement utilisés.

Tout à propos de ce non-Dex hurlait militaire, et Lance plissa le nez de dégoût.

Il n'était pas vraiment très doué avec l'autorité.

— Salut, Dex. Euh… salut, frère jumeau de Dex?

Le nouveau venu leva les yeux au ciel.

— Salut, star du porno, dit-il avec mépris.

Lance eut un mouvement de recul, et Dex claqua le type à l'arrière de la tête.

— Bon sang, Henry… C'est ça ou vivre dans notre garage. Fais ton choix.

— Désolé, marmonna Henry.

Il se frotta l'arrière de la tête. Puis, il fallut le lui reconnaître, il croisa les yeux de Lance et réussit à paraître un peu honteux.

— Désolé. Je suis un connard. C'est une mauvaise idée à tous les niveaux. J'ai un peu d'économies…

— T'ai-je montré le coût de la vie par ici? dit doucement Dex. Nous avons passé quelques heures dessus, tu te souviens? Si tu pouvais réussir à ne pas énerver Kane à chaque phrase, le garage pourrait en fait fonctionner, mais tu ne peux pas, alors fais attention à ta bouche. Tu te souviens… cinq gars en plus de Lance vivent ici. Ils sont presque tous gay, et ils font tous la même chose comme métier. Tu es peut-être costaud, mais je suis pratiquement sûr que s'ils se liguent tous, tu ne feras pas le poids, et je pourrai les aider à cacher ton corps.

Lance leva la main devant sa bouche pour que le petit frère de Dex – cela *devait* être son petit frère – ne puisse pas voir son petit sourire narquois.

Henry ferma les yeux et les rouvrit, et cette fois, quand il regarda Lance, il sembla voir un être humain.

17

— Je suis vraiment désolé, dit-il. Je… j'ai peur de ne pas être très… quel est le mot?

Il regarda son frère avec une supplication sincère.

— Progressiste? offrit Dex.

— Oui. Je ne suis pas très progressiste. Je vais essayer de ne pas être un connard et probablement échouer beaucoup. Si tu pouvais… je ne sais pas, ne pas me tuer dans mon sommeil et peut-être me donner quelques tuyaux, je t'en serais reconnaissant.

Lance assembla tout ce qu'ils étaient en train de dire.

— Attends… ne pas te tuer dans ton sommeil. Est-ce que ça signifie que tu vas dormir *ici*?

— S'il te plaît? demanda Dex en se pinçant l'arête du nez. Il mettra la main à la poche pour le loyer et, malgré le fait qu'il soit un connard de premier ordre, il sera utile. Kane, John et moi pouvons lui prêter nos voitures pour qu'il puisse vous aider, parce que je sais que seul l'un de vous a une voiture, et il peut aider avec la plomberie et aider les gars à remplir leurs formulaires de prêt étudiant…

— Oh mon Dieu, grommela Lance. La date limite approche.

C'était pratiquement la raison pour laquelle la table de la cuisine avait été inventée. Les trois dernières années, ils en avaient fait des soirées, invitant les autres étudiants qu'ils connaissaient chez Johnnies, à apporter leurs affaires, leurs ordinateurs portables et leurs formulaires. Une des choses les plus intéressantes qui s'étaient passées était que Lance avait appris le vrai nom de tout le monde – ce qui était une autre raison pour laquelle il avait arrêté de coucher avec ses colocataires.

Il les connaissait en tant que personnes désormais.

— Tu vois? reprit Dex avec un hochement de tête. Il *peut* être utile, et il fera des courses pour John et moi jusqu'à ce qu'il puisse se reprendre en main.

— Compris, dit Lance.

Un grognement bruyant s'échappa de sa chambre, et il grimaça – Randy et Billy étaient apparemment en train d'atteindre un, euh, orgasme. Il y avait une pile de chaussures dans l'entrée, parce que c'était humide dehors et que personne ne voulait laisser des traces de boue à l'intérieur. Lance glissa les pieds dans une paire de mocassins qui étaient probablement les siens et tendit le bras vers la patère pour prendre une veste à capuche qui n'était définitivement pas la sienne.

— Tiens, Henry? Ce sont tes affaires?

18

Henry fit glisser le sac militaire de son épaule.

— Oui, euh, est-ce que je devrais entrer?

— Non. Définitivement non. Donne-moi ça, et toi et moi pouvons aller faire un tour du complexe immobilier, et je pourrai tout t'expliquer, d'accord?

– *Oui! Oui! Oui!*

Et cela venait de la chambre à côté d'eux, où Curtis et Zeppelin – du moins, Lance supposait que c'était Zeppelin – se trouvaient. Le fait était que les gars de Johnnies se faisaient tester régulièrement et qu'ils se connaissent. Il y avait beaucoup de baise en interne, parce qu'ils pouvaient avoir confiance dans le fait que leur partenaire avait un bilan de santé net, l'autre type savait comment fonctionnaient les choses, alors pas d'engagement signifiait pas d'engagement, et ils avaient tendance à être amis avant, pendant et après.

Alors qui savait qui était nu dans l'autre chambre?

Ce qui était ce dont Lance avait besoin de parler à Henry.

Les yeux bleus de celui-ci – de la même teinte que ceux de son frère, mais pas aussi candides ou aussi innocents – étaient grand ouverts.

— Y a-t-il, euh… est-ce que quelqu'un, euh…

— Oui, oui et oui, dit franchement Lance. Maintenant, donne-moi ton sac, dis au revoir à ton frère, nous avons besoin d'avoir une petite discussion tous les deux.

Lance attrapa le sac et le jeta directement sur le canapé, vérifia la poche de la veste pour s'assurer que les clés étaient dedans et referma la porte derrière eux. Ensemble, tous les trois descendirent bruyamment les escaliers, Dex s'excusant tout du long.

— Lance, je suis tellement désolé. Ça ne devrait pas durer longtemps, mon vieux. J'apprécie vraiment…

— Arrête! lâcha Lance avec un rire alors qu'ils atteignaient le bas des escaliers. Tout va bien, mon frère, tu ferais pareil pour n'importe lequel d'entre nous… et tu l'as *fait*.

— Oui, répondit Dex avec un haussement d'épaules, mais il n'est pas Bobby.

Ah, grands dieux. Bobby, le grand garçon de la campagne au cœur solide. Cette baise par pitié que Lance lui avait offerte avait laissé une impression durable, en fait. Quand Bobby et Reg avaient démêlé leur merde, Lance avait dû piétiner fortement son propre regret. Un peu comme avec Dex, il avait été si concentré sur son futur qu'il n'avait pas agi pour un possible ici et maintenant.

— Eh bien, Bobby passe encore de temps en temps pour voir comment vont les gars. Il leur donne des travaux ponctuels dans son entreprise de construction s'ils en ont besoin, dit Lance avant de regarder brièvement Henry. Tu pourrais probablement faire certains de ces boulots pour te dépanner.

— Merci, répondit Henry, l'air intéressé. J'apprécie.

Oh, cette question était un peu personnelle.

— Je, euh, suppose que tu ne tourneras pas de scènes ?

L'horreur sur le visage à la mâchoire carrée d'Henry en disait long, et Lance essaya fortement de ne pas être blessé. Enfin, Dex était vraiment génial – il était autorisé à avoir dans sa famille péquenaude un membre qui était un trou du cul.

Dex lâcha un son amusé. De façon inattendue, il posa la main sur l'épaule de son frère.

— Pas de scènes pour Henry. Et probablement pas de relations jusqu'à ce qu'il y voie plus clair.

Henry remua de manière inconfortable, puis brisa un peu le cœur de Lance en se mordant la lèvre, l'expression le faisant sacrément paraître quinze ans plus jeune et vulnérable.

— Non, concéda Henry de façon bourrue. Probablement pas.

Lance hocha la tête, espérant avoir l'air confiant, mais à l'intérieur, il était un peu confus. Il avait supposé que Henry était hétéro. Sa posture, son rictus critique, son horreur quand il avait réalisé ce qui se passait dans l'appartement – tout ça avait pointé vers un type hétéro jeté dans son pire cauchemar.

Mais ceci ? Cette tristesse, cet inconfort – ce n'était pas le jugement de quelqu'un qui ne veut pas se joindre à la fête. C'était le jugement de quelqu'un qui avait supposé que la fête n'était pas pour lui.

À regarder l'extrême chagrin d'Henry et la haine de lui-même qui semblaient émaner de lui comme des vagues sonores, Lance pensa qu'il pourrait avoir un peu raison. Peut-être que cette *fête* n'était pas pour Henry, mais il pourrait y avoir un mec là dehors qui lui offrirait une sacrée fin de conte de fées.

— Je vais prendre le relais ici, dit doucement Lance.

Ils se tenaient au bas des escaliers désormais, et Lance pouvait voir le SUV de Dex garé sur la place des visiteurs à côté d'eux, Kane sur le siège avant, jouant avec son téléphone.

20

Dex jeta un regard vers son mari et agita vaillamment la main, et Kane sourit. Puis il lança à Henry un regard noir, qui aurait dû lui traverser le torse d'un éclair.

Lance déglutit. Il n'avait jamais vu Kane vraiment énervé, mais étant donné sa taille – la largeur de ses épaules, les cuisses musclées et épaisses, l'attitude purement franche et directe qu'il avait quand il ne faisait pas l'andouille – il ne voulait jamais le voir.

Pauvre Henry. Quoi que ce type ait fait pour mériter ce regard noir, cela devait être vraiment odieux. Mais, apparemment, pas impardonnable.

Henry ne recula pas devant ce regard. Il rendit l'air renfrogné de Kane avec un de valeur égale, probablement par pur entêtement.

— Tu devrais y aller, reprit Lance en voyant ça.

— Envoie-moi un message ce soir, demanda Dex en tirant son frère dans une étreinte, et fais-moi savoir comment tu t'adaptes.

— Ce n'est pas vraiment néce… contra Henry.

— Ça l'est. C'est totalement nécessaire, lui dit Dex, sa bouche d'ange ayant un drôle de petit tremblement. Tu ne vas pas passer deux nuits sur mon canapé et disparaître de nouveau de ma vie. Je… Tu pourrais être la seule famille à laquelle me cramponner, Henry. Je ne vais pas te lâcher.

Dex étreignit de nouveau son frère, plus fort, son coupe-vent bruissant contre la veste en jean d'Henry, puis il recula et se tourna vers le SUV avant que Lance ait une bonne vue de son visage.

Il n'en avait pas besoin.

— Viens, dit-il à Henry.

Il le tira dans la direction du bureau du superviseur, par principe. Derrière eux, le SUV démarra et recula, mais ni Lance ni Henry ne regardèrent le frère de ce dernier qui partait.

— Où allons-nous ?

— Je vais te montrer le bureau du superviseur, les distributeurs, la buanderie, puis nous irons emprunter la voiture de Billy, expliqua-t-il en faisant cliqueter la poche de la veste où se trouvaient les clés, et aller chercher des pizzas.

— Des pizzas ? s'étonna Henry en lâchant un rire comme un aboiement.

— Oui. Mountain Mike… c'est juste au bout de la rue. Je suis un interne payé désormais, et je ne vais pas retourner chez Little Caeasar, pas moyen, quoi qu'il arrive.

— Interne ? reprit Henry.

Lance ne se laissa pas déranger par la surprise dans sa voix.

— Ouais. Les prêts étudiants t'emmènent uniquement jusqu'à un certain point. Mais, euh...

Oh, comme c'était embarrassant, déjà des secrets.

— Ne le dis pas au reste de la piaule, d'accord? Ils pensent que je suis toujours étudiant. J'en avais simplement assez d'expliquer la première année, l'internat et les prêts étudiants... De cette façon, ils ne deviennent pas bizarres, parce que je suis un vrai médecin.

Lance n'allait pas entrer dans les détails concernant le reste de la joyeuse danse psychologique du porno qu'il faisait, pas avec Henry – pas maintenant, alors qu'il se souvenait du dédain palpable de celui-ci.

— Oui, lâcha Henry dans un soupir, les épaules basses. J'ai des économies de l'armée, et dans le Midwest, cela me tiendrait pendant quelques années. Mais pas tellement par ici.

— Et ton frère ne veut pas que tu sois seul.

— Non, monsieur, grimaça Henry, il ne veut pas.

Lance laissa planer cette remarque pendant qu'ils avançaient sur le trottoir humide. Dans l'ensemble, la propriété était bien entretenue – les arbustes étaient dépourvus de détritus et l'herbe tondue nettement. Le complexe en lui-même était, eh bien, complexe. Lance avait vécu ici pendant trois ans, et il n'avait toujours pas compris le sens ou la raison d'être des chiffres sur les différents bâtiments.

Le bureau du superviseur faisait face à la rue, avec une large pelouse autour, une barrière et un trottoir. De l'autre côté du parking se trouvaient les poubelles, et Lance expliqua à Henry qu'ils gardaient la clé sur un crochet près de la porte. La règle était supposée être que la première personne voyant que la poubelle était pleine la sortait.

— Comment ça vous réussit? demanda Henry, le nez plissé, comme s'il savait à quoi s'attendre venant d'une maison pleine d'hommes sortant de l'adolescence.

— Pas aussi bien qu'on le penserait, admit Lance, tordant la bouche en un sourire pour inviter Henry à rire avec lui.

— Bien sûr. Est-ce que vous tenez un tableau des corvées ou autre chose?

Henry leva les yeux au ciel. Lance plissa le nez en réponse.

—Hmm...

Et là, Henry afficha un air patient.

— Est-ce que les toilettes ont besoin d'être données à la science?

— Aucun labo respectable ne les prendrait, répliqua Lance, se sentant gêné pour la première fois depuis longtemps.

— Je peux m'occuper de ça, répondit Henry avec un haussement d'épaules et un soupir. Je… C'est pour ça que j'ai rejoint l'armée. J'aime l'ordre.

— Jusqu'où es-tu allé ? questionna Lance. Dans l'armée, je veux dire.

— Sergent-chef, dit Henry. Ça me manque.

Lance entendit le faible tintement de fierté dans sa voix, avant que ses épaules ne se voûtent encore plus vers l'avant.

— Que s'est-il passé ?

Bon sang, comme Lance était curieux, mais pas surpris quand Henry secoua la tête.

— Pouvons-nous ne pas parler de ça ? demanda-t-il plaintivement. S'il te plaît ?

Lance prit une inspiration et fit un geste de la main.

— Le bureau du superviseur. Au fait, évite-le si tu peux. C'est ce genre de connard louche qui aime reluquer. Quoi qu'il en soit, nous mettons habituellement l'argent du loyer dans la cagnotte et faisons faire un chèque de banque à lui donner. Payable le premier, au plus tard le cinq.

— Tout le monde paie pareil ? demanda Henry avec un hochement de tête.

— Ceux avec un vrai lit dans les chambres paient vingt billets de plus par mois que ceux sur le canapé et le matelas pneumatique.

Henry grimaça.

— Comment est le pneumatique ?

— Pas mauvais. Nous l'avons en fait remplacé l'an dernier, parce qu'il voit pas mal d'exercices, expliqua Lance avant d'observer les yeux d'Henry s'écarquiller et de faire rapidement marche arrière. Pas comme ça ! Non ! Sérieusement. Nous aimons simplement être sociables. Alors, tu sais, soirées film, soirées jeux, soirées à s'asseoir sur le canapé, manger de la glace et râler sur nos vies… Le canapé, le fauteuil inclinable, les chaises de cuisine et le matelas pneumatique. Ça marche pour nous.

— Alors, si je dors sur le canapé, qui prend le matelas pneumatique ?

— Eh bien, c'est en quelque sorte les chaises musicales. Randy, Billy et moi payons tous les trois pour un lit, mais la chambre principale a un lit double et un simple. Alors Cotton, Curtis et Zeppelin y vont au hasard quand il est l'heure de dormir. Zeppelin est enclin à ramener des gars de Johnnies pour s'occuper, alors il prend habituellement le lit double, parce que c'est presque la chambre d'amis. Curtis prend le lit simple, à moins que Zep ramène plus qu'un mec, et Cotton prend le canapé ou le matelas pneumatique, ça dépend.

— Oh mon Dieu, s'exclama Henry en secouant la tête. C'est vraiment Porn-o-topia là-dedans !

Lance lâcha un soupir, pas certain de pouvoir expliquer.

— Oui et non ?

Henry le regarda simplement sans ciller, alors que Lance faisait demi-tour et lui faisait retraverser la cour pour qu'il puisse voir la salle de gym, le pavillon commun et la piscine, qui étaient tous assez décents, bien que la salle de gym soit petite.

— Ton frère peut t'avoir une adhésion à celle au bout de la rue, lui dit Lance. Ils ont de sacrés équipements et une coach privée qui te laissera pantois. Elle est hétéro, dans la cinquantaine et ne te pelote pas les fesses… ce qui est un plus. Mais elle sait ce qu'elle fait avec la nutrition également, et nous pourrions mourir pour elle.

— Il se peut que je fasse beaucoup de muscu, admit Henry en laissant passer un sourire. Mais oui et non pour Pornotopia ?

— Zeppelin est une joyeuse petite salope, concéda Lance. Et Randy te taillera littéralement une pipe avant que tu puisses dire bonjour. Mais Billy a une petite amie et accepte une baise par pitié uniquement quand ils sont en froid. Curtis est plutôt monogame envers le travail. Il tourne uniquement des scènes et se tape occasionnellement un coloc ; il n'a pas vraiment d'amants propres. Pareil pour moi. Cotton est… Cotton est celui pour lequel je m'inquiète le plus, parce qu'il continue de chercher le Bon et qu'il continue de tomber sur « J'ai entendu dire que tu as une queue de vingt-trois centimètres. » Alors nous le voyons aller à des rendez-vous, puis il se fait briser le cœur. Cela arrive au moins une fois par semaine. Il y a une différence entre tourner une scène et baiser à droite, à gauche. Et certains des gars font les deux et d'autres pas, mais trouver en dehors de Johnnies un mec qui ne suppose pas que nous le faisons tous, ce n'est pas facile.

Henry grogna.

— Quoi ? demanda Lance.

— Je vais devoir te croire sur parole, répondit-il.

Et bien qu'une partie de Lance soit irritée – parce que, quel connard ! – une autre appréciait la franchise.

— Quoi ? Chaque mec que tu as un jour baisé a été l'amour éternel ? balança Lance de manière acerbe.

Henry lâcha alors un son blessé, presque comme si Lance lui avait donné un coup de pied, et pendant un instant, celui-ci eut vraiment peur. Est-ce qu'il allait le frapper pour avoir supposé que Henry était gay, alors que chaque onde qu'il émettait disait qu'il essayait de ne pas l'être ? Allait-il protester ?

Allait-il dire la vérité ?

— Tu as parlé de pizza ? demanda Henry, sa voix curieusement dépourvue d'émotions.

— Oui, céda Lance. Mais d'abord, écoute. Je me moque de ce que tu penses de moi, du travail dans le porno ou de ce foutu appartement, mais tu dois écouter. Parce que si je ne peux pas te faire accepter cette seule chose, j'appelle ton frère et je te fous à la porte en te tirant par l'oreille.

Henry hocha la tête pour qu'il continue.

— Ces gamins à l'intérieur actuellement en train d'acheter des actions chez Kleenex sont comme mes petits frères. Ils ne prennent pas toujours les bonnes décisions, et ils ne me rendent pas toujours fier, mais je les aime et je ne veux pas qu'ils soient blessés. Ne dis rien qui leur fasse de la peine ou se sentir comme de la merde, parce qu'ils ont déjà ça chez eux, et c'est pour ça qu'ils ont emménagé ici. Tu comprends ?

Et alors – Oh Seigneur – la chose la plus intense se produisit. Les yeux bleus d'Henry, chacun avec une faible contusion en-dessous, comme venant d'une ancienne bagarre, devinrent brillants et bordés de rouge.

— Je ne ferai pas de mal à tes petits frères, déclara-t-il après un instant en avalant difficilement. David s'est toujours bien comporté envers moi. C'est le moins que je puisse faire pour le rembourser.

Qui ?

— David ? Tu veux dire Dex ?

Henry se frotta le visage avec la paume de la main.

— Je ne vais pas l'appeler par son nom de porno, dit-il, faisant cligner les yeux de Lance.

— Oh mon Dieu. Oui. D'accord. David.

— Pizza ? répéta Henry presque avec désespoir.

— Bien sûr. Pizza.

LES GARS de Johnnies possédaient en fait deux voitures. Lance en possédait une, mais il avait réussi à trouver une place de parking pour invités et il ne voulait pas la perdre, parce que c'était presque de l'or en barre. Billy avait l'autre, et elle était sur la vraie place numérotée avec l'auvent, personne ne pouvait la lui enlever.

De plus, Lance avait pris les clés de Billy, et comme celui-ci était actuellement en froid avec sa petite amie et donc en train de tirer un coup dans la chambre de Lance, ce dernier n'avait aucun problème à piquer sa Kia cabossée pour aller chez Mountain Mike.

Henry regarda l'intérieur de la voiture, les manuels scolaires à l'arrière, les tabliers de serveur et les vêtements de rechange, et grimaça.

— C'est un gars occupé.

— Eh bien, le porno ne paie bien que si on est célèbre dans cette branche, expliqua Lance. Si tu es dans le top vingt de Johnnies, ça paie les factures et plus. Mais si tu es un des types fiables, c'est une jolie rentrée d'argent supplémentaire, mais ça ne permet pas de vivre, à moins de ne faire que baiser.

— Hmm, songea Henry. Je n'y avais jamais pensé de cette manière. Alors, euh, mon frère…

— Était une putain de superstar, confirma Lance. Tout comme Kane. Habituellement, les gens ne durent pas longtemps dans le métier, cependant. Peut-être un an, parfois deux. C'est un truc pour jeune homme, vraiment.

— Tu, euh… commença Henry en remuant avec gêne. Tu n'as pas l'air vieux, mais, euh, fac de médecine…

Lance ne voulait pas entrer dans le détail des autres raisons, les raisons personnelles, qui rendaient le porno si séduisant, si facile à continuer.

— Des prêts étudiants, pas seulement le mien, dit-il. Et j'ai vingt-sept ans.

— Tout comme moi, précisa Henry, comme si cela le déprimait. Je pensais… je pensais que j'aurais réussi ma vie à cet âge.

— Hé, la mienne commence tout juste, dit Lance. Je n'émets aucun jugement.

— Moi si, lâcha Henry avec un grand soupir. Mon père m'a appris à juger et à juger durement et méchamment. Et j'ai tellement bien appris cette leçon que je me suis jugé jusqu'à m'acculer dans un putain de coin.

— Et tu as fait quoi ensuite ? demanda Lance.

— Je me suis arraché la jambe avec les dents pour m'en sortir, déclara Henry dans un rire brisé. Ce que je dis n'a pas le moindre sens. Pizza. Rencontre avec les gamins. Une chose à la fois, pas vrai ?

— Oui.

Lance imaginait qu'il y avait plus que ça ; il devait y avoir plus que ça. Mais contrairement à son frère, qui avait «Mère Poule» écrit sur le front, Henry semblait être un problème plus difficile à résoudre. Un beau problème – bouche dure, yeux plats, maintien de soldat et tout – mais difficile. En vérité, Lance s'attendait à ce que la première rencontre d'Henry avec les gars soit un désastre.

Il fut agréablement surpris.

Les gars – il avait eu raison, Zeppelin avait été dans la chambre de Curtis, ainsi que Fisher, qui ne vivait pas dans l'appartement, mais qui était simplement venu pour la baise – étaient tous rassemblés dans le salon, y compris Cotton, en train de regarder un film romantique du genre Hallmark et de manger du pop-corn.

Lance entra, suivi d'Henry qui portait deux pizzas XL, et ils furent soudain les héros du moment.

Randy se leva, sa silhouette manifestement toujours en pleine croissance montrant ses côtes malgré la musculation continue qu'il faisait

— Oh mon Dieu ! Est-ce de la nourriture ? De la vraie nourriture ? Je peux en avoir ?

— C'est moi qui offre, dit Lance pince-sans-rire. Nous avons une végétarienne et une à la viande.

Cotton soupira, ses yeux d'un velours marron – entourés de cils et de cheveux noirs – étaient énormes sur son visage à la peau claire. Seigneur, ce gamin avait l'air fragile. Qui l'avait autorisé à avoir dix-huit ans et à se déshabiller avec des étrangers ?

— Pas de vegan ? demanda-t-il piteusement.

Lance sortit une petite spéciale sans gluten avec fromage vegan et épinards, qu'il avait tenue dans sa main libre.

—Ta-da ! Voici du vegan !

Cette soudaine expression enjouée sur le visage de Cotton était tout ce dont Lance avait besoin. Oui ! Il avait rendu ce gamin heureux.

— Youpi ! Tu m'aimes.

— Oui, petit frère, je t'aime.

— Assiettes ? demanda Henry.

Il posa les boîtes et les ouvrit, puis déposa le sac avec les serviettes et le parmesan à côté.

— Qui a besoin d'assiettes ? demanda Billy. Il y a des serviettes.

Billy était dans le début de la vingtaine, petit, musclé, Latino et silencieux. Il était un des rares gars qui était là depuis plus d'un an, et Lance et lui… eh bien, ils n'étaient pas exactement frères, mais ils avaient plus ou moins les mêmes dommages. Des dommages qu'ils ne partageaient avec personne d'autre.

— C'est quoi une assiette? questionna Zeppelin en secouant ses cheveux d'un blond roux pour les éloigner de ses yeux de chiot marron.

Il les avait jusqu'aux épaules, et c'était pratiquement tout ce qu'il portait, presque toute l'année. À cet instant, sa tenue consistait en un caleçon bleu à trous, et Lance leva les yeux au ciel.

— Une assiette est une chose que je vais te faire tenir devant tes couilles, à moins que tu n'enfiles un short. Les gars, voici Henry. Il ne fait pas de scènes, et si vous voulez savoir s'il aime les mecs, demandez-lui, mais regardez ses muscles et son air menaçant d'abord.

Il jeta un coup d'œil par-dessus son épaule et lança un sourire joueur, et Henry prit un air renfrogné théâtral pour lui.

Puis il fit un clin d'œil.

Lance le vit, mais le reste des gars ne pouvaient pas le voir, alors quand il tourna cette expression sur le reste de la maisonnée et qu'ils redressèrent tous leur posture pour le regarder avec un peu de peur, Lance dut contenir un sourire en coin.

— Des assiettes, répéta Henry avant de lancer à Zeppelin un regard particulièrement dur. Et un pantalon.

Et bien qu'ils soient tous supposés être des adultes, Lance n'avait jamais vu une telle ruée pour obéir à une figure d'autorité depuis la primaire.

En trois minutes, il y avait six jeunes hommes portant des vêtements, rassemblés autour de la table, avec de la vaisselle venant d'un vide grenier, et sortant des verres et des litres de lait.

Henry s'assit à la table, mais dès qu'il fut installé, il leur dit :

— Une table est un luxe en déploiement. Je vous en prie, asseyez-vous où vous voulez… ce n'est que pour moi.

Les gars hochèrent tous la tête avec respect et se repositionnèrent, se drapant sur le canapé, le fauteuil inclinable et le matelas pneumatique, qui avait apparemment été sorti pour accommoder leur nombre.

Mais ils ne laissèrent pas Henry seul.

— Déploiement? demanda Billy. Quand es-tu revenu?

Henry finit de mâcher sa première bouchée de pizza spéciale pour amoureux de la viande et avala.

— Il y a environ deux semaines.

28

— Tu as rendu tes papiers ? continua Billy avec une grimace. J'ai essayé de m'enrôler, mais j'ai raté l'examen physique.

Lance arqua un sourcil, et Billy lui offrit un hochement de tête à peine perceptible. Oh, trésor. Non. Le poids de leur secret partagé sembla appuyer sur la poitrine de Lance – ou son estomac, où la majorité de la pizza qu'ils mangeaient ne serait *pas* d'ici la fin de la nuit.

— C'est dommage, dit Henry. C'est difficile quand on veut servir, mais qu'ils ne te laissent pas faire.

La sincérité dans sa voix donna un vertige de soulagement à Lance. Béni, béni soit Henry... il n'insista pas.

— C'est ce qui t'est arrivé ? demanda Lance, s'obligeant alors à ne pas claquer une main sur sa bouche.

— Ce qui m'est arrivé était... compliqué, dit Henry avec un regard impénétrable et les lèvres tressautant vers Lance. Et sur le long terme, ce n'était pas tant quelque chose que j'ai fait mais quelque chose que j'avais bien mérité.

— Et c'est quelque chose dont tu ne veux pas parler. Je suis désolé.

— Pas d'inquiétudes, l'apaisa Henry en mâchant sa pizza avec obstination avant de se tourner vers Billy. Qu'est-ce que tu veux faire maintenant ?

— Un diplôme d'ingénieur, répondit Billy, se mordant la lèvre avec ce qui ressemblait à de l'espoir.

— Il a été recruté par un chasseur de têtes, laissa échapper Cotton, les yeux écarquillés.

— Mon pote, ça ne signifie pas exactement ce que tu penses, dit Zeppelin avec un sourire narquois.

Cotton l'ignora complètement.

— Non... Deux entreprises, pas vrai, Billy ?

— Oui, acquiesça celui-ci. Il se peut que j'obtienne un stage payé le prochain semestre.

— Et tu déménageras alors de ce trou, et nous pourrons te rendre visite dans une vraie maison ? interrogea Curtis avec espoir.

Curtis – afro-américain, la peau d'un bronze pâle, aussi soigné qu'un cadet de l'armée de réserve – allait à l'école pour étudier la kinésiologie afin de faire de la médecine sportive, et il semblait avoir besoin d'exemples de personnes qui sortaient du porno et passaient à autre chose. Il faisait du bénévolat sur son temps libre dans un centre pour enfants, et bien que Lance voulait souligner que s'il faisait le serveur avec ce temps-là à la place, il

29

pourrait se payer un autre endroit où vivre, il avait la sensation que Curtis était là pour la même raison que Lance. Et cela avait moins à voir avec l'argent qu'avec le fait de ne pas pouvoir s'acheter une famille.

— Absolument, affirma Billy, sa voix résonnant de sincérité.

Parfois, les gars le pensaient vraiment. Ils gardaient contact avec leurs potes chez Johnnies, créaient des amitiés. Parfois, ils faisaient de brèves apparitions. Lance reconnaissait que c'était probablement pareil dans beaucoup de métiers, beaucoup de vies, mais quand même, cela lui donnait de l'espoir de penser que Billy puisse devenir comme Reg et Bobby. La maison de Reg était un taudis – c'était évident – mais bon sang, environ toutes les deux semaines, quelqu'un leur rendait visite et finissait avec une bière, un dîner et une télé dans un salon différent. Bien sûr, ils pourraient aussi être recrutés pour aider Bobby à restaurer le taudis adoré de Reg, mais cela semblait un petit prix à payer.

— Ingénieur, reprit Henry avec respect. Ce sont des cours difficiles. J'ai étudié cette possibilité. Trop épais, conclut-il en frappant son crâne avec ses doigts.

Billy rit, mais il paraissait ravi. Enfin, oui. Ils étaient *tous* beaux ici. Être complimenté sur son cerveau, sa motivation – c'était inhabituel, et Lance sentit un peu de décontraction s'infiltrer dans son ventre. Henry avait promis, et il allait apparemment être à la hauteur de sa parole. Lance était soulagé.

— Quelqu'un d'autre a une matière principale surprenante ? interrogea Henry, semblant s'être détendu aussi. Étude des fusées ? Économies des pays sous-développés ?

— Coach privé ! surjoua Zeppelin. C'est mieux pour surfer quand les vagues sont bonnes !

— Tu vis dans une vallée, Zeppelin, intervint Fisher avec patience. Ce n'est pas l'endroit pour être un surfeur glandeur.

— Moins cher aussi, ajouta Zeppelin en hochant la tête, comme s'il pouvait les pousser à le croire. Et de cette manière, je peux aller surfer les week-ends.

— Il passe ses week-ends comme prof de yoga, indiqua Fisher à Henry. Je le sais, parce que nous travaillons tous les deux dans la même salle. Ce connard ne m'a jamais emmené surfer, pas une seule fois.

Zeppelin sourit au type qu'il avait été en train de baiser moins d'une heure avant, et Lance les regarda tous les deux avec curiosité. Fisher était un ajout récent dans l'écurie de Johnnies, et bien qu'il semblât indécis concernant le porno, il avait été l'invité de Zeppelin plus d'une fois, et c'était inédit.

— Tu ne m'as pas demandé de t'y emmener.

— Ce n'est pas ainsi que ça fonctionne, expliqua Fisher, une note dans sa voix disant à Lance qu'il était presque sûr que Zep ne le savait pas déjà. Tu dis : «Hé, Fisher! Je suis baisé à mort ce week-end. Et si nous allions plutôt surfer!», et moi, je dis : «Oui, Zep, ce serait génial de savoir que tu apprécies plus chez moi que ma queue!» Tu vois comment ça fonctionne?

— Je n'ai pas de voiture, contra Zeppelin, l'air penaud. Toi non plus.

— Oh mon Dieu, marmonna Billy. J'ai une voiture. Et une semaine sans cours. Allons-y.

— Pas de combinaison non plus, ajouta Zeppelin, gêné. Ou de planche de surf. Voyons, les gars, je n'ai que de la gueule pour le surf, et vous le savez.

— Nous pouvons quand même y aller, dit Billy. Je suis sûr qu'il y a des locations.

— Oui? se ragaillardit Zep. Organisons ça!

— C'est bien pour vous, les gars, souffla Randy. Pouvons-nous voir la fin du film avant?

— Tu peux venir aussi, offrit Fisher.

Randy leva ses sourcils roux presque transparents vers lui.

— Je vais cramer au soleil, dit-il. C'est gentil, mais je préfère être pâle et triste que surfer et peler. Vraiment.

Henry lâcha le plus incroyable des sons, mais Lance fut le seul à remarquer. Les gars retournèrent à leur film, avec l'ajout de pizza, bien sûr, mais Lance ne put s'empêcher de fixer Henry, se demandant s'il pourrait le faire rire de nouveau. Rien qu'une fois. Pour de vrai. Parce que cela avait été comme de la pluie après un long été sec, et Lance avait très envie de le sentir de nouveau sur son corps.

VIEILLES HABITUDES

QUELQU'UN ÉTAIT de nouveau en train de baiser.

Henry roula sur le canapé et se couvrit la tête avec le coussin, pensant qu'il pourrait probablement réussir à avoir une heure de sommeil en plus s'ils finissaient dans les cinq prochaines minutes.

Quand, au début, il avait entendu cette idée – qu'il squatte avec une bande de stars du porno obsédées par le sexe – bien sûr qu'il avait été indigné et moralement horrifié. Parce que son *père* aurait été indigné et moralement horrifié. Mais après cette première soirée, à manger des pizzas avec tous ces gentils jeunes hommes, il était allé dormir avec des souvenirs de sa première permission après l'entraînement de base. Mal et lui s'étaient retrouvés avec une bande de compagnons de galère dans un bar en Géorgie – parce qu'il n'y avait sérieusement rien d'autre à faire – et ils avaient déconné, joué au billard, échangé le récit de leurs vies et offert aux autres une ration de connerie. Même si Mal et lui avaient espéré avoir du temps ensemble, la camaraderie l'avait rendu si heureux. C'était presque plus important que l'amitié – cela avait été le fait de savoir qu'il pourrait merder et que quelqu'un couvrirait ses arrières.

Jusqu'à un certain point, bien sûr. Parce que si quelqu'un avait su pour Mal et lui, eh bien... eh bien, il aurait fini sur le canapé de quelqu'un de toute façon, excepté que, maintenant, il avait vingt-sept ans et pas dix-neuf.

Mais, à cette époque, cette sensation d'appartenance lui avait donné de la force, et il l'avait savourée. Observer ces jeunes hommes s'étaler sur les meubles, les uns sur les autres, et parler de leur futur avec tant d'espoir, il s'était rappelé sa promesse à Lance d'être gentil envers ses « petits frères », et il se rappelait la gentillesse de son propre frère et avait été déterminé à l'honorer.

C'était le moins qu'il puisse faire.

Et en ce qui concernait le sexe?

À un moment après la troisième nuit, quand il avait fait des nuits blanches et été aussi à cran qu'un chat traumatisé, il avait eu un flash-back de sa première semaine à la caserne, quand tout le monde avait attendu que le type à côté de lui commence de ronfler pour pouvoir se branler. Mal avait été le premier à faire semblant de ronfler, puis Henry, et ils avaient ensuite été entourés par de simples soldats soulagés, se paluchant sous les couvertures. Henry et Mal avaient croisé le regard de l'autre et ricané, puis frissonné, puis s'étaient occupés de leur propre érection, en silence, attendant que le bruit autour d'eux diminue.

À la minute où il avait diminué, ils avaient fermé les yeux et joui, et cela avait été comme s'il n'y avait qu'eux deux malgré la vingtaine d'autres hommes et l'écrasante odeur de sperme.

Oui, ils avaient été entourés par des mecs en train de jouir.

Rien de tout ça n'était pour eux.

Et malgré la sexualité absolument franche de chaque type dans l'appartement à l'exception de Lance et lui, c'était la même situation.

De la chambre avec le lit double, il entendit le faible gémissement de Zeppelin, le cri étranglé de Fisher, et les coups de la tête de lit contre le mur ralentirent, puis s'arrêtèrent. Henry poussa un soupir de soulagement, jusqu'à ce qu'il entende un autre bruit, celui-ci venant du matelas pneumatique à côté de lui, où Cotton était roulé en une étroite petite boule défensive.

Pendant un instant, Henry grogna, pensant qu'il allait devoir attendre que Cotton prenne son pied avant de pouvoir dormir, mais il entendit ensuite les bruits réels que faisait Cotton.

Des tout petits sanglots, le genre qui bafouillent, parce que le corps voulait faire plus mais l'esprit essayait de contenir. Cotton était en train de pleurer.

Oh merde. Oh merde, oh merde, oh merde.

Henry se redressa, pas sûr de ce qu'il devait faire – il n'était *pas* câlin – mais savait qu'il devait faire quelque chose.

Lance. Lance saurait. Lance gérait adroitement ces boules d'hormones sortant de l'adolescence, hyperémotives et nerveuses avec le toucher doux d'une mère – sauf que la mère d'Henry aurait dirigé ses enfants vers leur père pour tâter du martinet, quand tout ce dont les pauvres enfants avaient besoin était un câlin.

Henry se leva doucement et se pencha pour serrer l'épaule de Cotton, comme pour dire «les secours arrivent», et Cotton serra sa main, assez fort pour déséquilibrer Henry et le tirer sur le matelas pneumatique. Henry atterrit au-dessus de lui, se tortillant et essayant de s'échapper, pendant que Cotton se cramponnait simplement à ses épaules, pleurant sur son torse.

Oh doux Jésus. Ils dormaient tous les deux en caleçon, et il était presque nu avec un autre homme pour la première fois depuis le moment auquel il ne voulait pas penser.

— Cotton… euh, mon pote…

Le gamin était chaud et avait la peau lisse, filiforme, avec des muscles, et hystérique. Il enroula les bras autour du cou d'Henry et serra si fort que celui-ci ne pouvait plus respirer – et sa libido commença à lui taper sur l'épaule.

Euh, Henry. Mon vieux. Ça gaze. Ça fait un bail, pas vrai ?

Non ! C'est un gamin bouleversé. Du calme ! Bon sang !

Cotton le sentit – bien sûr qu'il le sentit – et il commença à se frotter, ses sanglots s'apaisant de façon infinitésimale, ses hanches faisant apparemment ce qui lui venait aussi naturellement que de respirer.

— Non non non non, grommela Henry en tentant de s'éloigner.

Le matelas était plutôt bien gonflé, mais Henry était un type massif et Cotton le suivit. Quand Henry arriva au bout, le côté s'affaissa juste assez pour l'envoyer valdinguer sur le sol, cognant la table basse bon marché et la renversant. Un Cotton hystérique et presque nu atterrit sur lui, et Henry ne semblait pas pouvoir s'écarter en se tortillant sans rendre les choses pires.

— Cotton, arrête. Allons prendre… un café. Ou une crème glacée… Mon pote, tu dois descendre de moi. All…

Oh Seigneur. L'entrejambe de Cotton accrocha celle d'Henry là où les choses importaient, et la caresse contre son membre fut indéniablement excitante.

– *Ez*. Oh, doux Jésus, mec, ce n'est ce que nous voulons, ni l'un ni l'autre !

Henry essaya de s'asseoir, poussant les bras derrière lui, et la bouche de Cotton, sa bouche salée, humide et chavirante, fut soudain sur son cou, et Henry eut beaucoup de mal à ne pas pencher la tête et céder.

Seigneur, il était là depuis un mois, et ça semblait un an, et son corps se plaignait que cela faisait *si longtemps*.

— Cotton ! aboya-t-il. Non !

Cotton recula, la douleur gravée clairement sur son visage.

— Mais tu en as envie, hoqueta-t-il en touchant l'érection douloureuse de Henry sans honte.

Ce dernier attrapa sa main.

— Même si je voulais, tu n'en as pas envie. Pas vraiment. Allons chercher Lance, d'accord ? Tu es dans un sale état.

La lèvre inférieure de Cotton recommença à trembler, et Henry lâcha un grognement de frustration. Il avait besoin que ce visage avec les yeux, le menton et tous les éléments tristes cesse.

— Tu peux me serrer dans tes bras. Mais pas de sexe.

— D... d... d'accord...

Puis ils furent de retour à la case départ, excepté que Henry était appuyé de façon inconfortable contre le désordre de la table basse, pendant que Cotton pétait les plombs.

Il finit par s'endormir contre le torse d'Henry, et celui-ci réussit à le réinstaller sur le matelas pneumatique. Il était en train de ramasser de façon endormie la table basse, souhaitant vraiment du café, quand Lance entra, habillé pour sa garde.

— Que s'est-il passé ? demanda-t-il, les sourcils froncés.

Henry plissa les yeux vers lui. Seigneur, il était beau, sa peau brillante couleur fauve, ses cheveux noirs humides et peignés, ses lèvres pleines remontant. Savait-il à quel point il était magnifique ? Eh bien, il dénudait apparemment ce corps magnifique pour la caméra de temps en temps, laissait des gens le caresser, l'envahir et l'embrasser pour de l'argent – alors peut-être qu'il le savait. Mais il était si beau. Même à une heure horrible du matin.

Henry ferma les yeux, les rouvrit et passa les mains dans ses cheveux.

— Il y a eu des pleurs, grommela-t-il. Il y a eu des pleurs, puis il y a eu du tripotage, puis il y a eu « non, Cotton », et il y a eu ensuite des pleurs. Je n'ai jamais eu la raison des pleurs. Mais il y en a eu.

— Tu peux dormir dans mon lit si tu veux, proposa Lance, sa bouche se tordant de sympathie. Randy est seul pour une fois, Dieu merci, et je pense que Zep et Fisher sont enfin silencieux.

— Non, répondit Henry en secouant la tête. Je dois emmener Galen à l'aéroport dans une heure. Je dois me lever, avaler un café avant de prendre le bus.

Davy avait tenu parole pour l'aider à trouver du travail, et une part de cette promesse avait mené au fait que Henry conduise pour Galen. C'était le petit ami de John – John était le propriétaire de Johnnies – et il avait été sérieusement blessé dans un accident de moto quelques années auparavant. Il *pouvait* conduire, mais cela lui faisait mal, et il avait confié à Henry dans un rare moment de vulnérabilité qu'il vivait dans la peur que ses jambes lâchent quand il était derrière le volant. Puisque Galen était essentiellement un connard sarcastique dont chaque mot dégoulinait de dédain, cela avait en effet été un moment rare.

— Je peux t'y emmener, dit facilement Lance. Va te doucher. Que fais-tu après l'aéroport ?

— Hm... Puisque j'aurai la voiture de John, je pense que je vais emmener Frances à l'école. Il est un peu tard pour la garderie et, apparemment, son prof de cours élémentaire est un vrai ours concernant les retards. Kane était en train de faire un devoir hier soir, et Davy a dit qu'il partait tôt afin de pouvoir aller en parler avec son prof.

Kane avait apparemment des difficultés d'apprentissage, et une part d'Henry – cette part qui était comme son père – voulait le mépriser pour être un gros gorille idiot. Mais la part qui regardait Kane jouer avec sa nièce ou travailler jusqu'aux petites heures du matin pour essayer de lire et d'écrire au-dessus de son niveau d'éducation pensait qu'il devrait peut-être avoir un peu de foutue compassion.

Seigneur. Apprendre. Henry avait certainement besoin de plus de ça.

— Ça te dérange d'être de corvée de transport ? demanda Lance avec un sourire en coin.

— J'aime les enfants, marmonna Henry en haussant les épaules, gêné. Les enfants de mon frère Travis sont plutôt amusants, et Mal... le bébé de Mal et Debbie était super mignon.

Il déglutit. Cela n'avait jamais été aussi difficile à dire avant.

— Je continue d'oublier, commença Lance en inclinant la tête. Mal était ton frère ?

— Non, répondit Henry en secouant avec véhémence. C'est le mari de ma sœur. Lui et moi étions dans l'armée ensemble.

Mon Dieu, il voulait plaquer sa main sur sa bouche. Il n'allait pas parler de ça – peu importait ce que Davy disait à propos du fait qu'ils aient besoin d'avoir cette conversation.

Lance dut sentir qu'il se passait quelque chose. Il redressa les épaules et plissa le front.

— Il y a une histoire que...

À cet instant, la cafetière commença à siffler, et Henry recula.

— Je dois me préparer. Je ne veux pas te mettre en retard. Je reviens dans quelques minutes.

— Hé, Henry...

Il ignora la supplication douce de Lance et alla jusqu'à son sac de vêtements propres, puis dans la salle de bain. Il pensa avec une certaine mélancolie qu'il aurait souhaité avoir quelque chose à mettre à part des jeans, un t-shirt, un sweat à capuche et une veste en jean, mais tandis qu'il se lavait les cheveux avec le shampoing de Lance – parce qu'il avait proposé, bon sang, pas parce qu'il aimait l'odeur – il ne pouvait imaginer quoi porter d'autre. Il avait vu les gars aller en boîte de nuit dans des pantalons habilement coupés et des chemises, pulls en cachemire moulants et jeans à taille basse, mais il n'avait jamais pris le temps de réfléchir à ce qu'il porterait en dehors de l'armée quand il y avait été.

Mal et lui ne s'étaient jamais habillés pour impressionner l'autre, juste au cas où les gens remarqueraient qui ils essayaient d'impressionner. Bordel, tout le monde avait emmerdé Henry sur le fait d'être le baby-sitter de Mal, de le garder dans le droit chemin. Avoir une chemise pour aller en boîte aurait bousillé la couverture d'Henry.

Mais maintenant, alors qu'il se préparait pour sa journée de commissions et d'essais pour trouver un poste de serveur dans un restaurant local, l'idée était un grondement discret dans son ventre.

Qui *était* Henry Matthew Worrall sans Malachi Daniels et les forces armées des États-Unis derrière lui ?

Eh bien, apparemment, il était un gars qui serrait dans ses bras un gamin stressé durant son sommeil et ne profitait pas du pauvre gamin quand il lui offrait une branlette sanglotante. Au moins, c'était un point de départ.

Lance et lui s'installèrent dans la voiture du premier – une vielle CR-V, couleur argent, comme chaque autre voiture sur la route – et Henry sirota son café avec appréciation dans un gobelet de voyage Johnnies. Il devait admettre en lui-même qu'il appréciait assez le dessin aux lignes stylisées sur le côté.

Puis il posa la vraie question de la matinée.

— Alors… Cotton.

Le gamin était encore en train de dormir quand ils étaient partis, mais Henry n'avait pas pu résister à remonter la couverture jusqu'à son menton et ébouriffer ses cheveux avant de passer la porte. Cotton avait souri un peu dans son sommeil et s'était blotti plus profondément dans les couvertures, et le cœur d'Henry s'était brisé.

Seigneur, il avait l'air d'avoir douze ans.

Qui disait que ce gamin devait baiser sur pellicule comme métier ?

Henry ne pouvait s'empêcher de penser à lui maintenant, tandis que Lance avançait le long de Howe Avenue vers J Street.

— Oui ? questionna Lance en baissant la radio.

— Cotton, répéta-t-il. Quel est le problème avec lui ?

— C'est mauvais, Henry, lâcha Lance avec un petit bruit. Tu veux vraiment savoir ?

— Il est fragile. Il est… Je ne sais pas s'il devrait faire du porno. Je ne sais pas pourquoi ses parents le laissent sortir de la maison.

— Sa mère l'a fait sortir de la maison à *coups de pieds*, expliqua Lance.

— Bien sûr, grogna Henry.

— Son premier petit ami avait trois ans de plus que lui – il en avait dix-sept à l'époque. Elle a fait arrêter le type. Les charges n'ont pas été retenues, mais le gars ne voulait plus rien avoir à faire avec lui après ça. Je suppose qu'il a dormi sur le canapé de certaines personnes pendant le lycée, mais il a fini dans les rues. Il se prostituait devant une des boîtes de nuit où nos gars vont faire de la promo. Il a dragué Reg…

— Le gars de la promo ?

— Oui. Reg faisait des scènes avant ça. Mais Cotton a dragué Reg, et celui-ci l'a laissé dormir sur son canapé une nuit avant de l'emmener voir John. Reg l'aurait probablement laissé emménager, point, mais sa sœur vivait avec lui à l'époque, et cette cafteuse était mauvaise. Quoi qu'il en soit, John allait le laisser faire l'éclairage et le son, un peu comme Kane, mais Cotton se prostituait dans la rue depuis un mois alors et a dit, genre : « Hé, je peux vendre mon cul et gagner ma croûte », alors John lui a laissé une chance. Il s'avère qu'il est de la dynamite sur pellicule. C'est juste que, tu sais, hors champ…

— Il cherche l'amour, soupira Henry. Nous… nous devons lui parler. Je veux dire, nous n'allons pas le mettre dehors, mais il… il va tomber en morceaux.

— Nous ne pouvons pas tous les sauver, Henry, déplora Lance avec un son blessé. Enfin, oui, nous aiderons Cotton, mais tu dois le savoir tout de suite. Cette piaule, ce n'est pas permanent. Enfin, le porno n'est pas permanent. Certaines personnes y restent pendant un moment… ils achètent des maisons, des voitures, ils traitent ça comme une profession. Certains de ces gamins ont débuté dans le porno, parce qu'ils voulaient un nouveau tatouage. Dans un cas comme dans l'autre, pour la plupart des gars qui passent par la piaule, c'est comme toi. Pas censé durer.

— Écoute, rumina Henry, c'est comme quand j'étais en déploiement. Tu vois un civil sur la route et dans la zone de guerre… tu l'aides à dégager

38

du passage. Oui, c'est une zone de guerre. Tu ne sais pas ce qui va leur arriver demain. Mais pour *aujourd'hui,* tu peux être le gentil. Je lui parlerai ce soir. Ce gamin a besoin d'un gentil.

Il prit une gorgée de son café et broya du noir, parce qu'il était tellement compétent dans tout ça.

— Peut-on souvent être vraiment le gentil dans la vie, selon toi ?

— Eh bien, tu sais, commença Lance, sa voix assez triste. J'essaie de le faire tous les jours.

Henry sentit un rire monter en lui, et il en fut si surpris qu'il le laissa sortir. Il observa, tandis qu'un rougissement chaud montait sur les joues de Lance.

— Quoi ? Qu'est-ce qui est si drôle ?

— Je ne sais pas, avoua Henry, ses propres joues semblant bien chaudes. Je veux dire, tu es médecin. C'est comme si tu allais en cours pendant un temps incroyablement long pour *pouvoir* être le gentil tous les jours. Je pense que c'est génial, d'ailleurs. Mais je ne suis qu'un troufion. Le plus proche que j'ai jamais été d'être un héros, c'est quand j'ai déplacé une famille pauvre qui était au milieu de la route.

— Ou quand tu t'es assuré que Cotton allait bien, finit doucement Lance.

— Oui, eh bien, soupira Henry, il y a ça.

Peut-être.

Lance le déposa devant la maison de John, et Henry pensa pour la énième fois que si le partenaire en affaire et patron de Davy était un magnat du porno, il devrait vivre dans une maison meilleure et plus grande.

La petite structure avec une chambre et une salle de bain se vantait d'avoir une piscine dans le jardin, et les fleurs à l'avant étaient déjà écloses. Elle avait l'air si... ordinaire. Alors que Henry frappait à la solide porte en chêne, il sentit une odeur de jasmin venant du jardin et se demanda s'il pourrait un jour avoir la tête dans le bon sens concernant ces personnes.

Cotton, la star du porno, était comme un chiot abandonné sous la pluie.

John, le magnat du porno, était un bon gars, et son petit ami offrait un boulot à Henry.

Lance, l'étudiant en médecine, traitait le porno comme n'importe quelle autre profession – serveur, vendeur – et Henry commençait à être d'accord avec lui.

Le frère d'Henry était un homme d'affaires, un bon parent, et il filmait et éditait du porno pour gagner sa vie.

Et Henry, qui avait menti à sa famille et à lui-même pendant les dix dernières années, était au milieu de tout ça, prétendant être hétéro.

Super.

— Henry. C'est si bon de te voir à l'heure.

Il sourit d'un air sombre à Galen.

Celui-ci avait probablement été l'homme le plus magnifique où qu'il aille, autrefois. Un brutal accident de moto – et quelques années accro aux analgésiques – l'avait laissé un peu plus mince, avec une cicatrice qu'il essayait de cacher derrière des cheveux ébouriffés et une barbe naissante sur son menton. Henry admettait en lui-même qu'il était toujours éblouissant – ses yeux marron et son sourire paresseux auraient été très attirants pour Henry autrefois.

Mais Galen était un bâtard sec et sarcastique, qui semblait sentir le jugement général d'Henry envers tout ce qui concernait le porno, et il était vraiment doué pour laisser de petites coupures verbales sous la peau d'Henry.

— Lance m'a emmené, dit-il, reconnaissant.

— Ah, Lancelot… aidant même le dragon.

— Nous autres, les dragons, n'avons pas tous nos propres chariots.

Henry sourit faiblement, et les sourcils paresseusement levés de Galen auraient dû le prévenir.

— Quel bon mot de vocabulaire, Henry. Encore quelques-uns, et tu peux partir trouver ton propre travail.

— Je pourrais partir maintenant, répliqua gentiment Henry. Mais alors, tu devrais prendre un Uber jusqu'à l'aéroport, et cela énerverait tout un tas de personnes.

Y compris Davy, bon sang. Et Henry essayait tellement fort de bien se comporter envers son frère.

—Galen…

John le regardait avec des yeux pleins d'espoir, et Galen jeta un regard en arrière, reculant de devant la porte et laissant entrer Henry. John ne *paraissait* pas être une force de la nature. Un mètre soixante-quinze, peut-être, avec des cheveux roux et des taches de rousseur, et en sous-poids de cinq kilos avec des chevilles osseuses et des oreilles tombantes, John n'était ni beau, ni puissant. Mais il semblait avoir de bonnes idées – et les gamins de la piaule parlaient de lui comme s'il était leur enseignant préféré.

Henry devait admettre qu'ils étaient tous payés régulièrement et traités comme des employés. Il avait entendu les garçons discuter – ils avaient des peignoirs avant et après les scènes. Ils étaient testés souvent et bien conseillés sur la façon d'éviter les maladies et être en sécurité en général s'ils partaient faire d'autres boulots en dehors du porno. On leur donnait même la chance d'aller en boîtes de nuit et d'être des célébrités, de promouvoir leur visage, leur personnalité et leurs vidéos. Ce n'était pas un travail que Henry aurait choisi, mais il pouvait dire que John essayait de diriger une équipe respectable et de donner à ses garçons toutes les chances possibles.

Et il semblait devoir à Davy un genre de lien de sang, parce qu'il rappelait constamment à Galen de ne pas être un connard.

— Je m'excuse, Henry, dit Galen en jetant un regard noir à John à travers ses paupières plissées. Si tu veux bien prendre mon sac, nous pouvons y aller.

— Fais bon voyage, dit John en posant une main décontractée sur la hanche de son amant. Sois sage avec les autres avocats. Ne mange personne au petit déjeuner.

Galen se mordit presque timidement la lèvre et se pencha pour avoir un baiser, et Henry dut détourner le regard. Pas parce qu'il était dégoûté – bien qu'il se souvenait du langage corporel, du faible grognement, des yeux levés au ciel – mais parce qu'il était touché. Il y avait de la tendresse là. Galen pouvait être un bâtard avec une dague à la place de la langue, mais il semblait fondre quand son pervers roux et décharné lui disait des choses gentilles. Et Henry n'était pas fait de fer ou de pierre. Il était aussi sensible à la romance que n'importe quel autre homme – si n'importe quel autre homme désirait que son amant soit aussi gentil, aussi ouvert à propos de ses sentiments pour le reste de sa vie.

Henry attrapa le bagage à main pratique et la housse à vêtements bien moins pratique, et dépassa les deux hommes, engagés dans un baiser d'au revoir, vers la porte qui menait de la cuisine au garage. John avait des propriétés en Floride, et Galen avait de vieux contacts dont il essayait de se détacher, proprement et légalement. Il avait fait ce voyage deux fois avant que Henry n'apparaisse à la porte de Davy, et ceci était supposé être la dernière fois avant un long moment.

Henry déposa le bagage dans la dernière acquisition de John, une Buick LeSabre, aussi démodée que luxurieuse. Il se tourna vers la porte communicante avec la cuisine et alla jusqu'aux marches, prêt et attendant pour aider Galen à descendre. Celui-ci les descendit tout seul, les yeux plissés de concentration, la canne maniée avec la pure force de sa volonté. L'accident qui avait balafré son visage avait presque fendu son pied en deux, et même s'il pouvait marcher sans la canne la plupart du temps, quand il était courbaturé ou que des escaliers étaient impliqués, il semblait vraiment en avoir besoin.

Henry pouvait respecter un homme qui essayait de dépasser une blessure, et il essayait d'être un gentleman.

Galen était simplement nul pour accepter de l'aide.

Malgré tout, Henry attendit près de la portière et s'assura que Galen était attaché avant de la refermer et d'ouvrir la porte du garage vers l'éclatante journée de printemps au-delà. La pluie triste n'avait pas duré longtemps. C'était la première semaine de mai, il faisait presque chaud, et Henry se demanda ce que serait l'été. Tandis qu'il avançait le long des rues bordées d'arbres de ce qu'il admettait en privé être une très jolie ville, il ne put s'empêcher de faire un commentaire sur le temps.

— C'est une journée magnifique. Quand penses-tu que la pluie reviendra ?

Le faible grognement derrière lui ne fut pas rassurant.

— En octobre, si nous avons de la chance.

Henry observa les pelouses vertes et la canopée feuillue au-dessus.

— Non, sérieusement.

— Non, sérieusement. Cette partie du pays est au bord de la sécheresse, Henry. John ne tire même pas la chasse d'eau après avoir pissé… aucune personne du coin ne le fera.

Henry cligna des paupières, alors que plusieurs moments du mois passé dans la piaule devenaient plus clairs.

— Oh mon Dieu ! Je pensais que ces connards étaient nés dans une grange !

Pour une fois, le rire sec de Galen ne lui était pas destiné.

— Non, monsieur… C'était un effort communautaire concerté de ne pas gaspiller une précieuse ressource. Je t'en prie.

— C'est difficile de s'habituer à un lieu différent, confia Henry.

L'armée était l'armée, les casernes étaient les casernes, et tous les autres endroits étaient comme voyager. Mais vivre quelque part, le laisser vibrer à travers son sang – Sacramento n'était pas le reste du monde.

— C'est ça, concéda doucement Galen. As-tu déjà une idée de ce que tu veux faire ?

— À part profiter des bonnes grâces de mon frère et être à ton entière disposition ? Aucune idée. Seigneur, je souhaiterais en avoir une.

— As-tu regardé les cours en ligne ? demanda Galen.

Et quand sa voix était douce comme ça, Henry pouvait voir le charme qui menait apparemment John par le bout du nez.

Le trafic commençait à se densifier, mais Henry tourna à droite sur l'autoroute avec relativement peu d'obstacles.

— Oui, monsieur, répondit-il fraîchement. J'ai regardé. Je me suis même inscrit. Je ne sais simplement pas ce que je veux prendre. Je pensais à l'informatique, mais c'est ce que tout le monde dit.

Galen sembla y réfléchir sincèrement.

— Mm. Ne décide peut-être pas tout de suite. Étudie peut-être simplement les cours pour commencer. La plupart des jeunes gens font l'erreur de penser qu'ils savent exactement ce qu'ils veulent à la minute où ils passent les examens d'entrée. L'université était à l'origine un temps pour explorer afin qu'on puisse découvrir ce qu'on veut. Approche peut-être ça de cette manière.

— C'est vraiment une idée agréable, dit Henry avec un soupir, presque surpris. Merci, Galen. Je garderai ça en tête.

La voix de son père disait : *« Les ordinateurs sont pratiques ! »*, et il ne voulait pas aller dans cette direction, mais il était agréable d'avoir Galen dans sa tête, qui n'était pas un connard pour une fois.

— Eh bien, Henry, tu es ponctuel, tu es efficace, et tu es, dans certaines limites, aussi courtois qu'on peut l'être. Ces qualités peuvent t'emmener loin, si tu les appliques bien. Tu n'as pas besoin d'être un chauffeur pour toujours.

Ce fut au tour d'Henry de grogner. *Aussi courtois qu'on peut l'être ?* Que diable cela voulait-il dire ?

— Mais Galen ! Ma vie serait vide si je ne pouvais pas te lécher les mocassins.

Galen inclina la tête en arrière et émit un faible rire.

— Et voilà le petit con auquel j'ai appris à m'attendre. Oublie tout ce que je viens de dire. J'ai entendu dire que les fast-foods recrutent... peut-être que tu trouveras ta vocation là-bas.

— Je m'assurerai de livrer les suppléments sur le pas de ta porte, répondit Henry d'une voix suave, mais j'ai cru comprendre que vous autres n'étiez pas fans des glucides.

Il n'y avait pas d'erreur à faire sur le « vous autres » dans le ton sarcastique de sa voix, mais Henry l'avait fait à dessein. La fête des garces était lancée.

Aussi désagréables qu'ils soient l'un avec l'autre – et Henry ne se flattait pas ; il donnait autant qu'il recevait – il sortit quand même de la voiture pour aider Galen à descendre et disposer ses bagages pour les transporter facilement. Galen l'observa de manière impassible jusqu'à ce que Henry lui tende la petite valise cabine et sa mallette, la housse à vêtements attachée fermement au-dessus de la valise.

— Merci, Henry.

— Je t'en prie, Galen.

Ce dernier prit une profonde inspiration et secoua la tête.

— Henry, il se peut que je sois un bâtard vicieux… et tu n'es pas un agneau sacrificiel. Mais suis mon conseil sur le fait d'explorer le monde. Je sais que tu *penses* avoir vu beaucoup de choses avec l'armée, mais très souvent, quand on voyage en tant que soldat, on voit uniquement le monde comme une balle. Tu comprends ce que je veux dire ?

— Je comprends, grimaça Henry. Merci. C'est gentil de ta part de t'y intéresser.

La bouche de Galen se tordit, et il fit un clin d'œil.

— Eh bien, pour le meilleur ou pour le pire, tu es une des rares personnes qui peuvent me répondre en râlant en face. John est l'autre personne. Nous autres, connards, devons nous serrer les coudes.

Et là-dessus, Galen empoigna son bagage et accrocha sa canne à la poignée, utilisant le tout pour équilibrer son avancée vers les portes pour pouvoir embarquer.

Henry regagna la voiture et quitta Sacramento, afin de pouvoir aider son frère avec la garde d'enfant et retourner dans le monde très étrange dans lequel il se trouvait désormais.

UN MONDE qui ne semblait pas moins étrange ce soir-là quand il prit Cotton à part après le dîner.

— Prenez mon lit, offrit Lance sous le murmure des colocataires mangeant des spaghettis aux saucisses.

Henry avait institué la règle «tout le monde cuisine un soir par semaine», avec un tableau sur le réfrigérateur. Et bien que ça signifiait qu'ils mangeaient du poulet sur du blé complet avec des choux de Bruxelles quand Zeppelin cuisinait, et des wraps de tofu et laitue quand c'était Lance, le résultat était que tout le monde avait au moins un repas fait maison par jour. Et même quand les gars jeûnaient pour une scène, ils avaient de la compagnie tandis qu'ils grignotaient du céleri et buvaient de l'eau minérale.

Ce soir-là, cela avait été au tour de Cotton de cuisiner, ce qui signifiait que tous les autres faisaient le nettoyage, et c'était le moment parfait pour prendre le gamin à part et foutre la pagaille dans sa tête. Bien sûr, ce n'était pas ce que Henry *voulait* faire, mais il n'avait aucun doute qu'il allait foutre en l'air tout ça d'une manière ou d'une autre.

Mais il ne pouvait pas oublier les sanglots brisés contre son torse et la façon dont Cotton était passé si facilement du désespoir au sexe.

Il devait y avoir une façon différente d'aborder la vie, une qui ne paraissait pas le briser autant.

— Tu veux venir avec? demanda Henry avec désespoir.

— Parfois, c'est un boulot pour Maman, parfois c'est un boulot pour Papa, lui répondit Lance d'un air pincé en secouant la tête.

— Mon père utilisait un martinet, grommela Henry. Je pense que nous avons besoin d'un meilleur Papa.

— Tu es ce que nous avons, lui dit Lance, mais pas avant que Henry voie le petit pli entre ses yeux montrant de la pitié. À moins que tu veuilles remettre le travail à Dex et John…

— Je m'en occupe.

Les remarques sans équivoque de Galen avaient apparemment laissé de petites blessures perçantes dans sa psyché. Il *pouvait* faire sa part, bon sang, il le pouvait vraiment.

Alors, après dîner, il donna un petit coup d'épaule à Cotton et l'entraîna vers le lit de Lance, reconnaissant de son offre. Lance ne couchait pas en dehors des scènes – pas d'après ce que Henry pouvait en voir, en tout cas. Et il n'avait rien tourné depuis que Henry était arrivé, ce que celui-ci trouvait… réconfortant, pour des raisons qu'il ne pouvait nommer. Cela devrait se produire éventuellement, il le savait. Lance avait dit quelque chose sur le fait de vérifier le programme.

Mais Henry ne s'inquiétait pas de ça pour l'instant. Là, il s'inquiétait du gamin qui était actuellement en train d'enlever son t-shirt et de déboutonner son jean, juste devant le lit de Lance.

— Zzzomondieu ! éclata Henry. Que fais-tu ? Arrête ! Non ! Remets tes vêtements ! Nous ne faisons pas ça ici ! Ce n'est pas ce dont il est question !

Cotton s'arrêta et plissa le front.

— Alors que faisons-nous ici ?

Son torse était d'une beauté d'albâtre. Une peau pâle, recouvrant les groupes de muscles si tendus que Henry aurait pu marquer avec un crayon les endroits où il ferait ressortir les ombres. Ses épaules étaient larges et ses coudes avaient été hydratés, un geste curieusement vain et vulnérable qui frappa plus Henry au plexus solaire qu'à l'entrejambe. Il avait des putains d'yeux de Bambi géants, lumineux, marron et vulnérables – bordel, ce gamin ne pouvait-il pas rester à l'abri de cette foutue pluie ?

— Tu t'habilles d'abord, dit Henry. Puis nous allons nous asseoir à des bouts opposés du lit, et nous allons parler comme des personnes normales.

Cotton attrapa son t-shirt – un promotionnel de Johnnies, avec le modèle à l'avant et tout – et se pelotonna dans le coin le plus éloigné du lit, son dos contre le coin du mur. Il avait l'air, si possible, plus nu désormais.

Henry s'assit à l'autre bout du lit avec un soupir.

— Cotton, fils…

— Je ne suis pas ton fils.

— Non, mais tu es trop jeune pour être mon petit ami, alors nous allons devoir faire avec ça, d'accord ?

— Trop jeune ? demanda Cotton en déglutissant. J'ai baisé avec des types bien plus vieux que toi…

— Et honte à eux. Enfin, je comprends… en quelque sorte… pourquoi les gens avec qui tu couches sur le plateau de tournage peuvent être plus vieux que toi. C'est une relation professionnelle, et celles-ci peuvent parfois franchir les limites d'âge.

— Certains d'entre eux n'étaient pas plus âgés que Lance ou toi. Tu es plutôt, tu sais… vieux.

À vingt-sept ans. Fantastique. Henry ne put contrôler son allégresse.

— Merci, mon Dieu, maugréa-t-il, souhaitant avoir la causticité aiguisée de Galen. En tout cas, si je suis si vieux, pourquoi cherches-tu à coucher avec moi ?

46

Cotton commença à tirer sur l'édredon de Lance, qui semblait être une chose faite main dans des bleus et magentas vifs. Henry voulait la toucher aussi.

— Je ne sais pas, marmonna Cotton. Tu étais… chaud. Et sûr. C'est bon quand on est en sécurité.

Oh.

— Eh bien, oui. Cela devrait être bon. Cela devrait être sûr. Mais… et ce n'est pas pour le travail, cela dit… mais peut-être que tu devrais chercher un peu d'action… une *agence,* où tu choisis ton chaud et sûr. Tu allais coucher avec moi parce que j'étais là, Cotton. Ne couche peut-être pas avec des gars parce qu'ils sont *là.* Couche avec eux parce que tu le *veux.*

— Mais comment je trouverai quelqu'un qui m'apprécie si je n'écarte pas les cuisses ?

La déglutition d'Henry fut audible.

Mal, pouvons-nous simplement, je ne sais pas, glander ensemble ?

Allez, Henry… Je ne t'aurais pas demandé de venir chez mes parents, si je ne voulais pas m'amuser.

Un millier d'années. C'était un millier d'années auparavant. Et Henry avait gobé cette tirade encore et encore, jusqu'à ce qu'il croie que ce qu'il faisait n'était pas mal parce que c'était avec Malachi – c'était mal parce qu'il était marié à sa sœur et qu'elle attendait son bébé.

— Tu ne peux pas faire ça, dit Henry, sa gorge si serrée qu'il ne pouvait presque pas parler. Que tu écartes les cuisses… ce n'est pas une condition pour avoir une relation, Cotton. C'est… c'est comme ta récompense pour avoir laissé le reste de la relation fonctionner. Enfin, je comprends. Certaines personnes baisent, puis partent, et ça leur va. Mais tout le monde n'est pas comme ça.

Martin – n'était-ce pas son nom ? – Martin en avait été un excellent exemple. Henry lâcha un soupir, parce que Dieu seul le savait, ses décisions adultes n'avaient pas été plus géniales que celles de ce gamin.

— Je pense simplement que ce serait plus gentil envers toi-même, si tu gardais le sexe sur le plateau pendant un moment et décidais de ce que tu veux quand tu n'es pas là-bas.

Cotton déglutit, ayant l'air de plus en plus petit dans son coin. Oh doux Jésus. Une fois encore, il voulut appeler Lance, puis il vit le gamin s'essuyer le visage avec sa manche.

— Écoute, Cotton… si je viens m'asseoir près de toi, tu promets de ne pas me draguer ?

Le gamin prit une de ces grandes inspirations tremblantes et hocha la tête, et Henry fit ce qu'il avait promis. Il s'assit à côté de lui. Chaud et sûr.

Cotton posa la tête sur l'épaule d'Henry et pleura. Pas des sanglots déchirants – des larmes silencieuses et purifiantes. Finalement, il glissa des bras d'Henry, s'endormant, la tête sur le coussin, et Henry le recouvrit avec la couverture au crochet jaune et verte au pied du lit de Lance. Il sortit de la chambre pour découvrir que la vaisselle était faite – il avait insisté pour que quelqu'un la fasse après le dîner, parce que beurk ! – et le salon étonnamment vide. Lance lisait sous la lampe au bout du canapé.

— Où sont les autres ? demanda Henry en regardant autour de lui.

— Eh bien, Zep et Fisher sont allés dormir, pour une fois, expliqua Lance, alors Randy a demandé s'il pouvait se coucher entre eux. Curtis est dans la chambre en train de faire ses devoirs. Billy est chez un ami…

— Un ami ?

— Apparemment. Il n'y avait rien dans sa voix indiquant un coup d'un soir. Vieux copain de lycée. Et tu as en quelque sorte pris mon lit.

Henry fit un bruit ressemblant au klaxon d'un clown triste.

— Et la réponse si Lance récupère ou non son lit est…

— Non ! compléta Lance en riant doucement. Je comprends.

— Tu peux dormir dans le lit de Randy, offrit platement Henry.

— Seulement si la douleur est mon truc, répliqua Lance avec une expression d'horreur qui rassura Henry. Ses draps sont si raides, ils me couperaient la peau.

— Seigneur, ce gamin est chanceux de ne pas avoir de croûtes sur son pénis. Pour l'amour de Dieu, ce truc est comme le Lapin Energizer des queues !

Lance dut mettre la main devant sa bouche tant il rit fort. Quand il se calma, il baissa la main et dit :

— Petite merde ! Tous les enfants sont endormis pour une fois, et personne n'a de relations sexuelles ! Mon Dieu, ne me fais pas réveiller tout le monde !

— D'accord, concéda Henry avec un ricanement de plus. Tu peux prendre le matelas pneumatique. Dois-tu aller quelque part demain ?

Lance avait des cours parfois – durant sa garde, supposait Henry, ne sachant pas quels termes médicaux étaient utilisés – et des réunions tout le temps. C'était difficile pour Henry de tous les garder en tête.

— Eh bien, oui, mais seulement parce que je le veux, déclara joyeusement Lance. As-tu déjà rencontré Reg ?

Henry hocha la tête. Il était allé plusieurs fois au siège de Johnnies. Il n'avait jamais été invité dans les salles à l'arrière, qui étaient transformées pour ressembler à des chambres et où les tournages se déroulaient pendant les heures d'ouverture, mais il y avait été à l'occasion pour faire des réparations. Et il avait déposé Galen ou Davy à l'entrée en de nombreuses occasions. C'était alors qu'il avait rencontré le timide directeur publicitaire de John.

Et s'était posé des questions sur lui, beaucoup.

Reg n'était pas beau, ou du moins pas aussi beau que les autres. Il était, en fait, plutôt banal, bien que son corps donnait l'impression qu'il en prenait soin. Ses cheveux s'éclaircissaient un peu au sommet, alors il les gardait courts, et ses pommettes n'étaient pas une perfection au rasoir. Il avait un sourire incroyablement doux, et même si Henry avait remarqué qu'il n'avait pas l'esprit vif – on avait dû lui rappeler qui était Henry plus d'une fois – il était très doué pour poser des questions aux gens autour de lui. Reg n'aurait pas réussi dans l'armée, il n'était pas assez vif, et d'après ce qu'il avait laissé échapper, il avait passé plusieurs années dans le porno.

Jusqu'à cette nuit, à l'instant, Henry en avait plutôt été énervé. Qui avait laissé cet homme – cet homme pas-si-malin, super gentil – passer sa vingtaine à la céder à quiconque avait l'air bien devant une caméra ?

Mais Reg avait parlé de réparer une maison et essayer de garder une voiture, et de comment n'importe quel boulot qu'il aurait pu trouver à la sortie du lycée ne lui aurait pas permis de faire ça. Et Cotton – ce gamin ne pouvait pas travailler six jours par semaine dans la restauration, avec des gens lui criant dessus. Il serait une loque.

Bien sûr, il y avait de meilleures idées – mais on avait habituellement besoin de relations pour obtenir ce travail, et ces gars étaient à peine reliés à leurs propres chaussures.

Henry commençait à se faire une idée d'un monde très différent de celui dont il avait supposé l'existence, où les hommes gay étaient comme des pervers sexuels et les stars du porno étaient des toxicomanes dégénérés. C'étaient les idées de son père – c'était la chose qu'il avait bruyamment dite à propos de Davy à la minute où il était parti. C'étaient les idées qui avaient encombré le cerveau d'Henry à la minute où Mal l'avait embrassé, avait ri à son oreille et enfoncé la main dans son pantalon, quand ils avaient seize ans.

Mais il commençait à voir que le sexe était très différent de ce qu'il avait cru en grandissant. Il était presque aussi horrifié qu'il était surpris.

Cela n'empêchait pas une partie de lui de penser que le sexe devrait être sacré.

— As-tu rencontré le petit ami de Reg, Bobby? demanda Lance, le sortant de ses pensées.

— Non, pas encore, mais Reg a dit qu'il cherchait à me mettre en contact pour un travail dans la construction.

— Eh bien, il fait presque un mètre quatre-vingt-dix et il est bâti comme un tank. Peut-être cent trente-six kilos de torse avec une taille de soixante-quinze centimètres. C'est *fou.*

Henry se rappela soudain un fragment pertinent d'information que Reg *avait* laissé échapper à propos de son petit ami, et il *sut* qu'une teinte éclatante de magenta montait depuis son cou.

— Reg t'a dit que Bobby avait une queue de vingt-six centimètres, n'est-ce pas? gloussa Lance.

Henry enfouit la tête dans ses mains.

— Oui! gémit-il. Pourquoi est-ce que je devais savoir ça?

— Parce que, mon vieux, tu te serais posé la question, et maintenant tu n'en as pas besoin. Reg te rend un service. J'ai filmé des scènes avec lui… elle pourrait même faire trente centimètres, mais il n'aime pas se vanter.

Henry sentit son sourire lui échapper avant que toute l'importance de ce que Lance avait dit le frappe.

— Des scènes… lâcha-t-il d'une voix étranglée.

Lance détourna les yeux, manifestement gêné.

— Je suis désolé. Je… Nous avons essayé de ne pas mentionner ça devant toi. Tu deviens tout bizarre, et les gars deviennent bizarres, et… tu sais. Tu sembles bien t'intégrer. Et maintenant, j'ai…

— Oublie ça, dit Henry en agitant la main et ignorant le vide dans sa poitrine. C'est simplement… bizarre. De penser que tu étais… peu importe. Pourquoi me parles-tu de Reg et Bobby?

Sa gorge était douloureuse, comme quand il essayait de ne pas pleurer, et il en était un peu horrifié. Qu'est-ce qui n'allait pas chez lui? Pourquoi l'idée de Lance avec un monstre Panzer ayant un membre de trente centimètres le paniquait autant?

— Oh! s'exclama Lance, aussi désespéré que Henry de trouver un sujet différent. Oui! Parce que le contremaître de Bobby a un bateau. Il a offert d'emmener Bobby et des amis sur la rivière, et Bobby a choisi

Reg bien sûr, mais j'ai été invité aussi, alors, c'est mon jour de repos et je ne le passe pas à rattraper ma lecture de revues médicales, et c'est plutôt sacrément excitant.

Henry était sincèrement heureux pour lui. Il s'appuya de côté sur le canapé et enroula les bras autour de ses genoux.

— Tu le mérites totalement.

Lance reposa sa revue et se tourna pour imiter la pose d'Henry. Ils se faisaient face de chaque côté du canapé, et Henry réalisa soudain que cette conversation était intime, dans le salon le soir, les deux seules personnes encore réveillées dans l'appartement.

— Eh bien, tu mérites une médaille pour t'être jeté sur la grenade Cotton ce soir, dit Lance avec admiration, avant de redevenir sérieux. Est-ce que ton père vous frappait vraiment avec un martinet, Dex et toi, quand vous étiez enfants?

— Oui, répondit Henry, pas sûr de savoir quand c'était devenu un secret. Mais, tu sais, pas au hasard. Uniquement quand nous faisions les idiots. Tes parents ne t'ont-ils pas fessé quand tu étais enfant?

— Uniquement quand nous partions en vadrouille dans le trafic routier, dit Lance, les sourcils encore froncés. Et c'est la vérité. La seule fois où j'ai vu ma petite sœur avoir une fessée a été quand elle a brusquement lâché la main de ma mère pour récupérer quelque chose sur la route. Maman a dû être terrifiée, mais Morgaine ne l'a jamais refait.

— Mon plus jeune frère, Sean, est tombé dans un cours d'eau durant une randonnée familiale une fois.

Henry se souvenait de cette journée, lui le gentil petit soldat juste derrière sa mère, pensant que Davy allait avoir des ennuis.

— Papa n'était même pas là. Si Davy n'avait pas fait ce truc qu'il fait toujours, courir en arrière pour vérifier que tout le monde est en ligne, Sean aurait pu se noyer. Alors nous sommes rentrés de la randonnée, et Davy et Sean étaient mouillés et couverts de boue, et il avait des ampoules parce qu'il avait porté Sean sur tout le chemin de retour. Et qu'a fait Papa? Il a donné une solide fessée à Sean pour avoir fouiné dans le ruisseau et ne pas avoir été là où il aurait dû être.

— Dur, murmura Lance.

— Tu penses? questionna Henry en secouant la tête. Parce que Davy a eu le droit à la ceinture pour avoir bousillé les nouvelles bottes en cuir qu'il portait, alors que Maman lui avait dit de mettre les pourries qui étaient devenues trop petites pour lui.

— Ce n'est pas une grande motivation à faire ce qui est bien, déclara Lance avec un son blessé.

— C'est pour ça que j'ai rejoint l'armée, acquiesça Henry, la gorge nouée, souhaitant que ça ne fasse pas aussi mal. Parce que je pensais, hé, en étant soldat, tout ce que tu dois faire pour réussir ce qui est bien, c'est de suivre les ordres.

— Mm. Comment ça a fonctionné pour toi ?

Henry essaya un sourire tendu, mais à en juger par l'expression sobre aux yeux écarquillés de Lance, cela ne marchait pas si bien.

— Pas terrible.

— Pourquoi ?

Henry prit une profonde inspiration, une qui trembla en ressortant.

— Aimerais-tu une bière ? J'aimerais une bière…

— Voyons, Henry, à qui cela va-t-il faire du mal ?

Henry ferma les yeux et arrêta d'essayer de se lever du canapé.

— À moi.

— Est-ce que ça peut être pire de me le dire que de le garder en toi ?

— Je ne l'ai même pas dit à David.

Cela faisait mal. Il était là depuis plus d'un mois. C'était quoi ? Mi-mai ? Il avait dîné avec son frère au moins une fois par semaine, joué avec Frances, fait semblant de ne pas apprécier l'assortiment de serpents, tortues et iguanes qui vivaient dans la maison et le jardin, et levé les yeux au ciel envers Kane chaque fois qu'il pouvait afin d'avoir l'impression, rien qu'un peu, que la personne qu'il était n'avait pas complètement été laissée pour compte. Mais il n'avait pas parlé de la raison de sa présence, et Davy n'avait pas demandé. Peut-être que Travis l'avait appelé – leur frère aîné envoyait toujours des cartes de Noël et appelait Davy presque chaque mois, et il s'en moquait, si Maman et Papa le savaient. Mais David attendait toujours Henry, et celui-ci appréciait ce fait, mais cela devenait plus effrayant à chaque jour qui passait.

— Dis-moi, incita Lance. Si les choses tournent mal, tu pourras ramasser tes affaires et repartir, mais tu nous manqueras. Et si je garde ça confidentiel, juste entre toi et moi, et que nous continuons, chaque jour, comme nous l'avons fait, tu seras plus près de savoir que ça va.

Henry l'observa sobrement pendant un instant.

— Tu sais déjà à mon sujet, dit-il, la poitrine serrée. Tu connais mon frère, tu sais que l'armée m'a mis dehors, ce qui signifie que j'ai raté ma vie. Qu'en est-il de toi? Tu sembles être le grand gagnant dans la vie, mais je ne comprends pas…

Oh merde. *Non, Henry, n'ouvre pas cette boîte porno de vers!*

— Parce que, commença Lance sans tressaillir. Parce que, toute ma vie, on m'a dit que j'étais important. Je pouvais être n'importe quoi. Je pouvais voler. Mais je n'étais pas stupide. Je savais ce que mes parents votaient. Ils n'allaient pas souvent à l'église, mais je savais ce que l'église disait des gens comme moi. Alors, à douze ans, j'ai réalisé exactement qui j'étais, et j'étais pratiquement sûr que Papa et Maman n'allaient pas en être aussi enthousiastes. Ils avaient donné de l'argent pour le centre local de thérapie de conversion.

— Mon père a en fait dit qu'il aurait dû y envoyer Davy quand il était enfant, expliqua Henry en fermant les yeux. Il pensait que le petit voisin et lui étaient trop proches.

— Eh bien, ils étaient super enthousiastes à propos de cet endroit au Nevada, ils disaient que c'était la réponse de Dieu pour toute la mauvaise homosexualité dans le monde.

— Je le souhaiterais, grommela Henry, souhaitant *vraiment* que ce ne soit pas une part de lui.

— Pas moi, répliqua Lance, sa voix devenant basse, vicieuse et joyeuse. Je devais le cacher… je *devais* le cacher. Je me suis enfermé dans le travail scolaire, j'ai caché mon porno, je me suis branlé comme un enfoiré. J'aurais donné du fil à retordre à Randy durant ma dernière année au lycée. Je n'en ai même pas honte. Et j'ai tenu. J'ai tenu durant mes sept premières années de cours. Seigneur, j'étais si proche de mon internat, c'était comme si je pouvais sentir la paie.

— Que s'est-il passé? demanda Henry, fasciné.

Il n'avait jamais vu Lance comme ça, il ne l'avait jamais vu en colère, amer ou passionné. L'homme qu'il avait appris à apprécier était souvent souriant, toujours compatissant, gentil comme un… eh bien, un médecin, envers les enfants adultes aux hormones folles avec qui ils partageaient un appartement.

— J'avais un petit ami à l'époque… Un médecin. Un type gentil. Mon… s'interrompit Lance en déglutissant. Mon premier, vraiment. Premier amant, premier amour. Et nous étions sortis dîner, un bon restaurant, du vin. Il a posé la main sur la mienne et m'a dit qu'il était déjà marié mais qu'il aimerait m'installer dans un appartement pour qu'il puisse me payer la fac de médecine.

Henry se redressa d'un coup.

— Quel. *Connard* !

— Tu le penses ? demanda Lance avec un rire amer. Je le pensais aussi. Je suis parti furieux… et j'ai foncé directement dans mes parents, qui étaient là avec des collègues de travail de mon père. Et il y avait Teddy, juste derrière moi, en train de crier : « Galahad, je déteste te perdre ! »

Le cerveau d'Henry dérailla.

— Galahad ?

— Je le jure devant Dieu, c'est mon vrai prénom, se justifia Lance, les joues colorées.

Galahad, Lancelot – Henry comprenait, et il réussit à lui offrir un sourire épanoui.

— Ça te va bien.

— Tout comme Gawain, mais personne ne peut le prononcer, grogna Lance.

Mais ce n'était pas le thème de l'histoire.

— Qu'ont fait tes parents ? demanda Henry.

Même s'il en avait une assez bonne idée, étant donné l'endroit où se trouvait Lance actuellement, il voulait que ce soit une fin heureuse. Lance était un type tellement bon, une bonne personne.

— Ils m'ont regardé, et leurs visages sont devenus blancs sous le choc, je le jure, même celui de ma mère, qui est Philippine. Et ils ont regardé la main de Teddy sur mon bras, puis moi. Et mon père a dit : « Nous discuterons de ça à la maison ce soir. » Je vivais à l'autre bout de la ville en résidence universitaire, alors je savais que ça tournerait mal, avoua-t-il avec un soupir. Je dois rendre ça à Teddy, cependant. Je veux dire, nous venions de rompre… c'était fini. Mais il m'a suivi chez mes parents et m'a aidé à récupérer toutes mes affaires après que j'ai été jeté dehors.

— À quel point cela a-t-il été moche ?

Henry mourait d'envie de savoir. Il avait porté des bleus pendant des semaines.

Lance croisa directement ses yeux. Puis il déglutit et détourna le regard, une partie de son sang-froid s'échappant.

— Pas autant que pour toi, déclara-t-il. Ils ont crié, ils ont pleuré, et je me suis tenu là. Je n'étais même pas surpris. Je… je ne pensais pas en tout cas. Je… Teddy et moi avons mis tous mes trucs dans nos voitures, pour que nous puissions les amener à la résidence, et j'ai pleuré tout le long du chemin.

— Leur as-tu parlé depuis? interrogea Henry.

Et Lance secoua la tête, tuant un espoir que Henry n'avait pas su avoir.

— Ma sœur... elle est en fac de droit. Nous parlons toujours, nous déjeunons ensemble parfois, nous nous envoyons des messages une fois par semaine. Elle dit... commença-t-il en haussant les épaules. Ils ne prononcent pas mon nom.

Il y eut un silence, et Henry ne put s'empêcher d'avaler la boule dans sa gorge.

— Payaient-ils pour la résidence? demanda-t-il finalement, parce qu'il avait besoin de la fin de l'histoire.

— Eh bien, pas après ça, répondit Lance, la bouche tordue. J'ai eu environ un mois pour trouver de nouveaux petits boulots, trouver un travail qui fonctionnerait avec mes horaires. Je regardais les pornos de Johnnies depuis des années, j'ai pensé que c'était génial qu'ils soient dans ma ville natale. J'avais même rencontré certains des gars pour des blessures non liées au pénis, et ils semblaient... bien. Gentils. Un peu prétentieux, tu sais, parce que, manifestement, ils peuvent baiser devant la caméra, et tant mieux pour eux, mais pas horribles. Et je venais juste de rompre avec un type qui voulait que je sois son sale petit secret. J'étais major de promotion, en fac de médecine, pour l'amour de Dieu, et mes parents voulaient oublier qu'ils m'avaient eu. Je... C'était très *gratifiant,* si tu vois ce que je veux dire. D'agiter mon pénis gay et de dire : «Cachez ça, bande d'enfoirés! Cachez ça!»

Henry afficha un sourire en coin, parce qu'une douce vengeance était quelque chose qu'il comprenait.

— Bien joué, dit-il de façon bourrue, le pensant vraiment. Tu es plus brave que je ne l'ai jamais été.

La main de Lance sur sa cheville n'était pas vraiment sexuelle, mais elle était tendre. Douce, gentille – des choses que Henry n'avait jamais demandées, n'avait jamais données. Cette tendresse était comme un solvant, liquéfiant la dernière couche de la carapace qui retenait les mots d'Henry dans sa gorge.

— Comment s'est passé ton coming-out? interrogea doucement Lance.

— Il est toujours en cours. Je ne suis même pas sûr de savoir comment tu le sais.

Et n'était-ce pas la vérité?

— Parce que j'ai regardé tes yeux quand tu les détournais.

— Et les autres ?

— Ils sont assez à l'aise avec toi, peut-être, concéda-t-il après y avoir réfléchi. Mais c'est à peu près tout.

Tant pis pour repousser les choses.

— Je… Mon meilleur ami a épousé ma sœur, à la sortie du lycée.

— Alors ? s'enquit Lance en levant un sourcil.

— Alors, pour son enterrement de vie de garçon, ce fut lui et moi avec un cinquième de Jack, un champ ouvert où personne ne pouvait nous voir, et sa queue dans mon cul, sans lubrifiant, parce que c'était la seule chose que nous n'avions pas encore faite, et il voulait le faire avant de se marier et que nous ayons moins de temps pour coucher ensemble.

Lance prit une inspiration qui ressemblait à de l'horreur.

— Putain. Aïe.

— Oui, lâcha Henry avec un petit rire avant de hausser les épaules. Nous allions entrer dans l'armée deux mois après, de toute façon. J'ai pensé… pensé que c'était le dernier tour de piste pour Mal et moi. Certaines personnes abandonnent leur virginité au bal de promo, alors fallait-il en faire tout un plat ?

— Fallait-il ? Le dernier tour de piste ?

Henry déglutit, et l'amertume ne partit pas.

— Non. Enfin, la fois suivante, je lui ai fait utiliser du lubrifiant, crois-moi, parce qu'il m'a fallu une semaine pour arrêter de saigner… Mais il y avait toujours une fois suivante. Après l'entraînement de base, il y avait toujours une fois suivante. Chaque fois que nous avions une perm, il y avait une fois suivante. Et… et chaque fois je pensais quelque chose du genre : « Mal, mon vieux, tu es marié. C'est mal », et il disait un truc du genre : « Juste des gars qui s'amusent, pas vrai ? Enfin, ça ne peut pas être du sexe, si une fille n'est pas impliquée. »

Il laissa des parties de côté, des parties avec les mains de Mal rapides comme l'éclair et des bleus, que Henry avait écartées comme étant une part de l'entraînement ou des passes d'armes, mais ce n'était pas important, n'est-ce pas ?

Lance cligna lentement des yeux.

— Eh bien, il y a une logique un peu foireuse là-dedans.

Et Henry ne pouvait toujours pas ravaler la bile dans sa gorge. En fait, elle remontait et menaçait de l'étouffer.

— Tu penses ? Et… et je l'écoutais. Je l'écoutais putain, parce que l'alternative était de… de simplement arrêter. Et il pouvait avoir pensé que j'étais comme… comme un Fleshlight [2] humain qu'il pouvait utiliser quand ma sœur n'était pas là, mais…

C'était le pire.

— Tu l'aimais, constata Lance, rendant ça plus facile.

— Je l'aimais.

Henry devait respirer. Sa poitrine était serrée, sa gorge gonflée, sa tête douloureuse. S'il pouvait seulement respirer, respirer, respirer… peut-être que cette douleur pourrait partir.

— Mais être gay n'est plus illégal dans l'armée, s'étonna Lance.

Il commença à caresser la jambe d'Henry sous son jean. Cela l'aida à apaiser un peu la douleur.

— Ça ne l'est pas, dit ce dernier. Mais… forcer les hommes au-dessus desquels tu es promu l'est.

— Est-ce qu'il a… commença Lance.

Henry secoua la tête. Une partie d'amertume s'échappa, et elle avait le goût de vieux sperme.

— J'ai eu une promotion. Pendant neuf ans, nous avons réussi à être promus en même temps. Il m'a dit que je devrais contrefaire les scores de mes tests parce que, sinon, j'aurais été trois rangs au-dessus. Et nous voulions rester ensemble, pas vrai ?

— Bien sûr, grommela Lance.

Ses yeux étaient brillants sous la lumière de la lampe, mais Henry ne pouvait pas y penser à cet instant. S'il pouvait tout sortir, raconter l'histoire, peut-être qu'il pourrait garder la douleur, l'amère douleur bilieuse en lui.

— Mais je ne pouvais pas le faire. Pas encore une fois. Bon sang, j'aimais l'armée. Je… je voulais briller. Mon commandant est venu me voir un soir et m'a demandé pourquoi je me retenais. Il m'a dit que Mal ne serait jamais plus qu'un type de ma ville natale, et que l'amitié et la loyauté étaient une chose, mais Mal n'était pas prometteur comme moi. Et une part de moi était en colère, tu sais ? Je voulais lui montrer que je *faisais* les choses bien et que je ne glandais *pas*. Alors, j'ai passé le test, et j'ai eu la promotion, et j'ai dit à Mal : « Hé, nous avons une raison de ne plus faire ça. Parce que ça pourrait nous ruiner tous les deux. »

— Qu'a-t-il dit ? demanda Lance.

2 Marque de jouets et accessoires sexuels.

Et Henry secoua la tête, parce qu'il pensait, hé, ça devrait tout camoufler, pas vrai ? Les choses n'ont pas fonctionné – manifestement.

— Henry, qu'a-t-il dit ?

— Il était... il était énervé. Et il... tu sais. Il aimait toujours une baise brusque quand il était en colère...

— Il t'a *violé* ? lâcha Lance, sa voix sortant dans un couinement. C'est ça que tu me dis ?

— Eh bien, il m'a séduit.

Henry avait dit ça, parce que cela avait de la dignité. La main de Lance se resserra alors autour de sa cheville, pas de manière douce.

— Définis séduit.

Séduit. La séduction était une main sur sa bouche, lui penché au-dessus du lit de ses nouveaux quartiers privés, du carrelage froid contre ses genoux, souffrir.

Sans lubrifiant.

— Forcé, donc, réussit à admettre Henry.

Mais son visage était mouillé, et il n'était pas sûr de savoir comment c'était arrivé. Il essaya d'essuyer ses yeux sur son t-shirt, et il en ressortit trempé.

— Henry, murmura Lance, son toucher se radoucissant. Voyons, mon vieux. Dis-le. Rien que pour moi. Je ne le dirai pas à âme qui vive.

— Ne me fais pas dire ce mot, répliqua Henry en secouant la tête.

— Henry...

Non.

— Je souhaiterais que ce soit le pire.

Henry s'étouffa, parce qu'il ne pourrait pas sortir le reste de l'histoire s'il disait ce mot.

— Il y a quelque chose de pire ?

— Pour moi, oui. Il m'a menacé. Il a menacé de le dire à notre commandant, de me faire traduire en cour martiale, de nous faire exploser au visage toute l'affaire, si je ne continuais pas à... faire ce que nous faisions.

Allez, Henry. Je n'aime pas le faire comme ça. Continue simplement d'être gentil. Tout ira bien.

— Oh, mon...

— Ma sœur a eu un bébé, et elle est de nouveau enceinte. Si ça éclatait au grand jour et qu'elle le découvrait, sa vie serait finie. Mais je... je pensais que nous le faisions parce que nous étions... Au moins amis, conclut-il amèrement.

— Tu étais amoureux de lui, et il a trahi ta confiance, exposa Lance

— C'est à ça que ressemble l'amour? questionna Henry en se frottant le torse, puis il secoua la tête. Je suis le méchant, là. Je baisais avec le mari de ma sœur. Enfin, il n'y a pas à y aller avec des gants.

— Les gens ne sont pas tout blanc ou tout noir, Henry, lui expliqua Lance avec un sourire. Je veux dire, mon père est Russe et ma mère est Philippine… J'en suis la preuve vivante, qu'en dis-tu?

— Qu'ils devraient mettre en bouteille ce patrimoine génétique? rétorqua Henry souriant en peu. C'est sacrément vrai.

Seigneur, il était magnifique.

— Pas de flirt au confessionnal.

Lance lâcha la cheville d'Henry, pour que celui-ci puisse de nouveau plier la jambe – et commença ensuite à caresser l'autre.

— Compris, assura Henry.

— Alors qu'as-tu fait? Je veux dire, tu es ici.

— Je suis allé voir mon commandant et lui ai tout avoué, confia Henry.

Il ferma les yeux, se souvenant de la tristesse de l'homme, de sa déception.

— Il a été… plus gentil que je ne m'y attendais. Il m'a dit que j'avais deux choix. Je pouvais prendre le renvoi pour déshonneur, et Malachi pouvait garder son travail, ou ça pouvait aller en cour martiale, et ce serait ma parole contre la sienne. Il a dit… il a dit que maintenant que j'avais un grade, c'était probable qu'ils statuent en faveur de Mal.

— Et vos deux carrières seraient ruinées.

— C'est… Je baisais avec le mari de ma sœur, répéta-t-il avec un soupir.

Comme si Lance n'avait pas compris l'énormité de ce péché.

— Ça paraissait mieux pour elle. Mon neveu, le bébé dans son ventre et elle étaient innocents. Je pensais…, s'interrompit-il, ne pouvant continuer.

— Comment l'a pris Mal?

— Je ne sais pas. J'ai pris mes papiers de décharge le jour suivant et… j'ai disparu de sa vie. Mais il doit avoir dit quelque chose, raconté quelque chose à ma sœur. Parce que je suis arrivé chez mes parents pour leur dire… je ne sais pas. Que j'étais gay. N'importe quoi. Et Papa était là. Avec ses poings, je suppose. Maman était assise et a dit : « Pas un autre ! »

— Oh, mon Dieu.

Henry haussa les épaules et s'essuya de nouveau le visage sur son t-shirt. Il n'était pas une vraie mauviette.

— Mais tu l'as vu. J'ai survécu

— Je n'en suis pas sûr, contra Lance avec un petit rire. Quand était la dernière fois où tu as pris un jour de congé ?

Henry grogna, postillonna des larmes et essaya de se reprendre.

— Doux Jésus, Lance, quand était la dernière fois que j'ai *travaillé* ?

— Tu appelles la façon dont tu passes ta journée « ne pas travailler » ? Tu ne fais que des commissions pendant douze heures... et fais-moi confiance, si tu n'étais pas là, John aurait exploité un autre gamin du porno et l'aurait payé un bon salaire, tout comme ce qu'il te paie.

Henry secoua de nouveau la tête et essaya de calmer sa respiration.

— Juste... simplement, ça suffit. Y a-t-il quelque chose à la télé ? Parce que, Seigneur, cela fait...

Lance se leva et avança du côté du canapé où était Henry.

— Pousse-toi un peu, murmura-t-il.

Henry roula sur le côté sans un mot, donnant assez de place à Lance pour s'allonger. Ce dernier le fit, son corps chaud et sentant les épices et un peu la sueur, mais sûr. Henry posa la tête sur le bras de Lance et dit :

— Pourquoi faisons-nous ça ?

— Voyons, Henry. N'as-tu jamais eu besoin d'un câlin ?

— Si, murmura-t-il en posant la joue contre le torse de Lance. Si

L'appartement était si silencieux, si paisible, et pendant cet instant, Henry fut trop épuisé pour penser à être ailleurs.

CE N'EST PAS CE QUE TU CROIS

LANCE N'AVAIT pas beaucoup d'opportunités pour faire la grasse matinée – et ce matin-là ne fit pas exception. Il se souvint d'Henry roulant du canapé, puis cette relaxation subtile qui venait quand l'autre corps avec vous laissait de l'espace.

Il y avait une couverture, cependant, pensa Lance en se pelotonnant. Et quelqu'un avait enlevé son short, le laissant en boxer et t-shirt. Il se blottit un peu plus dans les couvertures, alors que le rituel matinal de l'appartement démarrait, avec du café, des discussions et « Hé, avons-nous du bacon ? Je pourrais essayer le kéto. » Il se rappela vaguement Henry demandant s'il pouvait aider avec le short.

— Bien sûr, mais ne pars pas, avait marmonné Lance.

Henry avait rampé à côté de lui, sur le bord extérieur cette fois, et ils avaient dormi, blottis contre l'autre, en sécurité.

Un bourdonnement persistant interrompit la douce sensation rosée de Lance et quelqu'un – Cotton ? – le poussa du bout du doigt.

— Lance, mon pote, réveille-toi. Ton téléphone vibre.

— Quelle heure est-il ? marmonna-t-il.

— Presque huit heures. Tu as dit que tu voulais la douche après Henry, tu te souviens ?

Oh oui. Merde. Lance s'assit et vérifia son téléphone, pas surpris quand il vit six messages de Reg, demandant s'il était déjà debout.

Je dois me doucher. Je serai dehors dans cinq minutes.

D'accord. Nous sommes presque là.

Lance comprit que cela voulait dire « Dépêche-toi ! » et il attrapa son short et ses tennis avant de se diriger vers la chambre pour récupérer ses affaires.

— Où est Henry ? appela-t-il avant de se précipiter pour démarrer la douche.

— En train de sortir les poubelles. Chaque matin. Comme une horloge ! répondit Cotton.

Lance hocha la tête avant de sauter sous l'eau.

À moins qu'il se passe quelque chose de spécial, comme la veille, Henry se réveillait à huit heures, sortait les poubelles, faisait les tâches ménagères basiques dans l'appartement, puis envoyait un message à John et Dex pour voir ce qu'ils avaient besoin qu'il fasse. Bobby avait dit à Reg qu'ils pourraient avoir besoin de quelqu'un pour travailler dans le bâtiment quelques jours par semaine en commençant la semaine suivante, mais Henry avait vraiment bien rempli son temps – conduire différentes personnes, acheter des fournitures, faire de petits boulots sur le plateau. Pas pendant qu'il y avait des acteurs, bien sûr, mais Henry y était allé pour réparer la plomberie dans les douches des filles et, à plus d'une occasion, réparer des meubles cassés dans les pièces pour les scènes. En général, il s'était rendu utile, le petit homme à tout faire de Johnnies, l'aide pour la folie hormonale de la piaule.

Rien qui puisse expliquer le gonflement dans la poitrine de Lance quand il se souvenait de la nuit précédente.

La vulnérabilité n'était pas facile pour Henry Worrall. Le voir craquer quand il avait raconté cette histoire douloureuse… La gorge de Lance lui faisait mal rien que d'y penser. Henry avait des limites – c'était évident. Il ne levait plus les yeux au ciel quand les gars parlaient de scènes, de petits amis ou de se faire un coup d'un soir – mais cette impression de solide désapprobation du garçon de ferme du Midwest n'était jamais loin de la surface.

Mais il gardait la bouche fermée, et Lance pouvait le respecter. Il avait la sensation que Henry essayait de réserver son jugement pour des choses qu'il ne comprenait pas – et même quand il comprenait, de ne pas être comme son père à propos de choses qui n'étaient pas nécessairement dans son expérience existentielle.

Le fait qu'il avait voulu parler à Cotton et pas lui crier dessus faisait déjà d'Henry une meilleure personne que soixante-dix pour cent des parents que Lance connaissait.

Peut-être quatre-vingt ou quatre-vingt-dix. La mère de Bobby était la réceptionniste de Johnnies, et elle maternait autant les garçons qu'ils le lui permettaient – elle avait commencé à importer plus à un niveau mathématique de base. Elle *était* ces bons trente pour cent ; Lance en était sûr.

Mais elle n'avait pas été celle qui avait serré Lance durant la seconde moitié de la nuit. Bien sûr, ils avaient commencé quand Henry avait posé la joue sur le torse de Lance, pleurant doucement, jusqu'à ce qu'il s'endorme comme un enfant. Mais après que Henry se fut levé pour utiliser la salle de bain, il avait passé du temps à mettre Lance plus à l'aise, l'aidant à se déshabiller, lui ramenant une couverture, puis il avait rampé à côté de lui et l'avait serré, même s'ils avaient un matelas pneumatique parfaitement bien, avec des draps et des couvertures, prêt à côté d'eux.

Mais Henry avait choisi Lance à la place.

Lance n'était pas sûr de ce que ça signifiait, mais il y avait un picotement plaisant dans son ventre, un espoir. C'était stupide, bien sûr. Henry ne pouvait toujours pas parler des gars tournant des scènes, ou de porno, ou même de tous les coups d'un soir qui se déroulaient dans les chambres pendant que Henry dormait à l'avant. Lance pouvait vraiment dormir pendant que Randy taillait une pipe à celui qui s'ennuyait, mais il n'était pas sûr de savoir comment Henry prenait ça dans sa forteresse de solitude sur le canapé. Bien sûr, il avait ri quand Lance avait parlé d'agiter son pénis gay, mais avait-il pensé que c'était assez amusant pour sortir avec quelqu'un qui faisait ça ?

Malgré tout, avoir ces bras autour de ses épaules, la façon dont Henry l'avait tenu avait été comme tenir un égal, quelqu'un qui endosserait les fardeaux de Lance et déposerait les siens pour que celui-ci les porte – cela avait été plutôt grisant.

Lance était si perdu dans ses pensées qu'il n'aurait probablement pas entendu l'excitation en bas du bâtiment, si Zeppelin n'avait pas passé la tête dans la salle de bain.

Il y a un type en bas en train de crier sur Reg. Et Henry va le tabasser !

C'était quoi ce *bordel* ?

Lance s'habilla à toute vitesse, et il avait descendu la moitié des escaliers avant de se demander s'il portait ses propres chaussures. Il arriva en bas juste à temps pour saisir le tableau – les gars de Johnnies alignés sur les marches, regardant un thriller policier près de la benne à ordures.

Lance n'était pas sûr de ce qui avait été dit avant qu'il arrive – tout ce qu'il savait était que les choses avaient maintenant dégénéré en un merdier complet.

Bobby – le Panzer aux cheveux blond-roux que Lance connaissait et aimait – se tenait devant Reg, son visage rouge de colère, alors qu'il faisait face à un jeune homme filiforme vaguement familier portant un cache-poussière kaki.

— Voyons, Reg, espèce de putain de demeuré… Ne me dis pas que tu n'en veux pas ! Ta sœur est une foutue cinglée. Je voudrais m'en éloigner aussi !

— Éloigne-toi de lui, putain, Scott ! rugit Bobby. Je n'ai rien contre toi… Putain !

Parce que Henry n'avait pas attendu que Bobby recule. Sous les yeux de Lance, il écarta le type de Reg et Bobby et l'amena de force vers la benne, pensant peut-être à le coincer là pendant que quelqu'un appelait la police.

— Martin Sampson, espèce de merde racoleuse. Tu aurais dû simplement voler mon portefeuille quand tu en avais l'occasion !

— Alors maintenant, je suis une merde racoleuse ? répliqua sèchement Scott, mais il ne semblait pas surpris ou même en colère, juste triste.

— Que fais-tu ici ? Reg ne veut aucune putain de pilules !

— Tout le monde aime les bonbons, Henry, dit Scott avec un sourire penaud.

Lance n'avait aucune idée de qui était Martin Sampson – il avait toujours connu ce type sous le nom de Scott. Et même quand il avait travaillé chez Johnnies, Scott avait été un connard. John se débarrassait habituellement des mecs qui étaient violents ou trop égocentriques pour tourner un bon porno – souvent avant que le sperme ait séché dans leur vidéo d'audition. Mais Scott était resté un peu. Il était même sorti avec Dex pendant un moment, puis celui-ci avait eu le bon sens de rompre avec lui, et Scott était passé à Kelsey la réceptionniste, et de là, Lance avait entendu dire qu'il était allé en prison. Il avait été bien connu pour être le trafiquant de drogue local, mais à en juger par les petits paquets glissant actuellement de ses poches, Scott était apparemment passé aux pilules.

— Dégage d'ici, ordonna Henry, les poings serrés sur la chemise de Scott. Ces garçons ne veulent pas de ce que tu vends !

— Regarde-toi, Henry, murmura Scott, la tristesse sur son visage étonnamment sincère. Jouant au héros et tout le tralala. Tout comme ton frère.

La posture de combat d'Henry se relâcha un peu, et il baissa les poings.

— Mon frère ?

Scott lui lança un sourire penaud, ses yeux transparaissant de sous ses mèches, et pendant un instant, Lance vit presque qu'il pouvait être charmant.

— Tu sais… ton frère ?

Puis il réalisa ce que pouvait signifier ce sourire.

— Henry ! appela-t-il, se précipitant en bas des marches. Henry, non !

– *Putain* !

Henry leva le poing et frappa Scott à la mâchoire avant d'attraper de nouveau son cache-poussière, le soulevant avec force et le poussant dans la benne. C'était assez impressionnant comme acte de force, et absolument terrifiant comme acte de violence.

— Ce sont mes gamins. Ne reviens jamais ici vendre ta saleté !

— Mince, grommela Zeppelin, suivant la descente de Lance. J'espérais avoir des P-Top avec lui. Toute cette cuisine le soir me fait grossir.

— P-Top ? demanda Henry, entendant apparemment le détail le plus hors de propos au milieu du chaos.

— Des pilules pour régime, cingla Lance. Et elles foutent en l'air ton métabolisme, Zep, alors recule. Doux Jésus, Henry, tu vas bien ?

— La coke vous garde minces, marmonna Scott.

Il essaya de se sortir de la benne. Henry se tourna vers lui avec un grognement féroce, et il se réinstalla contre les sacs poubelles et ferma les yeux.

Henry revint vers Bobby et Reg, faisant un effort évident pour détendre ses épaules et son expression.

— Bon, maugréa-t-il fortement. Reg, tu vas bien ?

Reg jeta un coup d'œil de derrière les épaules de Bobby. Ses bras s'enroulèrent autour de la taille fine de son petit ami.

— Oui, je vais bien, Henry. Merci d'avoir fait ça. Bobby essayait de garder son calme, mais…

— Je suis toujours en probation, admit sombrement Bobby en serrant les mains de Reg sur son ventre. Ce qui signifie que *nous* devrions probablement dégager. Lance ?

Lance regarda Reg et Bobby, se souvenant de la condamnation mineure de ce dernier pour agression. Il vérifia dans ses poches pour voir s'il avait son téléphone et son portefeuille, soulagé de découvrir qu'il les avait pris avec lui.

— Oui. Montez dans la voiture, les gars. J'arrive tout de suite. Laissez-moi parler à Henry.

Celui-ci rassemblait le reste des gars pour les faire remonter, et Lance courut près de la benne, y jetant un rapide coup d'œil.

Scott – qui était apparemment Martin Sampson – grommelait dans sa barbe et essayait de grimper au-dessus des piles de poubelles. Tant mieux pour lui. Lance pouvait voir les petits sacs plastiques de pilules tombant de sa poche et jonchant le sol devant la benne. Il n'était pas impressionné par les trafiquants de drogues, en particulier ceux qui harcelaient les types comme Reg.

Mais Henry avait des explications à donner.

— Henry ? appela-t-il depuis la base des escaliers. Pouvons-nous parler une seconde ?

L'interpellé hocha la tête vers Curtis, qui traînait à l'arrière, et redescendit là où il se trouvait.

— Quoi ?

— Qui diable est Martin Sampson ? siffla Lance.

— Qui diable est Scott ? répliqua Henry avec une grimace.

— Scott est l'ex-petit ami de ton frère... le type qu'il fréquentait avant Kane, qui l'a harcelé et a essayé de lui vendre de la coke et... putain, c'est une ordure.

— C'est l'ordure qui traînait près de la station de bus la nuit où je suis arrivé.

Il se frotta le visage avec les deux mains. Sa voix monta vers la fin de sa phrase, comme s'il souhaitait que ce ne soit pas vrai.

— Non, grogna Lance.

— Mon vieux, je n'avais pas encore vu mon frère, mon visage ressemblait à un hamburger et... je suis un putain d'idiot, conclut-il avec un grognement.

— Que vas-tu dire à Dex ? demanda Lance.

Henry baissa les mains et fixa Lance avec horreur.

— Rien ! Oh mon Dieu ! Avec toute la merde que je dois lui dire, a-t-il vraiment besoin de la cerise sur le gâteau de merde ? Je ne lui dis rien !

— Comment as-tu pu faire ça ? questionna Lance, une colère irrationnelle montant. Lever un étranger comme ça ?

— Je ne sais pas. Comment fais-tu pour coucher devant une caméra pour de l'argent ? riposta Henry. Nous avons tous nos limites, Lance. Il se trouve simplement que la mienne essaie de sortir d'une putain de benne.

— Je suis un connard.

Lance laissa échapper un rire lent avant d'admettre ça, puis il jeta un regard noir à Henry, s'attendant à la même chose en retour.

— Et je suis une raclure blanche avec toutes les mauvaises réponses, déclara sèchement Henry, ne cédant manifestement pas. Écoute, une chose à la fois ici, putain, d'accord ?

Et il y avait le dédain auquel Lance s'était attendu. Il avait su qu'il serait là, attendant de sortir et de le mordre.

— Peu importe, grommela Lance. Je vais passer un jour de congé avec les autres putes. Passe une putain de bonne journée.

— Peu importe, répéta durement Henry derrière lui. Assure-toi que Reg va bien, tu veux bien ? Tu es celui qui sait quoi dire.

Lance s'arrêta brusquement, réalisant soudain que c'était un compliment et que Henry essayait d'être adulte. Il se retourna, mais Henry avait déjà monté les escaliers, et tout ce qu'il vit fut la porte claquant derrière lui.

— QU'EST-CE QUI ne va pas ? demanda doucement Bobby.

Le bateau traversait la Rivière Sacramento comme une machette dans du beurre. Reg était encore à l'avant, regardant avec excitation, et Bobby avait littéralement attaché une corde autour de sa taille pour l'empêcher de tomber tête la première par-dessus bord. Lance avait traîné pensivement à l'arrière pendant que le patron de Bobby et sa femme se relayaient à piloter l'engin, parlant bruyamment entre eux. Bourrus et modestes, dans la cinquantaine, ils avaient mis Lance à l'aise quand il était arrivé au dock. Comme avec la plupart des voyages en bateau, la conversation n'allait pas être facile avant qu'ils n'arrivent à leur destination pour le pique-nique prévu à Discovery Park, là où les rivières Sacramento et American se rejoignaient.

Lance regarda l'eau et sourit brièvement.

— Henry m'a surpris, c'est tout, expliqua-t-il.

Le trajet jusqu'au dock s'était surtout résumé à Lance et Bobby essayant de calmer Reg et s'assurant qu'il se sentait en sécurité après les provocations de Scott.

— Je n'avais pas réalisé qu'il connaissait Scott, tu vois ?

— Nombre d'entre nous le connaissaient, dit Bobby en levant les sourcils. Il était dans une de mes premières scènes. Mais tu sais, il y a des coups d'un soir qui sont importants et d'autres qui ne le sont pas. Tu me l'as appris. Lequel penses-tu que c'était ?

Lance déglutit et se rappela la confession douloureuse d'Henry. Scott ne serait-il pas apparu dans leur discussion la nuit précédente s'il avait eu de l'importance?

— Je sais, grommela-t-il. Je *sais*. Mais ça... Enfin, l'ex-petit ami de son frère. C'est simplement si...

— Tordu, convint Bobby en tournant son visage bronzé vers le soleil.

Lance pensa tendrement que la seule raison pour laquelle Bobby et Reg n'étaient pas de vrais péquenauds était qu'ils *faisaient* du porno et qu'ils *avaient* été conditionnés pour prendre soin de leur peau. Bobby avait un visage long et fort avec un nez effronté et des yeux verts francs et directs. Il était une de ces personnes qui préférerait reconstruire leur porche que de s'asseoir à regarder la télé avec vous, ce qui était bien, parce que Reg avait besoin qu'on s'occupe de lui. Cela ne dérangeait pas Bobby d'être occupé, et ça ne dérangeait pas Reg qu'on veille sur lui.

— Ce n'était pas sa faute, admit Lance après un instant. Mais...

Bon sang.

— Tu commençais à l'apprécier? demanda Bobby avec délicatesse.

— Il a une profondeur inattendue, répondit Lance avec dignité.

— Alors il te pardonnera d'avoir été un connard, lui dit son ami, les lèvres tressautant.

— Mais me pardonnera-t-il de faire du porno?

Parce que, dès que Lance l'avait blessé, c'était là que Henry était allé.

— Tu te souviens de la fois où toi et moi avons couché ensemble? le questionna doucement Bobby.

Lance ferma les yeux. Reg, Bobby – il se les était tapés tous les deux, devant et hors caméra.

— Oui.

— C'était spécial pour moi, même si ça me brisait le cœur à propos de Reg. Le sexe est compliqué... tu me l'as appris. L'amour est simple. C'est là où les deux se rencontrent que cette merde devient un bazar enchevêtré.

Lance entrelaça ses doigts derrière sa tête et l'inclina vers le soleil.

— Ce n'est pas encore si enchevêtré, admit-il. Il n'y a pas eu de sexe.

— Et il vit dans la piaule depuis combien de temps? demanda Bobby en lâchant un rire.

— Depuis fin mars?

Oh Seigneur. Lance se demandait si quelque chose n'allait pas.

Le gros rire de Bobby lui dit que c'était mauvais. Vraiment mauvais.

— Oh mon Dieu, Lance. Tu as réussi à enchevêtrer ce bazar sans un pénis en vue. Tu le réalises, pas vrai?

Lance enfouit son visage dans ses mains.

— Oh, pour l'amour de bordel de...

— Oui. Je dirais que ce type et toi êtes plus tordus sans le sexe que l'ex de son frère et lui l'étaient avec. C'est amusant par ici. J'espère que tu vas survivre.

— Espèce de connard, lui balança Lance avec un regard noir.

— On s'est déjà rencontré, répliqua Bobby d'une voix égale.

À ce moment-là, le contremaître de Bobby passa le bateau à une vitesse inférieure, et ils regardèrent tous avec impatience de voir le dock de Discovery Park. Il était l'heure du pique-nique. Il était l'heure pour le patron de Bobby d'être un vieux bonhomme qui n'était pas dérangé par une bande de gamins faisant du porno dans son entreprise de construction, pour Lance d'être amusant et charmant, et de mettre son inquiétude de côté.

IL RENTRA à l'appartement ce soir-là, heureux, un peu soul de la bière que le patron de Bobby avait si généreusement fournie, et plein du pique-nique. Il détestait se sentir plein – et il se détestait pour ce qu'il était sur le point de faire à ce propos, mais il pensait allumer la douche pour couvrir le bruit, comme il le faisait toujours.

Mais d'abord, il devait faire face aux conséquences de la matinée.

Il ouvrit la porte pour découvrir Henry dans un coin du canapé, ses genoux ramenés contre son torse, en train de regarder un film d'action, avec les gars rassemblés autour de lui, huant face à l'écran. Il y avait un grand bol de pop-corn sur la table basse – sans sel, sans beurre – et un plus petit bol de bâtonnets de carotte. Un goûter pour acteurs de porno.

Lance referma la porte derrière lui et regarda de manière significative la place sur le canapé à côté d'Henry, actuellement occupée par Cotton.

Celui-ci lui rendit son regard, ses yeux larges et innocents, et Lance plissa les siens en retour.

— Bouge, junior, ou je te briserai le bras, dit-il doucement.

Cotton rit. Mais il recula, bougeant sur le matelas pneumatique avec Curtis, Zep et Fisher.

Lance grimpa en se tortillant et s'appuya très nonchalamment contre Henry d'une manière que Cotton avait semblé effrayé de tenter.

— Bonne journée? demanda Henry, sa voix prudente et civile.

— Soleil, vent, répondit Lance en souriant plaisamment. Bière.

— Bien. Tu en avais besoin, constata Henry avec un rire doux.

— S'est-il passé quelque chose d'amusant pendant que j'étais parti ?

As-tu soudain réalisé à quel point je t'appréciais et décidé que le porno ne faisait pas de moi un candidat complètement inadéquat et un être humain ?

— Non. J'ai réparé des trucs pour John, emmené et ramené Frances de la garderie. Davy voulait que je te demande de venir dîner la semaine prochaine, alors je viens de te le demander.

— C'est gentil, déclara Lance en le regardant avec les yeux mi-clos. Y a-t-il eu plus de problèmes ?

— Non, répondit Henry en secouant la tête d'un air mécontent. Je ne pense pas qu'il reviendra.

Lance hocha la tête. Était-il pardonné ? Il ne pouvait le dire.

— Bien. Pousse-toi un peu, murmura-t-il. J'ai besoin de m'appuyer sur quelque chose.

Il attendit jusqu'à ce que Henry se soit tourné et qu'il ait posé les pieds sur le sol avant de poser la tête sur l'épaule d'Henry et de se mettre à l'aise dans leur position étalée. Le bras d'Henry s'enroulant autour de ses épaules le fit sourire, soulagé. Bon choix.

Il sentit Henry baisser la tête et inspira doucement dans les cheveux de Lance.

— Tu sens la rivière, chuchota-t-il, si bas que Lance put à peine l'entendre. Et le soleil et le vent.

— Mm…

Henry sentait la douche, et cela donnait vraiment envie à Lance, mais il n'allait pas le dire.

— La liberté, dit Henry en prenant une autre inspiration profonde.

Lance ferma alors les yeux. *Un jour, Henry, tu pourras être libre.*

Mais il ne dit rien. À la place, il mangea des tonnes et des tonnes de pop-corn et s'assura que Henry était bien endormi avant de tout vomir.

Tout fut pareil après ça, mais ne le fut pas totalement.

Le travail – la folie de l'hôpital était difficile à quantifier, mais en même temps, c'était un travail comme nul autre. Lance aimait travailler avec les gens. Il avait été élevé pour rendre au monde, et malgré tous les défauts de ses parents, c'était une des bonnes choses qui lui étaient restées.

Quant à la famille, Lance voyait toujours sa sœur une fois par mois, écoutait ses histoires sur la fac de droit et lui parlait de son internat. Elle ne posait jamais de questions sur ses conditions de vie – il était pratiquement sûr que leurs parents l'avaient effrayée, ce qui était dommage. Il voulait lui parler de son foyer.

Il voulait lui parler d'Henry.

Rentrer chez lui était… eh bien, agréable, aussi bizarre et saturé de sexe que ce soit. L'appartement 126C lui donnait l'impression d'être ancré. Et rentrer chez lui pour y trouver Henry…

Jusqu'à ce jour avec Martin Sampson, quand il avait pensé avoir perdu pour toujours la bonne opinion d'Henry Worrall, il n'avait pas réalisé à quel point il y attachait de l'importance.

Ce qui lui faisait appréhender ce qui était sur le planning pour la fin du mois de mai.

— Tu ne manges pas? demanda Henry ce soir-là au dîner

— Scène après-demain, dit brièvement Lance avec une grimace.

Bien sûr, il y avait d'autres alternatives que le jeûne, mais cela avait tendance à laisser son haleine brillante, comme le disait Reg, et le chewing-gum laissait sa bouche pâteuse.

— Vous autres… ça me tue, grogna Henry. Enfin… Je veux dire, j'ai été élevé là où on est aimé avec la nourriture. J'ai l'impression que vous vous privez, vous voyez?

Lance le regarda, surpris.

— Rien de merdique à dire sur le fait de filmer la scène?

— Ai-je dit ça à quelqu'un d'autre? questionna Henry en levant les yeux au ciel.

Et Lance se sentit un peu honteux.

— Nous pouvons sentir ta désapprobation, dit-il en regardant Henry par-dessus sa canette d'eau minérale pétillante.

Henry lança un regard noir et entêté, et le cœur de Lance fondit un peu plus.

— Eh bien, ce n'est pas ma faute. C'est juste… Le sexe n'est pas hygiénique, grogna-t-il après un instant. Je… C'est une des choses magiques là-dessus. Ou ça l'était. Ou ça aurait dû l'être. Tu le veux tellement que le… euh, nettoyage n'a pas d'importance. Tu sors un gant de toilette et une serviette et tu t'y mets, tu sais?

71

Il haussa les épaules et tripota les spaghettis dans son assiette, regardant Lance par-dessous ses cils. Ce dernier voulut ébouriffer ses jolis cheveux blonds.

— C'est ce que, euh, le sexe *devrait* être. Mais dans un fantasme sexuel, il n'y a pas de gant.

— Tu es un fantasme sexuel ? demanda Henry, clignant lentement des paupières.

La chose la plus étrange se produisit alors. Ses yeux se plissèrent, comme s'il essayait d'être sarcastique, mais sa voix... sa voix devint rauque, sombre et réelle, comme si Lance était *son* fantasme sexuel et qu'il venait seulement de le réaliser.

— Pour certaines personnes, dit calmement Lance. Pour d'autres, je suis le colocataire qui s'investit émotionnellement dans le fait de te regarder manger des spaghettis.

Et les yeux plissés d'Henry s'écarquillèrent soudain avec malice. Il prit une boulette de viande sur sa fourchette et la mordilla.

— Investi émotionnellement ? Ou... tu sais, investi physiquement ? Mm... genre es-tu *émotionnellement* investi dans cette boulette ? *Veux*-tu cette boulette ? interrogea-t-il avant d'avaler et de sourire. *Sens*-tu cette boulette ?

Le ventre de Lance se serra vicieusement, et il fut tenté – si tenté – de dévorer toute une assiette de spaghetti et de passer dix minutes déplaisantes dans la salle de bain avec les doigts au fond de sa gorge. Dieu seul le savait, il l'avait déjà fait avant.

Mais Henry s'amusait de manière si innocente là – et Lance avait gardé son petit secret boulimique pendant les deux derniers mois. Il ne voulait pas que Henry se sente mal, assez étrangement. Le truc de manger et se goinfrer était son petit problème. Il ne pouvait pas en faire une chose pour laquelle Henry se détesterait.

Et il voulait vraiment voir Henry sourire. Seigneur, il était trop sombre la plupart du temps.

Lance satura sa voix de toute la sexitude qu'il n'y mettrait probablement *pas* quand il irait tourner dans deux jours

— Je sens *tellement* cette boulette. Oh, Henry, mange cette putain de boulette !

Henry remua les sourcils et prit un autre morceau de viande sur sa fourchette.

— Comme ça ? Tu veux que je la mange encore ?

— Oh oui ! Oui ! Mange encore cette viande !

— Avec de la sauce cette fois, Lance ? Tu veux de la sauce dessus ?

— Donne-moi toute ta sauce ! Et des nouilles ! Oh seigneur, avale mes putains de nouilles !

Henry le fit, les suçant lentement, s'assurant que la sauce coule de manière tentatrice sur son menton. Quand il eut fini, il sortit une longue langue étonnamment rose et attrapa la dernière goutte avant qu'elle ne coule trop loin, et Lance ne put continuer la plaisanterie plus loin avant de l'embrasser, de le chevaucher, de prendre sa bouche maussade et de la faire gonfler et rougir avec des baisers. Avant de faire dévotion à la colonne solide du cou d'Henry, de mordiller sa clavicule, de lui montrer à quoi pouvait ressembler le sexe avec quelqu'un qui non seulement savait ce qu'il faisait, mais qui, en prime, croyait que le sexe était magique…

Ou, euh, avant d'éclater de rire.

Lance se couvrit la bouche d'une main, ferma les yeux et rit. Parce que cette autre vision avait été si proche, si tentatrice, si réelle, que s'il ne riait pas, il tendrait les mains pour toucher la chose qui le brûlerait le plus.

— Hé, attendez, ce sont des spaghettis ? interrogea Zeppelin en sortant de sa chambre, Fisher à sa suite.

— Oublie les spaghettis, dit ce dernier en plissant le nez de confusion. Était-ce du *sexe* ? J'aurais pu jurer avoir entendu du sexe !

Henry sourit et fit un clin d'œil à Lance.

— Non, répondit-il en prenant une nouvelle bouchée. La seule nouille sucée ici était un spaghetti.

Les gars se tordirent de rire aussi, et Henry les invita à se servir et à venir s'asseoir pour manger avant de les questionner sur leur journée. Derrière eux, Lance baissa le front pour le frapper de façon répétée sur la table, là où Henry ne pouvait pas le voir, parce que jamais auparavant des spaghettis n'avaient été si proches de devenir incontrôlables.

— LANCE ! APPELA Dex, coupant de fait la scène. Qu'est-ce que tu fais ?

Lance dut y réfléchir pendant une minute, puis Kent, son partenaire pour la scène, enfonça son membre dans la bouche de Lance, et celui-ci fut soudain dans le présent.

— Offinf m pwwpe ?

Kent recula et le frappa malicieusement à l'arrière de la tête.

— Bien tenté, mais pas de cigare et pas de pipe. Pas de queue non plus. Doux Jésus, Lance, c'est comme si tes yeux avaient roulé à l'arrière de ton crâne et que tu étais parti autre part.

Lance s'assit dans le lit, se sentant soudain nu et très mal là-dessus, alors que cela ne l'avait jamais dérangé avant.

— Désolé, les gars. Je ne suis pas sûr de savoir où est parti mon cerveau. J'attendais plutôt ça avec impatience aussi, dit-il à Kent avec un pâle sourire.

Mon Dieu, il avait tellement besoin de tirer un coup, de la pire façon possible – parce que ses fantasmes sexuels à propos d'Henry Worrall consumaient chaque minute où il était éveillé.

Mais Kent ne le savait pas. C'était un type blond grand comme un tank géant, avec d'épaisses cuisses musclées, un torse presque aussi large que celui de Bobby, et un sexe de dix-huit centimètres, large comme une canette de soda.

Si vous aimiez payer pour du sexe, Kent était un rêve érotique – ou du moins, un jour de travail érotique.

— Tu as probablement faim, déclara Kent, l'esprit pratique, en lui ébouriffant les cheveux. Je sais que je meurs de faim. Allez… nous venons juste de commencer. Va réfléchir à quelque chose qui t'excite, fais ce que tu as à faire, nous pouvons nous retrouver dans cinq minutes, d'accord ?

Dex se racla la gorge, et Lance fut obligé de rire.

— Est-ce qu'il te pique ton boulot, Dex ?

Celui-ci vérifia la caméra et la posa sur un bureau à proximité mis là surtout pour cette raison. Ce plateau ne faisait que *ressembler* à une chambre.

— Il me le pique, plus ou moins, mais c'est un bon conseil.

— Tu vas grossir pour moi, Dex ? demanda Kent avec un clin d'œil.

— Ce n'est plus mon boulot, espèce de bâtard excité, répliqua Dex en levant les yeux au ciel. N'as-tu pas un petit ami en train de regarder ?

Conrad était un type gentil, avec des cheveux qui se clairsemaient, des lèvres de poisson et un sens de l'humour tordu. Kent l'adorait, et Conrad ? Il regardait son petit ami baiser sur le plateau toute la journée et rentrait apparemment chez eux pour prendre son pied avec style.

Lance acceptait tout ce qui pouvait exciter certains mecs.

Sensuel, consensuel, sain – le sexe pouvait être une chose *tellement* bonne.

Ou du moins, il pouvait l'être dans un environnement contrôlé, avec des partenaires qui acceptaient les mêmes termes. S'il n'y avait pas d'émotions impliquées.

Sans prévenir, ses pensées se tournèrent vers sa rupture. Il avait pensé que Teddy l'aimait, mais il avait simplement été très excité par l'idée « du jeune prostitué en cachette. »

Et puis elles se tournèrent vers la rupture d'Henry, et l'expression sur son visage quand il avait marmonné : « Ne me fais pas dire ce mot. »

Avec un grognement, Lance roula sur le ventre et enfouit la tête dans les draps froissés du lit.

Dex avança pour s'asseoir sur le lit et commença à lui frotter le dos.

— Lance ! Mon vieux, qu'est-ce qui ne va pas ?

Oh Seigneur. C'était la mauvaise personne à qui en parler.

Lance regarda le frère d'Henry et entendit la façon dont il l'appelait Davy, la honte de ne l'avoir pas bien traité et la semi-adoration qu'il éprouvait pour son frère désormais.

— Oh doux Jésus, maugréa-t-il. Je dois me reprendre.

Il ne fut pas surpris quand Dex enroula le peignoir sur ses épaules, mais il était déçu.

— Pas de sexe aujourd'hui ? marmonna-t-il.

— Pas pour toi, mon vieux, répondit Dex en lui ébouriffant les cheveux. Conrad ? Tu testes des trucs avec Kent pour lui tenir compagnie. Tu veux tourner une scène avec lui ?

Conrad leva les yeux là où Kent embrassait son cou et essaya de se concentrer.

— Mais je suis ordinaire comme une patate, dit-il, honnêtement surpris.

Lance ricana dans les draps, et Dex retint un petit rire amusé.

— Seulement pour les aveugles. Kent pense que tu es magnifique, et je crois que ses fans le penseront aussi. Fais-moi confiance… tu offriras aux gars ordinaires de quoi décharger.

— Il est monté comme un âne, marmonna Kent en glissant les mains à l'arrière du pantalon de Conrad.

— Couché, garçon, aboya Dex.

Ils prirent tous les deux une profonde inspiration, comme s'ils étaient *tous les deux* excités. Dex s'assit un peu plus droit.

— D'a… ccord. J'ai une idée. Vous deux, de chaque côté du lit. Je vais passer un appel. J'ai un gars… nouveau, un peu dominant… et tout ce qu'il va faire, c'est vous dire, les tourtereaux, comment baiser l'autre à lui en faire perdre la tête. Qu'est-ce que vous en dites ?

Conrad gémit un peu, et sa main se faufila vers le bouton de son jean.

— Stop ! cria Dex.

Et devant leurs yeux, le membre de Conrad se déploya sous le denim.

— Waouh, murmura Lance.

— Comme un putain d'âne, souffla Kent. Peux-tu accélérer tout ça, Dex ? C'est la chose la plus géniale qui me soit jamais arrivée.

— Hallelujah, dit sèchement Dex. Maintenant, vous deux, de chaque côté de la pièce.

Il croisa le regard de Lance, qui hocha la tête, parce que les deux autres étaient apparemment soumis au possible.

— Et ne jouissez pas.

Ils lâchèrent chacun un gémissement ravi et assorti, et Kent se traîna loin de son amant, nu et titubant presque jusqu'au mur opposé.

— Je vais passer un appel et demander à John de reprendre la caméra, expliqua Dex. Lance, va te doucher, puis retrouve-moi dans mon bureau, d'accord ?

— Une demi-heure ? proposa Lance.

— Pouvez-vous attendre si longtemps ? demanda Dex aux autres.

Ils étaient apparemment en train de baiser rien qu'avec les yeux, parce qu'ils hochèrent tous les deux la tête d'un air rêveur, comme si le contrôle de l'orgasme avec simplement leur regard était une chose réelle.

Lance enroula plus étroitement son peignoir autour de lui, attrapa ses vêtements dans le casier près du mur et quitta la pièce saturée de sexe. Une part de lui était excitée – parce que ce désir entre Kent et Conrad était sacrément sexy – mais une autre était perplexe.

C'était d'habitude si facile.

Quand entrer dans la pièce, avoir une érection et jouir était-il devenu un problème ?

Il s'était, en fait, senti plus sexy, plus excité, quand Henry et lui avaient fait leur truc avec les spaghettis.

UNE DEMI-HEURE plus tard, il était frais et propre, les cheveux lavés, le corps détendu et insatisfait. Il avança dans le couloir menant des douches au bureau, s'arrêtant près du plateau. La porte était ouverte, ce qui arrivait parfois pour donner de la place au caméraman. Dex et John étaient

76

absolument catégorique que personne n'étant pas dans l'affaire, ne soit autorisé à passer la porte depuis la réception pendant les heures de travail, exactement pour cette raison.

Kent se trouvait le visage contre la couverture, ses fesses bien musclées en l'air, pendant que Conrad y enfouissait le visage et léchait.

Derrière Conrad, nu et enthousiaste, se trouvait un grand gamin de peut-être dix-neuf ans, avec une peau profondément bronzée ou basanée et des cheveux noirs jusqu'aux épaules. Il était en pleine érection, et d'une taille décente, mais ce n'était pas la chose la plus sexy à son propos. Ce qui attira l'attention de Lance fut la façon dont il se tenait – deux doigts dans le cul de Conrad, une main enroulée autour de son sexe, pendant que Conrad léchait Kent.

— Bien, murmura le nouveau venu à l'oreille de Conrad. Maintenant, doigte-le. Lentement. Pas rapidement comme je te le fais. Pas deux doigts… oooh, attends, trois… comme je te le fais. Un. Lentement. Parce que je l'ai dit, putain.

Lance déglutit et réussit à garder son grognement – et sa trique – pour lui. Oh *génial*. Maintenant, sa queue fonctionnait.

Mais tu préfères regarder cette scène que d'y participer, pas vrai ?

Cette voix le choqua.

Bien sûr, il n'avait pas regardé beaucoup de porno depuis qu'il était devenu acteur. Mais il s'était vraiment uniquement laissé tenter par les sobres relations internes depuis lors également.

Bobby, Reg – oui, bien sûr, il y avait une chance qu'il y ait des regrets quand la personne passait à autre chose, mais entre-temps, tout était sûr, sensuel et consensuel. Qu'y avait-il de mal là-dedans ?

Excepté que le corps de Lance était maintenant en alerte, et son cœur n'était sûr que d'une seule chose : il ne voulait pas être le mec dans la chambre. Pas aujourd'hui.

Il déglutit et continua à avancer, ne voulant même pas envisager ce que ça pouvait signifier.

— Alors, lui dit Dex quand il entra dans le bureau. Comment ils s'en sortent là-bas ?

— Cela va être un porno sacrément torride, monsieur, répondit Lance en lui offrant un grand sourire.

— Oui, concéda Dex avec un rire, parfois une merde te tombe dessus, tu sais ?

— Oui. Je suis désolé que ce soit arrivé, cependant. Enfin, j'étais venu, prêt à travailler.

Dex (Davy ? Merde, Lance continuait de penser à lui comme étant Davy. Que Henry Worrall soit maudit, bon sang !) sourit légèrement.

— Tu étais prêt, mais ton cœur n'y était pas. Ça arrive parfois. Nous… tu sais… ne voulons pas que ce soit un endroit où on se sente *obligé* de travailler.

Il tendit la main sous son bureau et en sortit un petit paquet de gaufres au blé complet, sans parfum, et de l'eau vitaminée.

— Tiens. Tu dois mourir de faim. Ça te calera jusqu'à ce que tu puisses aller au buffet le plus proche.

Lance prit le paquet de gaufres, ridiculement touché. Sain, avec des glucides doux pour l'estomac, parce que manifestement, Dex connaissait la nourriture pour casser le jeûne. Il se souvint d'Henry parlant de son frère comme d'un protecteur, et son ventre recommença à faire des nœuds, et pas parce qu'il était vide. Le frère d'Henry était un type bien.

Tout comme Henry.

Lance essaya de surmonter cette petite ouverture étrange dans sa tête quand il voulait appeler Dex par son vrai nom et dit avec espoir :

— Je suis sûr que c'est une exception. Enfin, tu sais, ces trois dernières années, j'ai été…

— Tu as été vraiment professionnel, affirma Dex en levant la main, tu as été drôle et tu as fait du porno glorieux. Et tu es toujours le bienvenu ici. Je… tu sais… veux que tu saches que ce n'est jamais obligatoire.

— Eh bien, non, répondit Lance en se mordant la lèvre, ça a toujours été…

— Lance, coupa Dex en secouant la tête, tu peux toujours venir au pique-nique de l'entreprise, même si tu ne fais plus rien sur le plateau avec quelqu'un.

— Nous en faisons un autre ? demanda-t-il faiblement.

Il ne voulait pas admettre à quel point cette pensée le bouleversait.

— Oui, c'est en plein milieu du mois de juillet, parce que John est vraiment cinglé à ce point. Bien sûr que tu peux venir. Tu peux toujours sortir avec tes amis, tu peux toujours vivre à la piaule – bien que, quand tu déménageras, je te suggère de brûler tous tes vêtements, parce que rien que d'entendre «piaule», ça me fait sentir une odeur de sperme. Presque comme le travail. Mais oui. Lance, ta famille ne te laisse pas tomber parce que tu ne travailles plus à la ferme, tu le sais ?

Cela sortit avant qu'il puisse le censurer.

— Ta famille l'a fait. Celle d'Henry l'a fait. La mienne l'a fait.

Dex écarquilla vraiment les yeux, et Lance put vraiment le voir comme un petit garçon.

Et en le voyant, il put voir Henry, et son cœur tomba presque de sa poitrine.

— Je suis désolé. C'était impoli, intrusif et déplacé. Je vais y aller. Je vais démissionner, m'en aller et je…

— Lance ! Assis ! s'exclama Dex avant de cligner plusieurs fois. Bon sang, est-ce que Henry t'a vraiment parlé de la raison pour laquelle il a été viré de la maison ?

Lance s'affaissa sur son siège et se mordit la lèvre.

— C'était personnel. Je n'aurais jamais dû…

— Je sais, dit Dex en lâchant un sourire tremblant. J'ai su avant qu'il n'arrive sur le pas de ma porte. Notre frère aîné, Travis, il est comme l'intermédiaire familial pour les gays. Il m'envoie des lettres venant de Sean et Joey, nos frères cadets, et des photos de ses enfants. Il m'a prévenu quelques heures avant que Henry ne vienne frapper à ma porte et ne me parle du renvoi et de Papa, mais sans me dire à quel point c'était horrible. Je savais pour… la situation depuis un moment. Cela devait forcément exploser. Je… j'attendais, tu sais ? J'attendais que Henry me le dise. Et il m'a simplement regardé, comme s'il était fou de devoir demander de l'aide. Alors il te l'a dit… Seigneur. Je suis simplement content qu'il l'ait dit à quelqu'un.

Lance prit une grande inspiration, ses yeux le brûlant.

— Je ne sais pas… Je ne sais pas si ton frère comprend, lui-même, vraiment à quel point c'était terrible, souffla-t-il, se sentant comme un traître. Son… votre beau-frère… il lui a vraiment joué un sale tour. Quand Henry a choisi sa promotion plutôt que…

Et le visage de Dex se referma. Il donna soudain l'impression de pouvoir tuer un homme, et Lance aurait normalement mis cette possibilité sur le compte de Kane.

— Plutôt que Malachi. Explique ce que tu veux dire par sale tour.

— Ne me demande pas de trahir une confidence, David, dit Lance en détournant les yeux.

— Ne me fais pas supplier, Galahad. Je suis inquiet pour mon frère. Il ne me parlera pas. Et je ne sais pas pourquoi.

— Il a honte, explosa Lance. Il… il a fait ce qu'il devait faire, tu sais ? Pour réussir ? Pour être à la hauteur des attentes de votre père ? Et… et à la fin, il a essayé de choisir la voie honorable… et il a tout perdu.

— Il ne m'a pas perdu, affirma Dex. Je suis encore dans son camp. J'ai *toujours* été dans son camp. Assure-toi qu'il le sache, d'accord ?

Lance hocha la tête, ne pouvant toujours pas regarder Dex dans les yeux.

— Je le ferai. Je… Il veut simplement faire quelque chose d'utile. Il est tellement perdu. Et il est tellement trahi. Je… Malachi est vraiment un bâtard, tu le sais, pas vrai ?

— Que veux-tu dire ? demanda Dex, les yeux plus tranchants.

Et merde.

— Henry a pris une promotion pour avoir l'impression qu'il pouvait dire non. Ça n'a pas fonctionné.

— Je vais le tuer, grogna Dex dans une inspiration. Je vais le dire à Travis. Il le tabassera jusqu'à ce que son visage soit de la bouillie. Ils ont quinze hectares au milieu de nulle part. *Ils ne retrouveront jamais le corps, putain !*

Lance eut du mal à retrouver son équilibre. D'un côté, il voulait dire à son ami de se calmer. Mais d'un autre, l'expression sur le visage d'Henry, la façon dont il essayait d'être fort…

L'abattement total.

— Je t'aiderai, dit-il, la voix rouillée. Mais ça ne va pas l'aider. Pas pour l'instant.

Ce fut au tour de Dex de hocher la tête, puis il se frotta le visage avec les mains. Il prit plusieurs inspirations profondes et regarda Lance avec un semblant du Dex que Lance connaissait.

— Désolé, dit-il automatiquement. Désolé. On est passé de moi te disant que nous ne t'abandonnerions pas à toi voulant t'enfuir en courant. Je ne voulais pas que ça…

Lance secoua la tête, et la brûlure dans ses yeux se déversa.

— Je m'inquiétais, tu sais, avoua-t-il après avoir ravalé sa salive. Je ne sais pas si c'est la fin pour moi chez Johnnies. Je ne suis toujours pas sûr de ce qui s'est passé aujourd'hui. Mais je… tu sais. J'ai ma place ici.

— Tu ne voulais pas perdre ta famille, insista Dex. C'est… c'est le plus difficile dans le fait de faire de tout ça un bon endroit pour travailler. Je… Reg n'avait pas de projet après le porno, tu sais. Nous avons dû lui en donner un, parce qu'il était prêt à arrêter, mais il ne… il n'avait pas de projet. Tu as un projet… tu es arrivé ici avec. Mais ça ne signifie pas que nous voulons simplement que tu t'en ailles.

Lance s'essuya de nouveau les yeux avec le dos de sa main. Il fit un geste vers son visage.

— Désolé. Je ne sais pas pourquoi… J'ai eu un mois des plus étranges.

— Pourquoi ? s'enquit Dex en inclinant la tête. Que s'est-il passé, à part la rencontre avec mon frère stupide ?

Lance leva les yeux pour croiser ceux de Dex, et tout le visage de celui-ci fit « ooh. »

Ils rigolèrent tous les deux misérablement.

— Seigneur. Ce boulot, souffla Dex avec un autre de ces soupirs irréguliers. J'avais l'habitude de penser : « Tu te pointes, te tapes un mec, t'amuses un peu, la journée est finie. » Ça devient plus compliqué que ça.

— Je… je ne sais pas pourquoi il m'a rendu aussi cinglé, dit Lance. Je ne sais même pas s'il veut m'embrasser.

Dex lâcha un rire bref, comme un aboiement.

— *Ceci* est probablement le cadet de tes soucis.

Lance commença à se lever, puis fronça les sourcils.

— Oh, puisque Henry est un bâtard muet comme une carpe, je me demandais, est-ce que Reg t'a parlé de Scott ?

La surprise de Dex aurait été comique – si son horreur n'avait pas été si palpable.

— Scott ?

Oh Seigneur. Lance n'allait *pas* tout lui raconter là-dessus. Simplement, non.

— Il a débarqué à la piaule… essayant de dealer. Il a foutu la trouille à Reg, expliqua Lance, s'obligeant à sourire un peu. Henry l'a jeté dans la benne à ordures. Ça faisait très homme des cavernes, et un peu sexy, je ne vais pas mentir.

Dex laissa échapper un ricanement fatigué.

— Mon Dieu. Scott. C'est un nom que je n'ai pas entendu depuis un moment. D'accord. Je ferai attention et le dirai aux gars d'ici. Nous dirigeons une boîte propre… nous avons de l'aide si les gars sont accros, mais Seigneur. Les drogues… commença-t-il avec un frisson, ne font pas un bon porno.

— Tu es un puriste, déclara Lance avec affection.

— Cela en vaut seulement la peine si ça fait jouir les gens.

Ils semblaient avoir écarté leur inquiétude – et leur furie – à propos d'Henry, et Lance se leva, reconnaissant pour les gaufres, pour la discussion.

Pour la gentillesse.

— Henry a dit que je venais dîner la semaine prochaine.

— Oui, confirma Dex en secouant la main avant de se mordre la lèvre. J'allais dire qu'il voulait simplement un médiateur pour que Kane arrête de le fusiller du regard, mais… Peut-être qu'il voulait aussi… un ami ?

— Un ami, acquiesça Lance. Bien sûr. Nous appellerons ça un ami.

— Nous appellerons ça un… *espoir* ?

Le regard de côté de Dex aurait été un coup de poing dévastateur au plexus solaire, si Lance n'avait pas regardé l'air renfrogné d'Henry pendant les deux derniers mois.

D'une certaine manière, cette expression avait plus de pouvoir sur le visage d'Henry. Qui aurait cru cela possible ? Lance était partant.

— D'accord. Qu'est-ce que j'espère ?

Dex lui offrit un regard doux qui montrait qu'il n'était pas dupe.

— Nous allons espérer que mon frère pourra se sortir le cul d'un trou dans le sol et réaliser que tu es prêt à être plus qu'un ami.

Lance s'essuya de nouveau les yeux.

— Bon sang. Si personne ne le disait, j'aurais pu faire semblant que ça n'arrivait pas.

— Galahad, tu t'es éloigné d'une scène de sexe quand tu avais la queue d'un mec dans la bouche. C'est mignon que tu puisses penser que tu réussis à berner quelqu'un d'autre que toi.

— Même ma mère ne m'appelait pas Galahad, grommela-t-il.

— Comment t'appelait-elle ?

—Gally.

Lance ne put même pas croiser son regard. Le rire de Dex fut rassurant, d'une certaine façon.

— Je t'appellerai Lance pour le reste de ta vie si tu préfères. Mais ça ne va pas changer le fait que ta tête n'était pas dedans aujourd'hui.

Il soupira, une partie de sa gaieté disparaissant.

— Veux-tu vraiment continuer ?

— Je suis sur le planning dans six semaines, répondit Lance en regardant ailleurs. Je peux y réfléchir ?

— Il faudra peut-être plus longtemps que ça à Henry pour se trouver.

Lance leva enfin les yeux et ne vit que de la compassion dans ceux de Dex.

— Oui, mais d'ici là, je peux au moins savoir s'il me voit.

— Très bien, concéda Dex avec un sourire tendu avant de se lever et de contourner le bureau. Tu auras quand même un chèque pour être venu. Tu fais des virements automatiques ces jours-ci?

— Oui?

— Bien. Mme Roberts t'enverra ça demain. Maintenant, va te trouver quelque chose à manger. On dirait que tu en as besoin.

Lance tendit la main pour serrer celle de Dex, mais fut tiré dans une étreinte à la place. Il se tint immobile pendant un instant, surpris, et Dex dit :

— Vous pouvez être bons pour l'autre, mais soyez prudents, d'accord?

— Oui.

Et là-dessus, Dex pivota pour quitter le bureau, et il ne resta plus à Lance qu'à rentrer.

CONTRAIREMENT AUX instructions de Dex, il ne s'arrêta nulle part pour prendre à manger. Il avait toujours apprécié cette sensation propre et creuse qu'il avait en sachant que son système digestif était vide et qu'il n'était qu'un réceptacle. Il lui manquait le tambourinement sous sa peau qui venait habituellement après le sexe et un bon exercice physique, mais c'était remplacé par un autre bourdonnement étrange, quelque chose qu'il ne pouvait pas quantifier.

Quand il entra dans l'appartement et vit Henry, seul dans le salon calme et propre, surfant sur internet depuis son ordinateur portable, le vide et le bourdonnement se figèrent en lui, et il eut presque le souffle coupé.

Bon sang.

Oh, c'était pire qu'il ne le pensait.

Henry leva les yeux quand il entra, et lui offrit un sourire tendu.

— Tu as déjà fini? Habituellement, les gars passent toute la journée à faire… euh, des scènes.

— Je, euh, eh bien, grimaça Lance, je n'étais pas concentré. Cela arrive parfois. Mon partenaire a pu faire quelque chose de nouveau et coquin, et j'ai pu rentrer.

Le sourire d'Henry fit un truc bizarre et papillonnant. C'était comme si sa bouche ne changeait pas de forme, mais soudain le sourire n'était plus tendu – il était réel.

— C'est... Enfin, j'espère que tu n'avais pas besoin de cet argent.

Il se semblait pas du tout déçu que Lance n'ait pas passé toute la journée à coucher avec quelqu'un d'autre. Allez comprendre.

Lance s'autorisa à serrer l'épaule d'Henry avant de s'asseoir en diagonale de lui et de regarder par-dessus son épaule.

— Tu cherches du travail ?

— Je devrais, mais je regarde les parcours de formation à l'université. J'ai rempli les formulaires et je prévoyais de prendre informatique, mais rien ne m'attire, expliqua-t-il en haussant les épaules. Ça aide d'avoir une résidence.

— Oui, ça aide. Alors, euh, je n'ai pas mangé depuis deux jours. Tu veux m'emmener manger un burger ou autre chose ?

Oh Seigneur, il était si nerveux. Un burger était en fait la dernière chose qu'il voulait.

Henry sourit largement, cependant.

— Abso-putain-lument.

Eh bien. Génial. Lance se mordit la lèvre et pensa que peut-être, juste peut-être, il pourrait réussir à garder son repas pour une fois.

LANCE CONDUISIT, et ils trouvèrent un bistro en centre-ville. Il se gara près de McKinley Park, et ils prirent leur repas à emporter pour aller manger à l'ombre. McKinley n'était pas le meilleur coin, mais personne ne les dérangea tandis qu'ils étaient assis sur un banc dans le parc, à l'ombre des palmiers, regardaient l'étang aux canards et racontaient des histoires prises au hasard dans leur jeunesse.

Lance avait obtenu son diplôme avec mention – Henry n'était pas surpris.

Henry avait été une star de football américain – Lance n'était pas sous le choc.

Mais, sous leurs histoires, une image commença à émerger, celle d'Henry étant un garçon rejeté.

— Oh mon Dieu, dit Henry en riant. Non, tu aurais dû être là pour le voir. Parce que renverser une vache... c'est la chose la plus foutrement stupide à faire. Et j'ai dit, un truc du genre : « Mal, espèce de connard idiot,

84

il n'y a rien d'amusant à leur tristesse quand elles tombent et risquent de se blesser. C'est le gagne-pain de ma famille ! », pas vrai ?

— Si, et je trouve ça un peu sexy que tu n'approuves pas la cruauté gratuite, répondit Lance.

Il enveloppa la moitié de son burger et le remit prudemment dans le sac en papier marron. Henry lui lança un rapide sourire et un regard de côté, qui frappa Lance au ventre *bien* plus fort que celui de Dex, et continua son histoire.

— Alors Mal, il a décidé qu'il allait quand même pousser la vache, et la pauvre est tombée… *sur moi*. Elle s'est réveillée et a crié « Meuh ! » et remué sa colonne osseuse partout sur ma jambe, qui a craqué comme une brindille. Nous avions, quoi, treize ans, et Dieu merci, c'était après Pop Warner [3] ou ma vie aurait été finie. Quoi qu'il en soit, j'étais coincé. Mal m'a jeté un regard et s'est enfui. Je suis resté allongé là, hurlant à pleins poumons, et Davy et Travis sont sortis de la maison, parce que je suppose qu'ils étaient les seuls encore éveillés pour m'entendre. Ils m'ont tiré de sous la vache… je me suis vomi dessus, parce que, Seigneur, je ne pouvais supporter une telle douleur, c'est gênant… et ils m'ont mis sur le côté. Davy m'a donné sa veste pour me tenir chaud… C'était le Montana en novembre, vous autres ici ne pouvez pas savoir à quel point il fait horriblement froid… et Trav a couru chercher Papa. Et je suis resté là, pleurnichant comme une couille molle, et Davy a dit : « Écoute, Henry, tu as deux choix. Soit tu dis à Papa qui a poussé cette putain de vache sur toi, soit tu gardes le silence et tu prends sur toi. »

— Ton frère n'est pas stupide, lâcha Lance avec un ricanement tendu.

— Non, mais Papa l'était, rétorqua Henry en secouant la tête. Parce que j'ai choisi l'option B, et Papa l'a gobée. J'ai non seulement été cloué au lit avec la jambe cassée, je n'avais ni télé ni jeux vidéo, mais en plus, Mal n'a pas pu passer me voir pendant deux mois.

— Bien, dit Lance d'un ton acerbe. Ce connard aurait dû rester éloigné. Mais ton père a vraiment gobé ça ? Que tu avais renversé la vache sur toi ?

— Oui, confirma Henry avec un petit rire. Papa a beaucoup de convictions, mais Travis ne pense pas grand-chose de son intelligence.

— Moi non plus, grogna Lance.

---

3 Organisation à but non lucratif proposant des activités, dont le football américain, aux jeunes de 5 à 16 ans.

Henry se leva, sans croiser le regard de Lance.

— Il est temps de rentrer. J'ai dit à Davy que j'irai après la fermeture pour réparer des placards à l'arrière.

Il plissa le nez, de manière complètement naturelle, et complètement Henry.

— Mon Dieu, on a l'impression que l'appartement sent le sperme. J'aimerais vraiment vivre dans un endroit où le pot-pourri n'a pas l'odeur de copeaux de cèdre sur une flaque de foutre, tu vois ce que je veux dire ?

— Oui, oui, je vois, affirma Lance en riant.

Ils retournèrent vers la voiture, l'ombre ajoutant une couche au caractère oppressant de la chaleur de ce début de juin. Le lendemain allait être une journée torride.

— Pourquoi restes-tu ? demanda soudain Henry, faisant déglutir Lance.

— Je n'ai aucun autre endroit où aller, dit-il, la voix distante.

— Ça tourne, lâcha Henry dans un soupir.

Lance en lâcha un à son tour, et il fut temps d'y aller.

Ils repartirent vers l'appartement, et bien que la conversation fut calme, Lance avait de l'espoir. Il n'avait pas compris pourquoi il était parti du plateau de porno ce matin-là, mais il commençait à voir que cela avait été la bonne décision.

Ce soir-là, Henry et lui restèrent debout à jouer à des jeux de société que Henry avait empruntés à Dex. Ce fut une soirée amusante, vraiment, mais pas particulièrement intime.

Ce n'était pas grave. Lance avait eu un déjeuner et une conversation franche. Il y avait de l'espoir pour plus – il devait en avoir. Parce que Lance ne put s'empêcher de s'attarder, assis sur l'accoudoir du canapé après que les autres furent allés se coucher.

— Quoi ? demanda Henry, assis dans un coin du canapé et en serrant ses genoux. N'y a-t-il pas eu assez d'âme mise à nu au déjeuner ?

— Nous avons à peine effleuré la surface, grogna Lance.

Henry lui jeta un regard dur, et Lance fit rapidement marche arrière.

— D'accord… rien de trop difficile. Simplement, j'ai du mal avec la chronologie. Mal et toi aviez treize ans durant le grand incident de la vache renversée. Est-ce que vous… tu sais ? Vous vous amusiez ?

— Non ! s'exclama Henry en secouant la tête. Doux Jésus, nous n'avons été comme ça qu'après qu'il a commencé à sortir avec ma sœur, environ deux ans plus tard. Nous n'avons pas commencé à nous amuser avant d'être en première.

— Alors, euh, puis-je poser la question ?

— Il sortait avec ma sœur, ils avaient commencé à se tripoter, mais ça ne lui faisait pas grand-chose. Un jour, j'étais chez lui et…

Henry ne le regardait pas, et il bougea les épaules, comme si ce n'était pas une grosse affaire.

— Il me touchait partout. Et je faisais semblant avec les filles… Tous ces posters dégueulasses les traitant comme des objets, me branlant tous les soirs. Je disais toutes les conneries appropriées de péquenaud à propos de seins, de cul, de chatte et d'écarter les cuisses.

— Mais… ?

Lance connaissait déjà la réponse – mais c'était difficile, de regarder Henry essayer de trouver les mots. Il s'assit sur le canapé, et à sa grande surprise, Henry repoussa les couvertures et s'assit à côté de lui. Pas en face – à côté. C'était comme une invitation.

— Mais, reprit lentement Henry, je rêvais de Malachi chaque nuit. Il me touchait partout, et je me suis à peine débattu avec un « Ce n'est pas bien envers Debbie », et il a dit…

Ce haussement – cet avachissement des épaules, la façon dont il ne regardait pas Lance quand il le dit – cela faisait encore plus mal à chaque fois.

— Il a dit que ce n'était que nous, en train de nous amuser. Mais ça semblait plus.

— Oui, murmura Lance. J'en suis sûr.

Délibérément, Lance se rapprocha de quelques centimètres, pour que leurs cuisses se frôlent. Henry lui jeta un de ces regards de côté.

— Juste s'amuser ?

— J'ai laissé tomber un boulot aujourd'hui à cause de toi, avoua doucement Lance après avoir dégluti. Je ne sais pas si je te l'ai dit.

— Pourquoi ferais-tu ça ?

La voix d'Henry semblait rouillée, comme s'il avait du mal à faire passer de l'air dans sa gorge.

Et Seigneur, Lance fut obligé d'être honnête.

— Il y a quelque chose dans tes yeux. Je ne veux pas te regarder et penser « Ce n'est que du sexe pour de l'argent. » Alors, quoi que je sois en train de faire ici, ce n'est pas simplement pour m'amuser.

— Parler, dit Henry d'une voix bourrue. Parler avec un ami.

Et le cœur de Lance aurait pu s'effondrer, tomber directement jusqu'à ses genoux à travers son ventre, mais Henry se pencha un peu, contre lui.

Puis il posa une main hésitante sur le genou de Lance.

Celui-ci posa la main sur celle d'Henry et la serra, puis retint son souffle quand l'autre posa la tête sur son épaule.

Ils restèrent assis comme ça pendant quelques instants tranquilles, et Lance regarda la respiration d'Henry ralentir, se stabiliser.

— Bonne nuit, Henry, murmura-t-il en frottant le nez sur le sommet de sa tête.

Henry sursauta, et Lance se leva. Ils devaient tous les deux se lever tôt, et il était déjà plus tard qu'il n'était bon pour l'un ou l'autre.

Ce n'était pas grave – ils avaient fait des progrès. Il y avait eu des discussions. Il y avait eu de l'honnêteté.

Et un appui. Il y avait définitivement un appui, et une main serrée.

On ne pouvait pas oublier la main serrée.

Parce que ce fut de ça que rêva Lance en allant se coucher – la main d'Henry sur la sienne, ces yeux brillants de garçon de ferme du Montana le regardant doucement et la courbe douce de ces lèvres qui indiquait qu'un sourire arrivait.

Il rêva d'un espoir pour un baiser.

IL SE réveilla face à Zeppelin, les yeux écarquillés et paniqué.

— Mec ! Lance ! Mon vieux ! Tu dois nous rejoindre !

— Ma garde ne commence pas avant dix heures, gémit-il.

Il se tourna vers le mur, le front plissé. Il avait été au milieu d'un rêve – de beaucoup, beaucoup de rêves à propos d'Henry. Beaucoup de rêves *frénétiques* à propos d'Henry.

— Oui, mais, il se passe une sacrée merde. Henry a trouvé un *corps* dans la poubelle, purée ! Et nous connaissons ce type !

Lance se redressa d'un coup au mot *corps*.

—Nous le connaissons ? Putain de bordel de merde, Zep. Qui est mort ?

— L'ex de Dex, bon sang ! Scott est mort dans la benne, avec la tête défoncée !

Oh merde. Oh bordel. Il y aurait des flics – qui penseraient que Henry était le principal suspect !

Lance chargea par la porte, les gars derrière lui, ne réfléchissant pas à quoi cela ressemblait. Quand il fut à la moitié des escaliers, il vit

Henry, entouré par des policiers. Il leva les yeux et vit Lance et les gars –
en sous-vêtements, chacun d'eux, parce que, merde – et claqua une main
sur ses yeux.

Putain.

Lance s'arrêta dans un crissement et se tourna vers Curtis, qui était
juste derrière lui.

— Bon, les gars, que quelqu'un retourne à l'intérieur et appelle John
pour lui dire que nous avons besoin de Galen, tout de suite.

Lance avala difficilement sa salive et regarda le trottoir où Henry se
faisait cuisiner comme une truite.

— Notre pote va avoir besoin d'aide.

VOS DIEUX ET POISSONS FRITS

HENRY PUT à peine se traîner jusqu'au porche.

Seigneur, quelle journée, et elle n'était pas encore finie. Avoir engagé un avocat et un détective privé pour l'aider avec son affaire, conduit ce dernier partout en ville pour examiner les faits, vu le corps de Martin Sampson à la morgue – mon Dieu, ce moment craignait vraiment – jusqu'à la bagarre qu'il avait eue avec son privé, parce que Henry était simplement si paumé et en avait besoin, et parce que Jackson Rivers, le privé, et lui étaient partis du mauvais pied.

Tout ça avait vraiment été atroce. Et à cet instant, chaque douleur, chaque bleu, chaque coupure étaient secondaires face à sa terreur de raconter à son frère pourquoi il était le suspect numéro un dans une enquête pour meurtre – parce que Henry avait couché avec l'ex de Davy.

Il frappa à leur porte après avoir passé une journée à retenir de stupides larmes inutiles et à ressentir cette horrible impuissance qui montait en lui depuis qu'il était arrivé la première fois à la porte de David. Qu'était-il supposé faire désormais ?

Il dut se frotter le torse pour lutter contre un désir brûlant de voir Lance, de voir ses yeux se plisser aux coins, et cette expression douce et patiente qu'il avait quand les enfants – euh, les autres résidents de l'appartement – étaient particulièrement jeunes et dirigés par leurs hormones.

Il voulait que Lance pose la main sur sa nuque, serre son épaule, baisse les lèvres vers celles d'Henry et…

Oh mon Dieu. Oh bordel. Pas ça maintenant. Pourquoi Lance penserait ne serait-ce qu'à regarder le type qui était sur le point de se faire arrêter pour meurtre ? Faussement arrêté, oui. Mais Henry savait que cela allait arriver. Son *avocat* savait que cela allait arriver. Et le détective privé de son avocat préférerait simplement le frapper dans les couilles que de s'assurer qu'il était déclaré innocent. Henry ne pouvait pas dire qu'il lui en voulait.

C'était comme si toutes les conneries émotionnelles que Henry avait repoussées depuis qu'il était arrivé ici lui étaient tombées sur la tête ce matin quand il avait regardé dans la benne et vu une de ses plus douloureuses erreurs.

Et il devait en parler à David *maintenant*?

Il pourrait attraper un Uber pour rentrer. Il était supposé déposer la voiture de Galen et se faire ramener quand Davy et Kane iraient chercher Frances, mais au diable tout ça! Henry recula sa main de la porte et se prépara à faire demi-tour, mais Davy arriva avant. Il ouvrit la porte à la volée et attrapa les épaules d'Henry pour le secouer comme un parent anxieux.

— Tu vas bien?

Henry eut du mal à avaler sa salive et secoua la tête.

— Je suis désolé, dit-il d'une voix rouillée. Je suis tellement désolé.

Parce qu'il devait en avoir entendu parler, n'est-ce pas?

— Désole pour quoi? demanda Davy en faisant un pas en arrière mais gardant une main sur son épaule.

— Martin Sampson. Ton ex-petit ami. Avoir couché avec ton ex-petit ami.

Les yeux de Davy s'écarquillèrent, puis il choqua Henry en lâchant un gros rire profond.

— Vraiment? Espèce de petit vaurien. Quand est-ce arrivé?

— Ma première nuit ici, se renfrogna Henry. J'étais stupide…

— Et effrayé, et seul, ajouta Davy dans un soupir.

Il sortit sous le porche, où l'ombre des arbres et le vert de la pelouse offraient une illusion de fraîcheur dans ce qui était vraiment une journée torride et misérable.

— Viens, dit-il en s'asseyant sur la marche supérieure et tapotant la place à côté de lui. Assieds-toi.

Henry obéit, un peu surpris, parce que l'intérieur de la maison était frais et confortable – et c'était le dernier endroit où Henry voulait être à cet instant. C'était comme si son grand frère l'avait senti. Il laissa le silence devenir confortable, tandis qu'ils restaient assis l'un à côté de l'autre avant que Davy n'enroule son bras autour des épaules d'Henry.

Kane sortit à cet instant.

— Oh, je vais rester à l'intérieur…

— Non.

Davy regarda par-dessus son épaule, et ce qui suivit fut ce genre étrange de conversation par les yeux que Henry avait l'habitude de faire avec Malachi quand ils avaient la chance de coucher ensemble quand ils étaient en permission. Excepté qu'il n'était pas question de sexe ou de tromperie. C'était plus du genre…

Kane : *Es-tu sûr que tu veuilles que je reste ?*
David : *Oui, il a besoin de savoir que c'est nous deux.*
Kane : *Mais Dexter !*
David : *Il fait partie de la famille, et nous sommes tout ce qu'il a.*
Kane : *Très bien, mais c'est quand même un connard.*
David : *Oui, mais c'est le nôtre, et je l'aime.*

Quand ce fut terminé, Kane lâcha un soupir, comme un gros chien de garde qui n'allait pas manger quelqu'un aujourd'hui, et descendit du porche sans utiliser les marches. Puis il s'affala, jambes croisées, sur la pelouse.

— Il fait chaud, putain, dit-il à Henry. J'espère que tu apprécies.

Henry le fixa pendant un moment, ce gamin balourd que la famille accusait d'avoir volé Davy.

Cet homme bon qui avait pris soin du frère d'Henry quand personne n'avait même vu qui il était.

— J'apprécie, dit-il d'une petite voix. Je sais que tu penses que je suis un connard de premier ordre, et je le suis, mais… tu ne sauras jamais, putain.

— Savoir quoi ? demanda Davy.

— À quel point j'apprécie tout ça, répondit Henry, une énorme boule dans la gorge. Genre… jamais. Genre… tu sais pourquoi Papa m'a foutu à la porte, s'est lâché sur mon visage… Je suis sûr que tu le sais.

Oh Seigneur, cette putain d'humiliation.

— Chut… souffla Davy en embrassant sa tempe. Je sais que Mal a dit à Debbie que tu avais été surpris en train d'avoir une liaison avec un officier subalterne. Il n'a jamais admis que c'était lui.

La poitrine d'Henry était si serrée.

— Mais… mais tu sais ?

— Mon Dieu, Henry, Kane et moi avons vu clair dans ton jeu quand nous sommes revenus ce Noël-là. Il nous a fallu dix minutes.

— J'ai essayé de m'en sortir, geignit-il, se sentant pathétique. J'ai essayé. J'ai passé le test, obtenu la promotion et lui ai dit que nous ne pouvions pas… Parce que ma sœur attendait un bébé…

Oh Seigneur, il ne pouvait pas respirer. C'était pire, d'une certaine façon, que de le dire à Lance. Celui-ci était gentil envers tout le monde. Lance était gentil avec Randy, qui allait s'arracher la queue un de ces jours.

Mais eux étaient sa famille, et ils ne pardonneraient pas, et il obtenait ce qu'il méritait pour avoir merdé comme il l'avait fait.

— Qu'est-ce qu'il a dit ? questionna doucement Davy, ce bras, cette partie du grand frère ne partant jamais.

Et Henry n'avait pas prévu de le dire. Lance savait. N'était-ce pas suffisant que Lance le sache ?

— Il m'a forcé, murmura Henry. Et donc je couchais *vraiment* avec un officier subalterne.

Il sentit Davy se raidir à côté de lui et pensa : *Bien. Je sais où se situe la limite. C'est ce qu'il faut pour que je perde l'amour de mon frère.*

Puis Davy serra si fort les bras autour d'Henry qu'il n'aurait pas dû pouvoir respirer – mais soudain, il put. Et après un instant, Kane les serra tous les deux, dans la chaleur de l'après-midi, le tenant pendant qu'il craquait pour peut-être la seconde fois dans sa vie d'adulte.

Ils ne purent rester longtemps comme ça. Il faisait bien trop chaud. Davy le releva et lui dit qu'ils allaient marcher jusqu'au coin de la rue pour acheter un soda frais, et Kane suivit derrière eux pendant qu'ils parlaient brièvement de l'affaire, de l'altercation d'Henry avec Martin Sampson fin mai, et comment il avait trouvé le corps ce matin. Ce ne fut pas avant qu'ils reviennent à la maison que Kane posa la question évidente.

— Que diable t'est-il arrivé, au fait ?

Henry rit simplement. Il avait tout oublié de la tenue d'hôpital poussiéreuse qu'il portait, et de ses vêtements normaux dans le sac qu'il avait laissé sous le porche. Il avait même oublié ses articulations, la coupure qui piquait au-dessus de son œil, sa joue et le fait qu'il avait l'air d'être passé dans un hachoir à viande.

— Ceci, dit-il faiblement, est une putain de longue histoire.

Kane sembla en être en fait mécontent.

— J'adorerais sérieusement l'entendre, mais…

Il eut de nouveau une de ces conversations visuelles avec Davy.

— Vous êtes en retard ! s'exclama Henry, sa notion du temps lui revenant soudain. Oh mon Dieu ! Vous êtes en retard. Nous devons y aller pour que vous puissiez récupérer Frances à la garderie. Oh doux Jésus, je suis tellement désolé !

Il était allé chercher la petite fille à la garderie de l'école assez souvent pour savoir que c'était important.

— Ça va, apaisa Davy avec un haussement d'épaules. Nous avons appelé Ethan et nous lui avons parlé. Nous lui avons dit que nous aidions

93

Oncle Henry aujourd'hui. Elle veut te voir à un moment ou un autre cette semaine. Elle semble penser que tu as besoin d'attention.

Les larmes d'Henry avaient enfin séché, ses yeux semblaient enfin normaux, mais il ne put empêcher la boule dans sa gorge de revenir.

— Merci, avoua-t-il d'un ton bourru. Si vous pouvez me déposer, vous pourrez aller la chercher. Dites-lui que je la verrai bientôt.

Ils ne dirent pas grand-chose pendant le trajet – Henry n'aurait de toute manière pas pu épingler une pensée avec une fléchette de jardin à cet instant. Quand ils le déposèrent devant l'appartement, il s'attendait assez à ce que Kane redémarre avant que ses pieds touchent le sol, mais ce ne fut pas ce qui se passa. À la place, Kane gara le SUV, et Davy descendit pour une dernière étreinte.

— Je te tiendrai au courant, lui dit Henry.

Parce que, Seigneur, ne le lui devait-il pas au moins après tout ça?

Davy hocha la tête et embrassa son front, comme il l'avait fait quand Henry avait été allongé sur le sol avec une cheville cassée, parce que Malachi avait renversé une vache sur lui.

Mais désormais, Henry savait comme c'était précieux.

— Merci, Davy.

— Appelle-nous demain…

— Je pourrais être emmené pour être interrogé demain, lui répondit Henry en avalant avec peine.

Parce qu'après avoir parlé à son avocat, le privé et Galen, il savait que c'était probable.

— Ces types que Galen a trouvés…

— Est-ce qu'ils sont bien? demanda rapidement Davy. Reg et John semblent penser qu'ils sont bien.

— Ils sont en fait très bons, avoua-t-il avec une grimace.

Mais le sourcil de Davy s'arqua parce que Henry ne donnait pas l'impression que les choses étaient « très bonnes. »

— Dexter! exhorta Kane depuis la voiture.

— Vas-y, dit Henry en leur faisant un signe de la main. Je te raconterai plus tard.

— Fais-nous savoir quand tu seras emmené pour l'interrogatoire, exigea Davy.

Henry hocha la tête, pensant que Ellery Cramer et Jackson Rivers – son avocat et le privé qui travaillait pour lui – lui avaient dit de parler à son avocat en premier, à la famille en second. Il avait en quelque sorte été d'accord avec eux. Il ne voulait pas accabler Davy et Kane avec plus.

Pas après ce qu'ils avaient fait pour lui ce soir.

Il leur fit au revoir de la main, puis commença à remonter les escaliers, son sac plastique de vêtements sales se balançant contre sa cuisse alors qu'il rentrait.

Lance était déjà là, dans sa tenue d'hôpital, ce qui signifiait qu'il avait fait une garde courte ce jour-là, et le cœur d'Henry lâcha une douce palpitation, rien que de savoir qu'il était là.

— Putain, par tous les dieux, grommela Lance. Que diable t'est-il arrivé ?

— Je ne veux pas en parler, lui répondit Henry, essayant de ne pas croiser son regard. Davy et Kane m'ont déposé. Je leur ai raconté… eh bien, des trucs.

Il était encore à vif. Le reste de l'appartement était calme.

— Tu es le premier rentré ?

— Les gars sont dans leurs chambres, en train de se détendre. Nous étions tous inquiets pour toi. Saute sous la douche, et nous en parlerons pendant que je soignerai cette coupure au-dessus de ton œil.

— Il y a une suture papillon dessus, se défendit Henry.

Puis il soupira, le poids de sa bagarre avec Jackson Rivers le rattrapant. Davy l'avait à peine interrogé là-dessus – peut-être parce qu'il y avait tant d'autres choses à discuter. Et peut-être parce qu'il était miséricordieux et savait que, parfois, on exprimait les plus anciennes douleurs en premier. Mais, maintenant, Henry ressentait sa journée, chaque longue partie infernale, alors il secoua le poignet et grimaça. Il leva ses articulations abîmées et baissa la tête sous le regard de tueur de Lance.

— Ceci va nécessiter de la glace, cependant.

— Que diable…

— Je ne veux pas en parler ! marmonna Henry, souhaitant le silence sage de Davy sur le sujet. Là, je vais sauter sous la douche, pour *ne pas devoir en parler !*

— Que dirais-tu de sauter sous la douche et de prévoir comment nous allons *en parler* ! cingla Lance.

Henry avança d'un pas raide vers la salle de bain et se déshabilla sans penser à apporter des vêtements de rechange avec lui. Il sauta simplement sous l'eau martelante, ne se souciant pas qu'elle soit froide au début.

Il ne voulait *vraiment* pas en parler.

Cette discussion avec Davy l'avait distrait des événements de la matinée. Pendant une minute, il avait en fait été content de voir John et Galen. Ce dernier avait pris en charge les demandes de la police, et John avait supplié Lance de le ramener chez lui pour qu'il puisse prendre sa propre voiture. La dernière fois que Henry avait vu Lance, il y avait eu un geste de la main plutôt troublé, alors que Lance grimpait dans sa CR-V vêtu de sa tenue d'hôpital. Et après ça, la journée d'Henry avait ressemblé à un grand huit.

À la minute où les policiers l'avaient laissé partir, Galen avait poussé Henry dans la voiture avec à peine assez de temps pour qu'un gars (*Cotton, toujours en caleçon*!) coure chercher son portefeuille et son téléphone. Ils étaient alors allés – sans transiter, ne retenez pas votre souffle – chez un avocat pénaliste, pendant que Galen lui tirait du nez le moindre détail de l'histoire.

En quelque sorte.

Parce que Henry *n'allait* pas raconter à Galen qu'il avait couché avec l'ex-petit ami de son frère. En ce qui le concernait, personne ne devait savoir ça à part Lance.

Aah! Et maintenant Davy et Kane. Et son avocat, et ce foutu privé. Les meilleurs plans...

— Henry, tu ne peux pas te cacher là-dedans, appela Lance depuis la porte.

— Tu veux parier?

L'eau était devenue chaude, puis de nouveau froide, et les bleus d'Henry commencèrent à lui faire mal. À contrecœur, il éteignit la douche et fut pris par surprise quand Lance lui présenta la propre serviette d'Henry – douce et moelleuse de la lessive, une serviette de plage bleue à rayures qui couvrait tout – par l'ouverture du rideau de douche.

— Merci, marmonna-t-il, se sentant stupide.

Il sécha son visage et ses cheveux, puis essuya assez pour enrouler le tissu-éponge autour de son torse afin qu'il tombe jusqu'à ses genoux. Il jeta un coup d'œil derrière le rideau et découvrit Lance se tenant dans sa tenue d'hôpital, son sac noir serré dans une main et l'autre sur sa hanche.

— Vas-tu sortir et te faire soigner comme un grand garçon? demanda-t-il, les lèvres tordues de désapprobation.

Oh mais putain.

— On m'a déjà examiné, dit-il d'un ton mutin alors même qu'il sortait de la douche.

— Qui?

— Le spécialiste médico-légal à la morgue où ils ont emmené le corps?

—Toe-Tag [4]? haleta Lance. Tu as rencontré Toe-Tag?

— Dr Tagliare? Petit gars, avec beaucoup de poils dans les oreilles? Une approche très zen du monde? Oui. C'est lui.

Henry l'avait apprécié – il avait été franc et direct, gentil et informatif. Contrairement à *d'autres* personnes que Henry pourrait mentionner.

Les yeux de Lance examinèrent son corps.

— Tu as des bleus partout! Maintenant, assieds-toi et laisse-moi m'occuper de ce sourcil et de ces articulations. Et pour l'amour de Dieu, dis-moi ce qui…

— Je ne veux pas en parler! répéta Henry presque avec désespoir.

— *Je m'en moque!* rugit Lance.

Henry fut si surpris qu'il retomba assis sur le trône de porcelaine.

— D'accord, céda-t-il en enroulant les mains autour de ses genoux. Que veux-tu savoir?

Lance se frotta le visage avec sa main libre avant de poser son sac sur le petit comptoir près du lavabo. Prudemment, il sortit un petit plateau d'argent et prépara un équipement de suture, des bandages et de la crème.

— Commençons par la personne qui t'a frappé?

— C'est le détective privé qui accompagnait l'avocat que Galen a engagé, répondit Henry avec une grimace.

Lance s'arrêta, les sourcils froncés.

— Galen n'est-il pas avocat?

— Si, lâcha Henry avec un soupir, mais comme il a bien pris soin de m'en informer, il est avocat d'entreprise. Il a dit que j'avais besoin d'un avocat pénaliste, et il avait lu un article à propos d'un type qui prenait… je ne sais pas. Les affaires de personnes opprimées. Alors nous avons été jusqu'à son cabinet, et ils, genre, venaient juste d'emménager. Ils étaient encore en train de peindre quand nous sommes entrés.

— Ils?

— Eh bien, le véritable avocat, Cramer, était à l'arrière, à faire des trucs d'avocat, je suppose. Mais il y avait ce type nommé Rivers, qui portait un short cargo usé et rien en haut. Quand il a enfin enfilé un haut, c'était une telle guenille, vous les gars ne l'utiliseriez même pas pour nettoyer du

---

4 Étiquette d'identification mortuaire accrochée à l'orteil des corps

foutre. Quoi qu'il en soit, c'est le privé qui travaille pour Cramer, et c'est un putain de sacré numéro.

— Définis «putain de sacré numéro», exigea Lance en grognant et enfilant ses gants.

Henry soupira, essayant de décrire Jackson Rivers.

— Eh bien, je pense que Cramer et lui couchent ensemble…

— Essaies-tu d'être offensant ou es-tu simplement énervé? interrogea Lance en reculant pour l'observer.

Henry le regarda d'un air mécontent. Seigneur, essayer d'expliquer ce qui s'était passé – la façon dont Rivers avait insisté sur le fait d'avoir toute la vérité, rien que la vérité, et que celui qui ne le jouait pas à sa façon n'en valait pas la peine… Cela lui restait en travers de la gorge.

— Simplement, je… Pourquoi tout le monde doit savoir le grand secret gay? demanda-t-il presque en larmes, sa conversation avec son frère encore à vif sur son âme. Pourquoi tout le monde doit savoir que j'ai couché avec le mec dans la putain de benne à ordures? Pourquoi c'est important? Qu'est-ce que ça prouve?

Lance se pencha un peu plus près et commença à appliquer de la crème sur la coupure au sourcil, puis sur celle à la joue. Son souffle s'étala sur la joue d'Henry d'une façon que celui-ci avait ardemment désirée depuis cette nuit étrangement intime deux semaines plus tôt. Depuis l'autre interlude, la nuit précédente.

— Cela prouve que tu es humain, Henry, murmura-t-il. Rivers pensait que cela prouvait quoi?

Henry déglutit, se souvenant de leur confrontation. La première chose que Rivers avait faite, à part être gentil, amusant et essayer d'être son ami, était d'aller parler à Reg à propos de la confrontation deux semaines plus tôt. Reg n'était pas stupide – il avait entendu Henry appeler Scott «Martin Sampson», et la vérité était sortie. Mais pas avant que Henry n'ait vraiment tapé sur les nerfs de Jackson Rivers.

— Il savait que je mentais, expliqua Henry, ressemblant à un enfant. Et il a simplement continué à insister et insister, et je lui ai enfin dit, mais… Je l'ai énervé. Il a… Je suppose qu'il a ses propres problèmes. Il a des cicatrices partout sur le corps, Lance. Vraiment, j'ai vu des gars balafrés après un déploiement, qui n'avaient rien à lui envier. Alors, j'ai crié, et il m'a demandé de le laisser sortir de la voiture, et je me suis énervé, parce que…

— Parce que…?

Lance posa la suture papillon sur son sourcil avec tant de tendresse, Henry ne sentit presque pas la piqûre quand les bords de la peau se rapprochèrent.

— Parce qu'il est comme toi. Pas comme toi exactement…

Henry grimaça. Il était si fatigué. Cette conversation avec son frère avait été la goutte d'eau faisant déborder le vase. Il savait que tout son désir brillait dans ses yeux, la façon dont il appréciait les yeux presque en amande de Lance, ses sourcils résolus, la courbe douce de ses lèvres pleines.

— Pas aussi beau, conclut-il faiblement. Pas aussi… aussi gentil. Mais il voulait être mon ami, et je l'ai repoussé, parce qu'apparemment, je ne sais pas comment agir avec les gens gentils. Enfin, il est sorti de la voiture, et j'ai pété un plomb, et…

Et ceci était la partie vraiment humiliante.

— Tu l'as frappé ? demanda Lance, horrifié.

— Je suis tellement stupide.

Les yeux de Lance étaient aussi ronds que sa bouche. Henry voulut s'enfouir sa tête dans ses mains.

— Oh mon Dieu. Tu as frappé ton avocat.

— J'ai frappé mon détective privé ! protesta Henry.

Puis, d'un air abattu, parce qu'il avait apparemment déjà prouvé que son niveau de maturité ne s'était pas beaucoup amélioré depuis qu'on lui avait renversé une vache dessus durant une froide soirée de novembre, il ajouta :

— Mais mon avocat est au courant pour la bagarre. Après… avoir fini de nous battre et fait cette connerie fraternelle de réconciliation, nous sommes allés voir le corps de Martin Sampson, et Cramer attendait à l'hôpital avec le Dr Tagliare, soupira-t-il. Il était évident que Rivers n'avait fait qu'une bouchée de moi. Seigneur. Tout le monde sait que j'ai eu un coup d'un soir avec le type mort, et maintenant *tu* sais que je me suis fait botter les fesses par un type que je dépasse de quinze kilos. C'est *moi* qui aurais dû être dans la benne à ordures et cela aurait épargné ce bordel à tout le monde.

Lance lui donna une pichenette sur le front, qui était probablement le seul endroit sur son visage qui n'était pas blessé.

— La ferme, dit-il d'une voix rauque. Tu n'as aucune idée à quel point j'étais inquiet pour toi.

Henry ravala son besoin d'attraper Lance et de ne jamais le lâcher.

— Je suis désolé de t'avoir inquiété, souffla-t-il. Je... Cela a été une putain de journée.

Ils fixèrent l'autre pendant un instant tendu avant que Lance ne ramène son attention sur le corps abîmé d'Henry.

— Tu as du gravier dans l'épaule! s'exclama-t-il. Je pensais que tu avais dit que tu avais été soigné!

— Tagliare m'a assez bien nettoyé et m'a donné une tenue d'hôpital pour que je puisse regarder le corps, confirma Henry, épuisé. Je ne pense pas qu'il ait vu l'épaule... elle était couverte par la tenue.

— Oh Seigneur! Y a-t-il un autre endroit qui fait mal?

L'horreur de Lance était évidente alors qu'il enlevait prudemment de l'épaule d'Henry le reste de gravier du parking.

— Mes genoux?

Henry baissa les yeux et vit que les cailloux l'avaient coupé. Une des blessures recommençait à saigner.

— Ma fierté, grommela-t-il, parce que c'était le pire.

— Ça n'a pas pu être si horrible.

Mais il était évident que Lance demandait uniquement pour s'en assurer.

— Tellement horrible, contra Henry avec un frisson. Deux fois. Je... Oh mon Dieu. Il n'est pas beaucoup plus vieux que moi, mais une fois il a pris l'avantage sur moi et a attrapé mon oreille, et l'autre fois... J'ai donné le premier coup de poing, et il m'a mis en pièce.

— Pauvre bébé, dit Lance en s'agenouillant à ses pieds et s'occupant doucement des coupures sur ses genoux. Et il t'a quand même emmené à l'autopsie?

— Nous avons semblé avoir atteint... Je ne sais pas, avoua Henry avec un soupir. Une détente. Je... Cramer et lui, ils sont assez francs. Ils m'ont dit que je serais probablement emmené pour être interrogé demain et que ma seule et unique réponse doit être : « Parlez à mon avocat. » Ils semblent bien gérer tout ça. Mais... je ne sais pas. Je... je voulais qu'il pense que j'en valais la peine, c'est tout, conclut-il en fermant les yeux et inclinant la tête en arrière.

— Ça semble un peu... arrogant, grogna Lance.

Henry rouvrit les yeux et laissa sa bouche s'adoucir.

— Je veux davantage que tu penses que j'en vaux la peine, dit-il. De plus, ce n'est pas un truc sexuel. Nous nous entre-tuerions. C'est plutôt...

Ce type était… Tu sais comme tout le monde veut être un héros? On veut quelqu'un à qui ressembler, quelqu'un qui vaut la peine d'être imité?

— Mon maître de stage… le Dr Schearer, acquiesça Lance. C'est vraiment un type bien. Respectable. Gentil. Il aime bien la paie, mais ce n'est pas pour ça qu'il est là. Je l'ai vu soigner cette femme schizophrène aujourd'hui. C'était le meilleur. Il lui a donné l'impression d'être importante et lui a expliqué pourquoi elle avait besoin de prendre ses médicaments. C'était… tu sais, pour ça que les gens choisissent la médecine.

— Un petit béguin par là? demanda Henry.

Et bien qu'une partie de lui avait peur de la réponse, la grande majorité de son être savait.

— Non, lui répondit Lance. J'ai… d'autres perspectives.

Henry lâcha un soupir et posa brièvement la main sur les cheveux de Lance.

— Je connais cette sensation, confia-t-il.

— Nous devons simplement innocenter *mon* type d'un meurtre qu'il n'a pas commis, cingla Lance en se relevant. Et ce serait *génial* s'il n'énervait pas son avocat pendant qu'il y est.

— Si seulement, grogna Henry.

Cramer l'avait à peine regardé, cependant. Cela avait surtout concerné Henry et Rivers.

— Tu penses que ce type te pardonnera d'être un vrai connard? questionna Lance. Enfin… on dirait que tu as besoin de lui dans ton camp.

Henry pencha de nouveau la tête en arrière et ferma fortement les yeux.

— Seigneur. Je n'en ai aucune idée.

— Attends, reprit Lance en posant une large compresse sur chaque genou, tu as dit que Galen avait cherché des infos sur lui? Quand nous aurons fini ici, nous pourrions également chercher.

— Tu sais, marmonna Henry en hochant docilement la tête, les flics vont probablement venir me chercher demain. Nous devons dire aux gars d'appeler Galen et Cramer quand ça arrivera. Je… Tout le monde se souvient de moi en train de jeter Sampson dans la benne. Et le revoilà dedans. Ça coïncide trop. Je suis en plein dans le viseur.

Lance étira ses épaules et commença à retirer ses gants, mais il ne recula pas, et Henry tira du réconfort de sa proximité.

— Une idée de qui a fait ça?

Henry ressentit un petit frisson à la pensée de l'étape suivante. Oui, la journée avait été nulle, mais l'enquête – observer la façon dont l'esprit de Jackson Rivers fonctionnait tandis qu'il essayait de comprendre ce qui s'était passé pour prouver que Henry ne pouvait pas avoir tué Martin Sampson – *cela* avait été fascinant.

— Pas encore, répondit-il pensivement. Mais l'autopsie a révélé une plaie perforante sur sa hanche. Tagliare va faire un examen toxicologique, même si le choc brutal du traumatisme à la tête est ce qui l'a tué.

Henry frissonna. Il n'avait pas vu l'amant de son coup d'un soir, pas vraiment, pas quand il avait été sur la table d'autopsie. Mais quand le Dr Tagliare lui avait montré le foie du type – abîmé et d'un marron maladif à cause de la dépendance à la drogue au lieu d'être sain et rouge – Henry avait eu une terrible prise de conscience. Cet homme qui l'avait ramassé, beau parleur, amusant, et oui, un monstre au lit, avait des parties de lui douloureuses, des parties que personne ne pouvait voir.

Des blessures que personne n'avait guéries.

Comme les acteurs de porno dont Henry s'était occupé au cours des derniers mois. Il avait su que Cotton était perdu, que Lance avait des blessures, que Curtis semblait trop cool et trop bien tout gérer pour être réel. Mais voir ça… ce corps détruit – un garçon qui mourait avant d'être mort – avait choqué Henry.

Était-ce qui *il* était aussi ?

Son dédain – celui qu'il avait utilisé pour couvrir qu'*il* était le gars que son père avait haï, que son père l'ait su ou non – est-ce que c'était ce qui couvrait les parties pourries de lui ?

Rivers semblait le penser. Peut-être que c'était pour ça qu'il avait été aussi énervé quand il avait réalisé que Henry avait menti. Peut-être qu'il connaissait des situations qui s'envenimaient. Il avait été torse nu quand Henry et Galen étaient entrés – les cicatrices sur son corps étaient un assortiment de nouveau et d'ancien. Combien de blessures pouvait encaisser une personne et être toujours entière ?

— Tu vas bien ? demanda Lance.

Probablement parce que le cerveau d'Henry tournait en rond et que le silence s'était étiré trop longtemps.

— Bien sûr.

Seigneur, c'était un mensonge.

Lance s'accroupit et *obligea* Henry à croiser son regard.

— Henry, tu vas bien ?

— Non, murmura-t-il, impuissant.

Ne devrait-on pas dire la vérité à ses amis ?

Lance se pencha et embrassa son front.

— Nous éclaircirons tout ça, promit-il.

— Pourquoi? demanda Henry, les yeux brûlants. Enfin, quelle possible raison ai-je pour rester hors de prison? Qu'est-ce que je fais sur la terre verte de Dieu qui soit bon pour qui que ce soit?

L'amertume, jaillissant comme ça, aurait dû être une surprise, et de façon morbide, il pensa au foie de Martin Sampson. Était-ce pour ça que cela s'appelait déverser sa bile?

Mais Lance était apparemment un guérisseur jusqu'au bout des ongles. Il prit en coupe la joue d'Henry, le contact lui faisant prendre une soudaine inspiration. Oh, un contact. Autrefois, il avait été touché. Pas beaucoup, pas en public, mais quelqu'un avait voulu le toucher.

— Tu encadres une bande d'acteurs aux hormones hyperactives, qui ont besoin de quelqu'un pour leur rappeler que le vrai monde ne tourne pas autour de leur queue.

Henry esquissa un sourire en coin et utilisa le bout de sa serviette pour s'essuyer les yeux.

— C'est important, dit-il d'une voix sourde.

— Je ne peux pas le faire tout seul, répondit Lance.

Il frotta sous l'œil d'Henry avec son pouce, ne disant rien quand il l'en éloigna, humide.

— Maintenant, reprit-il, je vais te laisser t'habiller, les gars et moi allons te faire quelque chose de bon pour le dîner, d'accord? Pas de corvée de nettoyage pour toi. Et quelqu'un d'autre peut sortir les poubelles demain!

— C'est génial, grimaça Henry. Mais, euh, Lance?

— Oui? incita-t-il en se relevant et commençant à ranger son sac noir.

— Je, euh, n'ai pas pris de vêtements. Mon sac est dans le coin du salon.

Lance rit doucement et referma le sac.

— Brosse à dents, brosse à cheveux… je reviens dans une seconde.

Puis il se lava les mains et sortit, laissant Henry se brosser les dents, les cheveux et essayer de se reprendre.

Deux minutes plus tard, Lance apparut avec un short doux, un caleçon et un débardeur. Il les posa sur le dossier des toilettes, utilisant sa main sur le dos d'Henry pour créer un espace, puis recula. Il s'arrêta pendant un instant, croisa les yeux d'Henry dans le miroir et planta un doux baiser sur sa nuque.

Il se redressa et fit un clin d'œil, laissant Henry seul et plein de désir.

Le caleçon qu'il avait amené était à Henry.

Le short et le débardeur étaient à Lance.

Henry les enfila et ne dit rien.

Cette nuit-là, après le dîner et un truc à la télé, les gars disparurent à l'arrière. Zep et Fisher (qui n'avait pas encore payé de loyer, d'après ce que Henry pouvait en dire, mais qui contribuait aux corvées du foyer) retournèrent coucher très bruyamment ensemble. Curtis ressortit juste avant que les « Oh mon Dieu, oui ! » ne commencent.

Lance était assis dans un coin du canapé, derrière Henry, celui-ci entre ses cuisses.

Un bras était enroulé autour du torse d'Henry, et il y avait été depuis qu'ils s'étaient assis.

Aucun des gars n'avait fait de remarque – aucun d'eux ne les avait même regardés bizarrement – mais alors que Curtis émergeait du couloir, les yeux levés au ciel, l'intimité apparut soudain à Henry, et il commença à se lever.

Lance le garda là où il était assis.

— Qu'est-ce qui se passe ?

— Lance, je peux, tu sais, utiliser ton lit ? Randy est dans le, euh, lit pour partie à trois, Billy dort dans mon lit, parce qu'il peut dormir quoi qu'il arrive. Cotton est dans le lit de Randy, et, tu sais, Henry et toi avez le canapé et le matelas pneumatique. Ça ne te dérange pas ?

— Non, bien sûr, répondit nonchalamment Lance.

Son bras ne bougea jamais du torse d'Henry, et ce dernier s'y laissa aller, fit semblant que l'intimité et le réconfort étaient aussi simples que ça.

— Merci, mon vieux. J'ai un cours d'été à 8 h. J'apprécie la chance de dormir.

— Pas d'inquiétudes, assura Lance. Quel cours ?

— Physique électrostatique. Je continue la kinésiologie, et ça aide vraiment pour l'étude des prothèses.

— Houlà, dit Henry. Continue. C'est bon d'avoir un but.

— Oui, eh bien, je ne serai pas toujours aussi canon et prêt à baiser. Je dois trouver quelque chose que je voudrais faire après.

— Oui, convint Lance. Quand tu seras super vieux, comme moi.

Curtis ricana avant de s'arrêter.

— Euh, Lance… tu es toujours sur le planning dans six semaines. Tu, euh, veux toujours faire ce truc ?

— Je ne suis pas sûr.

104

Henry n'eut pas à regarder son visage pour savoir que Lance avait adopté cette expression prudemment neutre qu'il utilisait quand il essayait de ne pas parler de lui-même.

— Bobby tourne encore des scènes parfois, dit rapidement Curtis. Simplement, tu sais, j'aurais bien besoin de la paie.

Il disparut vite après ça, laissant une sorte de silence hébété dans son sillage.

— Bobby tourne encore des scènes? demanda Henry, se dépêchant de remplir le silence.

Lance garda ce bras autour de son torse, et Henry l'admit enfin, frottant le dos de sa main par intermittence.

— Parfois. Il… il a grandi dans un bled paumé. Je pense que c'est sa façon d'être vu. Cela excite en quelque sorte Reg, alors ça leur convient.

— Mm.

Henry essaya de désapprouver, essaya d'argumenter, de trouver une autre voie pour eux. Après tout, il appréciait Reg. Une des choses en faveur de Jackson Rivers était la façon dont il avait été gentil – non moralisateur, en fait. Putain.

— Je souhaiterais comprendre, dit-il enfin, se détendant contre Lance et abandonnant. Mon cerveau est une telle pagaille à cet instant. Je… je sais simplement que j'ai peur et que je suis un peu triste et que je suis trop fatigué pour être un connard envers vous qui tournez du porno. Du sexe pour de l'argent, mauvais. Du sexe par amour, bien, tant que c'est un garçon et une fille. Mais… mais *je* ne rentre même pas dans ce concept.

Il pensa à Martin Sampson avec sa tête défoncée et la façon dont il avait fui cette chambre d'hôtel, sans prendre l'argent que Henry allait lui donner? Pourquoi? Avait-il reconnu le nom d'Henry?

Il ne pouvait pas tout assembler.

— Dors simplement, murmura Lance. Endors-toi. Je m'allongerai sur le matelas après le film. Je ne te quitterai pas.

— Tu es si gentil, confia Henry. Si sûr. Peut-être que je comprendrai demain.

Ses yeux se fermèrent, le bras de Lance verrouillé sur son torse comme une de ces barres dans un grand huit, et il rêva de montées et descentes, montées et descentes, le bras de Lance enroulé autour de lui, eux deux inséparables, même dans le chaos.

Et dans ses rêves, leurs vêtements disparurent, et il embrassa le torse nu de Lance, mais il ne pouvait pas dépasser son nombril.

— Mais comment je te connaîtrai ? murmura-t-il dans le rêve.

— Tu me connaissais avant de m'embrasser, répondit doucement Lance.

Henry se réveilla à un moment dans le noir de la nuit, frissonnant, désirant ardemment la sensation de la bouche de Lance sur la sienne. Il s'assit sur le canapé, et Lance chuchota : « Je suis toujours là », depuis le matelas gonflable.

Henry grogna, tituba jusqu'à la salle de bain, les frissons ne se calmant pas pendant qu'il se soulageait, et revint avec difficulté.

Il ne pouvait se forcer à se rallonger seul sur le canapé.

— Henry ? questionna Lance en s'asseyant avec précaution.

— Je peux… ?

Oh mon Dieu. Il était un adulte. Il était un *soldat*.

— Oui, bien sûr, répondit Lance en soulevant la couverture et tapotant la place à côté de lui. Tu n'as même pas besoin de demander.

Henry grimpa sur le matelas et se blottit contre lui.

— Merci, dit-il, se sentant nu.

— Ça va. Tout va bien.

Il s'endormit en y croyant et dormit profondément.

Quand il se réveilla, les policiers tambourinaient à la porte.

ALLIÉS ET CHATS DE GOUTTIÈRE

LANCE FAISAIT nerveusement les cent pas dans l'appartement, son ventre bouillonnant. Il avait déjà vomi une fois, volontairement, et la purge semblait avoir un peu calmé ses nerfs – et rendu le petit déjeuner géant qu'il avait mangé un peu moins lourd – mais ce n'était pas suffisant.

Il vérifia son téléphone pour la millième fois, s'arrêtant d'un coup quand il vibra enfin.

Libéré de l'interrogatoire. Rentre dans quinze minutes.

Lance prit une grande inspiration et essaya de calmer les tremblements dans son ventre.

Henry avait eu l'air si seul quand il était parti ce matin-là. Les policiers lui avaient à peine donné le temps d'enfiler un short et des mocassins, et il avait été grognon, pas rasé et…

Et précieux.

Bon sang, Henry, pourquoi devais-tu être si précieux, si accessible, quand tu as une accusation de meurtre sur le dos ?

Lance pensa que, peut-être, il devrait aller faire de la musculation, ce qu'il faisait durant ses demi-journées aussi souvent que possible, puis son cerveau s'arrêta. S'arrêta simplement, et il s'effondra sur une des chaises de la cuisine et essaya de mettre son soulagement en perspective.

Il était toujours assis là vingt minutes plus tard, fixant le message sur son téléphone, quand Henry entra en trombe dans l'appartement, avec l'air irrité et canon.

— Henry !

Celui-ci offrit un faible sourire, puis le regarda vraiment.

— Tu vas bien ?

— Non ! répliqua Lance en se levant et lui lançant un regard noir. Tu as été emmené hors d'ici ce matin, et tu avais l'air terrifié et…

Les bras d'Henry autour de ses épaules furent une surprise. Quand était-il devenu celui qui réconfortait ?

— Hé, hé. Ça va. Enfin, je ne suis pas encore tiré d'affaire, mais Cramer et Rivers, ils semblent vraiment assurer mes arrières !

Lance voulut s'écarter et demander ce qui se passait, mais avoir les bras d'Henry autour de ses épaules, c'était simplement incroyable.

— Nous avons envoyé un message à John, marmonna-t-il. Il a contacté ton type, je suppose, puis nous a dit que Reg et Bobby avaient été… je ne sais pas. Attaqués. Quelqu'un s'est introduit dans leur maison et était supposé obliger Reg à changer son histoire mais… Je suis un peu dans le brouillard sur ce qui s'est passé ensuite, conclut Lance, en reculant finalement.

— Attends ! Ça, je sais ! Bobby était assis sur le type, expliqua Henry avec un gloussement. Genre, tu sais qu'il est bâti comme un putain de tank, pas vrai ?

— Je suis surpris qu'il passe les portes, dit honnêtement Lance.

Entre les muscles et la taille, Bobby était le gars de la campagne géant sorti de rêves érotiques – ou de cauchemars.

— Alors le type s'est introduit chez Reg et Bobby et a commencé à hurler à Reg de changer son histoire sur ce qui s'est passé ce jour-là près de la benne, et Bobby s'est assis sur le gars, et Reg a appelé Jackson.

— Le privé qui t'a tabassé, Jackson ? s'étonna Lance, le front plissé.

— Oui, répondit Henry en se frottant le visage, je t'ai dit qu'il était gentil envers Reg. Je suppose que quelque chose en lui dit : « Cet homme nous protégera des cambrioleurs. » Quoi qu'il en soit, Jackson et Ellery sont arrivés, et le type a continué de parler d'une cassette. Je pense qu'hier, ils ont localisé une vidéo de la benne… Tu sais, pour montrer que ce n'était pas moi qui ai déposé le corps ?

Lance ferma très fort les yeux.

— J'aurais dû y penser. Apparemment, c'est pour ça qu'ils sont payés un paquet de fric.

— Oui. Hé, il y a du café ? demanda Henry en le regardant avec espoir.

— Est-ce qu'on ne grille pas dehors ? questionna Lance en allant vers la cafetière. Peu importe. Je te connais. Continue !

Peut-être que c'était un truc de garçon de ferme du Montana, mais Henry pouvait vivre de café durant la plus chaude des journées.

— Eh bien, reprit Henry, apparemment il y a deux vidéos différentes… Une que les policiers ont obtenue et une sur laquelle Jackson et Ellery ont mis la main. Mais les deux étaient fausses. Ça nous a rendus dingues, admit-il en baissant la voix. Jackson est en bas, actuellement. Il a compris que les vidéos venaient du bureau du superviseur, alors il va aller vérifier la sécurité de Sternberg pour voir « l'école du film », comme il continue de l'appeler. Je pensais...

Il haussa les épaules, et Lance vit un rougissement se faufiler sur son visage pâle.

Lance n'avait pas réalisé combien il avait besoin de ça, avait aimé ça, jusqu'à cet instant, à fixer avidement Henry, la gratitude et l'envie vibrant dans son ventre d'une manière qui rendaient les avocats et les privés superflus.

— Alors je vais rencontrer le grand homme lui-même ?

Il ne put déguiser l'irritation dans sa voix. Il était, réalisa-t-il, réticent à partager Henry, maintenant qu'il était... eh bien, *à lui*.

— Il est ma meilleure chance, dit Henry, comme s'il le croyait. Sérieusement, Lance... Ellery et moi sommes sortis du tribunal aujourd'hui, et il était là avec des informations et un plan et... je lui ai dit.

Il s'arrêta et regarda Lance, comme cherchant le pardon.

— Je lui ai tout dit. Martin Sampson, Malachi. J'ai pensé... tu sais. Je pensais que tu me pardonnais parce que tu étais mon ami, et que Davy me pardonnait parce qu'il est mon frère. Comme... comme si vous y étiez obligés. Et toi... tu es gentil. Tu l'es envers tout le monde. Mon Dieu, Lance, tu n'as même pas ri quand Randy t'a dit qu'il avait vraiment des croûtes de s'être branlé.

Lance grimaça. Ils avaient deviné, bien sûr, mais quand Randy s'était confié à lui parce qu'il était trop gêné pour le dire au reste de maisonnée, Lance avait eu besoin de le dire à Henry pour qu'il puisse garder un air sérieux. « Qu'y a-t-il avec ce gamin ? », avait-il demandé.

— Je n'ai rien... C'est comme un problème médical ou autre chose. Mais tu vois ? Je pensais... si Jackson pouvait entendre toute l'histoire et ne pas me haïr...

La voix d'Henry trembla, et Lance se détesta un peu. Henry était en péril pour meurtre. Il avait été emmené pour un interrogatoire, parce qu'il avait vu son coup d'un soir mort dans une benne. Il n'avait pas besoin de la soudaine connerie jalouse et étrange de Lance.

— Quoi ? demanda-t-il, la voix neutre.

— Alors peut-être que ce n'est pas simplement parce que tu es gentil, admit Henry.

— Attends, qu'est-ce qui est parce que je suis gentil ? répéta Lance, une partie de son irritation faiblissant.

Henry gigota, et Lance se rendit compte qu'il avait l'air plus jeune, moins assuré à chaque seconde.

— Le... le... le truc. Le truc entre nous. Je... Je...

L'expression de Lance s'adoucit, mais à cet instant, Curtis fit irruption, tonitruant.

— Mon pote, s'exclama Lance, distrait. D'où viens-tu ? Je pensais que tu étais en cours !

— Argh ! Vous savez quoi ? Cette augmentation de loyer que nous avons eue était fausse. Vous le saviez ?

Lance et Henry inclinèrent la tête.

— Quelle augmentation de loyer ?

Curtis cligna des yeux. Il s'essuya la bouche et mâcha plus fort le chewing-gum entre ses dents.

— La, euh... peu importe. Il ne vous l'a pas dit. C'était moi, et Zep, et...

Henry et Lance échangèrent un regard.

— Et qui ? demanda le premier. Où étais-tu ?

— Au bureau du superviseur, répondit sèchement Curtis.

— As-tu vu Jackson ? Il allait dans cette direction.

— Il... commença Curtis, la lèvre inférieure tremblante. Je taillais une pipe à Sternberg pour avoir une réduc du loyer de deux cents dollars, d'accord ? Et ce type entre d'un coup, et Sternberg déclare « Ça vient juste d'arriver », et le type lui fait avouer que c'était une arnaque. Il n'y *avait* pas d'augmentation de loyer. C'était un truc qu'il a dit à certains d'entre nous pour avoir des pipes gratuites. Alors non seulement je suis une pute, mais je suis une pute *stupide*, parce que je n'ai même pas posé de questions, je l'ai cru sur parole quand Zep et moi sommes allés le voir avec le chèque du loyer, expliqua-t-il en mâchant de nouveau vicieusement son chewing-gum. Fisher en offrait aussi. Nous voulions étaler ça entre nous, parce que cet enfoiré est *infect*.

— Je vais le tuer, déclara Henry. Je vais aller trouver Jackson, et nous allons le tuer.

— Il n'a pas voulu me laisser lui casser la gueule, grommela Curtis. Le type... Jackson, je suppose... m'a dit que les flics *me* mettraient en prison, mais le laisseraient partir. Il a raison. Mais Seigneur, *aahh* !

Curtis partit d'un pas lourd vers sa chambre, et Lance croisa le regard furieux d'Henry.

— Je me charge de Curtis, dit Lance.

— Et je vais aller voir ce qui se passe.

Il avait déjà passé la porte bien avant que Lance ne puisse lui demander ce qu'ils allaient faire après ça.

Quand Henry revint – pas plus de dix minutes plus tard, Lance aurait pu le jurer – ce fut pour le traîner vers une scène de crime et pour soigner le type qui allait soi-disant sauver les miches d'Henry.

— Tu as besoin que je quoi? demanda Lance quand Henry le tira en bas des escaliers.

— Il déteste les hôpitaux, mais il saigne. Je lui ai dit que tu étais étudiant en médecine…

— Médecin, corrigea Lance.

Bien qu'il avait laissé tout le monde dire étudiant en médecine pendant des années. Il était étudiant quand il avait commencé chez Johnnies… Les explications étaient le problème.

— Un interne est un médecin? demanda Henry, le nez froncé.

— Un sergent est un soldat? répliqua Lance.

Henry le conduisait vers le bureau du superviseur, où il y avait déjà des policiers.

— Très bien, tu gagnes, je suis stupide…

— Attends! C'est le superviseur?

Ils s'arrêtèrent net, alors que les ambulanciers passaient devant eux avec un homme sur un brancard, qui ressemblait beaucoup au connard qui prenait leur argent chaque mois, seulement ce type était blanc comme un linge et couvert de sang.

— Oui, répondit Henry avec un grognement, mais on est en train de le soigner. Pas Rivers. Regarde… le voilà.

L'homme portant un short cargo usé et un t-shirt fin ne *semblait* pas imposant jusqu'à ce que Lance se rende compte que du sang coulait d'une blessure sur son épaule, et il parlait à l'inspecteur devant lui comme si c'était une journée ordinaire.

— Oui, il a besoin que l'on soigne ça, convint Lance en secouant la tête.

— Rivers! appela Henry.

Celui-ci tourna la tête et acquiesça.

Ses yeux verts avaient une intensité brûlante en eux, et son visage émacié à la mâchoire carrée était encore beau d'une manière un peu passée. Et Seigneur, il avait l'air fatigué.

111

Lance réalisa que ce n'étaient peut-être pas simplement les gamins du porno qui avaient besoin d'une présence médicale non moralisatrice dans leur vie.

— Nous pouvons faire ça ici ou nous pouvons le faire en haut, dit-il.

Il fut soulagé quand Rivers arrêta d'argumenter et choisit l'appartement au lieu de la scène de crime.

LANCE GRIMAÇA alors qu'il fixait l'ensemble des cicatrices sur le dos de Rivers et tirait sur le bord de la blessure avec l'aiguille. Le superviseur avait été emmené en ambulance, parce qu'apparemment le type qui avait découpé Rivers était revenu pour faire taire l'homme qui savait pourquoi il se trouvait dans la salle de sécurité à effacer toutes les vidéos en premier lieu.

Beurk ! Tout cela donnait à Lance envie de se gratter. Il n'appréciait même pas le superviseur – encore moins depuis qu'il avait découvert que celui-ci avait fait du chantage à ses gamins pour avoir des pipes. Mais descendre les escaliers et le voir être emmené en ambulance faisait prendre conscience à quel point ils étaient tous proches du danger jusqu'à ce que la personne ayant tué Martin Sampson soit retrouvée.

Et voir le nouveau héros d'Henry, se tenant sur la scène de crime, rembarrant un inspecteur pendant que du sang coulait à travers son t-shirt, avait encore plus poussé Lance à s'inquiéter pour Henry. Celui-ci semblait *revigoré* d'une certaine manière. Il avait presque été extatique quand il avait monté les escaliers, plus inquiet pour Lance, pour la chose s'épanouissant entre eux, qu'il ne l'avait été de prouver sa propre innocence.

Le fait était que, Lance n'en avait rien à foutre de qui avait tué Martin Sampson – tant que le type et tous ses associés avec des couteaux et lourds objets contondants restaient loin des gens auxquels il tenait. Les seuls puzzles qui l'intéressaient étaient les puzzles humains qui se présentaient à l'hôpital ou qui interagissaient avec lui dans sa vie quotidienne.

Henry était ce genre de puzzle.

Et à contrecœur, en regardant le puzzle de tissus cicatriciel sur le dos de Rivers, il devait admettre que Jackson Rivers était un genre de puzzle aussi.

Plus grand que Lance ou Henry, avec des cheveux blond foncé et des yeux verts comme la couleur d'une bouteille, mince d'une façon qui disait qu'il se remettait d'une blessure ou d'une maladie, il y avait quand même une démarche arrogante chez Jackson Rivers qui suggérait qu'il avait passé un long moment à être autonome.

Le fait qu'il s'était tenu sur une scène de crime, saignant pendant qu'il discutait avec l'officier qui menait l'enquête, et avait eu besoin d'être cajolé pour aller jusqu'à la salle de bain de l'appartement et se faire soigner disait beaucoup à Lance à propos de cet homme, à part qu'il détestait les hôpitaux.

La dernière priorité absolue de Jackson Rivers était Jackson Rivers.

Lance n'était pas vraiment excité de ce que ça pourrait signifier pour Henry. Sous ses mains, Jackson tressauta et leva la main, puis saisit son téléphone et fit signe à Lance de continuer.

Lance se concentra sur la suture pendant qu'il entendait Jackson mentir comme un arracheur de dents à Ellery Cramer – qui ressemblait à un petit ami et pas quelqu'un qu'il « baisait » – sur ce qu'il faisait. Jackson termina l'appel, et Lance recommença à travailler sur lui. Il joua au docteur comme le pro qu'il était – il finit de recoudre le blessé, essaya de conseiller à Jackson de peut-être parler à son petit ami de la blessure, mais en définitive, Jackson était distrait par l'affaire.

Et son teint avait l'air maladif. Il faisait chaud à l'extérieur, Rivers avait beaucoup saigné, et il semblait un peu sous le choc, en fait. Cela énervait Lance qu'il ne s'asseye pas assez longtemps après avoir été soigné, afin que Lance puisse trouver des infos sur lui.

Jackson courut poser des questions à Curtis, et Lance se tourna vers Henry, le front plissé.

— Ce type ? Tu lui fais confiance pour t'aider ? Viens-tu de l'entendre mentir à son petit ami…

— Parce que Cramer l'enfermerait dans une cage pour le maintenir en sécurité, répondit ardemment Henry. Écoute, je sais que ça paraît dysfonctionnel…

— Pas paraître, Henry. Ce n'est pas normal. Je recouds ce mec, et il fait genre : « Non, ça va, tout va bien, je te vois ce soir ! »

Henry soupira et se frotta la nuque.

— Mais l'as-tu aussi vu paniquer à propos du superviseur ? S'occuper de Curtis ? Et c'étaient des gens qu'il ne connaissait pas. Enfin, pour moi, il se sent, je ne sais pas, un peu responsable. Il s'est battu contre un mec avec un couteau, qui avait pris l'avantage sur lui, Lance, et après avoir été blessé, il a quand même couru après ce type. Je veux dire, je sais que tu as un haut niveau d'exigences, mais ça doit être suffisamment coriace pour toi.

— Tu es énervé contre lui aussi, cingla Lance.

Parce que Henry lui avait également lancé des regards désapprobateurs pendant que Jackson avait fait son numéro avec la vérité.

— Eh bien, oui. Mais il pense que je suis un connard, alors je peux lui crier dessus. Je veux qu'il *t'apprécie*.

— Pourquoi ? demanda Lance en levant les sourcils.

— Je ne sais pas. Parce que…, commença Henry en se mordant la lèvre avant de sourire vaillamment puis de se renfrogner. Peu importe. Pouvons-nous ne pas l'énerver ? Nous devons aller prendre des renseignements sur le cabinet du père de Sampson. Rivers a quelques idées pouvant expliquer pourquoi son paternel pourrait être celui qui l'a liquidé.

— C'est *horrible* ! s'écria Lance en faisant un bond en arrière.

— Totalement. Mais si ça me maintient hors de prison, ça vaut le coup de le savoir.

Puis Lance eut une terrible, terrible, prise de conscience.

— Tu *aimes* ça ! dit-il avec horreur.

— Eh bien… éluda Henry, manifestement mal à l'aise. C'est excitant.

— *Je viens juste de faire dix points de suture sur le dos de cet homme* ! protesta Lance, un sentiment de panique le submergeant. Et si cela avait été toi ?

Le sourire tordu d'Henry l'aveugla presque, et il pointa le doigt vers la suture papillon sur son sourcil et ses articulations abîmées.

— C'était moi. Je vais bien. Tu m'as aidé.

Les yeux de Lance devinrent énormes, mais à ce moment-là, Jackson Rivers les appela tous les deux depuis la chambre de Curtis et leur fit promettre de dire que ce dernier avait été dans sa chambre durant tout ce temps, pour le garder en-dehors de l'enquête.

Lance comprit tout de suite. La couleur de peau de Curtis avait le potentiel de rendre les policiers plus durs envers lui qu'ils ne pourraient l'être pour, disons, Cotton. Lance n'avait pas eu à faire face à tant de conneries à cause de sa couleur de peau philippine ou de la forme de ses yeux, mais il savait ce que voulait dire Rivers.

Après avoir observé Henry avec lui, Lance eut une soudaine prise de conscience.

Henry était arrivé à leur porte en pensant que sa vie, sa carrière, tout à propos de lui était fini, parce que sa plus grande erreur était devenue la somme de son existence.

Mais quelque chose au cours des deux derniers jours – les deux derniers mois, vraiment – lui avait appris qu'il pouvait commettre des erreurs et apprendre d'elles. Que sa vie n'était pas finie, qu'il était, en fait, un travail en cours.

Oh. C'était un peu prometteur. Les travaux en cours... grandissaient, apprenaient de nouvelles choses.

Pouvaient tomber amoureux.

Lance regarda Henry attraper la tenue d'hôpital qu'il avait portée la nuit précédente – désormais fraîchement lavée – et suivre Rivers par la porte.

— Envoie-moi un message ! exigea faiblement Lance, alors que la porte se refermait.

Henry se tourna vers lui avec sérieux et hocha la tête.

— Promis.

Il sourit alors, et Lance put voir de la joie, un but. Oui. Toute cette situation était foireuse, mais cela apprenait visiblement à Henry quelque chose de magnifique à propos de la vie, et peut-être que Lance avait besoin qu'il le voie avant qu'ils aillent plus de l'avant.

Alors que la porte se refermait et que Lance essayait de contenir son inquiétude, il espérait vraiment qu'ils iraient de l'avant.

HENRY RENTRA ce soir-là fatigué et enivré. Il accepta son tour pour cuisiner le dîner, puis raconta aux gars toutes ses aventures – l'interrogatoire, les deux différentes vidéos contrefaites, le superviseur à l'hôpital et le fait qu'ils ne devraient d'ailleurs jamais, *jamais*, sucer quelqu'un pour payer le loyer sans consulter d'abord le reste de la maisonnée.

— Mais qu'as-tu fait cet après-midi ? demanda Zeppelin, les yeux écarquillés. Parce que nous sommes rentrés, et Lance a dit que tu étais rentré et reparti !

Henry sourit, regardant Lance avec allégresse.

— Eh bien, le privé et moi...

— Ce mec, Rivers, qui a été poignardé, dit Fisher, pratiquement assis sur les genoux de Zeppelin. Ce mec-là ?

— Oui. Ensemble, nous sommes allés au cabinet du père de Scott, en portant des tenues d'hôpital. Nous avons prétendu être des aide-soignants et sommes allés fouiner dans son bureau pour voir s'il y avait quelque chose qui indiquerait qu'il était un sac à merde.

— Est-ce que c'en est un ?

Curtis avait passé la majorité de l'après-midi à être furax dans sa chambre, mais entendre Henry revenir et travailler dans la cuisine l'avait fait sortir pour le dîner.

— Oh mon Dieu, dit Henry. Un tel sac à merde. Genre, de première catégorie. Il jouait double jeu en sortant des médicaments de l'hôpital, et c'est affreux. Je ne sais pas ce que nous allons faire demain, mais je parie que ce sera de fouiller à l'hôpital pour voir si nous pouvons trouver un centre de distribution.

— Rivers a-t-il dit ça ? demanda Lance.

— Non, répondit Henry avec un air penaud. C'est simplement que… Enfin, c'est ce que je ferais si j'étais responsable.

— Ce que tu n'es pas, lui rappela Lance.

— Non, concéda Henry avec un haussement d'épaules. À peine responsable d'aller aux toilettes. Mais je dois admettre que c'est amusant de courir partout et de jouer au détective.

— Oh, hé, intervint Curtis, le nez froncé. Quelqu'un a-t-il dégueulé dans la salle de bain ? Les canalisations commencent à déconner, et ça pue là-dedans.

Ils mangeaient une cassolette d'œufs – une des spécialités d'Henry – et toute la table grogna.

— Seigneur, Curtis !

— Curtis, pourrais-tu ne pas faire ça ?

— Sérieusement, au dîner ?

— Dégueulé ? questionna Henry en fixant Billy.

Les oreilles de celui-ci rougirent, et très prudemment, il évita de regarder Lance. Mon Dieu, c'était un an auparavant – cela faisait-il si longtemps, un an et demi avant ? – quand Bobby s'était rendu compte que Lance et Billy étaient tous les deux sacrément boulimiques.

Il avait été si déçu – et tellement blessé. Bobby avait grandi en sachant ce que c'était de ne pas avoir assez à manger. L'idée qu'ils purgent volontairement leurs corps des calories, parce qu'ils se *sentaient* moches – cela l'avait fait halluciner.

Pendant quelques mois, Billy et Lance avaient tenu des journaux de calories, dissuadé l'autre de se purger, étaient restés éloignés du rayon laxatif dans les magasins. Puis l'internat de Lance avait commencé, et Billy avait *encore* rompu avec sa petite amie, et Lance avait reçu ce commentaire vraiment stupide d'un type qui aimait critiquer son gras de bébé, et Billy s'était tordu la cheville et avait été incapable de courir pendant quelques semaines, et…

Et soudain, ils avaient de nouveau évité les yeux de l'autre quand ils sortaient de la salle de bain.

Mais depuis ce temps-là, ils avaient perdu un grand nombre de colocataires et les avaient remplacés par le groupe actuel, et ils étaient les seuls à savoir.

À moins que Henry essaie de réparer la plomberie.

— Je peux appeler Bobby, proposa nonchalamment Billy. Tu as suffisamment de choses à faire comme ça.

— Je peux regarder demain soir, après avoir dîné chez mon frère, répondit Henry en levant les yeux au ciel avant de les ramener vers Lance. Tu viens avec moi?

Oh mince.

— Je suis désolé. J'ai pris une demi-journée aujourd'hui. J'ai promis à mon collègue que je lui revaudrai ça demain. Je suis désolé, Henry.

Henry haussa les épaules et il avait l'air déçu, mais pas blessé.

— J'étais content que tu sois là aujourd'hui, dit-il avant de revenir à Billy. Non, sérieusement, je peux le faire. Assurez-vous simplement que vous ayez dégagé les lieux le temps que je revienne de chez Davy.

Il y eut un consensus, et Lance ne put que remercier Dieu qu'il serait parti. C'était plus facile de ne pas avoir l'air coupable quand on n'était pas là.

— Alors, raconte-nous comment ton pote a pourchassé le méchant avec le couteau, supplia Randy.

Lance eut envie de grogner. Non. Pas de culte du héros pour Jackson Rivers. Lance l'avait rencontré – il était perdu et endommagé – et il détestait que Henry et les autres pensent qu'il était une sorte de dieu.

Pourchasser quelqu'un dans un complexe d'appartements ressemblant à un trou à rats après qu'on vous avait poignardé paraissait un pur suicide pour Lance. Le fait que ça semblait amusant pour Henry lui donnait des sueurs froides à intervalles réguliers, et ce n'était pas une hyperbole, et ça ne s'améliorait pas pendant que Henry racontait l'histoire. Lance aurait pensé qu'il exagérait l'attitude «je gère» stoïque de Jackson Rivers, mais Lance avait *été* là quand il avait mis un vent à son petit ami, et il savait que c'était vrai.

Bon sang. Il n'avait *pas* besoin de s'inquiéter plus à propos d'Henry Worrall.

Mais ce soir-là, Lance fit un signe de tête à Cotton cette fois, pour lui faire savoir qu'il pouvait utiliser son lit, et rampa sur le matelas pneumatique pendant que Henry – douché et portant de nouveau son boxer et un t-shirt – éteignait les lumières, puis se dirigeait vers le canapé dans le noir.

— Henry ? hésita Lance.

— Oui ? répondit-il, semblant incertain aussi.

— Enfin, ça ne me dérange pas.

Henry lâcha un petit rire, mais il se leva et bougea vers le matelas, glissa sous la couverture de Lance et posa son propre coussin à côté de celui de Lance.

— Rivers et moi avons parlé de toi aujourd'hui, dit Henry.

Lance lutta contre la tentation de l'éjecter du lit.

— Merveilleux.

— Ne sois pas jaloux.

Eurk !

— Je déteste que tu saches ce que c'est, grommela Lance.

Il n'avait pas compris ce que c'était jusqu'à ce que Henry utilise ce mot exact.

— C'est... c'est ce que je ressens dans mon ventre, en pensant à toi en train de tourner du porno, déclara brutalement Henry. Je... J'ai essayé de le dire à Jackson. C'est pour ça que nous ne pourrions pas être ensemble.

Le cœur de Lance commença à battre fort dans sa gorge. Seigneur. Ceci. Ceci était terrifiant.

— Qu'a-t-il dit ?

— Il a dit qu'il y avait le sexe pour le sexe, et le sexe qui signifiait quelque chose. Et j'ai dit que je venais juste de découvrir mon deuxième amant mort dans une benne.

Lance prit une inspiration tendue.

— Henry...

— Et il m'a demandé ce qui faisait le plus mal, continua Henry en secouant la tête. La trahison de Malachi ou avoir trouvé Martin Sampson.

— Lequel ?

Oh Seigneur. Lance avait l'impression de respirer à travers du verre pilé. C'était une question stupide, mais il avait besoin d'entendre la réponse.

— La trahison a fait le plus mal, dit Henry.

Ils étaient si proches dans le noir que Lance put voir la lueur de ses yeux bleus, presque incolores, et sentir le souffle d'Henry sur son visage tandis qu'il racontait des secrets.

— Et j'y ai pensé toute la journée. Tu ne me forcerais jamais. Et tu ne me trahirais jamais. Mais je ne sais pas si tu pourrais te soucier suffisamment de *moi* pour m'aider à gérer tout le reste. Je… je ne vais pas approuver le porno tout de suite. Peux-tu y faire face quand je suis un connard à ce sujet ? Peux-tu m'aider à ne pas trop te blesser ?

— Je peux essayer, jura Lance, ayant soudain besoin de dire ces mots. Peux-tu… peux-tu faire face à la découverte de toi-même ? Tu es… en changement actuellement. Veux-tu vraiment commencer quelque chose avec…

Le contact des lèvres d'Henry sur les siennes le fit taire. Rugueuses. Un peu rêches. Les lèvres d'Henry n'étaient pas douces, tout comme il ne l'était pas, pas à l'extérieur.

Lance ferma les yeux, voulant ça à tout prix, ce baiser, ce contact. Il n'était pas sûr de quoi que ce soit – n'était pas sûr si Henry pouvait même sortir du nuage de suspicion contre lequel il luttait. La police n'avait pas semblé prendre au sérieux la moindre chose que Lance ou les colocataires avaient dit, en particulier quand ils affirmaient que Henry n'avait pas eu le temps de sortir et tuer quelqu'un, puis de cacher l'arme du crime.

Mais Lance, si pragmatique dans chaque autre aspect de sa vie, s'en moquait soudain. Bourru, grognon, pratiquement un retour social à l'époque où les hommes comme son père dirigeaient. Il avait montré de la gentillesse envers des gars que la plupart des gens considéreraient comme des adultes, corrompus ou stupides – et il avait pris une bande assez disparate de pauvres cons et les avait liés plus étroitement que l'unité familiale dont Lance avait eu une folle envie.

Et Henry avait été seul, et perdu, et vulnérable pendant plus longtemps que ce qu'il pensait, et pas une fois il n'avait fait valoir que ce n'était pas sa faute.

Henry s'approprierait une relation, tout comme il s'était approprié le fait d'essayer de mettre un terme à son dernier lien toxique avec un homme qui préférait le forcer que le revendiquer.

Lance ouvrit la bouche et y laissa entrer Henry.

Celui-ci le goûta, timidement, passant la langue sur le bord des lèvres de Lance, s'aventurant à l'intérieur. Le faible gémissement de Lance l'accueillit, et il approfondit le baiser, allant un peu plus loin, explorant.

Lance roula sur le dos, offrant à Henry plus de place pour manœuvrer, plus de contrôle, et fut surpris quand Henry recula un peu.

Il y avait de la gêne dans son expression.

— Je… je n'embrasse pas bien, dit-il en posant le front contre la tempe de Lance.

— Quo… nous nous en sortions bien jusque-là ! Pas encore de déceptions !

Il était pratiquement sûr qu'il avait attendu ce baiser depuis Mars. Henry lâcha un son brisé.

— Mal et moi ne nous embrassions pas vraiment, confia-t-il. Je… Ce n'était pas supposé être une relation.

— Alors continuons, murmura Lance en frôlant de ses lèvres la mâchoire d'Henry. Peut-être que c'est tout ce que nous avons besoin de faire ce soir. Simplement…

Henry reprit sa bouche, avec un peu plus d'assurance, et Lance cria presque. Son corps était déjà douloureux, fiévreux, demandeur, et Henry n'était pas sûr de savoir comment embrasser. Il arqua ses hanches de façon mécontente, sachant qu'elles n'étaient pas dans un angle où il pourrait se frotter, et Henry recula avec un sourire diabolique.

— Je ne suis pas génial pour embrasser, dit-il, mais je suis terrible pour les pipes. Tu veux le découvrir ?

Et Lance s'écria presque : « Oui ! Suce-moi et ce sera génial ! » Mais est-ce que c'était ce qu'il voulait vraiment ? Il hésita, et Henry recula, blessé.

— Tu ne veux pas…

— Continue les baisers, murmura Lance. Continue à m'embrasser. Je ne vais nulle part. Tu n'as rien à me prouver.

Il se jeta vers le haut et tira Henry pour l'embrasser de nouveau, et avec quelques roulements – bruyants sur le matelas – Henry atterrit au-dessus, entre les jambes écartées de Lance, le baiser gagnant de l'élan.

La respiration de Lance devint difficile, et les baisers d'Henry devinrent plus urgents, et leur frottement accéléra.

Henry s'assit, retirant son t-shirt, et Lance en fit autant. Ils s'arrêtèrent pendant un instant, fixant l'autre dans la lumière de la lune entrant par la fenêtre du salon.

— Caleçons aussi, ordonna Lance. Je veux te sentir.

Henry lâcha un *hmm,* et il y eut plus de lutte contre les vêtements jusqu'à ce qu'il revienne au-dessus, et qu'ils furent enfin peau contre peau.

Lance soupira de bonheur, savourant leur proximité malgré la chaleur et l'air conditionné surchargé de travail dans l'appartement du dessus.

Mais soudain, Henry trembla.

— Henry ?

Il l'embrassa en guise de réponse, bouche chaude, corps agressif contre le sien, et pendant un instant, Lance répondit de la même manière.

Mais il se souvint de cette hésitation, cette timidité, et se redressa, repoussant les cheveux d'Henry de ses tempes avec les deux mains.

— Chut…, murmura-t-il. Il n'y a que nous dans ce lit. Nous avons tout le temps du monde, d'accord ?

— Mais nous ne l'avons pas, répondit Henry en secouant tristement la tête. Et si… ?

— Pas de si, lui dit Lance, gardant la voix ferme. Rien que toi et moi, peau contre peau, et personne en dehors de nous ne va nous faire du mal à cet instant.

— Tu es… acquiesça Henry, tu es vraiment brave avec tout cet espoir.

— Tu es vraiment brave à poursuivre les méchants. Ça me terrifie. Ton nouvel ami me terrifie, mais il n'est pas ici.

Lance se jeta de nouveau en avant, jusqu'à ce qu'ils bougent l'un contre l'autre, leurs sexes nus sur la peau de l'autre, leur excitation augmentant.

Plus, et plus, et plus, leur bouche bougeant avec une joie délirante, leur rythme ralentissant, se raccourcissant et durcissant.

— Lance ? supplia Henry.

Et celui-ci glissa la main entre eux, enroulant son poing autour du membre d'Henry en une masturbation basique. Henry fit de même. Lance garda les choses lentes, sentant la base épaisse et robuste d'Henry, serrant la hampe solide jusqu'à ce que sa main accroche sur la crête, frottant le pouce le long de la fente. Henry haleta et lui fit la même chose, mais le baiser – c'était ce qu'il fallait, et cela n'arrêta pas jusqu'à ce que tout le corps de Lance s'arque de désir, et Henry geignit dans sa bouche et rua une fois, deux fois…

Il arracha sa bouche de celle de Lance pour pouvoir enfouir le visage contre le cou de son amant quand il jouit.

Son cri de jouissance fut un des sons les plus solitaires que Lance ait jamais entendu, et avant qu'il puisse le réconforter, son propre orgasme se déploya, jusqu'à ce qu'il soit haletant, tremblant et cramponné à Henry avec sa main libre, tandis que le sperme chaud d'Henry refroidissait sur l'autre.

La respiration irrégulière d'Henry bégaya contre sa gorge.

— Tu vas bien ? murmura Lance.

— Je vais aller chercher…

Lance enleva sa main et l'essuya sur les draps.

— Nous faisons beaucoup de lessive, souffla-t-il en tirant la main d'Henry et utilisant le drap pour la nettoyer également.

— Je suis désolé, déclara Henry sans le regarder. C'était probablement… stupide. Un truc de gamin…

— Hé, le coupa Lance en l'embrassant. Il n'y a rien de stupide à propos du sexe. Ça n'a pas besoin d'être anal, oral ou pénétrant pour signifier quelque chose. Oui, avec certains mecs, une branlette est comme une poignée de main, et avec d'autres, un baiser est comme une demande en mariage. Ceci est quelque chose entre les deux.

Henry rigola doucement et bougea pour pouvoir poser la tête sur le torse de Lance.

— Tu es vraiment doué pour ça, tu sais ?

— Doué pour quoi ?

Seigneur, il se sentait merveilleusement bien. Le bourdonnement plaisant du sexe pulsait le long de ses terminaisons nerveuses, mais, plus que ça, avoir Henry, nu et vulnérable, posé sur son corps, remplissait tous ses espaces vides.

— Me faire sentir moins stupide. Faire paraître mes foirages plus humains.

— Tu devrais voir les gens à l'hôpital, grogna Lance. Peut-être qu'ils se tapent le pouce avec un marteau ou prennent trop de poids. Et ils ne demanderont pas d'aide. Ils n'iront pas voir un médecin avant que leur pouce ne fasse six fois sa taille normale et ne se détache presque. Ils ne demandent pas d'aide pour leur alimentation avant de ne plus pouvoir sortir du lit le matin. La honte est une chose terrible, tu sais ?

Henry releva le menton, ses lèvres tressautant dans la lumière de la lune. Seigneur, il était si beau. Les lignes dures de son visage étaient parfaites, même son regard aux yeux plats.

— Oh.

— Oh quoi ?

— Le porno, continua Henry, un sourire flottant sur ses lèvres gonflées par les baisers. Je comprends maintenant.

Lance se serait bien assis à cet instant, mais leur aventure avait laissé le matelas un peu... mou.

— Tu comprends quoi ?

— Pas de honte. Je n'arrêtais pas de me demander... pourquoi le porno ? Pourquoi ne pas être serveur, plier des jeans ou autre chose ? Mais... mais toutes les autres personnes dans ta vie, elles ont essayé de te faire avoir honte, toutes en même temps. Et toi..., expliqua Henry en se mordant la lèvre et frottant ses doigts sur la joue de Lance. Tu n'as pas joué à ce putain de jeu. Tu as pris la chose pour laquelle les gens voulaient que tu aies honte et dit au monde entier que tu en étais fier. Tu l'as fait nu et tu l'as fait avec style. Tu es magnifique et tu as montré à tout le monde que tu étais fait pour être vu. C'est extraordinaire. C'est... c'est ce qui te rend si foutrement brave.

— C'est vraiment perspicace, soldat, répondit Lance, les yeux brûlants. Je suis assez impressionné.

— Pas aussi impressionné que moi, répliqua Henry.

Puis il l'embrassa. C'était un genre différent de baiser, pas explorateur, pas pour faire monter le désir. Simplement... un baiser heureux, jubilant dans leur corps, toujours collants de sperme, planant toujours joyeusement sur les endorphines du sexe, mais heureux.

Lance le rendit, jusqu'à ce qu'ils soient tous les deux un peu plus transpirants, un peu plus à court de souffle.

Puis Henry brisa le baiser pour bâiller.

Lance rit et le repoussa pour le mettre sur le côté. Le matelas pneumatique couina.

— Dors, déclara-t-il. Nous referons ça. *Dans mon lit.* Et nous le ferons dans une maison vide, et nous serons seuls, et je réfléchirai à toutes sortes de moyens pour faire du bruit, est-ce que tu comprends ?

Seigneur, s'il vous plaît, que ce ne soit pas la seule fois. S'il vous plaît.

— Oui, affirma Henry. C'est à nous. Nous n'allons pas coucher ensemble avec tous les gars à côté, comme des soldats se branlant dans une caserne. Je comprends.

— J'ai déjà eu du sexe facile, lui dit Lance, son soulagement palpable. Et c'était pour de l'argent. Au cas où tu te poserais la question, ce que toi et moi venons de faire, c'est beaucoup plus important.

— Je ne me posais pas la question, répondit Henry d'une voix bourrue. Je suis stupide. Enfin, mon Dieu. Ma première relation était une putain de prise au piège… tu le sais. Mais je ne suis pas si stupide pour ne pas savoir que ceci est spécial.

Il lutta un peu pour s'asseoir, puis retomba en arrière sur ce foutu matelas.

— Devrions-nous enfiler nos sous-vêtements ?

— Non, asséna Lance, ne voulant pas non plus se disputer sur ça. De cette manière, tous les gars sauront ce que nous avons fait, et ils sauront tous que c'était toi et moi.

— Sauront-ils que c'est important ? demanda Henry, ses yeux cherchant ceux de Lance dans le noir.

— Ils feraient mieux de le savoir, déglutit Lance. Je ne te partage pas.

— Moi non plus, grimaça Henry. Mais ça pourrait rendre la vie en peu plus difficile quand tu seras de nouveau sur le planning.

Merde.

— Une chose à la fois. Dès que nous saurons que tu ne vas pas en prison, je découvrirai si j'arrête le porno.

Henry hocha la tête, si sobrement que Lance voulut l'embrasser de nouveau, mais ils finiraient simplement par rester debout trop longtemps.

— Marché conclu, murmura-t-il. Tout ce que tu veux. J'aimerais assurément refaire ça.

— Mon lit n'est pas mal, lui dit Lance de façon pratique. Peut-être que nous pourrons faire dormir Randy sur le canapé pour une fois.

— Non, rétorqua Henry en ricanant doucement. Non non non non. Il n'y a pas assez de Febreze au monde.

Ils s'endormirent en gloussant, nus sous les draps.

Cette chose qu'ils venaient de faire ? C'était pour de vrai.

SOMBRES PROMESSES

HENRY ÉTAIT assis dans la cuisine sombre, en buvant du café noir à vingt-deux heures durant une nuit sombre où il faisait vingt-neuf degrés, et essayait de ne pas réfléchir à sa journée.

Par conséquent, chaque moment de sa journée passa rapidement devant ses yeux, comme un stroboscope géant, du matin au soir, jusqu'à ce que son cerveau s'agite plus à cause de la surcharge mémorielle que de la caféine.

FLASH! Jackson Rivers, l'air épuisé mais calme, assis pour une fois dans le bureau de son partenaire. Henry n'était pas exactement sûr de ce qui s'était passé la nuit d'avant – si Jackson s'en était sorti d'être rentré blessé ou s'il y avait eu une sacrée conséquence pour avoir joué ce tour à Cramer, mais Jackson avait l'air à la fois mieux et pire. Mieux parce qu'il y avait une sorte de paix sur ses traits rudes de star de cinéma que Henry n'avait pas vue avant, et pire parce qu'il était pâle, comme si la maladie qui l'avait rendu si mince au début était de retour. D'une façon ou d'une autre, leur journée à examiner l'affaire d'Henry avait commencé, ainsi que, étonnamment, la journée de Jackson à lui donner des conseils sur comment obtenir sa licence de détective privé. Comme ils en avaient tous les deux conclu – sèchement – si Henry n'était pas mis en prison pour meurtre, au moins il s'amusait à traquer la personne qui l'avait fait.

FLASH! Rôder dans les couloirs au carrelage blanc du UCD Med Center, à chercher le bureau du père de Martin Sampson. Les tenues qu'ils avaient obtenues le premier jour pour voir l'autopsie avaient été de nouveau utiles pendant qu'ils passaient au crible le bureau de Sampson Senior, fouillant pour trouver des preuves du réseau de distribution de drogues qu'ils en étaient venus à voir comme le mobile du meurtre de Martin. Henry avait eu besoin de se débarrasser d'une partie de son café quand Rivers avait été coincé dans le petit placard à fournitures du bureau. Pendant que Henry avait tué le temps aux toilettes, il avait reçu des messages incisifs de Rivers :

Foutre Dieu, ce type baise cette infirmière comme s'il fêtait le Nouvel An, bordel. Anal et sans lubrifiant... Qu'est-ce qu'elle lui a fait ?

Il avait été inquiet d'être surpris, bien sûr, mais il avait aussi été euphorique et plutôt excité. Les trois derniers jours, il avait fait partie d'une enquête, et bien sûr, cela avait des conséquences pour *lui*, parce qu'il serait vraiment content de ne pas être arrêté, ne pas passer en jugement, peut-être ne pas aller en prison, mais cela avait de plus grandes conséquences que ça.

Martin Sampson était mort. Eh oui, il avait surtout trempé dans le racolage de rue jusqu'à ce qu'il comprenne que Henry était le petit frère de Davy. Mais il avait été une personne – quelqu'un de réel pour tous ceux que Henry connaissait, et il avait été assassiné. Et Henry allait avoir une chance de redresser ce tort en découvrant qui l'avait vraiment fait.

Est-ce que cela bénéficiait à Henry ? Eh bien, oui. Mais découvrir qui était le tueur bénéficiait aussi à la mémoire d'un type qui avait peut-être été saboté dès le départ. Son père était un trafiquant de drogues tordu et un sale type total. Henry n'avait jamais pensé qu'il serait reconnaissant que son paternel soit un péquenaud homophone irréfléchi, mais bon sang, Robert Sampson faisait passer Paul Worrall pour une récompense.

Cela lui donnait quelque chose qu'il n'avait pas eu depuis que Malachi l'avait plié en deux et forcé à enfreindre la loi.

Cela lui donnait un but.

FLASH ! La courbe de la gorge de Lance quand il avait rejeté la tête en arrière pendant les affres de l'orgasme.

C'était la première fois de sa vie que Henry pouvait dire « faire l'amour » dans sa tête.

FLASH ! L'expression sublimement mal à l'aise sur le visage de tout le monde quand Henry avait demandé qui avait purgé de la bile dans le lavabo et les toilettes.

Le petit signe de main joueur de Cotton. Les yeux sombrement levés au ciel de Billy. Le haussement d'épaules de Fisher. Le sourire penaud de Zeppelin. Même le regard dévié et timide de Randy.

Zeppelin avait regardé Fisher et s'était exclamé :

— Mec ! Pourquoi ? Tu es foutrement parfait !

Et Billy avait cinglé :

— Tout comme Lance, mais c'est lui qui prend le lavabo quand le reste d'entre nous prend la cuvette !

Le visage d'Henry était devenu froid, ainsi que le bout de ses doigts et ses orteils.

126

— Vous tous ? avait-il dit d'une voix éraillée en les regardant impuissant.

— Pas moi, avait marmonné Curtis. Je pensais qu'ils se branlaient dans la salle de bain.

— Mon vieux, avait répliqué Randy. Je n'ai pas besoin de me branler dans la salle de bain. Il suffit que je me cogne sur une table, et c'est un dîner aux chandelles par ici.

Henry avait regardé Curtis avec désespoir.

— Tu es excusé ? avait-il tenté, parce qu'il était sérieusement perdu.

— Non, l'avait surpris Curtis en détournant les yeux. Je ne suis pas excusé. Je savais ce qu'ils faisaient. Je… j'aurais dû dire quelque chose, au moins à eux tous. J'étais surtout simplement jaloux, parce que je ne pouvais pas me forcer à le faire.

Mais Lance ! Henry voulait agiter les bras dans tous les sens. *Comment Lance pourrait-il se faire ça ?*

Mais Henry connaissait la réponse. Tout ce qu'il devait faire était de se demander de quoi *il* devait avoir honte, et il verrait le diaporama – chaque fois où Mal lui disait de céder, chaque fois où il fermait les yeux et suppliait sa famille de lui pardonner.

Lance avait moins de choses dont il avait honte, mais son corps était devant la caméra pour que tout le monde le voie. Le seul endroit où il pouvait prouver qu'il n'avait aucune honte était celui où il ne pouvait pas cacher ses défauts.

Mais Henry l'avait senti dans le noir, avait goûté ses baisers, volontairement et librement donnés, et savait que Lance était sans défaut.

FLASH ! L'inquiétude dans les yeux de Lance quand il avait embrassé Henry pour lui dire au revoir, pendant qu'il était encore au lit, à moitié endormi, et que Lance partait faire une garde de douze heures.

FLASH ! Jackson Rivers mangeant à la table de Davy, toujours l'air épuisé, coupant de petites formes dans le sandwich de la nièce de Kane pendant qu'Ellery Cramer le regardait avec la même inquiétude.

FLASH ! L'inquiétude dans les yeux de Kane pendant que Jackson et Davy discutaient doucement de Martin Sampson, parce que Jackson ne pouvait enquêter sur la mort de ce type sans enquêter sur sa vie.

FLASH ! FLASH ! FLASH !

Tout ça, *tout ça*, tourbillonnait dans le cerveau d'Henry en grand amalgame effrayant de choses qu'il essayait de corriger dans le présent, si accablant qu'il ne voyait même pas les choses terrifiantes qui essayaient de le retenir dans le passé.

Et pourtant, tout était secondaire par rapport à son inquiétude pour Lance, et la sensation de celui-ci sous ses mains, sous son corps, la nuit précédente.

Clic. La porte s'ouvrit, et Lance entra, clignant des yeux.

— Tout le monde dort ? s'étonna-t-il.

Eh bien, en quelque sorte. Ils avaient tous fui quand Henry s'était tenu là, estomaqué, presque trahi d'une certaine façon. Il avait remis le lavabo en état, sauf un dernier bouchon à l'odeur abominable pour lequel il avait désespérément besoin d'un joint de cardan non corrodé. Quand il était revenu de la quincaillerie, ils étaient restés dans leurs chambres, lui laissant l'illusion qu'il était seul.

— En quelque sorte, déclara Henry en se levant.

Ce n'était pas le café qui le poussait. Il avait simplement besoin… besoin de…

Il prit en coupe la nuque de Lance et l'attira dans un baiser, demandeur, assoiffé, parce qu'il avait voulu le faire toute la journée.

Les images dans sa tête reculèrent, s'unirent, jusqu'à qu'il ne reste que ce moment dans le temps, la bouche de Lance sous la sienne, mentholée par un chewing-gum, mais Henry s'en moquait.

— Waouh, souffla Lance en lui faisant un grand sourire. C'était…

Henry l'embrassa encore, et encore, jusqu'à ce que Lance gémisse, laisse tomber son sac à dos et pousse doucement contre le ventre d'Henry

— J'ai besoin de prendre une douche, avoua-t-il avec une grimace. Je sens l'hôpital et la transpiration.

— Bien sûr, céda Henry à contrecœur. As-tu mangé ?

Il voulait le serrer dans ses bras. C'était tout.

— Pas encore.

Lance battit des cils vers lui, et même si Henry savait que c'était un mensonge, il rit quand même.

— Je vais te préparer quelque chose. Tu vas te doucher, puis je te raconterai ma journée.

— Et ensuite… ?

Le sourire de Lance devint timide, un espoir dans sa voix.

Qu'avait pensé Henry ? Qu'il voudrait moins cet homme quand il découvrirait que Lance était imparfait ? Qu'il rejetterait la chance d'être dans son lit, de le tenir dans ses bras, pour lui lancer de haut un genre de « Tu ne feras point… » ?

— Et ensuite, lui dit Henry, le cœur dans la gorge. Et ensuite.

Il sourit et frotta leurs nez avec espièglerie, savourant l'affection, les baisers, la façon dont Lance s'attendait à du badinage amusant et pas simplement une pipe et du cul.

Lance l'embrassa rapidement sur la bouche et se pencha pour attraper son sac à dos.

— Génial ! Je vais me doucher et je reviens dans quelques minutes.

Henry le regarda partir avec ce que même lui savait être de l'inquiétude dans ses yeux. Le temps que Lance revienne, Henry avait réussi à composer un plat de légumes et de riz avec des dés de poulet et un peu de sauce teriyaki. Pas original, mais pas lourd non plus. Il le servit tout de suite quand Lance sortit de la salle de bain, l'air un peu incertain.

— Voilà, lui dit Henry, évitant le contact visuel. J'espère que ce n'est pas trop lourd.

Lance hocha la tête et s'assit.

— J'ai, euh, vu les petits filtres sur la canalisation.

— Pour empêcher les trucs qui l'engorgent de descendre, expliqua Henry. Le lavabo refoulait et les tuyaux étaient corrodés… le joint de cardan derrière les toilettes aussi. Je suis sorti chercher des pièces après avoir tout démonté. Je venais juste de finir quand tu es rentré.

— Oh.

Lance repoussa un peu la nourriture dans son assiette, et Henry se rapprocha de lui et attrapa la fourchette.

Il prit une bouchée et ferma un œil.

— Ce n'est pas trop mauvais, déclara-t-il. Tu n'as pas besoin de le regarder comme si c'était du poison.

— Je n'ai pas aussi faim que je le pensais, marmonna Lance.

Henry soupira. Manifestement, Lance s'attendait à ce que ça lui retombe dessus.

— Je n'allais rien dire, lui confia Henry sans bouger. J'allais laisser couler.

Lance reposa la fourchette comme s'il était fatigué de faire semblant.

— Que dirais-tu ?

— Je parlerais du fait que le seul qui n'a pas de trouble de l'alimentation est Curtis, lâcha Henry, les sourcils levés. *Le* savais-tu ?

Cela ressemblait un peu à de la justification quand la bouche de Lance tomba grande ouverte.

— Tu ne savais *pas,* exposa Henry. Enfin, ils savent tous que *tu* en as un. Et maintenant, tu sais.

Lance repoussa son assiette et enfouit la tête dans ses mains.

— Tu ne veux plus jamais me toucher de nouveau, n'est-ce pas ?

Henry posa le bras dans le dos de Lance et lui dit la vérité.

— Je veux t'emballer, te protéger de tout ce qui te fait du mal et ne jamais te laisser te faire de nouveau du mal.

— C'est mon propre… commença Lance en secouant la tête.

— Penses-tu que je ne le sais pas ? rétorqua Henry, la bouche tordue amèrement. Je n'ai pas le droit d'interférer dans ce que tu fais, sur la manière dont tu vis ta vie. Mais si tu t'attends à ce que je ne m'inquiète pas, ça n'arrivera pas. Tu es médecin. Tu *dois* savoir toutes les mauvaises choses que…

— Souffle au cœur, reflux acide permanent, dents pourries ? énuméra-t-il avec un rire amer. J'en suis conscient.

— Oui, dit Henry en déposant un baiser sur sa tempe. Alors, quand je serai tiré d'affaire, que toi et moi coucherons encore ensemble et que nous réussirons à trouver un lit rien que pour nous, je pense que nous devrions avoir une longue discussion sur la façon dont nous pouvons t'aider à ne plus te faire du mal.

Lance ferma très fort les yeux, comme s'il essayait de retenir quelque chose.

— Tu le penses ?

— Oui, murmura Henry en sentant Lance trembler contre lui. Je le pense.

— Pouvons-nous parler du vi…

Henry fit un bruit dur, parce qu'il ne pouvait toujours pas dire ce mot. Putain de Malachi – le laisser avec cette chose qu'il lui avait fait sans son consentement.

— Alors, dit-il d'une voix rauque. Alors nous pourrons.

— Mais pas maintenant, soupira Lance.

— Nous ne pouvons rien faire pour mon problème, dit Henry avec désespoir en le serrant un peu plus fort. Nous pouvons faire quelque chose pour le tien.

— Oh, Henry…

130

Lance se tourna vers lui, et Henry le fit taire d'un baiser. Il recula en goûtant du sel.

— Est-ce que le truc… commença-t-il avant de déglutir. Le truc avec Malachi te donne envie de ne pas être avec moi ?

— Non.

Lance appuya le front contre celui d'Henry, et celui-ci eut la sensation qu'ils se soutenaient mutuellement.

— La boulimie ne me donne pas envie de ne pas être avec toi, continua-t-il en fermant les yeux. Ça me donne envie de te secouer jusqu'à ce que tu saches que tu es parfait, mais je veux quand même être avec toi.

Lance leva la main pour essuyer son visage. Henry attrapa une serviette sur la table et commença à éponger ses larmes. Il était si beau, même avec les yeux gonflés.

— Peux-tu essayer de manger un peu pour moi ? supplia-t-il presque. Arrête si tu penses que tu devras vomir. Juste un peu. Pour que tu saches que je t'ai fait quelque chose de bon.

Lance hocha la tête. Sa voix sortit un peu rouillée, et Henry bougea un chouïa pour lui donner de la place.

— C'était gentil que tu aies cuisiné. Parle-moi. Raconte-moi ta journée.

Henry ravala la boule dans sa gorge. Pour une fois, il avait de bonnes nouvelles et de bonnes histoires à raconter.

— Elle n'était pas mauvaise. Rivers a l'air… eh bien, je voulais dire malade, mais surtout pâle. Comme si ses lèvres étaient à une nuance près du bleu. Il a dit quelque chose à propos d'une insuffisance cardiaque en novembre. Je pense qu'il était vraiment malade et il est tombé dans une piscine…

— Attends. *Attends,* s'exclama Lance en se redressant, le front plissé. Oh Mon Dieu. Son nom. Je n'ai pas eu l'occasion d'effectuer des recherches sur lui. Jackson Rivers et Ellery Cramer me semblaient vaguement familiers. Mais *ça,* ça me parle.

— La piscine ?

— Il a fini au service cardiologie. Il n'était pas mon patient ni le patient de mon maître de stage, mais un bruit a couru. Son médecin a écrit un *article* sur lui.

— Alors tu rencontres ce type, et rien, constata Henry en clignant des yeux. Mais sa maladie de cœur, tu t'en souviens ?

Henry avait allumé la lampe au-dessus de la table, et cela facilita la traque du rougissement sur les joues de Lance.

— Écoute, ça n'arrive pas souvent. Il est malade ; s'il n'était pas tombé dans la piscine et n'avait pas été poignardé, il aurait quand même été amené à l'hôpital. Sa température avait presque atteint 40 degrés avant qu'il ne touche l'eau froide. Sais-tu *pourquoi* sa température était si élevée ?

— Balance.

Après trois jours en compagnie de ce type, Henry pouvait croire n'importe quoi.

— Il pourchassait un *tueur en série* dans un complexe immobilier vide. Le Sale/Génial Tueur...

— Oh mon Dieu, s'écria Henry. Nous en avons entendu parler à *l'étranger.*

— N'est-ce pas ? Alors ce privé, le type qui essaie de prouver ton innocence, c'est le type qui a attrapé le Sale/Génial Tueur ?

— Waouh. Alors, tout s'explique.

Henry lâcha un rire entrecoupé.

— Comment ?

La honte de Lance, sa tristesse, s'était évaporée, et Henry ferait tout pour que cela continue.

— Eh bien, ça... lui ressemble. Il ne le mentionnera pas, ne se vantera pas. Il ne dira pas : « Écoute, Junior, je suis plutôt bon dans ce que je fais, recule peut-être un peu. » À la place, il...

Henry s'interrompit en se mordant la lèvre, plutôt excité par tout ça, en dépit de son inquiétude.

— Il m'a montré comment obtenir ma licence de détective privé, quels cours suivre, le test. Il m'a donné des liens. Alors, tu sais, je me suis inscrit en premier cycle. Maintenant, j'ai des cours à ajouter pour l'automne. J'ai... À supposer que je ne sois pas en prison ou autre...

— Quelque chose. Tu as trouvé ce que tu veux faire, constata Lance, paraissant surpris, avant que son expression s'assombrisse. Quelque chose de *dangereux.* C'est dangereux ce que tu...

— Lance, le coupa tout de suite Henry, qu'est-ce que je faisais exactement avant d'arriver ici... tu t'en souviens ?

Lance ferma les yeux.

— Mais...

— Et tu ne m'as peut-être pas vu nu la nuit dernière, mais...

— Des cicatrices, dit Lance. Je les ai vues… le long de ta hanche, de ton épaule. On dirait des brûlures sur du bitume ?

— J'ai été éjecté par une explosion. Un missile sol-sol a frappé le bâtiment derrière moi et m'a laissé avec une commotion cérébrale et écorché comme un poisson. Mais je n'étais pas le pire cas à ce moment-là. Je me suis relevé, époussété, et j'ai ramené des gens en sûreté, expliqua-t-il avec un haussement d'épaules mal à l'aise, comme s'il avait simplement fait son boulot. Enfin… Dans un monde parfait, nous aurions pu nous rencontrer quand j'aurais été, je ne sais pas, retiré de la vie militaire. À l'aise avec moi-même et tout. Et tu aurais eu ton propre cabinet. Et nous aurions été matures et je ne sais quoi. Mais nous ne nous sommes pas rencontrés comme ça. Tu m'as rencontré quand j'aurais dû être en train de faire quelque chose d'actif et de prometteur, et oui, d'un peu dangereux.

— Tu étais en *zone de guerre*, Henry, contra Lance en levant les yeux au ciel.

— Et maintenant, répliqua Henry en croisant son regard, je suis dans un appartement avec des acteurs de porno, à réparer de la plomberie corrodée. Nous faisons tous des ajustements, Galahad.

— Nous…, tenta Lance en remuant les hanches. Nous n'utilisons pas vraiment beaucoup ce nom. Tu le comprends, pas vrai ? Je… même à la fac, je me faisais appeler Lance.

Henry le regarda fixement.

— Est-ce que ça… en quelque sorte… je ne sais pas… neutralise l'utilisation de ce nom comme nom de scène ?

— Eh bien, euh…

— Enfin, ce n'était pas le truc avec Reg ? Il ne pouvait pas se décider à prendre un nom de scène jusqu'à ce qu'il soit trop tard, et ensuite, il ne pouvait pas y répondre, alors il est revenu à Reg ? Tu veux un nom que les gens ne peuvent pas chercher sur internet, n'est-ce pas ?

Lance détourna les yeux et observa studieusement son repas, mettant une énorme portion dans sa bouche.

— Rethre gwa, 'rrnry !

— Espèce de lâche. N'es-tu pas médecin, et tu as *littéralement* fait de ton nom de scène ton vrai nom ?

Lance avala d'un trait et se cacha les yeux d'une main.

— Ne venons-nous pas de couvrir le fait que tout le monde n'a pas sa vie bien en main dans ce boulot ?

133

— Fini de manger la grande nourriture effrayante? esquiva Henry avec un rire.

— Va te faire foutre.

— Bien. Maintenant, regarde-moi. Revenons au sujet difficile.

Il attendit que Lance ait baissé la main pour qu'il puisse la prendre dans la sienne.

— Peux-tu accepter ce truc de détective privé? Cela semble bien moins dangereux que « déployé dans une zone de guerre », mais pas aussi sexy.

La bouche de Lance se releva sur les côtés et il hocha la tête.

— Je… Tu as l'air vraiment heureux pour un mec sur le point d'être arrêté. J'aimerais te voir heureux quand, tu sais, il n'y a rien de menaçant au-dessus de ta tête.

Henry embrassa légèrement les articulations de Lance.

— Waouh. Je suis novice. Est-ce ainsi qu'une relation fonctionne?

— Bien sûr, répondit Lance, visiblement surpris avant de plisser le front. Ceci… ceci est en fait bien meilleur que ma relation précédente.

— Eh bien, tu n'as pas besoin de paraître si choqué, grommela Henry. Je veux dire, ce n'était pas fonctionnel ni public, mais Mal et moi avons réussi à garder un grand secret pendant onze ans. Nous devions avoir certaines compétences.

Lance fut soudain sérieux, et il chercha les yeux d'Henry avec les siens.

— Y penses-tu ainsi? demanda-t-il. Comme à une relation?

Henry se leva soudain, bougeant pour mettre les restes du repas végétarien dans un sac plastique réutilisable. Il avait cherché à l'origine des barquettes ou récipients restants de commandes à emporter, mais il s'avérait que personne dans cet appartement ne mangeait quoi que ce soit avec autant de gras.

Jamais.

Il s'occupa dans la cuisine en silence, sachant que Lance l'observait avec des yeux troublés.

— Non, avoua-t-il enfin. Je… je pensais que c'en était une. Je… Enfin, nous étions ensemble, pas vrai? Il y a eu cette fois… juste après notre entraînement de base, combat au corps à corps et aux armes… où nous sommes allés en permission, et Mal m'a traîné dans cet hôtel bon marché qui… Seigneur. Je suis allé acheter des draps pour y dormir, parce que nous allions y rester une semaine, mais nous ne pouvions pas nous offrir quelque chose de mieux, expliqua-t-il, sentant une grimace passer sur ses traits. Mal et Debbie économisaient pour une maison en dehors de la base.

Lance lâcha un… eh bien, pas un son, exactement. Plutôt un souffle. Un long et lent soupir par le nez.

— Quoi qu'il en soit, continua Henry, pas sûr de savoir quoi faire de ce… soupir, nous avons évacué la baise rude, et j'ai dit : « Hé, pourquoi on ne sort pas au bar boire un coup ou autre chose ? », et il a dit que nous ne quitterions pas la chambre d'hôtel. Et je ne l'ai pas vraiment pris au sérieux. Je me suis douché, me suis habillé et j'étais sur le point de partir quand il…

Ses mains commencèrent à trembler. Il n'était pas sûr de savoir d'où venait ce souvenir ou pourquoi il avait choisi ce soir-là pour s'échapper. C'était il y a très longtemps, pas vrai ? Ce n'était pas comme si Malachi l'avait vraiment pensé.

N'est-ce pas ?

— Qu'est-ce qu'il a fait ? demanda Lance.

Henry leva le regard pour voir que ses yeux traquaient chaque mouvement d'Henry pendant qu'il jouait à Capitaine Domesticité d'une façon que son père aurait méprisée. Enfin, son père ne se serait jamais soucié d'une bande d'étudiants fauchés/acteurs porno, qui avaient besoin de tout garder, des moitiés de sandwich aux blancs de poulet grillés, s'ils voulaient avoir assez de nourriture pour manger tout le mois. Et ensuite, apparemment, tout vomir.

— Alors que je me dirigeais vers la porte, il m'a attrapé par la gorge et a découpé ma chemise, à partir du cou. J'avais enfilé une belle chemise, une des deux que je possédais en fait, et il a griffé la peau. J'ai probablement toujours la cicatrice. Il m'a lâché, et j'étais là, du sang coulant de mon cou, la chemise en pièces et tombant de mes bras, et il a rangé le couteau et s'est jeté de nouveau sur le lit. Je… l'ai simplement fixé bêtement. Il a dit… je ne l'oublierai jamais… « Tu ne vas pas sortir pour trouver quelqu'un d'autre, Henry. Oublie ça tout de suite. »

— Henry…

— Enfin, poursuivit celui-ci en l'écartant, nous avons travaillé dur pour garder notre relation secrète. C'est là où nos… nos compétences de partenaire se trouvaient, tu sais ? Comment coucher ensemble sans que qui que ce soit sache que nous tirions un coup.

Lance prit une nouvelle inspiration profonde, et Henry ne put pas le regarder, même s'il reprit :

— Tu dois manger un peu. On dirait que je te dégoûte de ton repas…

— Ce n'est pas ta faute, murmura Lance.

— Oui, je sais. Mais c'est moi qui ai fait ressortir les merdes bizarres quand j'essayais de me concentrer sur toi. Alors, une autre bouchée ? S'il te plaît ? Pour que je n'aie pas l'impression de…

— Je mangerai demain, déclara Lance. Pour l'instant, je ne ferai que le vomir, et pas volontairement. *Henry.* Est-ce que tu t'entends ?

— Oui, répondit Henry en posant la poêle dans l'évier. Je m'entends. Je…

Bon sang. Cela avait été une si bonne journée. Dans toutes ces images, ce magnifique diaporama derrière ses paupières, il n'avait pas une seule fois vu le visage de Malachi.

Pas une fois.

Lance, les gars, Davy et sa famille. Galen et John – même Jackson Rivers et Ellery Cramer – tous figuraient beaucoup plus dans sa vie désormais.

Il avait oublié qu'il venait de là.

— Je ne m'étais pas rendu compte à quel point c'était psychotique, dit-il faiblement en s'appuyant contre l'évier. Je pensais : « Oh. C'est ainsi que les mecs ont des relations. » Mais… mais ce n'est pas Davy et Carlos. Ce n'est pas John et Galen ou Rivers et Cramer. Ce n'est pas… Ce n'est pas toi et moi.

Lance se leva et s'appuya contre son dos.

— Ça ne l'est pas, murmura-t-il à son oreille. Et ça ne le sera jamais.

Henry hocha la tête et laissa Lance le tenir.

— Cette nuit était supposée se passer différemment, dit-il d'un air abattu. J'étais supposé te parler de cours de justice pénale, te raconter ma journée, et tu étais supposé me raconter ce que c'est de travailler dans un hôpital quand tu ne te caches pas dans les toilettes en attendant que tes suspects arrêtent de baiser, et tu étais supposé manger, puis nous allions… nous allions… nous allions…

— Faire l'amour, chuchota Lance à son oreille.

Henry prit les deux bras autour de ses épaules et s'y cramponna.

— Oui. Je… Onze ans à penser que je savais tout sur la façon de baiser des hommes, et je ne savais même pas que les hommes *pouvaient* faire l'amour.

— Penses-tu être le seul ? demanda Lance en émettant un rire fêlé. Je suis supposé être un *professionnel* ici. J'avais tout bien verrouillé. Pourquoi avais-je besoin d'un vrai petit ami? Je pouvais rater toutes les chances que je voulais, avoir tous les coups d'un soir dont j'avais besoin, parce que je couchais devant la caméra et que tout était physique de toute façon.

Henry ferma très fort les yeux.

— Ce n'est pas physique.

— Non. Pas avec toi. Ça ne l'a jamais été.

Un poids s'ôta de la poitrine d'Henry, suffisamment pour qu'il puisse de nouveau respirer.

— Bien. Que faisons-nous maintenant?

— Je t'emmène au lit, répondit Lance en frottant le nez contre son oreille, et nous allons faire l'amour. Et peut-être que nous parlerons un peu plus, et peut-être que nous nous endormirons. Et quand nous nous réveillerons demain, nous recommencerons tout, et essaierons de travailler sur nous-même pour être de meilleurs humains en allant nous coucher chaque soir que quand nous nous sommes réveillés. C'est le seul choix que nous avons.

— Jackson dit que ça devrait être fini demain, expliqua Henry en tournant dans ses bras. Il dit que soit les flics m'arrêteront, soit nous trouverons la preuve maîtresse qui inversera le cours des choses. Alors demain soir, je rentre à la maison...

— Et je travaille et fais sûrement une micro-sieste sur le lit de camp, compléta Lance avec une grimace.

— D'accord, concéda Henry en levant les yeux au ciel. Alors tu rentres le lendemain, et tu es épuisé, et je suis là parce que c'est le week-end et que je n'ai rien à faire. Que se passe-t-il?

De nouveau, ce regard inquisiteur.

— C'est ton tour de parler, dit Henry avec un hochement de tête. Parce que je me sens déjà nu devant toi.

— Très bien, soupira Lance, la bouche plissée. Pouvons-nous commencer par faire l'amour, cependant? S'il te plaît?

Henry ne pouvait plus réfléchir. Ne pouvait plus parler. Il ferma les yeux et leva la tête pour obtenir un baiser, s'attendant à ce qu'il soit triste et timide après leur conversation de cette nuit.

Mais la bouche de Lance était chaude et avide, et le désir rugit à travers le corps d'Henry, consumant ses inhibitions, sa réserve – et apparemment ses vêtements, parce qu'une minute, il était complètement habillé dans la cuisine, puis sous le déluge de la bouche chaude de Lance sur la sienne et de ses mains impatientes et baladeuses partout sur son corps, ils furent tous les deux nus, et Lance l'amena jusqu'au canapé.

— Il y a du lubrifiant sous les coussins, murmura Lance à son oreille. Et des préservatifs.

Henry se tourna et tomba à genoux sur le sol, fouillant sous les coussins.

— Je devrais me faire tester, grommela-t-il. Je suis sous PrPE, mais je n'ai pas été testé depuis… depuis…

Le corps nu de Lance sur le sien immobilisa sa langue maladroite. Ses doigts, néanmoins, étaient toujours actifs, et il sortit les préservatifs et le lubrifiant avec une expression exagérée de triomphe.

Lance ricana doucement, son souffle chaud et doux sur la courbe de l'oreille d'Henry.

— Nous sommes les seuls dont nous devons nous préoccuper ce soir, murmura-t-il. Moi au-dessus, toi en dessous ?

— Mm… Seule façon dont je sais le faire, admit-il.

Au cas où Lance aurait des fantasmes de « Henry, l'homme des cavernes. »

— Nous pouvons arranger ça, contra Lance dans un murmure. J'*aime* être passif.

Henry se tourna et prit sa bouche, se perdant de nouveau dans le baiser.

— Pas de nouvelles compétences ce soir, marmonna-t-il. Tout le monde joue avec ses forces.

— Fais-moi confiance, lui dit Lance, un sourire diabolique volant sur ses traits. Je… Mon Dieu, Henry. Je te veux tellement.

Celui-ci frissonna et s'autorisa à être installé sur le dos sur le canapé, un pied au sol et un genou relevé. Il se tourna vers Lance avec de grands yeux sceptiques.

— Tu veux me donner du raisin ? demanda-t-il, avant de voir ce que Lance faisait.

Sa tête reposait sur un des côtés du canapé près de la hanche d'Henry, et sa main était derrière son dos et il était… il était…

Il gémit légèrement, puis ramena sa main à l'avant, l'essuyant sur le t-shirt que l'un d'eux avait laissé sur le sol. Les yeux qu'il dirigea vers Henry étaient élargis et vitreux, et Henry réalisa qu'il était en train de s'étirer avec des doigts lubrifiés et haleta.

Son sexe palpita contre son ventre, et il ferma les yeux, uniquement pour les rouvrir quand la bouche de Lance – Seigneur, foutrement si chaude – se referma sur lui.

— Ahhhh…

La bouche de Lance l'engloutit de nouveau, et Henry se tourna et mordit son avant-bras pour s'empêcher de crier.

— Je suis… Oh waouh. Je vais jouir si tu fais ça plus longtemps.

Lance recula et regarda son visage avec des pupilles dilatées par la passion.

— Un jour. Un jour, ce sera ma bouche sur ta queue, toute la journée. Rien d'autre. Mais pas ce soir.

Henry lâcha un souffle tremblant.

— Tu es un beau parleur.

Lance offrit un petit rire fatigué et attrapa le préservatif à côté d'Henry, puis déchira l'emballage avant de le glisser sur le membre d'Henry avec une facilité due à l'entraînement. Henry déglutit et se caressa à travers le polyisoprène.

— C'est différent, murmura-t-il. Je ne porte habituellement pas un de ces trucs-là.

Parce que d'habitude c'était lui, qui espérerait que Mal avait amené des préservatifs lubrifiés cette fois.

— Oui ? Attends d'avoir vu ça !

Lance se leva et jeta une jambe par-dessus Henry, le chevauchant. Pendant rien qu'un instant, il y eut l'information enivrante de sa nudité contre l'entrejambe d'Henry, peau nue contre peau nue, et ce dernier le regarda fixement, se demandant exactement comment ceci allait fonctionner.

Puis Lance positionna le sexe d'Henry devant son entrée, et l'ampoule qui avait attendu de s'allumer dans sa tête explosa.

— Oh ! Mon Dieu !

Le sourire de Lance était rêveur, du pur sexe.

— Ohmondieu. Ohmondieur ohmondieu ohmondieu…

Il eut le souffle coupé quand le sommet du membre d'Henry étira son ouverture, et soudain il fut en lui, et… oh doux Jésus. Henry dut fermer les yeux pour contrer l'orgasme qui battait dans ses testicules.

— Je te baise ? demanda-t-il sous la surprise, arquant les hanches lentement et finissant d'entrer les derniers centimètres.

— Ce serait génial, merci, répondit Lance d'une voix tendue.

Henry attrapa ses hanches, la chair lisse et épaisse sous ses doigts et ses paumes, et il le serra. Il savait comment c'était supposé fonctionner – simplement parce qu'il avait passé la majorité de son temps sexuel plié en deux ou à quatre pattes ne signifiait pas qu'il ne comprenait pas le mécanisme.

Et Lance n'était pas plié en deux, son cul ressorti en supplication. Il lui faisait face, ses mains pétrissant le torse d'Henry, son visage magnifique incliné vers le haut pour que Henry puisse voir le plaisir le submerger. Henry serra le ventre et le relâcha, poussant vers le haut et reculant doucement, facilement, donnant du plaisir au lieu de le prendre uniquement.

Oh waouh. Waouh. C'était ça, le sexe? C'était supposé être aussi splendide?

Le membre de Lance, dressé et tendu, claqua contre le ventre d'Henry, et il en eut un bon aperçu pour la première fois.

— Oh, mince!

Henry relâcha la hanche de Lance pour le caresser, pour savourer de nouveau la sensation de celui-ci dans sa main, pour repousser le prépuce et avoir envie de goûter. Il était bon pour les fellations – il avait dû l'être, parce que Mal n'avait pas de patience – mais il n'avait jamais voulu savourer le fait d'en offrir une. Ses souvenirs de pipes ressemblaient plutôt à : « Mal est trop fatigué pour enfiler une capote, alors Henry, va sucer ce truc, d'accord? » C'était comme ça qu'il était devenu si bon à ça – il avait été fatigué aussi.

Mais pas à cet instant. Là, il voulait ça, cette adorable colonne de chair, dans sa bouche. Il serra, et l'ouverture de Lance se resserra sur son membre. Henry gémit et caressa plus, essayant de trouver un rythme entre ses hanches et sa main. Lance eut un petit rire tendu et enroula les doigts autour de ceux de son amant.

— Laisse-moi t'aider, murmura-t-il. Ce genre de chose demande de l'entraînement.

Henry ferma les yeux contre la brûlure en eux.

— C'est si bon. Tellement meilleur…

Que je ne l'aurais jamais cru.

Lance lâcha sa main et se pencha, et Henry se tordit de son mieux pour le rejoindre à mi-chemin. Leurs bouches se rencontrèrent pendant que leurs corps fusionnaient. Seigneur, c'était différent. C'était du sexe, mais avec toute la beauté, le mystère qu'il avait toujours imaginé pouvoir y trouver, et aucune part de la honte dédaigneuse de « simplement s'amuser. »

Ce n'était pas « s'amuser » que d'avoir son corps à l'intérieur de celui de son amant. Inconsciemment, il accéléra son rythme, lâchant le membre de Lance et saisissant de nouveau ses hanches.

Il avait besoin, tellement besoin, tellement, qu'il mourrait s'il ne... oh Seigneur... Il n'était pas sûr de pouvoir faire ça.

— Lance ?

— N'arrête pas ! commanda celui-ci.

Et Henry le regarda se caresser, les yeux flous. Soudain, la main de Lance ralentit, se resserra, alors même que les hanches d'Henry continuaient leur allure implacable, et le blanc du sperme explosa au bout de son sexe.

Le visuel renversa Henry, et il ferma les yeux et se perdit, son orgasme le balayant en partant des orteils. Il serra et cria, jouissant dans le préservatif, entouré de chaleur, de pression, d'...

Amour ?

Il lâcha un faible son venant du fond de sa gorge, ne voulant pas se confronter au mot effrayant, pas encore. Lance s'effondra sur son torse, et Henry enroula les bras autour de ses épaules, le tenant simplement, pendant qu'il ne faisait que ronronner.

— Bon sang, soldat.

— Oui ? demanda-t-il. On s'en est bien sorti ?

Sa voix était plus brisée qu'il ne voulait l'admettre, et il se maudit quand Lance recula et croisa son regard.

— On a assuré, chuchota Lance en frottant du pouce la joue d'Henry.

Il se retrouva mouillé. Henry ferma les yeux et dit :

— Je ne fais habituellement pas ça. Je le jure, je ne suis pas une sorte de chochotte...

Le doigt de Lance, salé de larmes, toucha sa bouche, et il s'immobilisa.

— Tu as beaucoup grandi, petit soldat. Grandir fait mal. Rien de mauvais à ça.

— C'était vraiment merveilleux, avoua Henry, les yeux toujours fermés. Je ne veux pas gâcher ça.

— Bien.

Lance descendit de sur lui, et sa chaleur manqua aussitôt à Henry. À tâtons, il baissa la main pour s'occuper du préservatif, uniquement pour découvrir que les doigts de Lance étaient déjà là. Il le retira et alla, effrontément nu, jusqu'à la salle de bain, puis revint avec un gant de toilette. Il souriait, constata Henry, essuyant le lubrifiant de ses fesses pendant qu'il marchait.

Lance lui offrit un petit sourire penaud en s'approchant du canapé, puis se pencha et commença à essuyer Henry.

— Je te nettoierais bien avec ma bouche, s'excusa-t-il, mais je déteste *vraiment* le goût que laisse le préservatif.

— Je me ferai tester, promit Henry en lissant ses cheveux en arrière. Je… Je ne sais pas pourquoi Mal portait toujours des capotes, mais il ne l'a pas fait la dernière fois. Enfin, moi et, eh bien, sa femme… Mais il en portait d'habitude et…

Il grimaça. Mon Dieu, il était un tel salaud.

Lance était en train de refaire ce truc inquisiteur avec ses yeux, et Henry se demanda à côté de quoi il passait.

Puis cela le frappa.

— Oh.

— Je suis désolé, Henry, déplora Lance, les lèvres tordues.

Henry prit une profonde inspiration et fut… surpris… quand ça ne fit pas mal comme il l'avait pensé. Apparemment être «simplement des mecs qui s'amusent» signifiait que Mal n'avait pas non plus été fidèle envers Henry. Enfin, ce n'était pas étonnant, pas vrai?

— Ce n'est pas comme s'il m'avait dit un jour qu'il m'aimait, de toute façon, déclara Henry en prenant la joue de Lance en coupe. Ce n'est pas comme si c'était réel.

Onze ans de sa vie, gâchés pour un homme qui, il avait supposé, tenait au moins à lui.

— Ceci l'est, répondit Lance en capturant sa main. Ceci est très réel, pour moi du moins. Tu me blesseras si tu ne ressens rien pour moi.

Henry hocha la tête, la gorge serrée, les yeux coulant toujours de façon agaçante.

— Je ne veux jamais te blesser, dit-il. Je… ne veux jamais que tu aies l'impression que je m'en fous.

— Oh, chéri…

Lance se mordit la lèvre, et Henry dut le dire, dut finir cette pensée, parce que, de cette façon, il serait nettoyé, purgé de la dernière portion de mal, d'espoir, de misère que les onze dernières années lui avaient donnés.

— Il n'a jamais tenu à moi, n'est-ce pas?

— Non, regretta Lance en secouant la tête. Je suis tellement désolé.

— Mais toi, tu tiens à moi. Et tu es bien plus que ce qu'il n'a jamais été.

Mais cela ne les arrêta pas, les sanglots qui avaient été bloqués pendant trop longtemps – peut-être depuis qu'il s'était tenu aux côtés de Mal comme témoin, observant son amant épouser sa sœur – déchirèrent sa gorge, et il tomba en morceaux contre le torse de Lance.

Et eut confiance que Lance rattraperait les morceaux, pour qu'il puisse se reconstruire.

Nouveaux Horizons

Lance avait couru toute la journée. Un carambolage de six voitures sur l'autoroute 5 avait mis tout le monde sur le pont aux urgences, et avec l'impact des airbags sur les cavités thoraciques fragiles, un spécialiste cardiaque était fort demandé. Il eut un autre appel pour une possible crise cardiaque pendant une fusillade et arriva au quai des ambulances juste à temps pour voir le nouveau héros d'Henry être amené sur un brancard, un homme grand aux cheveux foncés avec un nez pointu et un menton angulaire sortant derrière lui.

— Rivers ? s'étonna Lance.

Il se retrouva poussé sur le côté par deux infirmiers de l'Unité de Soins Intensifs, qui réprimandaient le patient.

— Vraiment, Jackson ? demanda Dave, le grand avec des taches de rousseur sombres sur sa peau marron clair. Vraiment ? Tu nous invites à une fête la semaine prochaine, et maintenant tu vas nous lâcher ?

Jackson répondit à travers un masque à oxygène, mais son irritation était assez claire.

— Comme. Si. Tu vois mon requin en costume ? Il va me remettre sur pied en me râlant dessus.

— Oui, dit Alex, le petit ami de Dave, un minet de trente-cinq ans. Mais il fatigue. Doux Jésus, Rivers, laisse souffler ce pauvre homme !

— Vous n'allez…, commença Jackson en prenant une bouffée d'air tandis qu'ils le poussaient dans un couloir, rien laisser au Dr Keller pour rouspéter. Voyons, les gars, je l'ai appelée avant.

À cet instant, une toute petite femme afro-américaine avec des cheveux blancs comme neige dépassa Lance avec une petite tape de courtoisie sur le bras.

— Excusez-moi, Dr Luna, dit le Dr Keller. Voici mon patient. Son mari m'a appelée depuis l'ambulance. Je vais prendre le relais, si ça ne vous dérange pas.

Elle fit simplement ça, posant des questions à Jackson, courant à côté du brancard en direction de l'USI. Lance regarda derrière lui avec perplexité pour voir l'avocat d'Henry s'affaisser en tremblant contre un mur.

— M. Cramer ?

Ellery leva les yeux, s'essuyant la bouche avec la main.

— Dr… ?

— Bonjour, je suis désolé. Je suis le Dr Luna. J'ai recousu M. Rivers l'autre jour. Je suis le, euh, colocataire d'Henry Worrall.

Ellery se redressa et déglutit, sa colonne vertébrale se mettant à la perpendiculaire du sol et carrant les épaules.

— Oh oui, dit-il, ses yeux retournant vers le couloir où son amant avait disparu. Jackson m'a dit que vous étiez très bon.

— C'est gentil, accepta Lance avant de se forcer à prendre une grande inspiration. J'ai… euh, j'ai entendu dire qu'il y avait eu des coups de feu ? Est-ce que Henry, euh… Est-ce que Henry va bien ?

Sa voix tremblait. Ellery entendit la cassure à la fin, cependant, et une paire de grands yeux marron foncé furent brusquement concentrés sur lui.

— Lance ? questionna-t-il, un léger sourire sur le visage. C'est votre nom, pas vrai ? Henry et vous êtes amoureux ?

Lance avala presque sa langue.

— Euh, je ne suis pas sûr de savoir comment M. Rivers a déduit *ça,* mais…

Ellery secoua la tête, ses yeux devenant brillants.

— C'est vrai. Jackson a habituellement raison sur ces choses-là. Henry va bien, Dr Luna. Nous allons tous bien, sauf Jackson.

Une fêlure apparut alors dans la façade d'Ellery, et il s'essuya le visage avec le dos de sa main avant de reprendre :

— Jackson ne va jamais bien, mais, vous savez, il fait de son mieux. Mais Henry va bien. Il ne sera pas arrêté, et il n'est plus suspecté.

— Dieu merci, murmura Lance en ayant envie de se retenir au mur. C'est… c'est vraiment génial à entendre. Venez, laissez-moi vous emmener à la salle d'attente, d'accord ? Nous devrions avoir des nouvelles rapidement.

— Merci, répondit Ellery, la voix plus forte que la pâleur sur ses joues ne le suggérait. C'est gentil à vous.

— Je suis simplement soulagé d'entendre que Henry va bien, avoua Lance avec un sourire en coin. Je pensais vous rendre la pareille. Alors, tous les méchants sont en prison ?

— Eh bien, modéra Ellery avec une grimace, l'un d'eux est mort, un est en route pour la prison, et il y a quelques méchants extérieurs dont je devrais probablement parler à la police. Mais…

Il agita une main.

— Les priorités, acquiesça Lance avec compréhension. Henry se concentre sur la résolution du puzzle et attraper les méchants. Je me concentre plus sur le patient. C'est une façon différente de penser.

Le sourire social d'Ellery devint un peu plus vaillant.

— Lance, mon ami, j'ai la sensation que nous allons apprécier d'être les seules personnes saines d'esprit dans ce monde de fous.

— Oui, monsieur. Votre, euh, ami, Jackson Rivers…

— Le Dr Keller croit qu'il est mon mari, expliqua Ellery en le regardant vivement. Peut-être pourrions-nous laisser, ça, euh, ainsi ?

Lance ne put protester. Il avait été inquiet pour Henry toute la semaine, et il n'était pas sûr de pouvoir manger de nouveau un jour. Il ne pouvait imaginer à quel point cet homme pouvait être inquiet pour Jackson Rivers, et combien de temps il s'était inquiété aussi.

— Il a donné des conseils à Henry sur la manière d'obtenir sa licence de détective privé, dit Lance. Je… euh, j'ai un peu peur.

Ellery croisa ses yeux, et Lance ne put déterminer s'il parlait avec amertume ou humour. Il se mordit la lèvre, et une vague de méfiance passa sur ses traits.

— Je ne pense pas que Henry atterrira à l'hôpital aussi souvent que Jackson. Mais… Vous devez simplement décider si cela en vaut la peine. Décidez-le maintenant. Avant que votre relation n'aille plus loin. Est-ce que l'inquiétude en vaut la peine ?

— Oui, répondit automatiquement Lance, choqué d'entendre sa propre voix à ses oreilles, mais il ne le retirerait pour rien au monde. Ça en vaut la peine.

— Alors bonne chance.

Ils atteignirent la salle d'attente, et Lance lui fit signe d'entrer.

— J'ai bien peur de devoir retourner aux urgences. D'habitude, je suis en cardiologie, mais il y a beaucoup de personnes blessées aujourd'hui.

— J'apprécie la visite guidée, dit Ellery, puis, comme se souvenant qui il était, il continua. J'espère vous voir bientôt. Peut-être que vous pourriez passer avec Henry. Il semble bien s'intégrer.

— Merci, monsieur.

Lance hocha la tête et repartit, essayant d'ignorer le battement sourd de son propre cœur. Il était à moitié revenu dans la folie des urgences quand sa poche vibra.

Je vais bien. L'affaire est terminée. Jackson est à l'hôpital. Je te raconterai ce soir. Ne t'inquiète pas, d'accord ?

Lance fixa le message, sa poitrine se réchauffant progressivement. *Je m'inquiète toujours... mais je suis content que tu ailles bien. J'ai rencontré Cramer sur le quai des ambulances. Super client. Bon type.*

Comment va Jackson ?

Il parlait quand il est arrivé ici. C'est tout ce que je sais.

Bien. Il ne va pas mourir, s'il parle. Tiens-moi au courant.

Toi aussi.

Lance était sur le point de ranger son téléphone dans sa poche quand il vibra une fois de plus.

La nuit dernière a changé ma vie. À demain.

Il sourit, touchant bêtement la surface du téléphone avant d'envoyer un message. *Moi aussi. Si Randy ne se tape personne dans son lit, tu peux dormir dans le mien ce soir. À plus tard.*

Je penserai à toi. À plus.

D'accord, donc. Il pouvait faire avec. Henry était en sécurité, et il avait tout un monde à affronter. Il fonça vers les urgences et vers un autre accident de voiture avec une énergie renouvelée et de la détermination.

Il avait un petit ami, et celui-ci avait une mission. Il devrait lui-même savoir qu'il y avait des choses pires dans la vie.

LANCE RENTRA en titubant à neuf heures le soir suivant, après avoir réussi à grappiller quelques heures de sommeil dans le lit de camp entre les gardes. Henry lisait en silence sur le canapé pendant que Curtis était assis sur le fauteuil rembourré avec son ordinateur portable, et des bruits de sexe flottaient depuis la moitié de chambre de Zep et Fisher.

— Randy et Billy ? demanda Lance en bâillant.

— Partis voir un film, répondit Henry en se levant. Allez... va prendre une douche. As-tu mangé ?

Lance secoua la tête. Parce qu'il savait qu'il devrait manger, et parce que Henry s'inquiéterait.

— Je pourrais manger quelque chose.

— Menteur, répliqua Henry avec une grimace. Va te doucher. J'ai préparé quelque chose ce soir que tu pourrais ne pas détester.

Lance émergea une demi-heure rêveuse plus tard et réussit à trouver la table de la cuisine. Henry avait servi une assiette de poulet et de légumes sautés dans une réduction au vinaigre balsamique qui, en fait, ne le gava pas.

— C'est parfait, souffla-t-il en essayant de ralentir entre les bouchées. Où as-tu trouvé la recette ?

— J'ai demandé aux gars, lui répondit Henry. Apparemment, le ragoût de ma mère et les spaghettis faisaient partie du problème. Vous autres et vos putains de glucides. Quoi qu'il en soit, mange. Ton lit est fait, draps propres et tout. Nous pourrons parler quand tu verras clair, d'accord ?

— Demain matin ? proposa Lance avec espoir en réussissant à hocher la tête. Je prévoyais d'aller faire de l'exercice avant ma prochaine garde.

— J'ai en fait un truc que je dois faire demain, s'excusa Henry avec une grimace.

Lance attendit un instant.

— Continue…

— Rivers gère en quelque sorte… une maison pour des jeunes ex-taulards. Cramer et lui ont un ami qui sort avec l'un d'eux. En tout cas, je lui ai dit que j'irai leur rendre visite et voir comment ils vont. Il a la sensation qu'ils sont prêts à déménager ailleurs, et Cramer m'a envoyé des infos pour les aider. Puis je devrai examiner d'autres ex-détenus pour voir qui, selon moi, bénéficierait le plus de la maison après leur départ.

— Waouh, lâcha Lance en se réveillant un peu pour pouvoir s'émerveiller. Rivers t'a donné cette responsabilité ?

— Il est en arrêt pendant un moment. Je pense qu'il doit se faire opérer dans quelques semaines, et il a strictement ordre de bien manger, de dormir beaucoup et de ne pas courir partout. Je dois te dire, je suis épuisé. Je ne sais pas comment il fait ça.

— Je t'entends. Es-tu payé pour ça ?

Parce que Henry avait l'impression que travailler pour son frère faisait de lui un fardeau.

— Un peu, répondit Henry. Et il a un ami qui dirige une entreprise de ménage aussi. Joey n'est pas un mauvais gars. Nous avons pensé que je pourrais y aller les vendredis puisque, tu sais, tu as habituellement les mardis et jeudis de congés. Alors, ça amènerait des revenus supplémentaires aussi, et je pourrai toujours aider mon frère quand il aura besoin de moi, avant que les cours ne commencent.

— Regarde-toi, Henry, déclara Lance, obligé de sourire un peu. Tu as une vie ici. Des amis, des relations… pas mal.

— Oui, eh bien, écarta Henry avec un haussement d'épaules, je fais des choses lundi et mardi qui ne me rapportent rien. Je te laisserai dormir pour le premier truc, mais le second pourrait te convenir, peut-être que tu pourrais aider.

Le cerveau de Lance lui fit mal rien que d'analyser cette phrase.

— Quel est ce premier truc ?

— C'est en quelque sorte… Enfin, tu vas penser que c'est stupide, indiqua Henry en détournant le regard.

Et Lance eut envie de crier.

— Henry, as-tu une idée de ce que je ne sais *pas* de ta dernière semaine ? La moindre idée ? À ce stade, je prendrai volontiers quelque chose de stupide qui m'aidera à comprendre ce qui s'est passé ici plutôt que quelque chose à l'aveuglette du genre « ne t'inquiète pas, Lance, tout ira bien. »

Henry hocha la tête, se leva et alla jusqu'au réfrigérateur avant de revenir.

— Je… Écoute, il y a de la crème glacée que j'ai achetée et que personne ne mange. Je peux en prendre ? Est-ce que ça va faire basculer quelqu'un par-dessus bord ?

— Non, lança Curtis depuis le canapé, mais si tu sors les trucs en bâtonnets, donne-m'en un, ou je vais penser que tu es un connard !

Les yeux de Henry et Lance se croisèrent, et ils sourirent.

— Il y a des glaçons parfumés dedans aussi, dit Lance. Sors-m'en un, et nous serons quittes.

— Tu veux venir écouter, de manière réglo ? demanda Henry à Curtis. Enfin, tu pourrais toujours prétendre être encore en train de travailler là-bas et avoir toute l'histoire, mais, de cette façon, tu pourras me demander de répéter les parties difficiles.

— Oui, bien sûr, répondit Curtis en refermant son ordinateur et s'avançant lentement. Je ne trouvais rien de bon de toute façon.

— Tu cherches quoi ? questionna Lance en finissant ses légumes et son poulet.

— Un boulot qui paiera autant que le porno pour aussi peu d'heures, expliqua Curtis avec un haussement d'épaules. Je ne trouve pas. Enfin, j'ai des prêts étudiants et tout, et j'économise de l'argent en vivant ici. Malgré tout, on dirait que je suis parti pour trois ans de plus. Pas grave.

— Le service de nettoyage de Joey paie plutôt bien, dit Henry. Mais tu pourrais devoir y travailler trois jours par semaine.

149

— J'y réfléchirai, répondit Curtis d'un ton sec, ce qui leur dit qu'il ne le ferait pas vraiment. Enfin, allez, Henry. Tu me racontes, et je promets de faire la commère, d'accord ?

— D'accord.

Henry servit le dessert et s'assit.

Puis il leur raconta une histoire de violence, de mauvais traitements, de sexe, de drogue et de meurtre, et comment la star du porno revendant de la drogue avait fini morte dans la benne, désignant Henry comme le coupable idéal.

Quand il eut fini, Lance ne put que le regarder d'un air ébahi, pendant que Curtis se resservait.

— Alors, tout tournait autour des trafiquants de drogue et de Papa ? Ça n'avait rien à voir avec toi ? Sérieusement ?

— Quasiment, confirma Henry, ayant soudain l'air triste. Et comprenez-moi bien… le père de Martin Sampson est une ordure, purement et simplement, mais cet autre type était un putain de psychopathe. Bon sang, je suis content qu'il soit mort.

Les yeux de Lance et Curtis se croisèrent, puis ils regardèrent de nouveau Henry.

— Et comment est-ce arrivé déjà ?

Parce que le récit d'Henry avait été sommaire.

— Alors…, soupira celui-ci. Vous voulez la version effrayante ou la version action-aventure ?

Lance ferma brièvement les yeux avant de regarder Curtis, qui haussa les épaules.

— Je prendrai la version « Est-ce que ça va revenir nous hanter ? », indiqua Lance.

Henry sourit faiblement. Il se mordit la lèvre, l'air gêné.

— Probablement pas… Mais ça ne signifie pas qu'il n'y a pas de conclusion à donner à tout ça. Tu vois, Jackson m'a appelé ce matin et demandé… eh bien, il a demandé si je voulais aller à un petit mémorial lundi.

— Pour qui ?

Qui au monde Henry pleurerait-il ?

— Pour Martin Sampson, répondit doucement Henry. Parce qu'il était un connard, mais il a eu de l'aide pour en arriver là, et ce n'est pas juste que personne ne vienne à son enterrement. C'est comme si… Nous voulons dire au revoir à celui qui aurait pu être, vous voyez ?

Lance et Curtis le fixèrent.

— C'est… c'est vraiment…, commença Lance en s'efforçant de trouver les mots.

— Stupide, compléta Henry en levant les yeux au ciel. Je comprends.

— J'allais dire merveilleux, souffla Lance. Il aurait pu être tellement plus.

— Oui. Il aurait pu, convint Henry avant qu'un rougissement ne recouvre ses traits pâles. Et je suppose… je suppose que j'étais la dernière goutte dans son vase d'ordures. Le jour où je suis venu défendre tous les gars. Il aimait vraiment mon frère, et j'étais là, le petit frère de Davy, en train de lui dire qu'il était une ordure. Et soudain, il ne voulait plus être ce type.

— Et c'est ce qui a entraîné sa mort, conclut Curtis avec étonnement.

— Exactement, dit Henry avec un air gêné. Alors, il me semble juste que, en quelque sorte, nous… honorions ça. Honorer qu'il y a une partie de lui qui ne voulait pas être ce type. C'est vraiment important pour Jackson que nous n'oubliions pas ça.

Lance hocha la tête et cogna le genou d'Henry avec le sien.

— Tu es sûr de ne pas vouloir que je vienne avec toi?

— Non, répondit Henry en secouant la tête pour insister. C'est… c'est mon truc, je suppose.

Lance haussa les sourcils, et Henry cligna des yeux, toute une conversation dans cet échange.

Tu me diras plus tard, pas vrai?

Oui. Mais pas devant Curtis.

— Alors, sur quel sujet veux-tu mon aide? demanda Lance en bâillant.

— Je te le dirai demain avant qu'on se sépare, répondit doucement Henry. Tu es tellement fatigué, tu ne t'en souviendrais même pas.

— Ce n'est pas juste, rouspéta Lance en bâillant de nouveau. Je m'en souviendrai!

Henry l'aida à se lever de la table et échangea avec Curtis un regard amusé, qui aurait pu énerver Lance, s'il avait seulement pu arrêter de bâiller.

— Allez, Dr Bonne Humeur… allons faire un petit somme.

— Ce n'est pas juste, répéta Lance avec une moue, titubant malgré tout avec Henry. Tu as cette vie super excitante, et moi, je…

— Sauve des gens des crises cardiaques. Oui, tu es un tel ermite. Allez, chéri, on te met au lit…

151

— Tu t'allonges avec moi? supplia Lance. Jusqu'à ce que je m'endorme. Ou, tu sais. Amène ton livre. Tu peux le lire au lit à côté de moi. Ou ton téléphone. Ou…

— Chut… chut…, chuchota Henry en embrassant sa tempe. Ne t'inquiète pas. Tu m'as eu avec « lit. »

Ils atteignirent la chambre de Lance, et Henry enleva son short et son t-shirt avant de l'aider à monter dans le lit simple et se glissa à côté de lui.

Lance se fraya un chemin contre lui, blottissant son visage contre le torse d'Henry et caressant son ventre avec une main paresseuse.

— Mm… Seigneur, c'est tout ce que je voulais. Tout, tu comprends. Tout ce que je voulais. Deux jours seulement, et je ne voulais que ça. J'ai vu le petit ami de Jackson, et il avait l'air… comme si le monde s'effondrait sur lui. Ça m'a rendu simplement… vraiment reconnaissant que tu ailles bien.

Lance se souvint de reculer la tête et de vérifier.

— Tu *vas* bien, n'est-ce pas? Enfin, es-tu traumatisé? As-tu besoin d'un psy, d'un thérapeute ou d'autre chose?

— J'étais soldat, tu te souviens? soupira Henry en lâchant un petit rire tendu. En déploiement? Zone de guerre? Ce n'était pas joli, je ne peux pas mentir. Mais j'étais moins inquiet à propos du type mort que je l'étais que Jackson s'en sorte. Bon sang, il m'a fait peur. Tous les employés de Jackson étaient là, et il s'est lui-même mis en danger pour moi. Et ils étaient là, et j'étais là, et c'était vraiment foutrement terrifiant.

— Foutrement brave, marmonna Lance.

— Oui. Foutrement brave, répéta Henry en déposant un baiser dans les cheveux de Lance.

— Mais… je ne comprends toujours pas qui a tué le méchant, dit celui-ci, faisant grogner Henry.

— As-tu déjà… je ne sais pas, fait irruption dans une réunion de personnes qui gagnaient bien plus que toi? demanda-t-il après une minute.

— Une fois, essaya de raisonner Lance. Le conseil d'administration, qui essayait de décider du budget, je pense. Ils étaient… eh bien, plutôt cavaliers, je suppose. Je continuais de penser que ce financement décidait si les gens vivaient ou mouraient.

Henry écarta les cheveux de son visage.

— Oui. Eh bien, Jackson et Cramer connaissent des gens dans ce conseil. Je pense que, à ce moment-là, ils étaient mes commandants, alors j'ai simplement souri et hoché la tête.

— C'est effrayant, murmura Lance, pas sûr de pouvoir comprendre ça à cet instant.

— Ça l'est. Mais à la fin, je pense que cela se résumait à Rivers et Cramer en train de s'occuper des leurs. Moi y compris. Et tu sais quoi ? Ça me va assez.

— Vraiment ? demanda Lance, pas sûr que ce serait un jour le cas pour lui.

— Écoute. Quand Jackson avait l'air horriblement mal, je lui ai dit que ça irait s'ils m'arrêtaient… Je savais que Cramer et lui, John et Galen, mon frère et toi, vous travailleriez pour me faire sortir. Que ça irait pour moi. Et il a dit : « Oui, mais tu es mon ami et je ne veux pas que tu ailles en prison. »

— Waouh, grommela Lance, ému malgré lui.

— Oui. Alors, il a des personnes qui feront la même chose pour lui. C'est pour ça que nous allons les aider, Cramer et lui, à boucler cette affaire.

Lance dut revérifier deux fois pour s'assurer que ses yeux étaient encore ouverts.

— Excuse-moi ?

— Il y a un dernier détail à régler, une infirmière nommée Frasier, qui n'a pas été arrêtée. Rivers et moi l'avons entendue coucher avec le père de Martin Sampson, et nous sommes pratiquement sûrs qu'elle vole des médicaments aux patients et leur donne seulement des demi-doses…

— Oh mon Dieu ! s'exclama Lance en voulant s'asseoir. Nous devons le dire au comité d'éthique, et il y a tout un département pour ça et…

— Et nous devons la faire arrêter et fournir des preuves pures et dures d'abord. Maintenant, rallonge-toi, dit Henry.

Lance se calma un peu, parce qu'il avait raison. Il se remit au lit, ses os se transformant en gelée avec cette dernière poussée d'adrénaline.

— Très bien. Bien sûr. Comme tu veux.

— Eh bien, veux-tu m'aider à trouver des preuves ou non ? demanda Henry quand il fut réinstallé.

Lance était presque endormi, mais il n'était pas parti assez loin pour manquer de quoi il était question.

— Tu veux que je voie pourquoi tu aimes ça, constata-t-il. Pour que je sache pourquoi c'est ce que tu veux faire.

— Oui, confirma Henry en caressant de nouveau ses cheveux.

Eh bien, on ne pouvait pas argumenter contre ça.

— Très bien. Être raisonnable. Bien sûr.

— Bon, maintenant, dors.

— Bonne nuit, Henry. Je t'aime.

Il s'endormit avant de réaliser ce qu'il avait dit.

Apprentissage auprès du Maître

HENRY REGARDA ce qui allait être une autre journée brûlante et lutta contre un sentiment de déception.

C'était fini. Il n'était plus soupçonné de meurtre, et c'était génial, mais maintenant que Martin Sampson avait été déposé, en cendres, dans une petite urne actuellement enterrée dans une toute petite parcelle de terre, il se sentait... à la dérive.

Sans but.

Il déglutit et essaya de se souvenir de l'excitation qu'il avait tirée de courir après le tueur de Martin Sampson et, avec ce picotement dans le ventre, l'enthousiasme de replonger dans la mêlée, il y avait aussi le fait de savoir qu'il avait le droit de poser des questions.

Et il se tenait près de son frère, qui pourrait peut-être répondre à la plus pertinente de toutes.

— Alors, qu'est-ce qui t'a fait tomber amoureux de lui ?

Il le lui demanda, alors qu'ils s'attardaient à l'ombre d'un pin poussiéreux au cimetière. La question avait brûlé dans son ventre, probablement depuis que Lance lui avait dit que « Scott » était l'ex de Davy.

Le sourire de celui-ci fut pensif, et pour la première fois, Henry se rendit compte que son frère avait plus de trente ans, un anniversaire que pas même leur mère n'avait célébré.

Henry connaissait la date – le 26 septembre. Cette année, quand Davy aurait trente et un ans, Henry lui offrirait une carte, prévoirait peut-être un anniversaire surprise avec Kane. Ce dernier pourrait détester ça, mais ça vaudrait la peine de savoir que le frère d'Henry avait plus que simplement son mari et leur nièce pour lui apporter du gâteau et un cadeau.

— J'étais... perdu, dit Davy. Et il m'a dit que ce n'était pas grave... que les fins heureuses étaient pour les bonnes poires. Seulement, il s'est avéré que j'en voulais vraiment une, et il... il ne pensait vraiment pas qu'elles étaient possibles.

— Il y a plus que ça, constata Henry, sa voix tremblant en reconnaissant la censure adulte dans celle de son frère. S'il te plaît, Davy ? Je suis arrivé à ta porte complètement paumé. J'ai simplement... simplement besoin d'entendre qu'il y a de l'espoir que ce n'est pas que moi.

David grimaça et se frotta la nuque. Le petit groupe qui s'était rassemblé pour l'enterrement de Martin Sampson – alias Scott – s'était en majorité dispersé, y compris un ex-petit ami triste et effrayé. Jackson et Ellery avaient été les premiers à partir, parce que Jackson avait un rendez-vous chez le médecin, et bien qu'il ait l'air épuisé, ses lèvres n'étaient pas bleues, et c'était une amélioration.

— Tu veux une crème glacée ? demanda Davy. Je ne dois pas être au boulot avant encore une heure. Allons prendre un yaourt glacé ou autre chose.

C'était si proche de quelque chose que leur mère aurait dit – et si proche de ce que Henry avait dit à Lance la nuit après qu'il fut revenu de cette double garde – qu'il fut obligé de rire.

— Bien sûr.

Ils étaient venus ensemble – Davy allait le déposer à l'appartement en retournant travailler – alors, en un rien de temps, ils se retrouvèrent à un de ces stands de yaourts près du parking. Henry prit la plus grande taille avec tout le chocolat, parce qu'il était d'humeur pour ça.

Davy prit une toute petite coupe de sorbet avec deux ours en guimauve, parce qu'apparemment, une fois qu'on était un acteur et que le monde entier avait vu votre corps de près et intimement, cette merde ne disparaissait jamais.

— Alors tu veux entendre l'histoire ? demanda Davy, alors qu'ils s'installaient. Parce qu'elle n'est pas jolie.

— Doux Jésus, David, s'exclama Henry en levant les yeux au ciel. Tu as des acteurs de porno alignés autour du quartier, qui te considèrent, personnellement, comme leur fantasme. Tout l'appart où je vis dit un truc du genre : « Oui, ce gars, je me le taperais bien ! », même mon propre... petit ami, finit-il en avalant sa salive. Simplement... puis-je te voir ne pas être parfait ? Puis-je savoir... tu sais. On se remet d'être humain ?

— Oh, Henry, souffla Davy en lui offrant un sourire triste. Je suis loin d'être parfait. Tu n'as aucune idée des choses horribles que j'ai faites. J'espère que tu n'apprendras jamais la moitié des merdes que j'ai laissées se produire quand j'essayais d'y voir clair. Mais... mais Scott. Que dirais-tu de l'histoire de notre rupture ? Partons sur l'histoire de la rupture, d'accord ?

— Bien sûr.

— J'ai rompu avec lui, et il… il m'a en quelque sorte harcelé.

— Comment ça ? questionna Henry après avoir dégluti.

— Eh bien, je lui ai dit que je voulais rompre, mais il se pointait chez moi et… se faufilait en discutant par la porte d'entrée et dans mon lit. Et je me sentais comme une merde, tu sais ? N'avais-je aucune putain de volonté ?

— Mais alors, on les voit, dit Henry. Et on se souvient de quand ils étaient notre univers. Et soudain, c'est plus facile. C'est plus facile de les laisser entrer.

— Oui, confirma David en croisant les yeux de son frère. C'était plus facile. Mais ce n'était pas bon pour moi. Et… j'observais deux gars, dont un est toujours mon meilleur ami, s'autodétruire pour… tout. Les tournages. L'autre. Le fait d'être dans le placard. Et je… je ne pouvais pas faire ça. Si quelqu'un était dans ma vie, cela devait être réel. Mes amis étaient réels. Scott ne serait jamais réel. Alors… C'est gênant. John sniffait à l'époque. Et il avait toujours le miroir dans les toilettes à l'arrière. Et peut-être une fois par semaine quand nous étions tous les deux en retard à essayer d'éditer et de tout télécharger et que nous étions lessivés, il allait à l'arrière et revenait en reniflant et disant : « Et maintenant, je suis un putain de dieu ! » Et Scott m'envoyait des messages, et j'avais besoin de courage. Alors, pour la première et unique fois, je suis allé dans la salle de bain et j'ai pris une ligne aussi, puis je suis rentré chez moi.

— David ! s'écria Henry, sidéré.

C'était plus incroyable que le porno.

— Tu voulais du moche, répliqua Davy, ses yeux bleus écarquillés et blessés. Tu l'as demandé !

— Je suis désolé, lui répondit Henry, le poids de parler à son frère d'un être humain à un autre soudain posé sur ses épaules. Je suis désolé. Je vais me taire maintenant. Ce n'était qu'une fois ? Tu le jures ?

— Oui.

Davy enfourna une grosse part de sorbet dans sa bouche, fixant sa coupe à moitié pleine.

Se sentant comme une merde, Henry laissa tomber une poignée de ses pépites de chocolat au-dessus du sorbet de son frère.

— Je suis désolé, répéta-t-il humblement. Je… je pense que c'est plus effrayant quand tu n'es pas parfait. Je pensais que ce serait plus facile, mais je suis bête.

Davy leva les yeux et lui fit un clin d'œil, ce qui devait avoir été difficile, parce qu'ils étaient brillants.

— Je n'ai jamais été parfait, Henry. Mais j'étais quasiment au plus mal cette nuit-là. Quoi qu'il en soit, je suis rentré, et Scott attendait sous le porche. John avait raison à propos de la première fois, d'ailleurs. Je me *sentais* vraiment comme un dieu, alors je suis rentré, lui ai claqué la porte au visage, puis je suis revenu avec tous ses CD, que j'ai entrepris de lui jeter au visage.

Henry ne put s'en empêcher. Il ricana.

— Pourri jusqu'à la moelle, hein ?

— Un criminel endurci, répondit sèchement David.

Il lança un regard timide à Henry et prit quelques pépites de chocolat sur sa cuillère, puis ferma les yeux alors qu'il mâchait.

— Seigneur. Carlos et toi... vous allez me faire grossir. En tout cas, lui balancer les CD fut sacrément jouissif. Mais ça n'a pas suffi.

— Qu'est-ce qui a suffi ?

Un sourire tendre passa sur les traits de David – un sourire qui le faisait vraiment ressembler à un ange, et pas simplement à un jeune parent attirant.

— Carlos. Il a tout vu. Scott se préparait à devenir violent, et soudain, il a eu un nez cassé. Et sans que je m'en rende compte, Kane avait emménagé chez moi, avec tous ses trucs à écailles. L'idée d'origine était qu'il dorme dans la chambre d'amis, mais avec tous les terrariums, il n'y avait pas de place. Il s'est simplement faufilé à côté de moi, expliqua David avec un haussement d'épaules, ayant l'air aussi sublimement heureux qu'on puisse l'être. Il est resté.

— C'est... c'est vraiment mignon, dit Henry en se mordant la lèvre et fermant les yeux. C'est... Seigneur... C'est... Je souhaiterais... je souhaiterais que Maman et Papa puissent entendre cette histoire et sachent que c'est... c'est magnifique.

David cligna rapidement des paupières et secoua la tête. Puis il prit une plus grosse cuillerée de pépites de chocolat.

— Ça n'arrivera jamais, affirma-t-il d'une voix rauque. Je souhaiterais que ce soit le cas. Je... Trav m'envoie un e-mail environ une fois par mois. Tu veux que je te le fasse suivre ? Tu peux lui répondre. Il veut savoir que tu vas bien.

La propre gorge d'Henry sembla gonfler.

— Oui. Que lui as-tu dit jusque-là ? Lui as-tu parlé de l'enquête ?

— Non, répondit David en secouant la tête. J'ai pensé que, si les choses tournaient mal, il y aurait tout le temps de le faire, et si tu étais innocenté, ce n'était pas quelque chose que quiconque là-bas avait besoin de savoir.

— Tu surveilles mes arrières, comme toujours. Merci, Davy.

Henry réussit à sourire, et son frère répondit faiblement.

— Oui, eh bien, maintenant que tu as rejoint le côté gay, je veux en quelque sorte te garder dans mon repaire diabolique, tu sais ? C'est bon d'avoir de la famille.

Oh Seigneur. Il allait vraiment le dire.

— Oui. Si on a le bon genre de famille. Merci, Davy. D'être là pour moi.

— Qu'est-ce que j'aurais pu faire d'autre ?

Et il haussa de nouveau les épaules, comme si ce n'était pas important, mais Henry savait que ça représentait tout.

Et parce que son frère était un type tellement bien, Henry avait besoin de poser la question difficile, parce qu'il avait besoin d'aide avec ça.

— Je réfléchissais, et ce n'est pas un truc génial.

David le regarda, soudain en alerte. Il se redressa de sa position avachie devant son sorbet et inclina la tête dans une pose classique d'écoute, et Henry se demanda si ceci était le Dex dont tous les gars chez Johnnies semblaient avoir tellement besoin.

— Quoi ? Que se passe-t-il ?

— Je… soupira Henry. Malachi. Il… Plus je m'éloignais de lui, plus je réalisais les choses qu'il faisait… ce n'étaient pas de bonnes choses.

— Y a-t-il plus ? demanda sobrement ce nouveau David. Plus que ce qui s'est passé quand tu es parti… parce que c'est déjà assez mauvais.

Henry devint soudain très investi dans la crème au chocolat au fond de sa coupe de yaourt glacé. Après ce moment avec Lance, à lui parler de la chemise découpée, la cicatrice sur sa nuque, il avait eu d'étranges flashs des onze dernières années. Mal lui éclatant la lèvre d'un revers de main nonchalant après que Henry avait dit, en toute innocence : « Dommage que nous ne puissions plus faire ça après ton mariage. » Se réveiller en plein milieu de relations sexuelles dans leurs quartiers. Henry avait mis des limites là-dessus, mais Mal voulait qu'il sache que les limites n'étaient pas pour eux deux. Les fois où Henry avait simplement cédé, parce que la dispute ne vaudrait pas la menace implicite dans le sourire de Mal.

— Ce n'était pas chaque jour ou même chaque mois, dit-il doucement avant de prendre une grande inspiration. Et je ne dis pas que je n'aurais pas dû y mettre un terme depuis longtemps. Mais c'était toujours là. Si je partais, Mal trouverait un moyen de me le faire regretter. À la fin, je regrette assez d'être quand même parti.

La main de David par-dessus la sienne sur la table aida à calmer les tremblements.

— C'est difficile, dit-il. De s'éloigner d'une telle chose. En particulier quand on est tellement convaincu que n'importe quelle relation est mauvaise.

— Tu es vraiment foutrement généreux, constata Henry après un instant. Mais crois-le ou non, il n'est pas question de moi… pas vraiment. C'est que… que Scott partait en vrille après ta rupture avec lui, pas vrai ?

— Ah oui ?

David vit que ceci menait quelque part.

Henry espérait qu'il était prêt pour la chute que lui-même entrevoyait.

— Et si Scott partait en vrille après que tu as terminé une relation comme ça, je me demandais… s'interrompit-il pour déglutir tant c'était difficile. Davy, est-ce que notre sœur est en sécurité ?

Il observa la couleur s'écouler du visage de son frère.

— Oh bon sang. Seigneur. Je… je souhaiterais y avoir pensé.

Mon Dieu, la gorge d'Henry semblait déchiquetée, parce que chaque mot était comme du verre.

— Ce n'est pas ta faute, dit-il. Je… je n'ai pas exactement crié : « Mon beau-frère est un violeur brutal ! » quand j'ai quitté l'armée.

Il s'arrêta, prenant une inspiration qui avait le goût de sang.

— Quoi ? interrogea doucement David.

— C'est la première fois que je prononce ce mot.

Il ferma très fort les yeux. Il voulait le retirer.

— Lequel ?

— Je ne peux pas, rejeta Henry en secouant la tête. Je ne peux pas le répéter et continuer à fonctionner.

Et pour la première fois, il comprit pourquoi Jackson Rivers risquerait la crise cardiaque et que son petit ami rompe avec lui à cause de sutures sur son épaule pour qu'il puisse continuer.

Seigneur, parfois, on devrait ravaler la douleur pour ne pas tomber en morceaux.

— Henry, tu vas devoir le redire à un moment ou un autre. Tu le sais, n'est-ce pas ?

— Oui, acquiesça Henry. Mais aujourd'hui, toi et moi devons parler à notre frère pour nous assurer que notre sœur va bien.

Debbie pourrait ne jamais leur reparler – en particulier si elle apprenait pour Malachi et Henry, mais même si elle ne le découvrait pas, ils étaient gay. Leurs parents avaient fait une croix sur eux, et ils étaient tous les deux conscients du fait qu'elle devait aussi l'avoir fait. Mais elle était toujours leur petite sœur, qu'elle les reconnaisse ou non. Ils devaient la prévenir s'ils le pouvaient. Parce qu'ils le devaient. C'était simplement juste.

— Je… commença Henry en essayant de diriger la conversation vers le fait d'aider Debbie. Je… tu sais. Mes foirages sont les miens.

— Tu as été forcé, répliqua David, les sourcils froncés. Eh oui, il y a beaucoup de gris là. Mais Malachi est une fouine veule, et je le savais déjà quand vous étiez en quatrième. Mais je suis parti et je n'ai pas eu mon mot à dire sur qui Debbie épousait. Et Mal et toi… Je ne savais même pas comment t'en parler.

— Je n'aurais pas écouté. Je me serais moqué de toi en disant que tu étais une…, répondit honnêtement Henry, ne pouvant même pas dire le mot à cet instant. Mais en un million d'années, je n'aurais jamais admis en être une aussi. Personne n'aurait pu m'aider à ce moment-là à part moi. Et je l'ai enfin fait, mais… mais je ne savais pas à quel point c'était devenu mauvais avant que ce ne soit soudain plus là.

— Non, on ne sait pas, déclara David en examinant son visage avant de grimacer et de sortir son téléphone. Allez. Je vais envoyer tout de suite un e-mail à Travis, tu peux m'aider à le formuler pour que je ne révèle pas quelque chose que tu ne veux pas. Tu es prêt ?

Henry hocha la tête. Mieux valait maintenant que quand il serait trop tard, pas vrai ?

Il pouvait seulement espérer.

Davy le déposa juste quand la chaleur devenait trop intense pour le jean et la veste de sport qu'il avait portés pour l'office. Il monta les escaliers à pas lourds, espérant prendre une douche fraîche et changer de vêtements avant que Lance ne rentre de la salle de gym.

Ce qui l'accueillit sur le palier fut un croisement entre un film d'horreur et une comédie pour ados.

161

— Euh…

— Ne dis rien, dit misérablement Randy.

— Je dois dire *quelque chose* ! protesta Henry, bouche bée devant lui. Bordel de merde !

— Ce n'était pas mon idée, révéla Curtis.

Il avait dit ça d'un ton neutre, mais Henry regarda ses mains et vit partout dessus la preuve noire et visqueuse comme une algue.

— Tu es quand même complice, cingla Henry. Zeppelin, Fisher, vous aussi !

— J'ai essayé de l'en dissuader ! se plaignit Fisher en levant ses mains immaculées.

Zeppelin s'esclaffa et essaya d'enlever de ses mains la substance, qui était apparemment une sorte de masque pour le corps – le visage ?

— Oh, aïe ! Randy, cette merde arrache les poils, tu le savais ?

L'horreur de Randy était absolue – comme elle aurait dû l'être. Tout son corps, des chevilles jusqu'au visage, était couvert de ce qui avait été contenu dans les cinq ou six tubes de substance visqueuse se balançant dans le sac plastique sur la poignée de la porte.

— Oh mon Dieu. Seigneur. Est-ce que ça va enlever mes cheveux ?

— Je ne sais pas ! Est-ce que ça se nettoie ?

Billy ouvrit la porte, envoyant balader le sac poubelle.

— Voilà, dit-il en tendant un gant de toilette savonneux. Salut, Henry. Comment était ton enterrement ?

— Sans incident, répondit-il, toujours horrifié. Contrairement à ma vie domestique. Donne-moi ça.

Il arracha le gant des mains de Billy et commença à frotter le dos de la main recouverte de Randy, uniquement pour découvrir que la substance avait séché avec la consistance du polyuréthane. Cette horreur ne s'enlevait pas.

— Oh mon Dieu. Randy, peux-tu encore respirer ?

— Oui, Henry, répondit celui-ci, semblant inconsolable. C'est supposé être un masque facial. Je pense que c'est aussi une crème dépilatoire.

— Pourquoi en es-tu recouvert, de tes orteils à tes couilles, mon pote ?

Henry abandonna le gant, remarquant que, alors que la substance séchait, elle s'écaillait à certains endroits, comme elle était supposée le faire. Génial. L'arracher serait facile pour *eux* tous, mais infernal pour Randy.

162

— J'avais des éruptions cutanées à cause la chaleur, se lamenta Randy. Je pensais que peut-être, si je mettais ça partout sur moi, je pourrais arrêter d'avoir des boutons sur le cul !

— Oh, trésor.

Henry craquait pour ce gamin, vraiment. Le teint de Randy était de ce genre délicat roux et pâle, qui réagissait mal au soleil, au savon et à un vent fort. La peau la plus épaisse de son corps semblait être sur son sexe, et même là, c'était délicatement sensible.

— As-tu pensé que tu devrais peut-être le tester sur ton visage d'abord ? Pour savoir si tes fesses et tes abdos pourraient le supporter ?

Zeppelin le regarda comme s'il avait résolu le changement climatique en une étape facile.

— Waouh ! Mon vieux, c'est brillant ! Où étais-tu ?

– *À un enterrement* !

— Tu n'as pas besoin de crier !

Maintenant, Fisher était presque en larmes, alors Henry leva les mains de manière apaisante.

— Écoute, dit-il en se triturant le cerveau. Nous avons besoin de lui donner au moins quatre ibuprofènes avant de commencer à enlever cette merde, parce que ça va être brusque, d'accord ?

— Je reviens tout de suite, déclara Billy. Et pour info, il était à moitié recouvert quand je suis rentré de la salle de gym. Ce n'est pas ma faute.

Henry le regarda simplement, et Billy leva les mains et recula gracieusement. Puis il regarda Fisher, qui était le plus visiblement bouleversé.

— Tu vas à la pharmacie. Tu y prends ce truc avec de la lidocaïne et de l'aloe vera. Nous allons l'appliquer sur sa peau après avoir arraché cette merde. Nous en avons besoin tout de suite, alors ne traîne pas, d'accord ?

— Compris, Henry !

Fisher décampa, ses tongs résonnant bruyamment dans les escaliers, les clés de sa voiture cliquetant dans sa poche alors qu'il avançait. Ce gamin ne payait toujours pas de loyer. Henry ne savait même pas où il était supposé vivre.

Sans son ombre, Zeppelin resta là, impuissant avec ses menottes couvertes de substance devant lui.

— Toi, ordonna fermement Henry, va laver ce truc. Et essaie d'écouter ton petit ami de temps en temps. Il est manifestement le cerveau de cette opération précise.

— Mon petit ami ? répéta Zep en le fixant d'un air ahuri.

— Tu ne savais pas ? répliqua Henry en lui rendant son regard.

— Nous ne faisons que nous amuser ! lâcha Zep avec un rire, mais pas de façon très convaincante. Vous savez, des gars qui s'amusent ensemble ?

Henry essaya d'ôter le rouge obscurcissant son regard. Zep n'était *pas* Malachi, et aucune quantité des dommages passés d'Henry ne pourrait le rendre ainsi. Mais quand même.

— Ce n'est pas s'amuser quand il est ici six nuits par semaine, Zep. Ce n'est pas s'amuser quand quatre-vingt-dix pour cent du temps, ce n'est que vous deux. Je ne sais même plus où vit ce gamin. Tu le sais ? Bon sang, je ne sais même pas quels vêtements sont à lui et lesquels sont les tiens !

Zep ouvrit la bouche et la referma, son sourire niais de surfeur l'abandonnant pour une fois.

— Mais pourquoi voudrait-il être mon petit ami ? Il est riche et il ne lui reste que deux ans avant d'avoir son diplôme !

— Alors qu'est-ce qu'il fout à travailler chez Johnnies ? demanda Curtis.

— Je ne sais pas. Un jour, nous étions sur le planning ensemble, et nous ne nous sommes simplement jamais séparés après ça, répondit Zep, comme si cela avait parfaitement du sens avant que son visage s'effondre. Je… vous savez. J'ai supposé que c'était parce que nous ne faisions que nous amuser. Il a de meilleurs types à se taper que moi.

Henry l'aurait bien secoué, mais, Seigneur, cette saleté noire était partout sur son corps.

— Pas selon lui ! Peut-être qu'il est ici parce que tu es le seul type qu'il veut se taper !

— Oh mon Dieu ! s'exclama Zep, presque en larmes désormais. Qu'est-ce que je vais faire ? Je ne veux pas qu'il parte se taper d'autres types !

— Eh bien, d'abord, tu laves cette merde de tes mains, lui dit Henry. Puis tu vas te changer. Quand il revient, tu lui demandes s'il veut emménager et payer un loyer, et peut-être que vous pouvez tous les deux être exclusifs pour que tu puisses arrêter de convaincre Curtis de monter dans ton lit, où il se sent comme une cinquième roue.

— Désolé, mon vieux, répondit automatiquement Zep.

— Ça empiétait sur mes études, expliqua Cutis, une note d'excuse dans sa voix.

— Mince, soupira Zep. Désolé pour l'épilation que tu vas recevoir, Randy. J'aurais peut-être dû le tester d'abord.

Zeppelin retourna à l'intérieur, et Henry regarda Curtis.

— Pourrais-tu aller me chercher un sac poubelle à l'intérieur et le découper sur le côté ? Nous avons besoin qu'il puisse se tenir dessus pour qu'on puisse jeter tout ça. On dirait que cela va étouffer les pigeons ou tuer les poissons. Nous devons le contenir.

— Oui, chef.

Curtis se tourna vers la porte, et Henry eut une pensée soudaine.

— Où est Cotton ?

Parce que ça rendrait les choses foutrement parfaites dans ce chaos – si Cotton avait été là pour pleurer de sympathie pendant qu'ils épilaient durement le pauvre Randy.

— Il est sur le planning aujourd'hui, répondit Curtis avec un froncement de sourcils. Tu sais, il n'a pas eu de rendez-vous depuis un mois. C'est plutôt génial. Cette connerie était en train de le tuer.

Bien. Ils avaient un gars qui ne tombait pas en morceaux, bravo pour l'appartement 126 C.

— Fantastique, grommela Henry.

Curtis prit ça comme un indice et partit. Pendant un instant, il n'y eut que Henry et le gamin perpétuellement excité qui semblait avoir un but dans la vie.

Et maintenant, cela en faisait deux.

— Randy ? questionna Henry dans le silence laissé entre eux. À quoi pensais-tu ?

— À arrêter les érupt…

— Trésor, interrompit Henry en secouant la tête, ces derniers mois, tu as couru dans tous les sens comme un poulet sans tête. Tu fais genre : « Je veux baiser de toutes les façons possibles, et puis me branler sur toutes les choses possibles », et maintenant, c'est « Pourquoi ne pas essayer toutes les choses possibles ? » Qu'est-ce qui ne va pas ? Que va-t-il se passer si tu restes immobile ?

Randy resta bouche bée devant lui. Il déglutit et deux grosses larmes coulèrent sur la substance brillante sur ses joues.

— Je… euh. Est-ce que je dois en parler comme ça ?

Henry regarda autour d'eux. Tous les autres étaient occupés.

— Tu as environ cinq minutes pour te recentrer et prendre une grande inspiration, dit-il doucement. Cinq minutes pour comprendre d'où vient toute cette activité, afin que tu puisses trouver un endroit calme où aller quand nous commencerons à arracher tes poils à la racine. Utilise judicieusement ton temps.

— Je ne pourrai jamais retourner chez moi, déclara Randy d'une voix rauque. Je… je ne veux simplement pas y penser.

D'accord, donc.

— Je ne pourrai jamais retourner chez moi non plus, lui expliqua Henry. Pas chez mes parents. Pas dans l'armée, qui a été mon foyer pendant neuf ans. Pas chez mon ex-petit ami violent, qui s'avère être marié à ma sœur. Je ne peux pas y retourner.

Randy avala une grande bouffée d'air.

— Oh mon Dieu ! Vraiment ?

— Vraiment, vraiment. Mais tu sais quoi ?

Randy secoua la tête. D'autres larmes coulèrent sur le masque, tombant de son menton, aussi claires que si elles étaient venues de ses yeux rougis. Seigneur, cette merde allait vraiment être chiante à enlever.

— Non.

— C'est mon foyer ici, maintenant. Et je vais vraiment travailler dur pour ne pas chier dans le lit pendant que j'y suis. Tu comprends ce que je suis en train de dire ?

— Je m'en souviendrai, affirma Randy en hochant la tête, d'autres larmes suivant la première fournée.

Henry détestait évoquer ça, mais, enfin, il y avait des choses que Randy avait besoin de savoir.

— Et un autre truc. Utilise la piscine à la salle de sport à partir de maintenant et pas celle d'ici. Ils utilisent du bicarbonate de soude et pas du chlore. Je pense que c'est pour ça que ta peau est rouge. Mon pote, tu es entouré par des mecs qui ont fait des soins de la peau leur priorité. L'un de nous doit avoir la réponse.

— Oups ! s'exclama Randy en fermant les yeux. Oh mon Dieu, tu sais quoi ? Tu as totalement raison, Henry. C'est probablement la réponse.

— Content de pouvoir aider.

À cet instant, la porte s'ouvrit d'un coup et Billy sortit avec l'ibuprofène et l'eau, Curtis suivit avec le sac poubelle, et Henry pensa que Fisher serait de retour avec la crème verte à l'aloès avant même qu'ils aient à moitié fini.

Pour le bien de Randy, il était temps de se dépêcher.

166

Lance arriva quand ils venaient juste de passer aux jambes et aux fesses, qui étaient le pire.

Son visage avait une légère barbe rousse, et les poils de son torse se voyaient à peine. Mais ses fesses avaient un complément total de fourrure rousse, ce qui avait pu ajouter à l'éruption de boutons, étant donné la chaleur. Quand Lance arriva, Henry avait attrapé une grosse bande du masque noir et tirait fort, grimaçant au cri et au gémissement qui émergèrent de la gorge déjà déchirée de Randy.

— C'est quoi ce bordel? demanda Lance en montant les marches deux par deux.

Randy avait enfoui la tête contre le cou de Billy, et celui-ci repoussait les cheveux de Randy en arrière et l'apaisait comme il le ferait avec un enfant, pendant que les autres essayaient de nettoyer le film noir abandonné et les quantités douloureuses de poils roux sur le béton.

— Nous avons essayé la tondeuse à cheveux dessus, expliqua Henry mécontent, mais ça ne fonctionne pas. Dissolvant pour vernis à ongles, huile pour bébé… nada. Il n'y avait pas le choix. Nous avons dû tout arracher.

— Oh, trésor, murmura Lance.

Fisher était déjà en train de presser une bouteille de crème verte presque vide sur la peau exposée de Randy. Le temps qu'ils aient fini avec son dos, Henry avait envoyé Curtis en chercher trois bouteilles de plus.

Il ne leur en restait que deux.

Randy geignit un peu plus, et Henry s'en prit à la bande suivante. Il avait enlevé sa veste de sport et son jean après avoir commencé l'arrachage et portait son short large et un vieux t-shirt – couverts de poils roux.

— Bon, Randy, nous n'en avons plus pour très longtemps ici. J'ai besoin que tu sois fort.

— D'a-a-cccorrrd, Henry! gémit Randy.

Henry consolida ses appuis et y alla.

Clac, plus de poils. Et voilà Zeppelin avec le gant, puis Fisher avec la crème verte, et Curtis et Cotton finissaient avec un balai et la pelle à poussière.

Cotton était arrivé une demi-heure après le début de l'opération, ce qui avait été bizarre parce qu'il aurait dû être occupé pendant encore quelques heures. Il n'avait rien dit, cependant – il s'était simplement joint à eux pour aider.

Béni soit ce gamin, il avait été le seul à pouvoir calmer Randy quand ils avaient épilé ses couilles.

Et encore. Et encore. Lance prit la corvée de crème verte et envoya Fisher sous la douche, et ensemble, ils persévérèrent malgré tout.

Enfin – *enfin* – ce fut fini. Henry nettoya le gant pour la dernière fois, et Lance finit avec la mixture lidocaïne-aloès, et Randy sanglota contre l'épaule de Billy.

— Je suggère un bain frais avec de l'avoine, dit Lance avec une grimace. Attends que nous autres ayons pris une douche. Puis quelqu'un devra te remettre de la lidocaïne. Prends ensuite deux ibuprofènes de plus et va regarder un truc abrutissant à la télé, d'accord ? Tu es roi de la télécommande aujourd'hui... personne ne va te la disputer. Tu peux même t'allonger nu sur le canapé. Nous trouverons tous une place où nous asseoir.

Randy hocha tristement la tête, et Cotton proposa :

— Je vais aller mettre un vieux drap sur le canapé pour qu'il puisse s'asseoir avant d'aller au bain. Qu'en dis-tu, Randy ?

Celui-ci acquiesça de nouveau, et Billy et Cotton l'escortèrent à l'intérieur, pendant que Lance et Henry passaient un rapide coup d'œil méticuleux sur le palier pour traquer tous les poils qu'ils auraient manqués.

— Seigneur, ça craint, grommela Henry en nouant le sac poubelle. Je ne peux même pas imaginer à quel point ça craint.

— Cela aurait été pire si tu n'avais pas été là, répondit Lance. Joli d'avoir pensé à l'aloès-lidocaïne, d'ailleurs.

— Ma mère met ça sur tout, des piqûres de moustiques aux coups de soleil, expliqua Henry en haussant une épaule. J'ai pensé que ça ne pourrait pas faire de mal.

Ils poussèrent tous les deux un soupir.

— Alors, reprit Lance, et cette chose que nous devions faire... ?

— Demain, décida Henry en secouant la tête. Ils ont besoin de nous aujourd'hui.

Il regarda par-dessous le porche, où le soleil avait à peine commencé à baisser. C'était déjà l'après-midi.

— Avons-nous assez de glaces pour tout le monde ? De l'eau gazeuse ? Y a-t-il assez de réconfort dans ce putain d'appartement pour tous ces gamins déboussolés ?

— Oui, lui répondit Lance avec un sourire bancal. Et tu sais quoi ? Nous en faisons partie.

— Tu sais, grimaça Henry, j'étais tellement excité de trouver des boulots mieux payés et un moyen de déménager d'ici, mais…

Lance hocha la tête, et ce fut comme s'ils partageaient la même idée.

— Comment allons-nous coucher ensemble dans un appartement avec cinq autres gars ?

— Nooooon… L'un de nous ne doit-il pas avoir un utérus avant de faire jaillir des sextuplés ?

Lance leva la main pour pouvoir rire derrière et la laissa ensuite retomber, parce que, comme tout le reste sur le palier, elle était recouverte de duvet roux. Il se plia en deux, riant plus fort, jusqu'à ce que Henry enroule un bras autour de ses épaules pour le soutenir. Et tandis qu'ils pétaient les plombs, à moitié hystériques de rire, la porte en face d'eux s'ouvrit.

Henry aurait pu jurer que sa professeure d'anglais de troisième venait de sortir la tête. Une toute petite femme flétrie à l'air désapprobateur leur lança un regard noir jusqu'à ce qu'ils se taisent brutalement.

— Ce jeune homme a-t-il fini de crier ? demanda-t-elle.

— Euh… oui ? répondit Henry. Oui, madame. Ça va aller pour lui maintenant.

— Demandez-moi si je me soucie qu'il aille bien, répliqua-t-elle. Je vous mets au défi. Demandez-moi.

Lance aspira de l'air entre ses dents.

— Je cède, madame. Est-ce que vous vous souciez du fait que notre ami ira bien ?

— Non. Maintenant, demandez-moi si je me soucie du fait que la moitié de vos étudiants couchent ensemble dans votre appartement à toute heure du jour !

— Uhm, demanda Henry à son tour, est-ce que ça vous dérange que nos colocataires semblent coucher ensemble à toute heure du jour ?

— Oui ! cria-t-elle. Oui, ça me *dérange* vraiment. Et je me moque que vous soyez tous des hommes jeunes. Je me *fous* de qui vous vous tapez là-dedans ! Demandez-moi de quoi je me soucie !

Eh bien, ils étaient en plein dedans, désormais.

— Euh, madame ? tenta Henry. De quoi vous souciez-vous ?

— Vous, bande de cons, êtes foutrement bruyants ! J'ai essayé d'en parler au superviseur, mais maintenant il s'est fait découper la tête…

— Trancher la gorge, corrigea Henry avant de pouvoir s'en empêcher.

— Henry ! grogna Lance.

— J'étais là… je l'ai vu ! Il s'est fait trancher la gorge !

169

— Je me moque s'il s'est fait arracher la rate par le pénis, rugit la petite harpie. Il n'a rien fait pour arrêter le bruit ! Maintenant, nous avons un nouveau superviseur, et j'ai essayé de me plaindre du bruit auprès de lui, mais tout ce qu'il a dit était qu'il doit mettre les comptes en ordre avant d'y faire quoi que ce soit. Alors je suis coincée avec vous qui criez : « Baise-moi, baise-moi ! » toute la nuit, et maintenant, apparemment, vous criez simplement !

Henry s'entendit en fait ravaler sa salive.

— Nous sommes, euh, désolés pour ça, madame…

– Et c'est quoi ce truc pelucheux !

— Ce sont les poils de notre ami, répondit Henry d'une voix tendue, en colère pour Randy. Et une crème dépilatoire exfoliante aux algues très chère.

– Allez baiser dans le bâtiment de quelqu'un d'autre !

Et là-dessus, elle leur claqua la porte au visage et les laissa sur le palier résonnant.

— Bonne réponse, Henry, constata Lance.

— La ferme.

— On peut dire qu'elle était vraiment impressionnée.

— Je ne veux pas en parler.

— Vas-tu en parler au superviseur ? demanda Lance, les faisant tous les deux grimacer.

— Bien sûr, répondit Henry en essayant de ne pas se gratter sur tout le corps. Je lui dirai simplement que je n'ai aucune idée de quoi elle parle. Enfin, qui est en fait sur le bail ?

— Euh…, songea Lance en clignant des paupières. Je n'en ai aucune idée. Nous payons le loyer. Enfin, le bail est renouvelé chaque année, alors ça doit être quelqu'un…

Ils se regardèrent, les yeux plissés, et Henry eut une légère curiosité et une très bonne idée.

— Allons nous doucher, dit-il. Et calmer les gars. Et ensuite il se peut que j'aie besoin d'appeler mon frère ou peut-être Galen.

Cela ressemblait à un plan vraiment génial, mais leur journée n'était pas encore finie, et il ne pourrait pas passer cet appel avant une semaine.

APRÈS LEUR douche – et bien sûr d'ici là, l'eau fut gelée, mais il faisait toujours chaud dehors, alors cela ne dérangea aucun d'eux – Lance vérifia comment allait Randy, qui était allongé sur le matelas pneumatique, parce qu'il disait qu'il se sentait mal de prendre tout le canapé. L'aloès et la lidocaïne paraissaient agir, tout comme la codéine que Curtis avait sortie de son tiroir à chaussettes et qu'il avait gardée quand on lui avait retiré ses dents de sagesse l'année précédente, et Randy était plutôt à l'aise et un peu ailleurs, à regarder des films Pixar.

Curtis, Billy et Cotton étaient tous posés les uns sur les autres sur le canapé, et Zeppelin et Fisher avaient une intense discussion à voix basse dans leur chambre.

Lance sortit en premier de la douche, et tandis que Henry balayait la pièce des yeux, il se rappela que Cotton était rentré tôt.

— Cotton? demanda-t-il doucement. Quelque chose ne va pas?

Les yeux de Cotton devinrent brillants et vulnérables, et Henry eut lui-même envie de pleurer. Waouh. Cette journée avait commencé avec un enterrement et venait juste d'empirer.

— Tu veux aller en parler? demanda Henry, amenant le regard de Lance sur lui sous la surprise.

Cotton hocha la tête et suivit docilement Henry jusqu'au lit de Lance. Henry pensa qu'il devrait peut-être accrocher une pancarte qui dirait : «Conseil 5 $», mais il ne pensait pas que quiconque comprendrait, à part lui.

— Que s'est-il passé? interrogea Henry.

Il s'assit sur le lit et rebondit de façon expérimentale. Ouais – matelas neuf, bon sommier à ressorts. Lance et lui pourraient bien s'amuser sur ce lit, si seulement ils pouvaient être seuls.

— Je... je me préparais pour ma scène, murmura Cotton. Je me faisais durcir dans un coin pendant que John vérifiait l'éclairage, et mon partenaire de scène se faisait durcir, et... le gars était nouveau. Jeune, peut-être vingt ans, et il ressemblait... Enfin, ce n'était pas le même type, mais il ressemblait... Il y avait ce mec, avant que je commence à travailler pour John. Il avait l'habitude de... Je veux dire, je faisais ce qu'il disait, et c'est comme ça que j'ai su que je pouvais faire payer pour ça, mais il ne m'a jamais payé et je devais quand même le faire et... Quoi qu'il en soit, j'ai commencé à pleurer. J'ai commencé à pleurer et je n'ai pas pu m'arrêter.

Oh.

Henry tendit le bras, et il n'y avait rien de sexuel dans l'étreinte de Cotton cette fois.

— Qu'a fait John?

171

— Il m'a emmené à part et dit que tout allait bien, lui expliqua Cotton, la voix brisée. Il a dit que personne ne devrait faire quelque chose qui le fait pleurer. Je lui ai dit que je ne savais pas quoi faire d'autre de ma vie, et il a répondu que nous réfléchirions à quelque chose. Quand je me suis calmé, il m'a donné cette… cette carte. Il a dit qu'il y avait un psy là-bas à qui je pourrais parler… que c'était sur la mutuelle et tout. Il m'a dit de ne pas m'inquiéter pour le loyer, mais j'ai répondu que je devais payer ma part. Il a dit qu'il me trouverait autre chose à faire sur le plateau. N'importe quoi, a-t-il dit, excepté quelque chose qui me blessait comme ceci semblait le faire actuellement.

— C'est un type bien, déclara Henry en se souvenant de toutes les conneries qu'il avait balancées à John et Galen au début.

— Mais qu'est-ce que je vais faire maintenant ? gémit Cotton.

Et Henry le serra, tout comme Billy avait tenu Randy, et lui avait dit que tout irait bien.

— John a raison, murmura-t-il, quand Cotton se fut calmé. Ne t'inquiète pas pour le loyer. Ce groupe de clowns surveille tes arrières, d'accord ? Et ce n'est pas comme si tout le monde mangeait beaucoup, pas vrai ?

Cotton crachota des larmes contre son t-shirt propre, mais Henry s'en moquait.

— Non, sérieusement. Appelle ce psy demain. À la première heure. Lance et moi t'aiderons. Si tu ne veux pas travailler pour John, j'ai les coordonnées d'un gars qui nettoie des maisons. Je sais que ça paraît… un cran en dessous, mais tu sais quoi ? C'est honnête. C'est honnête, et cela demande des compétences, et ce type serait un patron amusant comme John. Et personne ne s'attendrait à ce que tu enlèves tes vêtements, et personne ne te draguerait… enfin, ce type drague tout le monde, mais il ne le ferait pas si je lui dis de ne pas le faire… et tu pourrais travailler avec tes écouteurs, et tout irait bien. Qu'en penses-tu ?

Cotton s'essuya le visage sur le t-shirt d'Henry.

— Je pense que j'ai des options, dit-il avec un petit sourire. Et je pense… je pense que Lance, les gars et toi, vous prendrez soin de moi aussi longtemps que j'en aurai besoin. Et je pourrai en avoir besoin pendant un petit moment. Mais pas toujours. Et un jour, je reprendrai ma vie en main, et je prendrai soin des gens aussi.

Henry le serra de nouveau dans ses bras, très fort.

— Tu seras extraordinaire, souffla-t-il. Mais d'abord, prenons soin de toi.

CotTON DORMIT dans le lit de Lance cette nuit-là, et Randy – Dieu merci – dormit dans le sien. Zeppelin et Fisher prirent le lit double, ce qui laissa Curtis dans son lit, Billy sur le canapé, et Lance et Henry sur le matelas pneumatique.

Billy regardait calmement un film sur son ordinateur portable, écouteurs en place, ce qui enfin – *enfin* – leur donnait une chance de parler.

— Comment ça s'est passé ? demanda Lance à voix basse.

Ils étaient allongés sur le matelas, sous un drap, pendant que le ventilateur tournait au-dessus d'eux. Henry se demanda soudain qui il devrait sucer pour obtenir que l'air conditionné fonctionne correctement, puis il rit doucement pour lui-même.

Non, non – ça ne fonctionnerait pas non plus.

— L'enterrement ? Ça a été, dit-il. Rivers a mis la main sur le premier petit ami de Martin, et il a dit quelque chose de beau sur comment nous ne pleurions pas ce qu'était Martin, nous pleurions ce qu'il aurait pu être. Comment nous devrions travailler dur pour essayer d'empêcher les autres Martin Sampson du monde de tomber dans les failles et de devenir des ordures. C'était vraiment beau.

— Assez réaliste, murmura Lance. Difficile d'être à la hauteur.

— C'est bon d'avoir des buts.

Henry ferma les yeux et sourit. Ce matin, quand Davy et lui s'étaient tenus sous cet arbre, il avait ressenti cet horrible sentiment de déception. Maintenant, en parlant de buts, de prendre soin des gamins du porno – qui vivaient sous son toit – et en réfléchissant à la dernière partie du travail de détective privé qu'il voulait faire sur sa propre affaire, une part de cette déception se dispersa, et ce sentiment de détermination, celui qui l'avait soutenu quand il était suspect, emplit son ventre.

— Je veux dire, c'est ce que nous faisons ici, pas vrai ? Avec ces gars ?

— Oui, souffla Lance. Et après ? Est-ce que Dex et toi avez parlé ?

— Oui, répondit Henry, son sourire faiblissant. Je... j'ai eu cette horrible pensée, que si je n'étais pas dans le coin pour que Malachi soit un parfait connard envers moi, il pourrait s'en prendre à ma sœur.

Les yeux de Lance s'écarquillèrent.

— Oh mon Dieu… Les auteurs de maltraitance n'arrêtent pas souvent.

— Nous avons envoyé un e-mail à mon frère aîné. Travis est toujours en contact avec Davy. Il va nous tenir au courant, expliqua Henry avec un soupir. C'est tout ce que nous pouvons faire, vraiment. Parce que je continue de penser : que feront mes parents si Malachi commence soudain à frapper ma sœur ?

— Que penses-tu qu'il se passera ?

— Ils diront que c'est sa faute à elle, grogna amèrement Henry.

— Ce n'est pas sa faute, tu le sais, contra Lance en prenant sa joue en coupe.

— Je méritais une partie de cette merde.

— Non, tu ne le méritais pas. Pas la moindre foutue parcelle, gronda Lance. Tu étais comme une grenouille dans une casserole d'eau. L'eau est bonne au début. Mais elle continue ensuite à devenir de plus en plus chaude, et tu ne le remarques même pas avant d'être finalement ébouillanté. Seulement, tu es plus intelligent. Tu as remarqué. Tu en es sorti.

— N'essaie pas de me rendre héroïque, répliqua fermement Henry. N'essaie pas de me rendre brave. Si j'étais un putain de héros, je lui aurais dit non la première fois.

— Oh, Henry, tu es un héros, parce que tu lui as dit non tout court.

— Peu importe, grogna-t-il avant de bâiller. Seigneur. Il y avait tellement de choses que je voulais faire aujourd'hui. Tout a complètement déraillé. On est bons pour demain ?

— Oui, bien sûr. Que faisons-nous demain ?

Lance semblait un peu énervé que Henry ne se plaigne pas plus à propos de Malachi, mais ce dernier ne pouvait simplement pas.

— Eh bien, tu vas me faire entrer à ton travail, et nous allons briser quelques lois. Tu es prêt ?

Enfin, une chose pour laquelle sourire. Lance enfouit le visage dans son oreiller.

— Henry, tu me tues.

— Hé, peut-être que, quand nous reviendrons, l'appart sera vide. Tu y as pensé ?

— Non.

— Ça pourrait se produire.

Lance le regarda de côté.

— Qui a dit que je voulais ? demanda-t-il, le voulant clairement.

Henry ricana un peu et passa un doigt doux le long du cou de Lance.

— Je le dis.

— Mon Dieu, tu es présomptueux.

Il ne l'était pas, pas vraiment.

— Je veux simplement vraiment, vraiment que ce soit vrai.

Le sourire timide de Lance pointa sous le coussin.

— C'est vrai, chuchota-t-il.

Henry ricana de nouveau doucement et se rallongea sur le matelas.

— J'en suis sacrément content.

Pas Mon Boulot

— Alors, voici le truc, expliqua Henry alors qu'ils quittaient l'appartement. Tu ne dois rien faire qui mettrait ton travail en danger.

Lance s'arrêta et le regarda dans la tenue d'hôpital blanche bien lavée qu'il avait eue le premier jour de l'enquête.

— Tu sais, quand nous en aurons fini avec cette affaire, tu pourras probablement porter ça comme jogging ou autre. Tu sembles l'apprécier énormément.

En vérité, le blanc lui allait très bien, et Lance aimait l'imaginer en sous-vêtements sous le bas lâche. Il aimait *vraiment* imaginer Henry *nu* sous le tissu, mais cela paraissait mieux de couper court aux fantasmes sexuels jusqu'à ce qu'ils aient du temps seuls.

— Je suis sérieux, Lance. Tu dois faire attention à toi et à ton droit d'exercer. Ne me laisse pas franchir certaines limites, d'accord ?

— Comme quoi ? demanda Lance.

— Écoute, répondit Henry en levant les yeux au ciel, c'est toi qui as travaillé comme un dingue pour être un professionnel médical. Alors, arrête-moi avant que nous fassions quelque chose qui violerait une règle ou autre, quelque chose que nous ne pouvons pas faire. Je veux vraiment régler ce dernier détail, d'accord ? Jackson va être opéré dans les deux prochaines semaines…

— Attends. N'allons-nous pas à une sorte de fête le week-end prochain ? Chez *lui* ?

Ils avaient eu l'appel téléphonique *ce matin*.

— Écoute, répondit Henry avec un sourire, je dis simplement que si ce mec meurt, il le fera avec style. De plus, entre toi et moi, je pense que c'est Cramer. Il semble vouloir… je ne sais pas, gâter Jackson. Celui-ci a un compte bancaire, son propre argent et tout, mais Cramer ne le laissera pas payer quoi que ce soit. Et ils se disputent toujours à propos de fringues…

— Bien !

Ce que Jackson avait porté quand Lance l'avait recousu datait sûrement d'avant la remise de diplôme du lycée de Lance.

— Oui, approuva Henry, l'air pensif. C'est bien.

— Que veux-tu dire ?

— Il a laissé échapper certains trucs, sans vraiment se plaindre, cependant, expliqua-t-il avec un haussement d'épaules. J'ai dit quelque chose du genre : « Mon père est un connard », et il a répliqué un truc comme : « Ma mère était une droguée... nous avons tous des dommages. » J'ai la sensation que Cramer le gâte, parce qu'il va beaucoup en avoir besoin avant de croire qu'il le mérite.

— Je connais un type comme ça, lui dit Lance.

Il maudit pour la millième fois leurs conditions de vie et le fait qu'il ne pouvait pas accueillir Henry avec des fleurs, un dîner aux chandelles et une bouteille de vin. Lance n'avait fréquenté personne depuis Teddy, et Henry n'avait *jamais* fréquenté quelqu'un. À quoi cela ressemblerait-il d'avoir toute une soirée, seul avec cet homme et de lui faire savoir qu'il comptait pour quelqu'un ?

Lance devrait continuer à se le demander, parce qu'à cet instant, ils étaient occupés à combattre le crime – et Henry y était brillant.

— Donc, je ne mets pas mon travail en danger, reprit Lance en essayant de se concentrer. C'est facile, puisque je ne sais même pas encore ce que nous allons faire !

Henry avait été plutôt évasif, mais cela dit, ils étaient supposés avoir fait ça la veille, seulement, eh bien, un dépilatoire exfoliant à l'algue et un Randy déprimé, qui passerait probablement la prochaine semaine soit dans un bain à l'avoine soit dans la piscine de la salle de sport jusqu'à ce que ses poils repoussent, les avaient maintenus occupés.

Henry soupira et attendit que Lance monte dans la voiture avant de taper avec insistance sur son téléphone.

— D'accord, alors voilà ce que se passe. Bordel, Rivers, je ne suis pas un putain de gamin !

— Ce qui se passe, c'est que tu te disputes avec ton nouvel ami à propos de qui va jouer dans le bac à sable, rétorqua Lance d'un ton sec en démarrant la CR-V. Autre chose ?

Il put pratiquement entendre Henry lever les yeux au ciel.

— Attends... attends... oh ! Hé ! Il a appelé des renforts. Oh ! D'accord. C'est cool. Vraiment bien.

Henry tapa un peu plus et mit finalement son téléphone de côté, tandis que Lance prenait le tournant sur Howe Avenue.

— Donc, j'ai besoin que tu me fasses entrer dans l'hôpital, dans les zones sans patients. J'ai besoin d'accéder aux bureaux des membres du conseil... en particulier Sampson. C'est là que Rivers et moi allions quand nous cherchions des preuves qu'il revendait des médicaments. Maintenant, il a avoué à la police, mais le pote inspecteur de Jackson dit qu'ils ont seulement fait une fouille rapide du bureau à cause des aveux. Et une des choses que Sampson n'a pas faites, c'est de mentionner le nom de Summer Frasier.

— Et Summer Frasier est...

Lance était encore un peu perdu.

— L'infirmière qui ne donnait pas aux patients les doses complètes de médicaments parce qu'elle les gardait pour son activité secondaire.

— Ça n'a quand même aucun sens, constata Lance, le front plissé. Elle n'en aurait jamais assez pour se faire une bonne quantité d'argent.

— Nous avons la preuve qu'elle le fait, dit Henry. Nous avons les photos de sa signature sur deux documents électroniques différents pour le même patient. Mais nous n'avons pas les cachets qu'elle planquait. Nous savons où ils sont... mais tout ce que Jackson avait, c'étaient des photos pourries, sans flash, parce qu'il avait peur de se faire attraper.

Le sang de Lance se figea en un lent écoulement.

— Se faire attraper où ?

Henry lui répondit d'un ton plat, comme si c'était « se faire attraper à se curer le nez » ou « se faire attraper à manger des gâteaux avant le dîner. »

— Dans le placard de Sampson pendant qu'ils couchaient ensemble.

— Ceci va désormais être ta vie, pas vrai ? demanda Lance avec horreur. Enfin, je continue de penser que je finirai par comprendre, mais tu vas te cacher sous le lit des gens pendant qu'ils feront des trucs cochons, et je vais t'envoyer des messages à propos d'un rendez-vous et tu me répondras : « Pas maintenant, ils ont presque fini. »

Henry parut y réfléchir sérieusement.

— Je ne sais pas, Lance. Si tu étais nu en train de m'attendre et que nous avions une maison à nous, je pourrais me lever, prendre une photo et dire : « Je dois y aller, mon petit ami m'attend. » Je veux dire, je veux faire de toi ma priorité.

— Tu es un connard, grogna Lance à travers ses dents serrées.

— Et tu le savais, et malgré tout, notre matelas pneumatique est presque à plat et pourrait ne jamais s'en remettre. Maintenant, veux-tu savoir comment tout ceci doit se passer ou non ?

Foutrement *brillant*. C'était exaspérant et inquiétant, mais Lance ne pouvait même pas regarder son visage sans vouloir le baiser. *Ceci* était qui Henry Worrall était supposé être. Pas sombre et en colère, pas blessé et perdu. *Ceci*. Prétentieux, excité, narquois et amusant.

Lance pourrait ne pas le comprendre, mais Seigneur, si c'était ce qu'il fallait pour rendre Henry heureux, il ferait sacrément mieux d'être d'accord.

— Qu'est-ce que je dois faire ?

— Juste me faire entrer dans le bureau. C'est tout ce que tu dois faire. Maintenant, si tu ne peux pas, si ça doit te créer des ennuis…

— Il a été arrêté. Il n'y a aucune atteinte à la confidentialité ici, dit Lance. Après, si tu essayais de pirater son ordinateur, c'est un privilège médecin/patient et ce serait autre chose, mais si nous allons simplement, disons, dans le placard pour prendre des fournitures, je peux demander à la responsable administrative. Ce n'est pas grand-chose.

— J'aime la manière dont vous réfléchissez, Dr Luna. Ce sera bien plus facile que de traîner dans un placard, à écouter deux criminels coucher ensemble.

— Je pensais que tu avais dit être aux toilettes quand c'est arrivé ! s'exclama Lance, le ventre retourné.

— J'y étais ! Mais Jackson m'a envoyé des messages très détaillés. Ce n'était pas du tout joli. Là, ce sera plus facile. À moins, tu sais, que Frasier n'entre.

— Pourquoi ?

— Parce que, si elle sait que nous fouinons dans le coin, elle aura le temps de détruire des preuves avant que les policiers soient là. Enfin, les photos de Jackson montrent beaucoup de flacons sous prescription qui…

— Ils auraient dû être sous clé !

L'outrage de Lance à propos du protocole semblait bête, mais l'équipe médicale était testée de nombreuses fois sur les protocoles pour les médicaments. Des choses comme ce qu'avait fait le père de Martin Sampson n'étaient pas supposées se produire.

— Oui, répondit patiemment Henry. Ils auraient *dû* être sous clé. C'est comme ça que nous savons qu'ils sont illégaux. Mais nous savons aussi que la police vient juste de libérer le bureau de Sampson… Le pote de Jackson dit qu'ils n'ont pas trouvé les preuves, alors ils n'ont pas fouillé le placard. Donc c'est important. Nous devons présenter les preuves à l'ami

179

de Jackson dans le département pour que nous puissions au moins éjecter Frasier de la profession médicale.

— Pas de prison? demanda Lance, son outrage encore frais.

— Sampson a commis des meurtres… Deux et demi, d'après ce que nous en savons.

Lance allait le tuer.

— Deux et demi? Qu'est-ce que ça veut…

— Son fils, son ancien associé et l'associé de son fils, qui a accidentellement fait une overdose de cachets. Le gamin les a pris de lui-même, mais Sampson était dans la pièce. Quoi qu'il en soit, Sampson est inculpé de meurtre, mais il n'y a aucune preuve que Frasier soit complice. Il se peut qu'elle soit arrêtée… ce n'est pas le problème. J'aimerais au moins voir son droit d'exercer révoquer, parce qu'elle ne devrait pas…

— Elle ne devrait pas s'en tirer, asséna Lance, sortant de sa confusion pour choisir de nouveau l'indignation.

— Non, elle ne devrait pas s'en tirer.

Lance plissa les yeux et secoua la tête.

— Pourquoi ça te met autant en colère? questionna patiemment Henry.

— Parce que c'est dangereux, répondit Lance.

— Ça ne l'est pas vraiment.

— Tu ne le sais pas. Parce que c'est dangereux et c'est… ce n'est pas nécessaire. Tu n'es pas payé…

Seigneur, Henry désirait être utile, en grande partie à cause de son envie de subvenir aux besoins des autres. Tout ceci n'avait rien à voir avec ça, et Lance était désorienté.

— C'est important, Galahad. Penses-tu que je suis excité que tu fasses des gardes de trente-six heures? Penses-tu que je ne m'inquiète pas que tu fonces dans un arbre ou autre chose en rentrant? Et le fait que tu vis probablement de caféine et d'anxiété, même si j'essaie de te nourrir de fruits et de blancs d'œufs au petit déjeuner? Penses-tu que je ne m'inquiète pas? Mais ceci est important. C'est un dernier détail que je peux régler, et c'est le début d'un travail que je pense pouvoir vraiment aimer. Jackson m'a dit qu'il avait des contacts à l'hôpital qui peuvent me faire entrer si c'est dangereux pour toi, mais…

— Non, non, grommela Lance. Non. Tu as utilisé mon vrai nom et la nourriture, ce qui signifie que c'est important pour toi. Et je suis désolé d'être un tel bébé pleurnichard. Je…

180

— Tu es un mec qui suit vraiment les règles, Galahad. Je comprends.

Lance put entendre ses propres yeux claquer cette fois.

— Arrête avec le Galahad…

— Non. Je suis le seul qui peut t'appeler comme ça. Galahad. Pas Gally. Simplement Galahad. Mon propre chevalier en armure, déclara-t-il en serrant le genou de Lance. J'aime bien ça. Tu veux te jeter dans la mêlée pour me protéger. C'est assez génial.

— Oui, mais, apparemment, je suis naze pour ce boulot.

Beurk ! La circulation sur Folsom Boulevard – pas la préférée de Lance.

— Qui le dit ? Regarde-moi. Je suis étudiant. Je suis… aide dans un cabinet d'avocat. Je suis le baby-sitter d'enfants adultes. Enfin, il y a quelques mois, j'étais simplement un mauvais troufion dans l'armée…

— Sergent, rétorqua Lance.

— Comment as-tu su…

— Tu me l'as dit, et j'ai regardé pour voir ce que ça signifiait. Tu as laissé filer des promotions pour que ton enfoiré d'ex et toi puissiez être de rang inférieur, mais tu aurais dû être sergent depuis deux ans.

— Peu importe. J'ai tourné la page…

— Tu ne devrais pas, dit Lance. Je vais être amer pour toi.

— Ne le sois pas, lui répondit Henry, sa voix devenant basse et intime. Parce que… parce que, aussi sentimental et bête que ça paraisse, peut-être que c'était le chemin sur lequel j'étais supposé être. Tu y as déjà pensé ?

La mâchoire de Lance se détendit un peu.

— Mm… peut-être.

—Mm-hmm ? Et peut-être que ce sera… eh bien, différent, mais peut-être que la vie, de cette manière, sera un peu plus amusante.

— Je suis amusant ? demanda Lance, ne reculant pas devant la recherche de compliments.

— Tu es tout un parc d'attractions, affirma Henry, sa voix changeant de nouveau. Ou je suppose que tu l'es. J'aimerais vraiment avoir le temps de le découvrir.

Lance aimerait *vraiment* du temps en privé avec lui aussi. Cela commençait à rendre Lance un peu fou.

— Je sais ! Ce n'est pas juste !

— Comment faisais-tu pour tirer un coup avant que j'arrive ? interrogea Henry.

Lance réalisa que la réponse était un peu embarrassante.

— De la même manière que tous les autres. Trouver un lit vide et y aller de bon cœur.

Henry lâcha un petit fredonnement heureux à l'arrière de sa gorge.

— Quoi ?

— Je suis spécial, dit-il, la fierté immanquable dans sa voix.

— N'en doute jamais.

Il y eut alors un épais silence mièvre dans la voiture, le genre qui réchauffa la poitrine de Lance avant qu'il ne ramène son attention sur le sujet en cours.

— Alors, puisque nous n'entrons pas par effraction et que nous ne faisons rien d'illégal, tu vas juste profiter de ma voiture pendant que j'obtiens la permission de la responsable administrative ?

— C'est le plan, répondit Henry en regardant le soleil brutal avec une sorte d'anticipation joyeuse.

Lance essaya d'analyser le bourdonnement dans son ventre.

À sa grande surprise, il se rendit compte qu'il était plutôt impatient également.

MARA, LA responsable administrative, était une femme corpulente, dans la quarantaine, avec des cheveux blonds éclatants et des lunettes en œil de chat. Elle n'avait aucun problème à laisser Lance et Henry entrer dans le bureau de Sampson maintenant que la police l'avait examiné, mais elle les avertit qu'ils ne devaient rien toucher et ne rien emporter.

— Juste prendre des photos, madame, affirma Henry en levant son téléphone.

— C'est ce que tu utilises ? questionna Lance en plissant le nez. D'une certaine façon, je suis déçu.

— Je suis sûr que Jackson a un appareil photo longue portée s'il en a besoin, se défendit Henry. Il semble travailler un peu… je ne sais pas, plus près que ça. De plus, il m'a envoyé le numéro de téléphone de son pote flic pour que je puisse lui envoyer les preuves par message.

— Ça devra suffire, grommela Lance. Alors, Mara, vous nous laissez entrer ?

— Bien sûr !

Sampson avait un bureau dans son propre cabinet – son bureau à l'hôpital était opulent, mais petit. Tapis moelleux, meuble en chêne brillant, une vue dégagée sur Stockton Boulevard.

— Je me demande pourquoi il en a un au sein de l'hôpital plutôt que dans l'ensemble de bureaux à côté, murmura Lance. Peut-être qu'il était ici avant la récente rénovation.

— Peut-être qu'ils voulaient le mettre dans un coin, grommela Henry. Beaucoup de récompenses et de trucs pour épater la galerie, mais sérieusement, s'il pratique la médecine autre part, pourquoi a-t-il besoin d'un bureau ici ?

Lance y réfléchit, regardant quelques cadres soigneusement réalisés pour une obscure récompense humanitaire.

— De l'ostentation. Il en a.

— En effet. C'est toi qui as la clé, déclara Henry en bougeant derrière le bureau vers le petit placard.

— Tu es sûr que les flics ne l'ont pas vérifié ?

Lance ouvrit la porte et recula. Il espérait voir l'intérieur avec autant de lumière que possible.

— J'ai demandé à Cramer, répondit Henry. Ni lui ni Jackson n'ont eu la possibilité de le mentionner à leur ami inspecteur. Jackson a dit qu'il contacterait le gars aujourd'hui. Le fait est qu'ils ont embarqué les méchants, et tout ce qu'ils ont vraiment sur Summer Frasier, ce sont des papiers et l'histoire de Jackson à propos du sexe dans le bureau.

— Mais est-ce vraiment ton travail ? demanda Lance, détestant le geignement dans sa voix.

— Eh bien, est-ce que ça ne l'est vraiment pas ? Enfin, vous pourriez la faire interroger par votre version des affaires internes… mais d'ici là, elle aura nettoyé les preuves. Ceci est…, commença Henry avant de grimacer. C'est un dernier détail à régler, et je n'aime pas ça. Et ça rend Jackson dingue, or, il a besoin de se détendre pour aller mieux. Et… et je ne veux pas être le type négligent. Alors nous le faisons.

Eh bien, Lance ne pouvait pas vraiment argumenter contre ça. L'amélioration d'Henry n'était apparemment pas faite de demi-mesures.

— Seigneur, c'est minuscule, observa Henry, quand Lance ouvrit le placard. Je ne sais pas comment Jackson a respiré dedans. Mais regarde !

Lance eut un bon aperçu des bouteilles de pilules arrangées nettement dans des boîtes plates – quatre rangées au fond du placard.

— Sacré waouh, murmura-t-il. Ce n'est pas légal.

— Et ceci, reprit Henry en sortant son téléphone pour commencer à prendre des photos, est la raison pour laquelle nous sommes ici.

À cet instant, ils entendirent la voix de Mara s'élever dans le couloir.

— Mais Mlle Frasier, n'avez-vous pas besoin d'une clé pour entrer là ?

Oh, sérieusement ? Maintenant ? Henry et Lance échangèrent des regards horrifiés – et firent la seule chose possible.

Ils plongèrent dans le placard.

— Qu'est-ce que tu fais ? demanda Lance.

Il était écrasé entre une étagère de gants en polyisoprène et Henry. Pendant un instant, son instinct animal le plus basique se fit sentir, et il se rapprocha un peu plus d'Henry, sentant le shampoing pour bébé, le Old Spice et le danger.

Puis sa libido déguerpit, avec le martèlement de son cœur.

— Pas ça, murmura Henry en retour.

Son nez cogna contre la mâchoire de Lance. Il lui montra l'écran de son téléphone, et Lance vit qu'il avait envoyé les photos bien éclairées des bouteilles de pilules à un certain Insp. Sean K, ainsi qu'à Jackson Rivers.

Un message apparut venant de ce dernier : *Génial. Où es-tu maintenant ?*

La réponse honnête d'Henry le surprit : *Coincé dans le placard avec Lance. Elle s'est pointée.*

Je contacte K-ski. NE BOUGE PAS.

Compris.

Henry garda le téléphone dans sa main, mais jeta à Lance un regard significatif par-dessus son épaule, et Lance leva les yeux au ciel. Puis la porte extérieure du bureau se referma en claquant, et ils purent entendre Summer Frasier traverser la pièce, maugréant pour elle-même. Le martèlement sur l'ordinateur fut assez facile à discerner, ainsi que son cri de frustration quand elle vit qu'il était verrouillé.

Elle fouilla les tiroirs du bureau en jurant. Puis ils purent entendre les meubles de rangement s'ouvrir et se refermer avec force.

— Bordel, Robbie… où mettrais-tu cette merde ?

Ils savaient tous les deux où tout cela allait mener. Lance cogna Henry et lui lança un regard inquiet, et Henry hocha la tête, en levant la paume. « Ne. Bouge. Pas. », articula-t-il silencieusement, puis oh mon Dieu, il ouvrit la porte et se glissa hors du placard.

Lance resta bouche bée dans l'obscurité soudaine, la bouche s'ouvrant et se refermant sous la surprise.

Bordel. De. Merde.

Et à l'extérieur, Summer Frasier eut apparemment la même pensée.

— Qui vous êtes, bordel ?

— Oh ! Salut, vous voyez les mains levées ici ? déclara Henry avec une note de surprise dans la voix, rien de plus. Vous avez été plutôt rapide avec ce truc, là, Summer. Je pense que vous devriez le ranger.

Le ranger ? Lance referma complètement la bouche, respira par le nez et essaya de ne pas paniquer. Ranger quoi ?

– *Qui vous êtes, bordel ?*

— Oh, chérie, je vous dirai qui je suis si vous arrêtez d'agiter ce truc dans tous les sens. Je veux dire, il n'est pas très gros, mais vous êtes une professionnelle médicale. Vous avez vu ce que même un petit peut faire, pas vrai ? Comment vous avez passé ce truc par les portes, d'ailleurs ? J'ai dû passer par le détecteur de métaux – rien que moi et mon téléphone là.

Et il sut. Il sut totalement ce qu'était « ce truc » qu'elle devrait ranger.

Oh doux Jésus. Ce « dernier détail », cette « infirmière avec des preuves supplémentaires » agitait un pistolet sous le nez d'Henry.

Le ventre de Lance s'effondra, et il dut lutter pour rester debout.

Henry venait juste de lui dire de ne pas bouger et était allé dans le bureau pour faire face à une femme désespérée avec un pistolet ? Oh Seigneur… Lance allait sérieusement être malade.

Il ravala la nausée et retint son souffle pour pouvoir écouter.

— Je suis passée par l'entrée administrative, renifla-t-elle avant que sa voix ne baisse. Robbie m'a donné un pass, pour que je puisse… pour que je puisse lui rendre visite quand il avait besoin de moi.

Et oh, elle n'en paraissait pas heureuse.

—Ah, dit doucement Henry. Je me posais la question. Enfin, il n'était pas très gentil avec vous. Je ne savais pas si c'était une liaison ou autre chose.

— Ce ne sont pas vos putains d'affaires ! cria Summer. Que faites-vous ici, de toute façon ?

— Je suis ici pour la même raison que vous, déclara Henry. Pour trouver les preuves contre vous. Sauf que je les ai déjà trouvées et que j'ai envoyé une photo à la police. Ne vous fâchez pas, mais ils sont en route.

Lance cligna fort des yeux et pensa sérieusement à tuer son tout nouveau petit ami. Il avait dit *quoi* ?

— Ne pas me fâcher ? s'étonna Summer, sa voix atteignant une octave que Lance n'était même pas sûr que les chiens puissent entendre. Bordel de…

— Écoutez, Summer, reprit Henry, sa voix basse et apaisante. J'ai besoin que vous répondiez à une question pour moi. Soyez honnête. Comment pensiez-vous que tout ceci finirait ?

— Qu… quoi ?

— C'est vrai. Réfléchissez. Quand ceci aurait-il eu une fin heureuse ?

— Je… commença-t-elle avec de reprendre son souffle. Je n'étais même pas supposée être avec lui. Je… je sortais tout juste de l'école, et j'ai été engagée dans leur cabinet, vous voyez ? Et un des autres médecins n'était pas là, et Robbie a dit : « Occupe-toi de ce type ! », alors je l'ai fait. Seulement, j'avais *tort,* parce que je n'aurais même pas dû être là, et il est presque mort !

— Vous voyez ? souffla Henry. Vous étiez impliquée dès le début, pas vrai ?

— Et Robbie… lâcha-t-elle dans un sanglot qu'elle dut ravaler. Il a dit que si je… je jouais le jeu… vous savez : « Penche-toi, Summer, ce sera bon, ça me démange »… et je l'ai fait, parce que j'avais travaillé si dur et que je perdrais mon droit d'exercer, et il… il a fait disparaître la mauvaise partie.

— Et vous étiez piégée, dit Henry, sa voix basse et pleine de compassion, comme s'il savait ce qu'elle ressentait.

Oh Seigneur. Il sait ce qu'elle ressent. Il le sait vraiment, vraiment.

Et il continua.

— Vous ne pouviez pas vous en sortir, parce que vous avez merdé. Et vous deviez continuer de faire ce qu'il disait, parce que même s'il était celui qui vous avait foutu dans la merde en premier lieu, il était le seul qui pouvait vous tirer du feu, n'est-ce pas ?

— Oui, murmura-t-elle. Je pensais… Il voulait à tout prix me garder ici, à faire des trucs pour lui. Je pensais qu'il pourrait avoir de l'affection pour moi. Je me détestais suffisamment à ce moment-là, il pouvait bien être le seul.

— Il ne vous a pas abandonnée, déclara Henry. Nous vous avons attrapée avant. Alors au moins, vous avez ça.

— Je… Ce n'est pas ce que vous pensez, répliqua-t-elle d'une voix rauque. Je… Ce que j'ai fait. Quand j'ai merdé. J'ai prescrit une trop forte dose. Et le type a presque fait une overdose. Et ce médecin pour qui je travaille maintenant… il est terrible. Il tue des gens presque tous les jours. Et je… enfin, j'étais déjà foutue de toute façon. J'essaie d'empêcher ses patients de devenir accros, parce qu'il ne semble pas s'en préoccuper. Et

Robbie m'a surprise à le faire et a dit que je pourrais tout aussi bien *lui* donner les cachets supplémentaires. Je suis si fatiguée. Je suis si foutrement fatiguée. J'étais si fière, vous savez? J'allais être infirmière. J'allais aider les gens.

Lance entendit une terrible lassitude dans sa voix.

— Chut… là, chérie. Donnez-moi ça. C'est bien. Merci. Oui. Oui. Je sais. Nos vies sont parfois foutues, et nous devons simplement nettoyer le bazar et continuer.

— Je vais aller en prison, hurla-t-elle. Et je le mérite!

— Un peu, oui. Mais j'ai des amis qui pourraient rendre ça un peu moins douloureux, d'accord?

Même à travers le placard, Lance étouffa un rire. Parce que c'était Henry – mortellement honnête, même en confondant une criminelle.

— Que va-t-il arriver à Robbie? demanda-t-elle d'une voix misérable.

— Il va aller en prison pendant beaucoup plus longtemps, répondit Henry d'une voix sombre. J'espère que ça va.

— Je ne sais pas.

Et elle était perdue. Tellement perdue. Lance pouvait la prendre en pitié, parce qu'il imaginait que c'était exactement ainsi que Henry avait été quand il était arrivé à la porte de son frère. Avec un peu plus de connard dans le mélange, bien sûr.

— C'est bien aussi.

— Worrall?

La voix était étouffée, mais les coups à l'extérieur de la porte traversèrent les deux pièces.

— Entrez, Kryzynski, appela Henry. Elle n'est pas armée et m'a donné le pistolet. Et au fait, bon timing!

— Nous étions littéralement de l'autre côté de la rue, en train d'interroger quelqu'un d'autre à l'hôpital, répondit la voix, devenant plus forte alors que, vraisemblablement, la porte du bureau s'ouvrait. Et je suppose que c'est Mlle Frasier?

— Oui, monsieur.

— D'accord. Là. Si vous voulez, vous pouvez enlever votre veste, et nous pouvons vous mettre les menottes devant. Vous pourrez les couvrir avec votre veste de cette manière. Bon, les gars. Allez fouiller le placard pour la marchandise.

Il y eut un autre fracas, alors que d'autres agents de police entraient dans la pièce.

— Mais ne tirez pas sur mon petit ami ! s'écria immédiatement Henry. Lance, sors de là… personne n'a d'arme braquée !

Lance jeta un coup d'œil pour découvrir une scène sortie tout droit de la télévision un vendredi soir. Un groupe de policiers entourait Henry, qui avait les bras de façon protectrice autour d'une femme dans la trentaine avec une mâchoire osseuse et un nez acéré comme une lame de couteau.

Elle n'était pas jolie de manière conventionnelle, non – en particulier quand ses yeux étaient gonflés de larmes et qu'elle avait du mascara coulant sur ses joues. Elle avait paru un peu naïve, un peu influençable, une proie facile pour un beau médecin enjôleur.

Henry avait raison. Elle allait faire une peine de prison, et son droit d'exercer serait certainement révoqué. Mais la vie de Summer Frasier n'était pas finie, pas encore. Il y avait des secondes chances pour les gens qui étaient dépassés, qui faisaient les mauvaises choses parce qu'ils s'étaient sentis trop piégés pour faire les bons choix.

Henry en était la preuve vivante.

— Bon, Summer. Je vais vous remettre à l'inspecteur K-ski ici présent, et il va vous lire vos droits.

— K-ski ? demanda l'intéressé en arquant un sourcil.

— C'est ainsi que Jackson vous a mis dans son téléphone, expliqua Henry en haussant les épaules. Je pense qu'il oublie comment prononcer votre nom.

Lance avait vu Kryzynski auparavant, quand Jackson s'était tenu ensanglanté au-dessus du superviseur, le jour où Lance l'avait recousu. C'était un homme de taille moyenne dans le début de la trentaine avec des cheveux brun-roux et des yeux bleu métallique. Lance devait admettre qu'il serait un peu tenté, au moins, de craquer pour lui, si Henry ne s'était pas tenu juste à côté du type, portant une tenue d'hôpital dérobée et une expression presque transcendante de triomphe sur son visage à la mâchoire carrée.

Kryzynski leva les yeux au ciel.

— Et comment va l'emmerdeur préféré de tout le monde ? demanda-t-il. Je ne l'ai pas vu depuis ce soir-là.

— Il prévoit toujours une fête le week-end prochain, répondit Henry en levant lui aussi les yeux. Vous êtes toujours invité. S'il ne tombe pas raide mort, je pense que ce sera amusant.

— Oh mon Dieu. C'est un tel connard. Il ferait mieux de ne pas crever.

– *C'est* le consensus, acquiesça Henry. On vous y verra ?

Et Henry reçut un sourire éclatant et une main tendue en retour.

— Je suis impatient. Merci pour l'aide, M. Worrall.

— Je suis impatient d'en faire plus.

Henry avait pris la main et l'avait serrée fermement avant de dire ça joyeusement. Et l'Inspecteur Kryzynski la laissa retomber comme une pierre chaude.

— Que voulez-vous dire ?

— Je prends des cours de justice criminelle le prochain semestre, annonça-t-il fièrement. Je vais chercher à obtenir ma licence de détective privé. Vous savez, peut-être aider Jackson quand il en aura besoin.

— Oh, mon Dieu. C'est une très mauvaise idée.

L'air amical de camaraderie s'était lentement transformé en horreur naissante.

Henry lui sourit de façon radieuse.

— Eh bien, entre vous et moi, je pense que Jackson va m'apprendre tout ce qu'il sait.

— Oh Seigneur, je n'ai pas besoin de ça dans ma vie !

Lance put uniquement regarder le pauvre avec sympathie. Il avait également rencontré Jackson Rivers – l'idée que Henry pourrait être entraîné pour devenir un privé à l'image de celui-ci pouvait difficilement être un réconfort.

Henry le claqua sur l'épaule.

— Dites simplement merci, Inspecteur. C'est vraiment tout ce dont j'ai besoin.

Le faible grognement d'irritation de Kryzynski fut à peine rassurant.

IL FALLUT une heure de paperasserie et de réponses à des questions avant que Lance et Henry s'en aillent, et une partie de ce temps fut consacrée à retrouver le supérieur immédiat de Summer Frasier. Lance n'avait pas oublié le fait qu'elle pensait avoir aidé, parce que le Dr Scheideman avait été trop libéral avec les opioïdes. Et bien que les arguments d'une femme en état d'arrestation pour toutes sortes de charges n'étaient pas nécessairement une référence, Lance pensait que c'était au moins suffisant pour que Mara demande une enquête.

— Est-ce que ça va aboutir quelque part ?

Henry posa la question après que Mara avait envoyé l'e-mail, et Lance haussa les épaules.

— Il faut habituellement plus qu'une plainte pour démarrer une procédure, expliqua-t-il, sachant que la bureaucratie était bien pire que ça. Ce n'est pas un système parfait.

— Enfin, nous faisons de notre mieux, pas vrai? soupira fortement Henry.

— Oui. Quelqu'un va passer des heures sur son ordinateur avec une habilitation pour voir si Summer Frasier disait la vérité. Mais nous ne laisserons pas tomber.

Les enquêtes internes pouvaient devenir affreuses et houleuses – mais Lance était pratiquement sûr que le Dr Schearer le soutiendrait.

Henry lui avait alors fait un clin d'œil, et ils avaient continué la partie paperasserie de leur journée.

Lance devait admettre qu'il était content que Henry ait insisté sur le fait de prendre des vêtements de rechange. C'était son *jour de congé*, pour l'amour de Dieu. Il aimerait le passer sans porter sa tenue d'hôpital et son badge d'identification. Ils se changèrent avant de quitter l'hôpital.

— Où va-t-on maintenant? demanda Lance.

— Mm… que dis-tu du bureau? proposa Henry en regardant son téléphone. Tu peux venir rencontrer tout le monde. La sœur de Jackson travaille là-bas comme assistante juridique, leur ami AJ pourrait être là, ainsi qu'Ellery. Tu peux voir que je ne me lie pas d'amitié avec les loups.

— Ils pourraient *en fait* porter des pulls en laine qui leur donnent l'apparence de *vrais* moutons, et je ne serais pas convaincu, répliqua Lance, acerbe. Oh mon Dieu, Henry, tu m'as foutu la trouille.

Le souvenir de cet instant quand il avait réalisé que Henry faisait face à une suspecte armée n'allait pas le laisser tranquille.

— Elle n'aurait pas utilisé le pistolet, répondit Henry en s'arrêtant, alors qu'ils approchaient de la voiture sur le parking. Elle ne le tenait même pas de la bonne façon. Tout allait bien.

— As-tu déjà vu une blessure par balle de près? questionna Lance, sachant que la réponse était probablement oui et ne s'en souciant pas. J'ai vu ce que peut faire un pistolet, que quelqu'un sache comment l'utiliser ou non… c'est foutrement moche!

Henry se tourna vers Lance dans la chaleur éclatante de ce qui était encore le début de la matinée et adopta le même ton de voix ridiculement doux qu'il avait utilisé pour dissuader Summer de faire une bêtise. Et bon sang, ça fonctionnait!

— Oui, les pistolets sont mauvais. Mais c'est pour ça que nous avons besoin de persuader les gens de les abandonner et de ne pas tirer, pas vrai? Viens ici.

Lance essaya de résister, mais Henry tira sur sa main et le rapprocha. Il eut envie de fondre contre Henry malgré tout.

— Tu penses que ça arrange les choses? demanda-t-il.

Et là, en pleine lumière, sous un soleil implacable, Henry se pencha et l'embrassa.

— Oui, je le pense, murmura-t-il en souriant. Ça arrange tout.

Lance pensa qu'il avait besoin de plus. Il suivit le baiser, plus fort, écartant les lèvres d'Henry et prenant sa bouche sans vergogne. Son sang fonçait à toute vitesse dans ses veines et un vortex d'anxiété s'ouvrait dans sa poitrine, et Henry était la seule chose – *la* seule chose – l'empêchant de se désintégrer en une flaque de peur.

Puis Henry répondit comme un incendie, balayant le corps de Lance, le consumant, évaporant la peur et laissant une flamme solaire dans son sillage.

Lance gémit et s'effondra mollement contre son torse.

— Ce n'est pas juste, dit-il, parce que ça ne l'était pas. Tu es tellement doué dans ce que tu viens de faire. Et tu as besoin de le faire. Et je vais avoir peur chaque jour pour le reste de ma vie.

Henry le regarda avec un faible sourire, les lignes aux coins de ses yeux rappelant à Lance qu'il était un adulte, qui avait choisi une vie difficile de service et aimé ça, et avait désormais besoin de la même chose.

— Mais seras-tu heureux aussi? questionna Henry. Parce que je suis heureux à cet instant. Je… je ne savais pas vraiment qu'une relation pouvait me rendre heureux. Est-ce suffisant?

Lance ferma les yeux et reprit sa bouche, reculant juste assez longtemps pour dire «Oui» avant qu'il ne dévore Henry contre la portière de sa voiture.

Ils se séparèrent finalement quand la chaleur devint insupportable, et Lance augmenta la climatisation, alors qu'ils traversaient le cœur de Sacramento jusqu'au bureau d'Ellery Cramer sur F Street.

— J'espère que tu es prêt pour une randonnée, dit Henry. Ellery a des clients en ce moment, et c'est la merde pour se garer.

Il dirigea Lance vers un emplacement près d'un parcmètre sur le bord d'une rue bordée d'arbres et entreprit de tenir parole en marchant deux pâtés de maisons en plus sans apercevoir une autre place de parking.

— Tu ne plaisantais pas à propos de la randonnée, grommela Lance. La vache. Encore loin pour trouver du café ?

— Encore un pâté de maison, annonça Henry. Jackson a un skateboard qu'il menace d'utiliser. Ellery a essayé de me payer pour que je le sorte de l'arrière de sa voiture et le jette à la poubelle, mais je suis plutôt de l'avis de Jackson, là. Je pense que je vais acheter une trottinette…

— Et un casque ! protesta Lance.

— Non. Pas de casque. En tout cas, ce serait vraiment très utile.

— Tu vas me faire vieillir vite, déclara Lance avec sérieux. Vite. Tellement vite. Il ne va pas y avoir de jalon. Tu vas me faire avoir une crise cardiaque. Je vais me réveiller à trente ans avec des cheveux gris, de l'arthrose et une maladie de cœur, et je dirai : « Ça va, embrasse-moi encore, et au moins, je mourrai heureux. »

Le gloussement d'Henry alors qu'il tournait vers un parking à côté d'une maison Victorienne reconvertie en bureaux ne fut pas rassurant. Ils tournèrent à gauche, puis encore à gauche, avant que Henry ne le guide en haut d'une volée de marches qui atterrissaient juste à côté de l'ascenseur.

— Accessible, constata Lance avec approbation.

— Oui. Ils ont travaillé dur pour tout rendre amical.

Il y avait de la fierté dans sa voix.

Trois portes se trouvaient au premier étage, et Henry en ouvrit une menant dans les bureaux à l'angle. Lance entra dans un espace à la rénovation manifestement récente, plaisant, dans des bleus et mauves pâles, avec un tapis coloré sur le parquet et des canapés confortables en tissu.

Il y avait un panier de jouets dans le coin, près d'une solide table basse sécurisée pour les enfants, et le cœur de Lance bégaya un peu. Il y aurait des enfants dans cette pièce, espérant que leurs parents n'iraient pas en prison pendant la majorité de leur enfance. Il y aurait des mères inquiètes pour les adultes qu'elles élevaient. Il y aurait de l'espoir et du désespoir dans cette pièce, tout comme il y en avait aux urgences ou en réanimation.

C'était de ça qu'Henry voulait faire partie. Quelque chose d'important.

— Henry, comment vas-tu ? Toujours en train d'énerver des gens ?

Henry se tourna d'un air mal assuré vers une magnifique et pulpeuse femme afro-américaine, qui était assise derrière un comptoir de réceptionniste conduisant aux bureaux à l'arrière. Elle portait les cheveux en boucles lâches, avec des pointes d'un magenta vif, et était habillée d'une de ces combinaisons haut sans manches/jupe qui rendaient sacrément intimidante chaque femme professionnelle que Lance ait jamais rencontrée.

— Salut, Jade. Nous, euh, avons en quelque sorte réglé un dernier détail pour Jackson. Lance, voici la sœur de Jackson et assistante juridique d'Ellery. Jade, voici mon ami, Lance.

— Ami? demanda-t-elle, son visage affichant des lignes stoïques. C'est ce terme que nous utilisons? Tu me déçois beaucoup, Henry.

Lance observa avec fascination, alors que le teint d'Henry passait de pêche et bronzé à un magenta très proche des cheveux de Jade.

— Petit ami, grommela Henry, en regardant Lance de côté. C'est mon petit ami. C'est nouveau.

L'expression sévère de Jade fondit alors qu'elle tendait la main à Lance.

— Très heureuse de vous rencontrer, dit-elle. Êtes-vous ici pour mettre Henry au pas?

— Absolument, répondit-il avec son propre regard de côté vers Henry. Il a besoin de quelqu'un comme ça.

Son cœur battait à tout rompre, il était si excité d'entendre vraiment ce mot.

— Mm-hmm, fredonna-t-elle en regardant de nouveau Henry. Des détails à régler. Tu sais que nous ne te payons pas encore, pas vrai? Enfin, ça ne me dérange pas que Jackson ait une chose en moins à faire, mais…

— Je sais, affirma Henry avec une humilité inattendue. AJ d'abord.

— Eh bien, soupira-t-elle, nous pourrions avoir une autre voie pour AJ, alors ça ferait de toi le suivant sur notre tableau de service. Je dois te le dire, je préférerais te donner en pâture aux canons plutôt que ce gamin, alors je soutiens fermement cette idée.

— Où va-t-il? demanda Henry en inclinant la tête.

— Nous pourrions avoir une piste de bourse d'études pour lui en école d'électronique… donc surveillance, ordinateurs, trucs techniques.

— Ce serait génial, souffla Henry.

Il regarda Lance et sourit un peu.

— AJ est un gamin génial, mais, tu sais, je serais inquiet qu'il fasse ce que nous venons à peine de faire.

— Et que venez-vous de faire? susurra Jade.

— Oui, Junior, intervint Jackson en émergeant du couloir avec toute l'arrogance que Lance avait vue quand il avait saigné sur le carrelage de la salle de bain. Que viens-tu exactement de faire?

Lance s'appuya nonchalamment contre le comptoir de Jade quand le sourire prétentieux d'Henry affaiblit ses genoux.

— Rien que tu ne ferais pas, répondit-il à Jackson, tout en dents.

— Oh mon Dieu, dit Jade. N'as-tu rien appris de notre petite aventure la semaine dernière? Rien?

— Hé, se défendit Henry. Ce n'était pas ma faute. Lance m'a fait entrer de manière légale et tout, et j'ai pris ces photos pour te les envoyer, ainsi qu'à K-ski...

— K-ski, répéta Jackson avec un sourire de chat pour Jade. J'aime bien. Nous le gardons. C'est possible?

— Ça va entrer dans nos dossiers de contact, alors c'est noté, répondit Jade en rendant le sourire avant de revenir à Henry. Continue, Junior.

— Puis Summer Frasier est arrivée, et nous avons plongé dans le placard, expliqua gravement Lance, parce qu'il n'allait pas en faire un grand moment de narration.

Jade claqua une main sur sa bouche, mais cela ne cacha en aucune façon sa délectation.

— Oh! Pris la main dans le sac? Vous avez été attrapés?

Henry haussa les sourcils vers Lance et se retourna vers elle.

— Eh bien, une fois que nous avons refermé la porte, j'ai envoyé à tout le monde les preuves par message, puis quand il a été évident qu'elle se dirigeait de toute manière vers le placard, je suis sorti et j'ai refermé la porte derrière moi.

— Élégant. Très joli. Tes actions montent déjà, commenta Jackson.

Jade et lui hochèrent la tête, du même avis.

— Tu vois?

Henry adressa son commentaire à Lance, puis se tourna pour finir son histoire avec plaisir. Quand il termina par son explication à Kryzynski qu'il prévoyait de rester un moment dans le coin, Jackson rit doucement, et pour la première fois, Lance saisit le son voilé de quelqu'un qui n'avait pas assez d'oxygène.

— Bien joué. Nous avons besoin de trouver un moyen de te payer. J'ai la sensation..., dit-il sobrement avant de prendre une grande inspiration... que nous te demanderons d'aider jusqu'à ce que je sois revenu à pleine capacité.

— Ou peut-être au-delà, souligna Jade avec insistance.

Mais Jackson secoua simplement la tête.

— Quand serez-vous opéré ? demanda Lance.

La bouche de Jackson se tordit. Il jeta un regard par-dessus son épaulé.

— Dans une semaine après lundi prochain. Vous venez tous les deux à la fête d'Ellery, n'est-ce pas ? Il a invité presque un millier de personnes. Ce serait génial si Jade et son petit ami n'étaient pas les seuls à… venir.

Encore une inspiration trop profonde.

— Assieds-toi, dit doucement Jade. Tu as pris ta nitro ?

— Je déteste ça, grommela-t-il. Je déteste tellement.

— Oui, chéri. C'est un pique-nique pour le reste d'entre nous. Tellement amusant. Tes lèvres sont bleues. Il y a un *canapé* juste là, à la réception. Je vais chercher Ellery.

Jackson commença à avancer lentement jusqu'au canapé, régulant sa respiration à chaque pas. Lance tendit par instinct une main stabilisante pour prendre son coude, uniquement pour être accueilli par un regard noir.

— Je. Vous. Mets. Au. Défi.

Lance adopta sa meilleure expression blasée et prit quand même son bras.

— Quand vous serez guéri, vous pourrez venir à l'appartement pour me botter les fesses. Ça me va.

— Henry, frappe-le, souffla Jackson, alors qu'ils l'asseyaient sur le canapé.

— Oui, monsieur. Je m'y mets tout de suite.

— Je te déteste. Tu es viré.

— Je ne fais même pas encore partie du personnel, lança Henry à Lance avec un clin d'œil. Je n'ai pas peur.

Jade revint rapidement des bureaux avec Ellery dans son sillage. Il avait l'air un peu plus posé que dans le souvenir de Lance, mais l'inquiétude dans ses yeux n'avait pas changé.

— Tiens, dit-il en tendant un cachet à Jackson. Était-ce si difficile de demander ?

Jackson enfonça le cachet sous sa langue. Il le laissa se dissoudre pendant un instant avant d'avaler, ses joues reprenant déjà des couleurs.

— Ça a été soudain, répondit-il. Ça va mieux maintenant. Va discuter avec ton client.

— Rentre à la maison et repose-toi, contra Ellery sans aucun compromis dans sa voix. Tu as eu une solide matinée de travail au bureau, maintenant va dormir.

Henry fit une proposition, mais uniquement parce qu'il ouvrit la bouche avant Lance.

— Nous pouvons le ramener. Ce n'est pas un problème.

— Vous pouvez rester là-bas, nager, dévaliser le frigo, n'importe quoi, offrit Ellery avec un sourire reconnaissant avant de se mordre la lèvre. J'aimerais… j'aimerais simplement savoir qu'il n'était pas seul toute la journée.

— Je vais bien, maître, murmura Jackson, mais sans chaleur.

— Pas moi.

— Je peux y aller moi-même, répliqua Jackson en fermant les yeux pendant un instant.

Lance se leva et dit :

— Habituez-vous à perdre cette bataille pendant un moment. Je vais aller chercher la voiture.

Il ne croisa pas les yeux d'Henry sur le chemin de la sortie, parce qu'à cet instant, en regardant ce Jackson férocement indépendant lutter contre le réconfort, l'aide ou son propre bien-être, il y avait vu sa vie avec Henry, alors que celui-ci faisait pareil.

Il se dépêcha de refaire les deux pâtés de maisons d'où ils étaient venus, se demandant s'il devrait appeler des renforts si Henry se blessait, se demandant si Henry aurait autant de personnes rassemblées autour de lui comme Jackson Rivers semblait en avoir.

Mais il se rappela ensuite le jour où Henry avait découvert le corps de Martin Sampson, et la façon dont l'appartement s'était rallié autour de lui. Il se rappela la veille, quand Henry était rentré d'un enterrement et s'était lancé en mode papa ours, prenant soin d'un des gamins.

Henry n'aurait pas pu apprendre une bonne éducation des enfants à partir de ses propres parents, mais il avait définitivement appris la responsabilité dans l'armée et la gentillesse de… où ? Peut-être son frère. Mais quelque part.

Oui, Henry serait pénible s'il se blessait, mais Lance aurait de l'aide pour prendre soin de lui, tout comme Ellery Cramer avait de l'aide pour s'occuper de Jackson.

Ellery avait eu raison, ce jour-là, à l'hôpital. Ils avaient beaucoup en commun. Au moins, Lance pourrait apparemment apprendre auprès d'un maître.

Solutions Évidentes

HENRY DEVAIT admettre que Jackson était un public reconnaissant. Ils étaient assis dans la maison spacieuse d'Ellery Cramer donnant sur l'American River, un film en pause sur la télé grand écran, pendant que Henry régalait son nouveau mentor avec l'histoire du pauvre acteur de porno et de la crème dépilatoire exfoliante vraiment efficace.

— Oh non! compatit Jackson. Pauvre gamin! Enfin, ça *semble* hilarant, mais… oh mince. Aïe. Comment va-t-il?

Et c'était Jackson. Dans le placard, à écouter Summer Frasier craquer, Henry s'était demandé ce que ferait Jackson. Il s'était souvenu du service commémoratif pour Martin Sampson et de la manière dont Jackson avait trouvé le seul noyau humain dans un homme qui en avait blessé tellement, et il avait eu sa réponse. Voir le pistolet ne l'avait pas effrayé – il avait reconnu une manipulatrice amatrice dès le début – mais l'idée de Lance dans le placard lui avait fait peur. Si Lance avait bondi en une tentative mal avisée de sauver la vie d'Henry, ses chances de prendre une balle auraient augmenté de façon exponentielle. Il avait été absolument impératif que Henry contrôle la situation.

Et pour faire ça, il avait dû voir Summer Frasier comme un être humain.

Cela n'avait pas été difficile. Il avait apparemment beaucoup d'expérience en tant qu'être humain lui-même.

— Il a pris beaucoup de bains à l'avoine, admit Henry. Et nous avons demandé la permission à John de lui donner des édibles [5] afin qu'il se détende pendant que les poils repoussent. C'est bizarre… Il a toujours été plutôt hyperactif, mais maintenant, soudain, il peut rester assis assez longtemps pour réfléchir.

— Je me demande s'il a d'autres problèmes, observa pensivement Lance. Tu as raison. Ces édibles l'aident vraiment à réfléchir. Argh! Nous

_____

5 Produits alimentaires au cannabis, pour profiter des vertus de la plante sans fumée.

avons une notification de suivi psychologique sur notre mutuelle. Nous devrions probablement l'y emmener.

— Je peux le faire demain, grogna Henry. Il mangera encore des bonbons gélifiés à l'herbe et l'idée ne l'effrayera pas autant que d'habitude.

— Vous faites une bonne équipe, affirma Jackson d'une voix endormie.

Il avait joué l'hôte charmant pendant la première heure, leur demandant s'ils voulaient nager, enfermant son chat psychotique dans la chambre. Mais après que Henry avait mis le film en pause pour parler, il avait eu l'air de plus en plus fatigué.

— Vous allez jouer au papa et à la maman pour toutes les stars de porno paumées de John pendant un moment ? demanda-t-il à Henry.

— Eh bien, admit celui-ci avec une grimace, c'est bien quand les couples ont des choses à faire ensemble. Mais ce serait aussi génial si nous avions le temps de baiser ensemble.

— Oh Seigneur ! grogna Jackson en se couvrant les yeux avec une main.

— Henry ! se plaignit Lance, gêné.

— Désolé ! dit-il sans vraiment s'excuser. C'est… Mon Dieu, j'aimerais vraiment dormir dans un vrai lit, prévu pour deux hommes adultes.

— Oui, convint Jackson en ricanant, je peux voir pourquoi ce serait important. Mais ce n'est pas comme si c'était le seul appartement dans le complexe, n'est-ce pas ?

— Quoi ? s'étonna Henry en le fixant.

Jackson leva simplement les yeux au ciel, puis s'efforça difficilement de les empêcher de se fermer.

— Va t'allonger, conseilla doucement Henry. Nous resterons jusqu'à ce qu'Ellery rentre.

— Putain, marmonna Jackson. Fait chier. Fait chier, bordel. J'en ai tellement marre. Et non, Junior, je n'ai pas besoin d'aide pour me mettre au lit.

Mais Henry était déjà à côté de lui, l'aidant à se lever.

— Bien sûr que tu n'en as pas besoin.

— La plupart des jours ne sont pas comme ça, insista Jackson. C'est la première mauvaise journée que j'ai depuis…

— Depuis vendredi, quand tu as failli mourir, critiqua Henry. Oui, je comprends. Maintenant, ramène tes fesses jusqu'à ton lit et ne laisse pas ton chat m'éviscérer.

— Eh bien, ne sois pas trop familier avec mon chat, et il ne se fera pas d'idées, rétorqua Jackson avec irritation.

Lance s'était levé et se trouvait sur son autre flanc, attendant au cas où Jackson aurait soudain besoin de lui. Ce ne fut pas le cas, mais il s'enfonça avec gratitude dans son lit quand il y arriva. Billy Bob, son siamois dépenaillé à trois pattes, était allongé sur la couverture, ayant l'air plein d'affront quand Henry la retira pour que Jackson puisse se coucher.

— Je vais bien, maugréa-t-il, même quand Henry le borda.

— Tu es un emmerdeur, lui dit ce dernier.

Alors qu'il faisait demi-tour, il vit Billy Bob cogner la tête contre le menton de Jackson. Sans un mot, Jackson souleva les couvertures et le chat s'y faufila, puis se lova contre son torse, léchant son menton, tandis que Jackson s'endormait.

— Oh, déclara Lance quand ils émergèrent de la chambre. Quel animal adorable.

— Ce chat m'a griffé le visage, tu sais. J'ai essayé d'être gentil avec lui, et il a sauté sur ma tête.

Lance leva un sourcil dans un pur scepticisme.

— Je me souviens des écorchures. Qu'as-tu fait au chat ?

— Rien, marmonna Henry. Je l'ai caressé. Je le jure devant Dieu.

— Je ne te crois pas. Mais as-tu entendu ce qu'il a dit ?

— Oui, il a dit de ne pas être trop familier avec le chat.

Ce qui faisait passer Henry pour un genre de pervers, et il n'était pas content.

— Viens t'asseoir, grogna Lance. Non, pas à l'autre bout du canapé, à côté de moi. Je sais que nous faisons du baby-sitting, mais nous sommes des adultes, et même les préados peuvent se peloter devant la télé.

— Les préados ? répéta Henry en levant les yeux au ciel. Avons-nous déjà la quarantaine, Lance ? Est-ce ainsi que les gens de notre âge appellent les gamins de nos jours ?

Lance le fit taire d'un baiser.

— Je suis sérieux. Parce que ton ami, qui a l'air complètement merdique, d'ailleurs, vient juste de déposer une idée extraordinaire à nos pieds, et j'aimerais t'en parler.

— Est-ce qu'on ne peut pas se peloter d'abord ?

Lance l'embrassa, assez fort pour faire tourner la tête d'Henry, pointer ses mamelons, dresser son membre et capter son attention. Puis Lance recula et lui jeta un regard noir.

— Quoi ? grommela Henry. Qu'est-ce que j'ai fait ?

— Nous n'allons pas coucher ensemble sur le canapé d'un étranger, lui dit Lance. Et nous n'allons pas non plus le faire dans la chambre d'amis. Tu es excité maintenant ?

Henry posa le front contre celui de Lance.

— Oui !

— Eh bien, nous trouverons probablement un moyen d'y remédier quand nous rentrerons à l'appartement, parce que j'ai déjà démontré que je n'avais aucune honte quand il est question de toi. Aucune. Je suis un gros paillasson.

— Ça, c'est hilarant, s'étouffa presque Henry. Oh mon Dieu, si tu étais un paillasson, j'aurais des piques sur mes pieds.

– *Henry* ! Tu veux entendre cette idée ou non ?

Oh, s'il vous plaît ! Comme si Henry n'avait pas vu l'idée aussi.

— Tu veux louer un appartement dans le même complexe. Je ne suis pas stupide, Lance.

Celui-ci sembla se calmer un peu.

— Mais… pourquoi n'es-tu pas excité par cette idée ? Et au fait, j'étais en train de mourir, à essayer de trouver comment garder un œil sur les gars tout en ayant de l'intimité.

— Je ne suis pas stupide, mais je *suis* fauché. Tu te souviens ? Je ne gagne pas la moitié d'un loyer. Même si Ellery peut grappiller un peu d'argent pour moi, je vais retourner en cours. Je suis coincé sur ce canapé jusqu'à ce que je trouve un travail qui paie bien !

Lance le frappa au-dessus de la tête.

— Tu es tellement stupide.

— Aïe ! Quoi ?

Henry se frotta la tête et essaya de trouver ce qu'il avait manqué.

— Je n'ai pas besoin que tu paies de loyer ! cingla Lance, gardant de façon assez absurde la voix basse. J'ai simplement besoin que tu emménages avec moi !

— Lance, nous couchons ensemble depuis une semaine, signala Henry en clignant des yeux.

— Mais nous vivons déjà ensemble ! Et sérieusement, si nous prenons un appartement séparé et que ça ne fonctionne pas, tu sais, réemménage dans la piaule !

Henry rit doucement et s'étala sur le torse de Lance.

— Galahad ? commença-t-il, essayant d'être raisonnable.

— Je ne fais pas confiance à ce nom.

Il embrassa la joue de Lance, tout étourdi de nouveau que cet homme semble vouloir de lui.— Tu devrais. Il est incroyable. Fais-moi une faveur et détends-toi, d'accord ? Nous avons un peu d'intimité, nous avons un film. Nous avons de l'air conditionné. Je suis, à cet instant, un mec très heureux. Je n'ai pas été aussi simplement heureux depuis longtemps. Ne foirons pas le bonheur. Pas maintenant. Pelotons-nous sur le canapé et prétendons être des préados, d'accord ?

— Très bien, grogna Lance, mais je pense quand même que c'est une idée parfaitement bonne…

— C'est une idée géniale. Mais ça ne va pas se passer cette semaine, ni même la semaine prochaine. Ce week-end, Ellery donne une fête, et il a invité certains de nos amis et mon frère, et tu sais quoi ?

— Quoi ?

— Je suis impatient. Parce que la semaine dernière, quand Ellery envoyait des invitations à droite et à gauche, c'était toujours suivi par : « Tant que Henry n'est pas en prison. » Alors je ne vais pas en prison, et j'ai un petit ami, et j'ai fait quelque chose d'héroïque ce matin. Il peut y avoir encore des merdes à venir, déclara Henry, déglutissant, soudain sérieux et incapable de plaisanter là-dessus. Malachi est toujours dehors. Je dois encore réussir mes cours et obtenir ma licence. Il y a toujours des conneries à régler, mais… Il y a quelques mois, j'essayais de sortir d'une relation violente que je n'admettais même pas. Pouvons-nous simplement… laisser un peu une bonne réalité se poser sur nos épaules ? S'il te plaît ?

— Bien sûr, soupira Lance d'une voix rauque. C'est… Ce matin, tu es entré dans une pièce pour confronter une femme avec un pistolet. Et je comprends que tu planes toujours après ça, mais ça m'a fait réaliser que tu es… vraiment spécial pour moi. Et par la suite, tu feras des trucs comme ça bien plus souvent que je n'aimerais. Alors, je ne veux pas perdre de temps.

Oh. Oh waouh. Henry s'empara de sa bouche, en savourant la douceur.

— Ce n'est pas perdu quand nous sommes ensemble. Nous trouverons un moyen.

Lance soupira et lui rendit son baiser, et Henry passa les heures suivantes sur le canapé, appréciant les joies d'avoir un petit ami qu'on pouvait embrasser sans préoccupation, et avec qui il était aussi amusant de parler que de coucher.

Plus, en fait, parce qu'il y avait du respect, de la tendresse et de l'humour dans tout ce badinage, et le sexe était une promesse, pas une menace.

ELLERY RENTRA environ deux heures plus tard, quand Jackson se leva. Ce dernier avait l'air mieux après s'être reposé – son teint était meilleur, ses yeux pétillaient de façon diabolique tandis qu'il taquinait Ellery sur le fait qu'il sauvait le monde pendant que Jackson faisait une sieste.

Henry et Lance effectuèrent une sortie silencieuse pendant qu'Ellery essayait de ne pas se pâmer devant son petit ami, parce qu'il était évident que ces deux-là avaient besoin d'intimité et que chaque moment où ils étaient seuls actuellement était pour eux vraiment un miracle amèrement chéri.

— Dîner ? proposa Lance sur le chemin de la voiture. Nous pourrions aller quelque part.

— Que voudrais-tu manger ? demanda Henry en gardant sa voix neutre.

— Ce serait surtout pour toi, admit Lance avec un soupir.

— Ce qui est cinglé, parce que nous avons raté le déjeuner.

Puis il se rappela ses propres mots sur le fait de se laisser simplement être heureux et laissa tomber.

— Où que tu veilles manger, dit-il. Je le pense.

— D'accord. J'ai un endroit en tête. Bradwurst pour toi, kebab de légumes grillés pour moi. Nous pouvons le faire.

Bien sûr qu'ils pouvaient. Lance se dirigea vers un de ces lieux industriels-chics avec un sol en béton poli et des tables en bois poncé. L'intérieur était incroyablement bruyant, mais à l'extérieur sur le patio, avec la brise de la rivière traversant le boulevard bordé d'arbres et le ciel au crépuscule au-dessus, ce n'était pas mal.

Ils discutèrent de films et de livres – Henry avait lu tout et n'importe quoi durant son déploiement, et Lance était follement jaloux, parce que les seules choses qu'il avait le temps de lire étaient des revues médicales.

Ce fut un moment amusant, jusqu'à ce que leur serveuse, une fille guillerette avec des pointes bleues dans ses cheveux bruns bouclés et un rire contagieux, dépose leurs assiettes sur la table avec un signe de main joyeux. Lance regarda les légumes sur la sienne – d'adorables champignons parfaitement grillés, de l'ananas et des poivrons – puis il croisa les yeux d'Henry de l'autre côté de la table, son visage sérieux.

— Tu veux voir quelque chose ? demanda-t-il tout à coup.

— Ici ?

Henry leva un sourcil et essaya de le rendre cochon, rien que pour voir Lance sourire de nouveau.

— Oui.

Lance tendit la main vers sa poche et sortit son portefeuille. Il dut fouiller un moment, mais il sortit finalement une photo. Avec une réticence visible, il la tendit à Henry.

Si mignon. De petites joues rondes, un petit menton rond et le même grand sourire réconfortant d'une oreille à l'autre.

— Oh mon Dieu ! Tu me donnes envie d'avoir des enfants, et je dois dire, les enfants me rendent dingue.

— Je suis gros, dit sèchement Lance. Ne peux-tu pas le voir ? Je roule. C'est dégoûtant.

Henry regarda de nouveau la photo, complètement blessé pour ce joyeux petit garçon.

— C'est *adorable*. Qui t'a dit que ce petit garçon était dégoûtant ? Cette personne devrait être abattue.

— Personne ne m'a dit…, commença Lance en détournant le regard.

— Oh si, on te l'a dit, cingla Henry. Tout comme quelqu'un a dû me dire qu'être gay était mal.

Il regarda encore la photo, incroyablement blessé pour le garçon dans son petit uniforme scolaire, ses yeux brillant avec le même humour espiègle que Henry avait vu dans les yeux de Lance chaque jour au cours des derniers mois.

— Tu es magnifique.

— Gros, murmura Lance. Je l'ai entendu chaque jour venant de mes parents. Quand je suis arrivé au lycée et que j'ai commencé la musculation, ils ont chanté mes louanges. Bien sûr, je savais que c'était pour affronter le stress du grand secret gay, mais Seigneur, c'était addictif. Plus je rendais mon corps meilleur, plus j'étais un bon fils. Et puis… puis quand j'ai démarré chez Johnnies, tu sais, j'ai commencé à lire les commentaires. Et soudain, j'étais de nouveau ce petit garçon gros. Et plus j'étais musclé sur pellicule, plus je recevais d'éloges sur les sites internet et…

Sa voix trembla, et Henry eut du mal à avaler.

— Tu es assis en face de moi de l'autre côté de la table, dit-il au hasard. Je n'ai jamais ressenti ça, avoir besoin de toucher une personne pour la rassurer. Pourquoi es-tu assis du mauvais côté de la table ?

— C'est ma faute si nous ne sommes pas l'un à côté de l'autre ? questionna Lance en inclinant la tête.

— Non, répondit Henry en secouant la sienne. C'est ta faute, parce que tu ne regardes pas ce petit garçon pour voir ce sourire. Et ces yeux. Et… et l'homme dont je suis tombé amoureux depuis des mois. C'est ta faute, parce que tu ne regardes pas ton corps pour voir comme tu es magnifique, et à quel point je… je dépends de toi. Comme tu es intelligent.

Sa voix oscilla sur son axe, et il ne parut pas réussir à la redresser.

— Je… je ne sais pas comment arrêter… arrêter de détester la nourriture, expliqua misérablement Lance. Je… je regarde tes frites et je pense à ce gros petit garçon…

Henry se leva et avança du côté de la table avec Lance, le serrant sur le banc. Délibérément, il tendit la main par-dessus la table et tira sa bratwurst et ses frites vers lui.

— Je vois du carburant, dit-il en s'assurant d'avoir toute l'attention de Lance.

— C'est très sain de ta part, rétorqua celui-ci.

— Je vois un mec vraiment magnifique laissant ses légumes refroidir.

Henry prit une bouchée délibérée d'une frite croustillante.

— Je vois des glucides, soupira Lance. J'aime les glucides.

Henry put entendre sa déglutition.

— Mais peux-tu vivre avec toi-même si tu les manges ?

— Non.

Henry sortit un champignon du kebab et le plongea dans le glaçage balsamique avant de le mettre dans sa bouche.

— C'est assez bon, dit-il. Tiens. Prends-en un.

Lance sourit brièvement. Il croqua le champignon, et Henry put sentir une part de lui se détendre.

— Merci.

— J'ai fait des recherches sur la boulimie, tu sais, dit Henry sur le ton de la conversation. Je vais être détective privé. J'ai pensé que j'allais affûter mes capacités.

— Alors que t'a dit WebMD [6]? demanda Lance, sa voix aussi aride que la vallée de la Mort.

— Cela m'a appris que c'est une condition à long terme. Que même si tu ne vomis jamais un autre repas, tu vas jouer à déshabiller Pierre pour habiller Paul avec ta consommation pour le reste de ta vie. Qu'arrêter le cycle de purge pourrait mener à un gain de poids, mais c'est quand même meilleur pour ton cœur. Que chaque jour, tu as besoin de te réveiller, de regarder dans le miroir et d'aimer qui tu vois, et que tu te rappelles que cette personne que tu aimes a besoin de manger pour survivre.

Lance essuya son visage avec sa serviette.

— WebDM ne t'a pas dit ça, dit-il d'une voix brisée.

— Pas tout ça. Je vais être un *bon* privé. J'ai regardé à plusieurs endroits.

Lance inspira fortement par le nez, gardant son visage détourné, et Henry appuya la tête sur son épaule.

— Est-ce que ça t'aidera si je te dis chaque matin que j'aime ce que je vois?

— Pourquoi ça n'aiderait pas? demanda-t-il avec la voix fêlée.

— Est-ce que ça t'aidera si je suggère que tu voies un psy quand Randy ira? Et de cette manière, tu pourras revenir et raconter à tout le monde à quoi ça ressemble, pour qu'ils n'aient pas si peur?

— Bien joué, dit Lance en respirant de nouveau.

Parce qu'il irait en premier pour que les gars à l'appartement puissent briser leurs propres cycles, et Henry savait qu'il le ferait pour ça.

— Je suis content que tu le penses. Regarde-moi, être affectueux en public. N'est-ce pas génial, comme j'ai changé? N'est-ce pas la preuve que n'importe qui peut changer? Même des personnes pratiquement parfaites, en bonne santé et équilibrées.

Cela tira un rire étranglé de Lance.

— Pourquoi je…

— Regarde les choses en face, Galahad. Tu ne seras pas heureux avec toi-même, si tu deviens tout bizarre ou emo à propos de mon travail, quand je sais que tu te fais du mal chaque jour.

Lance craqua alors, enroulant les bras autour d'Henry et le serrant si fort que celui-ci ne pouvait même pas rêver qu'on les sépare. Puis il

---

6 Société fournissant des services d'information de santé, surtout connue pour son site internet public

205

enfouit le visage contre la joue d'Henry et pleura doucement, et Henry le laissa faire, ne se souciant pas des regards, ne se souciant pas que leurs plats refroidissaient. Ils étaient dans le Lavender District, d'une part – il y avait beaucoup de couples du même sexe, pas simplement dans le restaurant, mais partout.

Mais d'autre part, ceci, Lance lui faisant confiance avec la souffrance, l'incertitude, la purge – c'était une chose que Henry n'avait jamais donnée à Mal. C'était une partie du cœur de Lance que personne d'autre ne verrait – ou même, d'après ce que Henry pouvait en dire – n'apprécierait. Henry se lèverait de leur table pour crier : « Je suis gay, bande d'enfoirés ! » si cela aidait Lance à ne pas se faire du mal.

Si cela les aidait tous les deux à aller bien.

La respiration de Lance se régula finalement, et il le lâcha, attrapant plus de serviettes pour nettoyer son visage – et celui d'Henry. Après un moment de silence, il retourna à leur repas et saisit un autre champignon.

— Je prendrai des rendez-vous en ligne ce soir, dit-il. Un pour moi, un pour Randy. Voir si nous pouvons commencer une tendance.

— Bien.

Henry embrassa sa joue.

Ils mangèrent donc côte à côte, appréciant le calme et la fraîcheur du soir tombant.

Lance prit une bouchée finale de légumes et soupira.

— Je t'aime aussi, avoua-t-il. Je t'aime beaucoup.

— N'était-ce pas trop tôt ? demanda doucement Henry.

— Apparemment, non, répondit Lance en fermant les yeux comme pour profiter de la soirée. Apparemment, c'était exactement le bon moment.

— C'est une première.

— C'est peut-être le début d'un truc génial, déclara Lance en riant un peu. Nous pouvons seulement attendre de voir.

Ils ne couchèrent pas ensemble ce soir-là, ce qui aurait été une horrible déception. Mais ce qui se passa à la place fut plus calme et plus magique.

Quand tout le monde fut allé se coucher, ils finirent sur le canapé, parlant doucement.

Ils firent des projets.

Un appartement, quand Henry pourrait aider avec le loyer. Des meubles. Une licence de détective privé pour Henry, un stage post-doctorat pour Lance après son année d'internat. Une maison dans quelques années.

Voulaient-ils des enfants ? Peut-être. Lance les aimait. Est-ce qu'il voudrait rencontrer le frère aîné de David et Henry s'il venait en ville ? Bien sûr. Est-ce que Lance présenterait Henry à sa sœur la prochaine fois qu'ils déjeuneraient ensemble ? Il en mourait d'impatience. Que ferait Henry s'il n'aimait pas le travail de privé ? Un diplôme de droit ? Peut-être… peut-être pas. Tant de choses à faire, tant de lieux où aller. Des vacances qu'aucun d'eux n'avait un jour prises, mais qu'ils voulaient prendre ensemble.

Henry était de nouveau assis dans le coin du canapé, les bras autour des épaules de Lance, réfléchissant au futur comme il ne l'avait jamais fait auparavant.

Cette sensation qu'il avait eue quand il était arrivé à Sacramento, que toute sa vie était finie ? Cette sensation était un mauvais souvenir.

La déception à la fin de l'affaire avait faibli, et ce qui restait était un frisson montant de ce que sa vie deviendrait.

D'une certaine manière, durant les derniers mois, le futur était passé d'un terrain de solitude en friche à une chose vivante et excitante, quelque chose qu'il pourrait changer, quelque chose qu'il avait déjà changé. Oui, il avait un passé – et Malachi y avait toujours une place importante, une ombre à laquelle Henry ne pourrait jamais vraiment échapper, avec laquelle il pourrait uniquement apprendre à vivre. Il faudrait un jour payer, et Henry le savait. Mais même cela semblait moins horrible, moins rempli de honte, moins couvert de culpabilité et de remords.

Henry avait tant de choses en plus à faire maintenant.

Le futur était *excitant*.

Il avait le contrôle sur son futur comme il ne l'avait jamais eu avant.

Et tout ça commençait avec l'homme dans ses bras.

AFFAMÉ

— ALORS, DR Galahad Luna…

— Les gens m'appellent Lance.

Il offrit au psychiatre – le Dr Stevenson – un bref sourire professionnel.

— Il est dit ici que vous êtes interne à UC Davis. Que faites-vous ici à Kaiser ?

— Vous êtes en fait sur la mutuelle de mon autre travail, expliqua Lance avec une grimace, et puisque j'emmenais ici un ami de cet autre travail de toute façon…

Il leva les mains pour que Stevenson puisse faire le lien évident.

— Quel est votre autre tr… oh.

La tête dégarnie de Stevenson se leva du dossier qu'il parcourait, et il regarda de nouveau Lance avec une légère surprise.

— John Carey Industries. Waouh. D'accord, alors, trouble de l'alimentation. Est-ce *tout* ce que nous avons à traiter ? Juste pour être sûr.

Lance lutta contre la tentation de lever les yeux au ciel.

— Pourquoi ? Vous avez l'habitude de voir beaucoup de catastrophes ambulantes dans le porno ?

Les traits simples de Stevenson, ses bajoues tombantes et ses yeux entourés de rides, devinrent presque immédiatement sérieux.

— Oui, répondit-il. Des hommes plutôt équilibrés, un qui m'a dit : « Hé, j'en ai tellement marre de la thérapie mais vous semblez sympa », et une bande d'autres qui sont venus me voir avec des troubles alimentaires, puis ont arrêté le porno et sont revenus en disant : « Vous savez, c'est étrange, je peux maintenant manger un cheeseburger entier. Allez comprendre ! » Mais oui. Peut-être que c'est parce que votre patron a une bonne mutuelle, alors je rattrape beaucoup d'entre vous avant que vous ne craquiez. Mais puisque je suis assez connu pour vous soigner, c'est…

— Intéressant ? proposa Lance, les sourcils arqués, comme s'il parlait à un collègue.

— Difficile, dit Stevenson à la place, ses yeux partant très loin. Parce que vous êtes tous jeunes, vous êtes brillants, et vous êtes tous magnifiques.

Et vous faire voir ça est tellement difficile. Ça en vaut la peine. Mais ce n'est pas facile.

— Vous m'en direz tant, grogna Lance.

— Non, fils, répliqua Stevenson en inclinant la tête, c'est à vous de le faire.

— Écoutez, commença Lance en ravalant sa salive, mon trouble alimentaire est… plutôt ordinaire. J'étais un petit gros, et j'en ai eu assez de l'entendre, alors j'ai maigri. Puis j'ai pris ce travail où on peut voir un tic-tac dans mon ventre si je le mange suffisamment proche du tournage d'une scène, et je suis devenu assez doué pour dégueuler. Je suis… J'ai besoin d'un journal de calories, d'un nutritionniste et, enfin, en gros, de quitter le porno, de me ranger et de faire en sorte que ma vie ne tourne pas autour du fait de vomir. Ai-je raison ?

— Waouh. On dirait que vous êtes un professionnel médical ou autre.

Lance leva les yeux au ciel, et en réponse, le médecin sortit un sac de… tricot ?

— Avec cette chaleur ? Vous vous moquez de moi ?

Lance pouvait sentir la moiteur de l'extérieur suinter de sa peau.

— Ça m'aide à ne pas étrangler de jeunes cons trop sûrs d'eux qui pensent connaître mon travail, rétorqua Stevenson avec irritation. Maintenant, dites-m'en plus sur la façon dont vous avez mis une raclée à votre trouble alimentaire.

Lance soupira et ferma les yeux.

— Vous avez raison. Je n'ai pas réussi. Je n'ai vraiment pas réussi à le battre. J'ai simplement…

Il entrelaça ses doigts derrière son cou et décida de parler de ce qui le tracassait vraiment. Parce que *c'était* ce qui lui avait dévoré le cœur en venant ici. La boulimie, oui, oui… Lance était fonctionnel, mais le déni d'Henry l'effrayait.

— Mon petit ami est sorti d'une relation violente de onze ans. Le type le tenait à la gorge aussi. Soit ils continuaient de baiser dans le placard, soit ce connard anéantirait sa carrière militaire et dénoncerait son homosexualité à sa famille.

— C'est nouveau, indiqua Stevenson en posant son tricot.

Super. Lance aimait quand il était une anomalie médicale.

— Oui. Eh bien, mon mec a dit « stop », et le connard a dit « vas-y »… et il a fait exactement ce qu'il voulait et a continué.

Stevenson prit une inspiration, et Lance persévéra.

209

— Et mon mec ne dira même pas ce putain de mot. Il a choisi un renvoi pour déshonneur pour échapper à son beau-frère… oui, vous m'avez bien entendu… et il s'est repris en main au cours des derniers mois. Et il semble aller bien. Génial même. Comme… comme s'il avait simplement attendu d'être libre pour voir quel incroyable être humain il pouvait être. Lui et moi, nous veillons sur ce groupe de gamins acteurs de porno…

— Mon dernier patient ? questionna Stevenson, faisant hocher la tête à Lance. Il vous a mentionnés. Il semble penser à vous comme à des parents.

— N'est-ce pas ? répliqua Lance en se levant pour pouvoir faire les cent pas. Aucun de nous ne veut simplement les laisser seuls… Ils… ils donnent l'impression d'avoir besoin de stabilité, vous savez ?

— Je suis sous le choc, déclara Stevenson.

— Vous êtes un vrai connard sarcastique, on vous l'a déjà dit ?

— Ça ressort uniquement dans un lieu sûr, reprit Stevenson en même temps que son tricot. C'est ma récompense pour m'occuper de gens qui sauteront au plafond si je respire trop fort.

— C'est de bonne guerre, soupira Lance avec une épaule haussée. Alors oui. Quand je sortirai d'ici, je veux un journal de calories, le plus récent plan de traitement, tous les jeux mentaux auxquels je dois jouer dans ma propre tête pour me reprendre, afin que je puisse manger un sandwich et ne pas vomir. J'en ai marre de cette merde. Mais à cet instant, avant même que je me concentre là-dessus, avant même que je puisse y *réfléchir*, j'ai besoin de savoir deux choses.

— Demandez.

Lance le regarda. Il tricotait, mais il fixait aussi Lance pensivement, alors celui-ci décida de prendre la balle au bond.

— La première est : rendons-nous service à ces gamins, à rester dans le coin, à essayer de trouver un moyen de ne pas les lâcher ? Est-ce que nous leur donnons de faux espoirs ou bousillons leur autosuffisance ? Mon cœur dit non… mon *cœur* dit qu'ils ont besoin de nous. Mais nous avons tous des conneries que nous devons à notre éducation. Mes parents disaient : « Hé, tu es un être vraiment indépendant dans la vingtaine, alors si tu veux continuer à être en contact avec nous, tu dois arrêter d'être gay. »

Stevenson lâcha un grognement peiné.

— Fils de pus.

— Excusez-moi ? s'étonna Lance, les yeux écarquillés.

— Parfois, les mauvaises personnes *finissent* en thérapie. Je suis désolé. J'ai simplement… j'ai *beaucoup* entendu cette histoire, et je n'en ai jamais été heureux, et je ne m'en remettrai jamais, non plus.

Un petit coin de l'âme de Lance commença à se réchauffer un peu.

— Alors, est-ce que ça signifie que je n'y suis pas obligé ? demanda-t-il d'une voix bourrue. Mon petit ami et moi… ce n'est pas grave si ça fait toujours mal ?

— Oui, Lance. Vous aviez un système de soutien pendant la majorité de votre vie, et il a disparu. C'est normal si ça fait mal, même après un long moment.

Il fut difficile de déglutir, mais Lance y parvint.

— Bien, dit-il. Nous y viendrons. Alors, est-ce mal que Henry et moi essayions d'aider ces gars ?

— Non, répondit Stevenson sans équivoque. Ne les laissez pas devenir codépendants de vous. Ne vous mettez pas en travers de leur développement. Mais s'ils ont besoin de savoir que quelqu'un est là pour se soucier d'eux et que vous deux, vous décidez d'être ces personnes pour eux, ça fonctionne. Vous avez amené Randy ici quand vous vous êtes rendu compte qu'il en avait plus besoin que vous, n'est-ce pas ?

— Oui, convint Lance. Et il y a au moins un gars de plus que nous devons amener, mais il est plus proche d'Henry, alors je le laisserai faire. Ce qui m'amène à ma seconde question. Celle qui me rend barjo, et j'ai besoin qu'on y réponde avant de pouvoir me concentrer sur moi-même.

— Posez-la. Je vais avoir besoin de quelques semaines pour débrouiller cette conversation, de toute façon.

Lance lui offrit un demi-sourire, parce qu'il réalisait qu'il n'était pas facile.

— Alors, le cadeau de départ d'Henry de la part de ce taré pour le maintenir dans le placard fut d'être forcé.

— Violé ?

Stevenson nuança le fait avec délicatesse, et Lance le regarda, croisa vraiment ses yeux, pour qu'il puisse voir à quel point il était sérieux.

— Oui, murmura-t-il. Et parfois, quand il parle, des merdes s'échappent. Comme : « Oui, Malachi a découpé ma chemise sur mon corps une fois, pour m'empêcher de quitter la chambre d'hôtel. » Ou : « Mince, j'espère que ma sœur va bien. » Et quand il est arrivé ici – son frère travaille chez Johnnies – il ne ressemblait à rien. Son père l'a pratiquement tabassé, et Henry n'est pas un gringalet. Il a laissé ça se produire. Et je suis inquiet, explosa Lance, si soulagé qu'il en pleura presque. Il m'embrasse en public maintenant. Il sourit. Il dit des blagues. Il est toujours plus ou moins un connard grincheux, mais ça marche pour lui. Et je me dis : « D'accord, quand tout ceci va-t-il ressortir ? » Je peux contrôler mon alimentation, ou je ne peux pas, *maintenant* je sais qu'il y a un état d'esprit et du boulot qui me permettra de le faire. Je crois que ça fonctionnera. Mais je ne peux pas contrôler quand tout ceci va surgir d'Henry, et je ne sais pas à quel point ce sera mauvais.

— Oh. Bien. Quand on pense qu'on a tout entendu…

— Quoi ? questionna Lance.

— Vous êtes raisonnablement fonctionnel. J'aimerais vous voir réussir à contrôler la boulimie. J'aimerais vraiment vous voir gagner cinq kilos, même si c'est du muscle. Mais oui, vous avez raison d'être inquiet. Votre petit ami semble fonctionnel également, mais c'est un sacré passif qu'il traîne. Semble-t-il être violent ?

Il secoua la tête, ses doigts bougeant tout seuls avec la laine d'une couleur vert militaire.

Lance pensa à Henry, gentil avec Summer Frasier quand elle avait brandi le pistolet.

Puis il le vit projeter Martin Sampson dans une benne pleine.

— Quand il nous protège, confia-t-il après un moment. Et pas… pas à l'extrême. Il ne tabasse pas les gens… il les écarte du passage. Il ne crie pas sur eux. Il les dissuade de sauter.

— Alors… un jour pourrait venir où une partie de tout ça devra sortir, expliqua doucement Stevenson. Et il va avoir besoin de quelqu'un pour *le* dissuader.

— Oui, acquiesça Lance avant de soupirer et de se laisser tomber sur un canapé très confortable. C'est ce que je demandais. Alors j'ai simplement besoin d'être prêt.

— Oui. Il a un sentiment de liberté, d'après ce que vous avez dit. Sorti de l'armée, sorti de cette relation… Il ne va pas voir qu'il se maintient lui-même enfermé jusqu'à ce que quelque chose le lui rappelle.

— C'est un type vraiment bien, dit Lance en secouant la tête. Je… Nous avons parlé hier soir, et j'ai pu voir toutes nos vies défiler. Comme si c'était le mec que j'avais attendu depuis mes douze ans pour en tomber amoureux.

— Il n'y a rien de mal à tomber amoureux d'un homme avec du passif, rassura Stevenson. On dirait que vous êtes prêt à travailler avec lui pour alléger son fardeau.

— Je suis prêt, avoua Lance, les yeux brûlant un peu.

— Maintenant, que pouvons-nous faire pour aider à alléger *votre* fardeau ? Sans vous enfoncer les doigts dans la gorge, bien sûr.

Seigneur. Lance se sentait déjà essoré. Mais il savait aussi qu'il avait empiété sur les bonnes grâces du docteur.

— D'accord, alors laissez-moi vous raconter l'histoire triste du petit gros nommé Galahad, et comment chaque jour son père disait : « Quel gros tas ! Est-ce que nous sautons le dessert ce soir, Gally ? Je pense que ce serait mieux. » Et je quittais la table du dîner affamé, pour que je puisse cesser d'être le gros petit Gally.

— Je suis captivé.

Lance regarda Stevenson sous la surprise, parce qu'il semblait avoir perdu son côté sarcastique.

— Non, vraiment, lui dit le docteur, apparemment en toute sincérité. Parce que c'est une histoire vraie à propos de vous, et nous allons maintenant quelque part.

— Mon Dieu, marmonna Lance en déglutissant. Je savais que ça allait craindre.

— Vous avez tout compris, n'est-ce pas ?

— Oui.

Il avala de nouveau sa salive et était sur le point de s'essuyer les yeux sur sa chemise, mais Stevenson utilisa alors une aiguille à tricoter pour indiquer la boîte de mouchoirs à côté de lui. Il en attrapa quelques-uns et essuya ses yeux.

— Vous n'aviez pas compté sur la douleur ?

— Je suis médecin, se lamenta Lance. J'aurais dû être plus avisé.

— Oh, pauvre, pauvre petite star du porno naïve. Personne ne l'est jamais.

Et ils se mirent ensuite au travail.

LANCE DÉPOSA Randy à l'appartement, partit au travail – une garde de douze heures – et rentra aux alentours de deux heures du matin. Henry était endormi sur le canapé, portant toujours son short, les bras enroulés autour de ses genoux, la tête appuyée contre le dossier du canapé. Il avait l'air d'un enfant qui venait juste de s'assoupir. Lance le réveilla avec un baiser sur la tempe.

— Salut, dit-il. Je vais me doucher. Il n'y a personne sur le matelas pneumatique… Je t'y rejoins.

— Mm. As-tu mangé ?

— Pas encore, répondit Lance avec un sourire. Tu veux me faire quelque chose ?

Le sourire que lui rendit Henry, endormi et satisfait, fut une des choses les plus magnifiques qu'il avait jamais vue.

Il *avait* vraiment fait des recherches. Des légumes et du tofu cette fois, avec un soupçon de lait de coco et des épices.

— J'allais faire du curry, dit-il un instant plus tard en posant le menton sur sa main, mais ça me donne des gaz parfois.

— Et ce serait mauvais ? taquina Lance, s'arrêtant à mi-chemin de sa bouche.

— Eh bien, *gênant,* peut-être. Mais, tu sais. Tu parles à un type qui a été plié en deux dans des toilettes mobiles… ma définition de *mauvais* est assez vague.

— Non ! protesta Lance. Non ! Nous n'allons pas parler de ça, pas maintenant.

— Non ?

Et il y avait quelque chose dans la voix d'Henry, quelque chose de presque désespéré.

— Non, confirma Lance en retraçant sa lèvre inférieure ferme et grognonne. J'en fais donc une règle. Si tu as attendu de me nourrir, de me parler, et peut-être m'exciter après ma garde, nous n'allons pas parler de ton ex. Parce que tu as besoin d'un lieu dans ta vie où rien ne va te faire de mal. Tes souvenirs vont resurgir pendant un bon moment, Henry. Tu pourrais ne jamais en être débarrassé. Mais ici, tard dans la nuit, quand je ne veux rien d'autre que toucher ta peau nue, rien ne te fera de mal. Est-ce acceptable ?

— Oui. Très galant, Galahad, murmura Henry, avant de regarder son assiette qui n'était pas vide, mais pas pleine non plus. Et bon boulot pour la nourriture. Fini ?

— Fini, répondit-il doucement. Mais pas avec la nourriture.

— Avec quoi ?

— Tu ne m'as jamais posé la question, remarqua-t-il en secouant la tête. Tu t'en rends compte ? Quel cadeau c'est ?

— Jamais posé la question sur quoi ? demanda Henry, l'air confus.

— Si j'arrêtais le porno.

— Je n'ai pas à demander, répliqua-t-il en détournant les yeux. Enfin, je le sais. J'ai travaillé vraiment dur pour ne pas… ne pas traîner la moralité dans tout ça. Et cela signifie ce que tu fais professionnellement.

Oh, c'était douloureux à prononcer. Lance pouvait le dire. Mais il l'avait fait. Et même si son visage était rouge et qu'il était vraiment mal à l'aise, il avait essayé de laisser de l'espace à Lance à propos de son travail depuis qu'il était arrivé en mars.

— Eh bien, j'arrête, lui annonça-t-il, les mots ressemblant à un poids ôté de sa poitrine.

— À cause de moi? questionna Henry en ravalant sa salive. C'était… c'était ton acte de défi, Galahad. Ce n'était pas à moi de le réguler ou d'essayer de le contrôler.

— Pas pour toi… pour moi, précisa Lance en prenant une bouchée de tofu et fermant les yeux pour savourer le goût. Parce que je n'ai pas besoin de cet argent, et parce que je n'ai pas besoin des coucheries, et parce que je n'ai honte de rien dans ce que j'ai fait. Mais faire ça au point que ça pourrait nous blesser pourrait continuer de *me* blesser, ce serait une chose pour laquelle avoir honte.

Il regarda prudemment Henry, essayant de jauger son expression.

— Je ne peux pas mentir, confessa celui-ci, paraissant gêné. Je suis foutrement *aux anges*. Simplement… je ne veux pas que tu regrettes d'arrêter…

— Non, coupa Lance.

Seigneur, regardez-le. Coriace, grognon et… mignon. Fort et protecteur et… plein d'empathie. Il était le survivant d'un âge homophobe, qui essayait vaillamment de rejeter son ancienne identité et d'embrasser celle qui lui allait mieux.

— Je ne peux pas dire que je pourrai toujours y retourner, mais je suis parfaitement à l'aise de laisser ça dans mon rétroviseur à cet instant.

Henry cherchait encore ce qu'il pensait probablement être la réponse appropriée, alors Lance lui laissa un instant en mettant son assiette dans l'évier et la rinçant. Il n'était absolument pas prêt pour sentir tout à coup les bras d'Henry autour de sa taille et sa bouche sur son cou, alors qu'il le rapprochait.

— Je peux être un homme des cavernes maintenant? demanda-t-il d'une voix rauque. Dire un truc bête comme : « À moi! Lance à moi! »

Lance ricana et poussa contre lui.

— Oui. Je n'ai pas de problème avec ça.

Henry lécha la volute de son oreille.

— À moi, dit-il, mais ses mots sortirent comme une séduction. Tout à moi.

— Oui.

Il baissa alors le short pyjama de Lance jusqu'à ses genoux, ainsi que son caleçon, et le fit tourner par les hanches jusqu'à ce qu'il soit appuyé, fesses nues, contre le plan de travail.

— Henry ?

— Mm...

Celui-ci s'agenouilla devant lui et frotta le nez contre le haut de sa cuisse. Il sortit une langue insidieuse, léchant le pli entre sa cuisse et son entrejambe, et Lance écarta sa position, pliant un peu les genoux, lui offrant un meilleur accès. Doucement – si doucement – Henry prit les testicules de Lance dans sa bouche, les assaillant avec sa langue, les faisant rouler comme des choses précieuses, et Lance posa les mains sur le plan de travail pour supporter son poids.

– Henry, peut-être un li-*it* ?

Ce dernier ouvrit la bouche et prit les testicules dans sa paume, où il les traita comme une fine porcelaine, pendant que sa main montait sur le membre de Lance.

— Je n'ai pas encore goûté ça, annonça délibérément Henry en faisant de nouveau pointer cette langue rose.

Il toucha le sommet, gonflé, grossissant, et lécha par petites touches la fente, juste assez pour que Lance sache qu'il était là.

— Tu n'y goûtes pas là ! se plaignit-il.

Et le rire rauque d'Henry le fit presque tomber sur le sol de la cuisine.

— Laisse-moi le temps de savourer, dit-il pour gagner du temps en léchant de nouveau le sommet.

Oh waouh. Henry avait raison. Il était génial pour tailler des pipes, et Lance avait juré de ne jamais invoquer de nouveau le nom de l'ex diabolique pendant la nuit, mais ce connard n'avait pas reconnu comme il était bon quand il lui avait sucé le pénis. Henry lécha autour du gland, aspirant légèrement le sommet dans sa bouche, le parcourant de sa langue avec de petits coups taquins avant de le relâcher. Lance reprit son souffle et se cramponna au plan de travail, parce que, oh mon Dieu, il n'allait pas tenir longtemps si Henry continuait comme ça.

Au moment où il amena une main sur la nuque d'Henry, pour supplier d'avoir plus de pression, plus de prise, Henry engloutit son membre en un long mouvement fluide, jusqu'à la base.

Lance utilisa sa main pour gémir dedans, parce que waouh! Simplement… waouh! Henry laissa retomber les testicules de Lance avec juste assez de force pour qu'elles soient plaisamment douloureuses et utilisa sa main pour saisir la verge de Lance, ses caresses fermes et sûres pendant qu'il continuait à utiliser sa bouche, sa bouche magique, pour titiller, pour taquiner. Les yeux de Lance roulèrent à l'arrière de sa tête et ses genoux tremblèrent – oh, bon sang, c'était extraordinaire. C'était *phénoménal*. Lance, qui avait reçu des fellations de qualité professionnelle pendant presque trois ans, pouvait avec certitude dire que celle-ci était la meilleure qu'il avait jamais reçue.

C'était trop bon.

— Henry, supplia-t-il en massant le cuir chevelu de son amant du bout des doigts. Seigneur, s'il te plaît. Je vais jo…

Henry donna un coup de langue juste derrière ses testicules, sur son périnée, et suça et tourna en même temps.

Les doigts de Lance se resserrèrent dans les cheveux d'Henry, et il se mordit la paume de la main quand il jouit, tout son corps menaçant de s'écrouler à cause d'un seul orgasme.

Ce n'était presque pas juste.

— Viens ici, dit-il d'une voix rauque. Laisse-moi t'embrasser.

Henry avala en se relevant, puis s'essuya la bouche avec sa manche, et Lance put voir le travail de l'ex-monstre d'Henry dans ce geste à moitié honteux, mais il refusa de l'invoquer.

— Laisse-moi me goûter sur toi, clarifia-t-il en léchant ses lèvres, son menton, les filets blancs sur son cou. Laisse-moi lécher mon sperme dans ta bouche.

Il prit les lèvres d'Henry en une attaque totale, une possession qui lui permit de sucer, de prélever chaque reste de sperme dans la bouche d'Henry. Il recula après la dernière touche de douceur et l'embrassa presque chastement au coin des lèvres.

— Tu as une bouche cochonne, Henry Worrall. Laisse-moi la laver pour toi.

Il l'embrassa de nouveau, glissant une main à l'avant du short d'Henry et trouvant son érection forte et dure, poussant contre son caleçon. Il pétrit et passa les lèvres sur le côté de son cou.

217

— As-tu déjà eu tes résultats ?

Henry était allé faire un test sanguin le samedi précédent, et les résultats étaient supposés arriver sur le site ce jour-là.

— Négatif, répondit Henry en poussant contre sa main.

— Bien. Parce que je vais te vider.

Ce fut maintenant au tour de Lance de s'agenouiller devant Henry, mais il n'allait pas jouer les timides. Vite et fort, sans merci, il enleva le short d'Henry jusqu'à ce qu'il tombe sur le sol, et prit ce sexe magnifique dans sa main. Henry avait une longueur digne d'un porno, épais, sans prépuce, mais avec un sommet agressivement large.

Enrouler les lèvres autour du sexe d'Henry fut presque décadent, et permettre à sa langue de tourner autour, de le goûter, fut presque meilleur qu'un dessert.

Lance connaissait aussi des astuces, savait comment tourner sa prise, taquiner le périnée d'Henry, enfoncer la langue dans sa fente. Il avait utilisé ces astuces sans honte dans ses vidéos, et il les utilisait maintenant sans hésitation pour amener Henry sur un bord abrupt et surprenant.

— Lance ? appela Henry, ses mains tremblant dans les cheveux de son amant.

— Tu es prêt, Henry ? Parce que je veux ton sperme au fond de ma gorge.

Ah ! Le pouvoir séducteur des mots. Lance le reprit dans sa bouche et fut inondé, le sperme d'Henry submergeant ses sens, injecté puissamment dans sa gorge alors qu'il avalait.

Il en garda juste un peu dans sa bouche, cependant, donc quand Henry le releva, l'attira dans un baiser, il eut une gorgée à partager. Il sut qu'il avait bien fait quand Henry suça sa langue et gémit, en voulant plus.

— Nous avons toute la nuit, murmura-t-il à l'oreille d'Henry.

— Tu dois travailler demain, répondit-il dans un même murmure.

— Non ! lâcha-t-il dans un doux gémissement.

— Et moi aussi, soupira Henry. Je fais le chauffeur pour Galen demain. Apparemment, il a des projets.

— Oh, mince !

Henry l'embrassa alors et les fit reculer tous les deux vers le matelas, leurs shorts et sous-vêtements laissés là où ils étaient.

— Je durcis de nouveau, chuchota-t-il à l'oreille de Lance. Je ne pourrai jamais dormir comme ça. Et toi ?

— Seigneur, non.

La bouche d'Henry avait encore un goût de sperme. Lance avait des projets pour en goûter plus.

Ah! Il y avait quelque chose de si gratifiant dans la peau nue, dans les mains d'Henry le touchant *partout*. Dans leurs torses se frottant l'un contre l'autre, leurs cuisses.

Leurs sexes.

Les paumes d'Henry descendant sur ses fesses le firent presque délirer de désir.

— En moi, chuchota-t-il. Je te veux.

— Tu es sûr? questionna Henry en reculant, les sourcils froncés.

Et si Lance avait eu l'ex-monstre sous la main, il l'aurait tué.

— Oui, Henry, je suis complètement sûr.

Délibérément, il avança jusqu'au canapé et attrapa le lubrifiant entre les coussins, remarquant froidement qu'il y en avait beaucoup moins. Il le tendit à Henry, qui plissa le nez.

— Sérieusement?

— Tu penses que c'est qui? demanda Lance, parce qu'il était obligé. Zep et Fischer?

— Billy et Curtis, grogna Henry.

— Non! s'exclama Lance en sentant sa mâchoire se décrocher.

— Je dis simplement... à un moment, la semaine dernière, ils ont tous les deux réalisé qu'ils étaient des hommes qui aimaient coucher avec d'autres hommes et qu'ils remplissaient les critères.

— Tu es sûr?

Billy, qui était presque subversivement calme et Curtis qui ne s'excusait pas d'aimer le porno et...

— Oh! comprit soudain Lance. Ils étaient sur le planning ensemble la semaine dernière.

— Hnh, dit Henry.

— Quel est ce mot? se renfrogna Lance.

— C'était juste un mot. Ils semblent avoir un lien assez puissant. Est-ce que ça arrive souvent?

— Presque jamais, répondit Lance en secouant la tête. Johnnies est le seul endroit où tu peux vraiment avoir du sexe torride et ne pas devoir t'inquiéter d'attaches.

Les yeux d'Henry scrutèrent son visage.

— Contrairement à ici, je suppose.

La respiration de Lance se bloqua. Oh, comme c'était embarrassant à dire.

— Ici, c'est la maison. C'est coucher avec quelqu'un dans sa maison. C'est… c'est magique.

Et soudain, ils furent de nouveau les deux seules personnes dans l'appartement. Les deux seules personnes au monde.

— C'est magique, confirma Henry.

Ce baiser ne fut pas corrompu par des souvenirs de l'ex-monstre, vierge de doute. Lance voulait de lui. La thérapie l'avait laissé plus propre que la purge, une enveloppe vide qui aspirait à être remplie. La chaleur d'Henry, ses bras musclés et son torse solide – il était l'abri et la subsistance dans un seul corps fort.

Lance fourra maladroitement la bouteille de lubrifiant dans la main d'Henry et se pencha par-dessus le canapé, inclinant la tête quand Henry embrassa l'arrière de son oreille, la colonne de son cou, jusqu'à la jointure de son épaule. Il se rendit vulnérable, permettant à la force et la carrure d'Henry de prendre le contrôle. Sa gratitude, quand Henry le transperça de deux doigts, fut vive. L'étirement fut bon, fut plus que des préliminaires, fut une invasion. La respiration de Lance accéléra, et il se plia en deux, s'offrant à Henry, qui le doigta avec vigueur, déposant des baisers le long de sa colonne vertébrale, ses omoplates, ses triceps, alors qu'il poussait en lui.

— Plus, exigea Lance dans un souffle.

Il s'en moquait si c'était plus de doigts ou le sexe d'Henry. Un doigt supplémentaire l'envahit, et il frappa le canapé de son poing.

— Bon, gémit-il doucement. Si bon.

Et pendant que Henry le transperçait de ses doigts, il continuait la douceur sur le reste de son corps. Une main avança vers les mamelons de Lance, pinçant cette magnifique corde qui menait directement à son entrejambe, et il frappa de nouveau le canapé.

— Seigneur ! Seigneur ! Plus !

Il s'attendait au membre d'Henry et eut un autre doigt à la place. Il enfouit le visage contre le coussin du canapé, en saisissant les bords avec des doigts crispés et lâcha un grognement.

— Tu me tues, geignit-il. Mon Dieu, Henry, baise-moi.

Henry écarta les doigts à la place, et tout son corps trembla.

— S'il te plaît !

— C'est ce que tu veux ? demanda Henry dans un murmure. C'est ce que tu veux *vraiment* ?

— Ta queue, supplia Lance. Seigneur, toi.

Les doigts d'Henry disparurent, le vide suffisant pour le rendre faible. Le sexe d'Henry arriva ensuite, juste un peu plus épais, le remplissant complètement, poussant fort et vite jusqu'aux testicules.

Lance cria dans le canapé, le martelant des deux mains, jusqu'à ce que les bras d'Henry le saisissent par la taille et qu'il murmure durement à son oreille.

— Caresse ta queue. Fort. Je veux goûter ton sperme.

Oh waouh. Waouh. Les gens ne disaient pas de choses comme ça sur un plateau de porno. Lance devint mou, abaissant une main jusqu'à son membre comme on lui en donnait l'ordre, et serra. Il commença à trembler quand Henry commença à le prendre, brutalement fort, mais sans vitesse.

La vitesse aurait été clémente.

Lance en fut réduit à gémir sur le canapé, la sueur de l'orgasme ressortant sur son corps pendant qu'il se caressait.

— Si bon, murmura Henry. Si étroit. C'est comme si tu essayais de me coincer à l'intérieur.

Les paroles enjôleuses – ça semblait être le truc de Lance. Il lâcha un cri et jouit, la chaleur se déversant sur son poing l'emmenant plus haut alors qu'il pompait. Henry continua à le prendre à travers l'orgasme, et il gémit quand Henry frappa son point sensible, même alors qu'il jouissait. Encore ! Encore ! Encore !

Henry mordit sa nuque et grogna, ruant fort quand Lance le serra avec chaque muscle. Il jouit en un jaillissement brûlant que Lance put sentir, épais et bon, et s'écroula sur le dos de son amant. Lance réussit à se retourner partiellement, levant la main d'un air de défi, et Henry suça la palmure entre son pouce et son index, léchant sans complexe, goûtant le sperme de Lance comme si c'était son dernier repas.

Le changement de position l'obligea à sortir du corps de Lance, et celui-ci sentit le filet d'humidité couler à l'arrière de ses cuisses, frissonnant sous la décadence de la sensation.

Puis Henry recula, le poussa de nouveau face au canapé, et dessina une ligne avec la langue le long de sa colonne. Sa bouche juste au-dessus de la raie de Lance fut une promesse, et sa langue, lapant le bord fut...

Oh mon Dieu.

Ce fut tout. Cela rendit mensonger qu'on dise que le sexe était sale, que faire l'amour avait besoin d'être propre. Lance ne put que sangloter contre le canapé et laissa une réplique le submerger, effaçant de ses os tout souvenir d'un autre amant.

Il fut pratiquement impuissant après, et Henry le tira doucement jusqu'à ce qu'il se retrouve sur le matelas, sur le flanc.

— Pas de gant de toilette, murmura-t-il. Pas de sous-vêtement. Ton corps, en sueur et bon, sous les draps.

— Trop tard, dit Henry un instant plus tard.

Lance sentit le gant sur son entrejambe, puis la carrure d'Henry par-dessus son corps quand il essuya sa raie.

— Le foutre séché qui arrache mes poils... pas ma préférence.

— Je te veux simplement partout.

— Waouh, s'étonna Henry en touchant son visage avec des doigts humides du nettoyage. Tu sembles dans les vapes.

— Sous-espace, dit Lance. Ça n'arrive pas souvent. Je flotte.

— Mmmm... tu penses que nous allons bien dormir ?

Henry enfouit le visage contre le cou de Lance, et celui-ci l'accueillit, en lâchant un faible rire.

— Oui. Meilleur rêve que j'ai jamais eu.

Et cela le fut vraiment.

Petits Pas et Petits Acteurs

— Bonjour, jeune Henry. C'est bon de te voir en pleine forme aujourd'hui. Je remarque que tu t'es bien habillé.

Henry portait une des trois chemises qu'il possédait. Il en portait quand il conduisait pour Galen, probablement parce qu'il avait vu trop de films.

— Bonjour, Galen. Où vas-tu aujourd'hui ?

John avait laissé la voiture garée devant la maison, puisqu'il avait fait une course avant de prendre son vélo pour aller au travail. Henry n'était pas sûr de savoir s'il essayait de garder une voiture ou de rester en bonne santé, mais d'une manière ou d'une autre, Henry était le chauffeur aujourd'hui.

— Hm… en centre-ville. Au tribunal, au siège social de l'Association du Barreau, au centre commercial.

— Le, euh, centre commercial ?

— Personnellement, j'utilise les services d'un tailleur, mais nous avons besoin que tu aies… quelque chose à porter.

Henry leva les yeux au ciel, alors même qu'il offrait son bras pour aider Galen à descendre les marches du porche.

— Je suis nu à cet instant ?

— Non, mais tu n'es pas particulièrement présentable.

— Euh, Galen, commença Henry avec une grimace, tu sais que ce que je fais est… euh, temporaire.

Et maintenant, en se souvenant des deux dernières semaines pendant lesquelles Galen et John avaient littéralement jeté toute la force de l'entreprise de John dans sa défense, il se sentait mal pour ça. Il les avait remerciés, mais il n'y avait aucun moyen de remercier suffisamment quelqu'un de vous avoir sauvé les fesses.

Galen rit et tapota l'épaule d'Henry.

— Oh, je sais que tu aimerais le penser, et tu as été très honnête de nous informer de ton emploi du temps scolaire et de tes espoirs pour obtenir une licence de détective privé, et je pense que les deux objectifs sont admirables. En fait, je suis plus que fier de toi… Si tu pouvais trouver une

223

manière de cacher les marques de brûlures sur ton cou laissées par la barbe d'un autre, tu aurais tout d'une image respectable d'ambition.

Henry trébucha et évita tout juste de tomber à genoux. Il se reprit, mais il dut ensuite attendre que Galen arrête de glousser avant de pouvoir l'aider à monter dans la voiture.

— Oh mon Dieu, dit-il avec un ricanement, alors que Henry démarrait. Ton visage ! C'était impayable. Pour l'amour de Dieu, pensais-tu que nous ne savions pas ?

— Maudit soit Martin Sampson, grommela Henry.

Il avança dans l'ombre trompeuse de Sacramento. Galen était entièrement habillé d'un costume de lin, mais la chaleur était déjà oppressante.

— Oh non, Henry. Nous savions que tu étais gay bien avant Martin Sampson. Ton frère l'avait dit à John il y a longtemps. Il était inquiet pour toi, même à l'époque, parce qu'il savait quel horrible secret c'était à garder. Je ne voulais pas te mortifier… je te le promets. Je suis simplement plutôt heureux de te voir ce matin. Et encore plus de te voir heureux. Est-ce si terrible ?

— Non, répondit Henry, touché. C'est gentil. Merci.

— Puis-je demander qui est le jeune homme avec le menton mal rasé ?

Henry rigola, surtout parce que Lance était habituellement si soigné.

— Lance. Mon colocataire. Tu sais, la piaule…

— Oh ! fit Galen, semblant véritablement surpris. Eh bien, tu as bon goût. Je comprends donc que vous deux voudrez bientôt déménager ?

— Essaies-tu de nous marier ? grogna Henry.

— Essaies-tu de rejeter une bonne chose quand elle t'apprécie apparemment assez pour se frotter partout sur ton cou ?

Et il ne put s'en empêcher. Le sourire le *plus niais* se dessina sur ses lèvres, alors qu'il se souvenait de Lance en train de faire exactement ça.

— Non, marmonna-t-il. Mais je vis de la charité de mon frère en ce moment et je ne peux pas me permettre de partager le loyer.

— Oh, souffla Galen. Eh bien, je pense avoir une solution pour toi, mais je dois faire ces arrêts d'abord. Tu espérais travailler pour M. Rivers et M. Cramer, n'est-ce pas ?

— Quand ils pourront se permettre de me payer.

Le ricanement de Galen fut assez subversif.

— Eh bien, nous ferons en sorte qu'ils puissent se permettre de te payer le plus tôt possible. As-tu une idée d'où tu *veux* vivre ?

Il se rappela avoir monté les escaliers et découvert Randy, durant une des journées les plus atroces de sa jeune vie.

— Dans le même complexe, si possible, répondit Henry. Juste à côté si nous pouvons obtenir un appartement. Enfin, je sais que certains des gars pourraient déménager, mais j'ai le sentiment que les personnes qui atterriront là-bas auront besoin d'un peu de… je ne sais pas… supervision adulte. Tu comprends ce que je veux dire ?

Henry regarda dans le rétroviseur et vit que Galen travaillait sur sa tablette – mais cela ne l'empêcha pas de parler.

— Je comprends. En fait, je pense que c'est une idée géniale. Tu sais que John a pris le bail de cet appartement il y a cinq ans ? Pour ne pas que ses garçons se retrouvent à la rue. Il n'a pas eu à payer le loyer une seule fois… Il ne le dira pas, mais il en est plutôt fier.

Et l'opinion d'Henry sur John, un toxicomane repenti, augmenta de façon exponentielle. Il n'aimait pas en parler.

— Oh waouh. C'était quand…

— C'était quand il consommait encore, oui. Il était toxicomane, mais il essayait de ne pas être une ordure. Je pense, au moins, que tu pourrais avoir appris un peu de tolérance au cours des dernières semaines.

Et Henry devait avoir appris quelque chose, parce qu'il reconnut ce ton dans la voix de Galen.

C'était de la défense contre la douleur.

— Je pense simplement que c'est vraiment génial, reprit Henry, la voix lourde. Je pense que ces gamins, ils ont été chanceux d'avoir John et mon frère, qui essayaient de bien agir envers eux. Je veux dire, Davy… il était la promesse de la famille, pas vrai ? Partir à la fac, obtenir son diplôme. Nous pensions tous que le porno était une telle régression. Mais ce n'est pas si simple. Tu devrais entendre les gamins à l'appartement parler de Davy et John. Il y a ce… cette révérence, tu sais ? On dirait qu'ils ont besoin de croire en quelqu'un. Je le comprends maintenant.

— Eh bien, lâcha Galen, semblant sidéré. Je suppose que tu *as* grandi. Et je pense… si ta fierté opiniâtre ne se met pas en travers… que je peux vous trouver, à ton jeune médecin et toi, un appartement non seulement dans le même complexe, mais dans le même bâtiment. Mais sois patient. J'ai la sensation que la solution parfaite pour le reste viendra à toi.

— Toujours aussi énigmatique, soupira Henry. Est-ce que ça te plaît ?

Il imagina le beau visage mince de Galen avec un pli malfaisant sur les lèvres.

225

— Oh mon Dieu. Ça me plaît tellement. Tout comme ça va me plaire de t'habiller comme un Ken et de te payer un salaire pour ça. J'ai toujours voulu être un sugar daddy.

— Je ne suis pas impressionné par ta tentative de luxure, répliqua Henry en faisant sa meilleure imitation de Galen. Si je n'ai rien appris d'autre durant les derniers mois, c'est que John et toi, mon frère et son mari, vous êtes de très bonnes personnes.

— C'est décevant, murmura Galen. Comment passerons-nous notre temps, si ce n'est pas en nous opposant ?

— Beau costume, Galen, rétorqua Henry avec un sourire en coin. Ai-je besoin de t'apporter un mimosa quand tu seras assis sur ta chaise ?

Galen produisit un son qui était presque un ronronnement.

— Oh mon garçon, seuls les hommes en nœuds papillon et sous-vêtements Andrew Christian peuvent m'amener *mes* mimosas. Nous devrons te trouver autre chose à faire.

Oui. Henry suspectait que Galen et lui trouveraient un moyen de faire avec. Il ne pensait simplement pas que ce serait le jour de la fête d'Ellery et Jackson.

— Waouh, dit Lance, les pieds s'agitant dans l'eau. Il y a beaucoup de gens.

La maison elle-même était bien remplie. Ellery avait fait le travail d'un bon hôte, présentant tout le monde, et Henry avait dit bonjour à Jade pendant qu'il s'assurait que Galen était bien assis. Il avait conduit, à la demande de John, et Henry avait eu la sensation que Galen et lui préparaient quelque chose. Il y avait eu beaucoup de murmures quand Lance avait fait une remarque sur la beauté des maisons sur l'American River.

Après leur arrivée, John avait embrassé son petit ami sur la joue, lui avait dit d'être sage, puis était sorti avec Lance et Henry.

La piscine de bonne taille d'Ellery n'était pas pleine – mais elle était bien occupée. Le frère jumeau de Jade avait emmené sa femme et ses enfants dehors, et Davy et Kane y avaient emmené Frances. Les enfants plus âgés, River, Diamond et un fils adoptif nommé Anthony, s'étaient déclarés camarades de jeu personnels de Frances, et la compétition pour voir qui ravissait le plus la petite fille était féroce et superbe. Bobby, Reg et John profitaient du grand bain, se lançant un ballon et discutant nonchalamment, pendant que Davy et Kane étaient assis sur une marche du petit bain, observant Frances comme des faucons jumeaux musclés.

— Je me souviens que Kane payait le traitement pour le cancer de Frances, confia doucement Lance. Sa sœur ne le laissait même pas entrer dans la maison, et il tournait trois scènes par mois. Regarde-les… ils vont être misérables quand elle atteindra l'âge de sortir avec quelqu'un.

— Ils seront merveilleux, répondit Henry avec un faible sourire. Ils respecteront ses décisions, lui diront la vérité comme ils la connaissent et seront tendres quand son cœur sera brisé. C'est vraiment tout ce qu'elle peut demander.

— Waouh, souffla Lance en s'appuyant un peu sur lui. Mon cœur est plein à cet instant. Adoptons dès demain !

— Peut-être que nous pouvons attendre que je puisse payer la moitié du loyer d'un appartement…, grogna Henry.

— Tu es têtu, le coupa Lance en reniflant. Je suis médecin. *Médecin.* Je sais que les internes ne gagnent pas beaucoup, mais j'ai économisé pendant presque trois ans. Je pourrais meubler un appartement, payer le loyer, même acheter une voiture neuve, et avoir assez d'économies en cas de coup dur.

— Et je serais quoi ? questionna Henry en levant les yeux au ciel. Ton homme entretenu ? Doux Jésus, Lance, ne veux-tu pas me respecter ?

— Je te respecte, protesta-t-il. J'aimerais simplement avoir vraiment la chance de te respecter plus, en privé !

Kane se tourna vers eux deux et afficha un sourire en coin.

— Il est entêté ? demanda-t-il à Lance.

— Il a peur de ne pas pouvoir payer de loyer.

La frustration de Lance était évidente, tout comme l'horreur de Kane.

— Dexter, ai-je déjà payé le loyer ? demanda-t-il.

— Pas une fois, répondit sèchement Davy. Ce n'était pas requis. J'avais un endroit où loger… tu en avais besoin.

Kane fixa Henry avec exaspération.

— Tu rends les choses difficiles exprès, annonça-t-il. Arrête de te la jouer.

Puis il se tourna de nouveau vers Frances, qui pouvait désormais nager d'un enfant à l'autre par elle-même.

— Tu vois ? insista Lance.

— Non, grogna Henry.

Il ne pouvait arrêter de fixer la nuque de Carlos. Davy se tourna vers lui après un instant et lui offrit un demi-sourire.

— Un vrai partenariat signifie que l'argent est le cadet de tes soucis, affirma-t-il.

— Tu es amoureux, répliqua Henry en levant les yeux au ciel. Je comprends. Il est mignon, il est arrivé avec une enfant, un serpent et des tortues. Mais je ne vais pas accepter que ce n'est pas grave si je n'ai pas un vrai travail.

Tous les trois – Davy, Lance et Kane – grognèrent et se couvrirent les yeux avec les mains. Et ils en étaient là quand Jackson émergea par la porte du patio. Il avait l'air mieux ce jour-là que la dernière fois où ils avaient été ici, mais Henry pouvait apercevoir les croissants rouges caractéristiques sur ses joues pâles. Il avait pris ses médicaments comme un bon garçon, mais cette opération dans une semaine n'était pas moins nécessaire qu'elle l'avait été quand il s'était effondré alors qu'il était en train de stopper un meurtrier. Personne n'en parlait pour l'instant, cependant. Il était sociable et charmant, et parce qu'il était Jackson, apparemment, cela suffisait.

Il alla d'abord voir sa belle-sœur et dit bonjour aux enfants, qui semblaient l'adorer.

— Saute dans la piscine, Oncle Jackson ! supplia la plus âgée, la fille prénommée River.

— Trésor, Ellery m'a en fait acheté une tenue à porter pour cette fiesta.

Il mit les mains sur les revers de sa chemise vert-océan et tira dessus de façon voyante. Henry remarqua que son short – un bermuda d'un marron sombre – n'était ni élimé ni abîmé. Ellery avait apparemment eu ce qu'il voulait là-dessus, comme pour beaucoup d'autres choses, mais probablement parce que Jackson avait du mal à céder sur les choses importantes.

— Oh, mince !

Les deux garçons furent déçus aussi, mais Jackson leur dit de profiter de la piscine et qu'ils pourraient avoir des hot-dogs et du gâteau quand ils sortiraient.

— Du gâteau ? demanda Rhonda, la femme de son frère.

Elle leva un sourcil sculpté vers lui, et il sembla fondre. Rhonda était magnifique, éblouissante comme un mannequin, avec une peau d'un riche bronze terreux et un élégant visage ovale, mais c'était plus que ça. La famille de Jackson, quelle que soit la façon dont ils l'étaient devenus, semblait être la seule chose qui pouvait le stabiliser.

228

— Ellery a commandé chez un pâtissier qui a mis le paquet, admit Jackson. Enfin, mon idée d'un barbecue et la sienne sont très différentes.

Le rire de Rhonda fut profond et en dégradé. Elle connaissait cet homme, et elle était aussi inquiète que le reste du monde.

— Tu l'as laissé planifier tout ça ? Bon garçon. Assure-toi de manger un bout de ce gâteau.

Jackson lui fit un clin d'œil, puis avança là où Reg, Bobby et John nageaient sur place.

— Est-ce qu'Ellery et Galen t'ont parlé ? demanda John en lançant un regard indéchiffrable à Henry avant de se retourner vers Jackson.

— Oui et oui, répondit celui-ci, les yeux levés au ciel. Tu te fous de moi ? Sérieusement, vous avez attendu jusque maintenant, parce que vous saviez qu'il serait moins entêté à ce sujet, pas vrai ?

John lui offrit un sourire plein de dents et frappa nettement la balle quand elle arriva vers lui lancée par Reg, qui n'avait pas encore compris qu'il était en train de parler.

— Tu nous accordes bien trop de crédit, dit John. Nous voulions simplement que Henry ait la sensation d'avoir une raison de rester dans la région.

— Je ne prévoyais pas de partir ! s'exclama Henry, renfrogné.

Jackson le regarda depuis l'autre côté de la piscine, puis se rapprocha.

— C'est tout l'intérêt, Junior. De rester.

— Je n'ai rien, affirma Henry en clignant des yeux.

Jackson rit, le son voilé mais vrai.

— Galen vient juste de demander à être le premier partenaire d'Ellery. Ce qui signifie qu'ils paieront tous les deux le loyer de ce bureau, ce qui signifie que nous avons de l'argent à débloquer, expliqua-t-il avec une grimace. La mère d'Ellery a réussi à trouver un genre d'arnaque à la bourse pour AJ…

Il regarda par-dessus son épaule, parce que Henry était sûr qu'il avait vu le coursier et ami posé, presque timide, traîner dans un coin du salon d'Ellery avec son petit ami.

— C'est l'occasion pour lui de retourner à l'école, d'étudier l'électronique, la surveillance et, en gros, toute cette dimension des affaires, finit Jackson.

— Quelque chose qui le maintiendra loin du danger, dit Henry sans détour.

— Certains d'entre nous sont plus à l'aise avec que d'autres, déclara Jackson avec un haussement d'épaules. Qu'en est-il de toi, gamin ? Tu veux rejoindre l'entreprise ? Être leur collecteur d'informations pendant que je suis au repos ? Aider quand je serai remis sur pieds ? Tu auras des horaires flexibles quand les cours commenceront, et bien sûr, tu seras le chauffeur de Galen, parce que, hé, il fait partie de l'entreprise, mais… C'est mieux que de travailler pour Hurricane Joey…

Les yeux de Jackson pétillèrent, rappelant à Henry l'ami perpétuellement excité de Jackson qui lui avait offert un travail dans le nettoyage de maisons.

— Et sa queue de vingt-trois centimètres, finit Henry avec malice.

— N'est-ce pas ?

Ils partageaient un souvenir, réalisa Henry. Un bon souvenir, d'une journée excitante. Jackson avait failli mort ce jour-là, mais Henry avait été innocenté d'un meurtre.

Et ils avaient tous les deux survécu pour en raconter l'histoire.

— Alors, je peux dire aux gens que je suis… ?

Parce qu'il n'avait pas de licence, pas encore.

— Un privé en formation, répondit Jackson avec un clin d'œil. Tu l'es ?

— Ouaip, confirma Henry en souriant.

— Bien, intervint Kane sans même se détourner de Frances. Je passerai la semaine prochaine pour t'aider à déménager.

— Pas besoin, dit Lance. J'achète de nouveaux meubles et je les fais livrer. Tu plaisantes ? Sais-tu à quel point je suis excité de ne *pas* dormir sur quelque chose qui se trouvait dans cet appartement ?

Kane se retourna alors et leur fit un signe de tête.

— C'est probablement le meilleur choix, dit-il avec sagesse. Vous passerez nous voir après. Nous vous ferons à dîner.

Jackson tendit la main, et Henry la serra.

— Je te vois lundi matin, annonça-t-il. Galen a déjà confirmé. Toi et moi… nous allons travailler ensemble sans nous entretuer.

— Ce sera un vrai défi, rétorqua Henry. Je suis impatient.

MINUSCULES DÉMONS

LANCE N'ÉTAIT jamais sûr de savoir comment John faisait ça. Connaissait-il le propriétaire du complexe ? Avait-il de quoi faire du chantage à quelqu'un ? Lance savait que certains gars louaient à petits prix – des faveurs sexuelles avaient-elles été échangées ? Il n'en avait aucune idée.

Mais, quels que soient ses pouvoirs diaboliques, il avait vraiment obtenu pour Lance et Henry un appartement à louer dans le même bâtiment. En bas à droite, appartement 126 B.

Deux chambres, une salle de bain, nouvelle moquette, et ça sentait la peinture neuve et pas le vieux foutre.

Les gars de la piaule étaient extatiques.

Tous les quatre.

Quand Lance et Henry avaient dit à tout le monde qu'ils déménageaient, Zeppelin et Fischer avaient leur propre nouvelle à annoncer.

— Oui, mon vieux, dit Zeppelin, comme si ça surprenait tout le monde, je pense que nous devons déménager aussi. Et arrêter le porno.

— Seulement si tu veux, déclara Fisher, sa voix montrant clairement qu'il le voulait

— La seule raison pour laquelle tu as commencé, c'était moi. Je ne peux même pas croire que tu aies fait ça. La chose la plus foutrement romantique que j'aie jamais entendue.

Zep tourna un regard épris vers son petit ami – son seul et unique, maintenant qu'ils s'étaient déclarés, apparemment – et Fisher donna l'impression de fondre.

— Mon père a une propriété, expliqua-t-il aux autres, tout en regardant toujours Zeppelin dans les yeux. Il a un petit cottage à l'arrière, et nous pourrons y vivre sans payer de loyer pendant que je suis en cours et que Zep enseigne le yoga. Ce sera bien.

Il leur sourit avec tant de joie, Lance ne put même pas les prévenir qu'ils étaient tous les deux trop innocents pour affronter le monde.

Ce qui laissait Billy et Curtis, qui prirent sans vergogne le lit double, et Cotton et Randy, prenant les deux lits simples dans ce qui avait été la chambre de Lance et Randy.

Lance avait secrètement demandé à Billy, Curtis et Randy s'il avait besoin de payer la portion du loyer de Cotton et avait reçu un non retentissant. Cotton ne serait plus jamais sans abri – c'était un pacte qu'ils avaient tous passé, et puisque Henry prévoyait toujours de leur préparer à dîner une fois par semaine, ils n'auraient plus jamais faim non plus.

Et Henry avait eu raison. Une fois que Randy avait commencé à y aller et que Lance avait dit à tout le monde qu'il allait faire une thérapie pour traiter son trouble alimentaire, Billy avait recommencé à y aller, et Cotton aussi.

Zep et Fisher arrêtaient le porno – Lance suspectait que cela avait été la seule impulsion derrière la boulimie, alors il allait croiser les doigts.

Donc le déménagement, qui consistait à faire livrer des meubles et acheter leurs propres articles domestiques pendant deux semaines, fut plutôt sans accroc. Tout comme le nouveau travail d'Henry. Puisque Jackson avait passé l'opération haut la main, il distribuait tous les ordres depuis chez lui pour cause de repos obligatoire. Henry disait qu'il dormait beaucoup, mais il paraissait aussi aller mieux. Il avait même eu des conversations durant lesquelles Jackson mangeait, ce qui était encourageant. Ellery disait qu'ils allaient partir dans une semaine, un genre de vacances avant que Jackson ne revienne au bureau, et Henry était entièrement pour.

Et Lance était impatient d'aller chez le frère d'Henry pour un repas familial.

Il était resté chez Johnnies pour la famille, et ceci était une preuve qu'elle ne disparaissait pas.

La maison de Dex et Kane était – comme tant d'autres en centre-ville – petite. Elle avait un tout petit jardin à l'avant, mais un plus décent à l'arrière avec un petit arbre donnant de l'ombre et un terrarium avec de l'eau courante pour les quatre grosses tortues que Kane avait acquises à la fois avant et après être venu vivre ici.

La chose la plus intéressante à propos de cette maison à deux chambres et une salle de bain, était la gigantesque baie vitrée qui exposait le serpent-roi et l'iguane qui vivait dans la chambre de Frances. Elle captait l'ombre de l'arbre à l'arrière toute la journée pour que les reptiles ne cuisent pas, et les gens pouvaient regarder et observer les créatures pendant qu'ils mangeaient à la table de pique-nique dans le jardin.

Là, c'était une occasion spéciale. Ils faisaient griller des burgers au poulet et des hot-dogs, et Henry et Lance avaient apporté une salade verte dans leur toute nouvelle boîte en plastique, ainsi que des fruits coupés.

— Petit lapin ! s'écria Henry en soulevant Frances et la faisant tourner. Regarde-toi, toute bronzée par le soleil ! Tu es magnifique !

— J'ai porté mon maillot de bain chaque jour pendant un mois ! expliqua-t-elle avec un rire. Oncle Kane a dit que j'ai besoin d'en avoir un nouveau !

— Oncle Dex t'en a déjà trouvé un, intervint Dex en sortant de la maison. Mais il n'est pas rose, et Oncle Dex est apparemment un nul qui ne sait pas que le rose est le truc à avoir.

— J'aime les arcs-en-ciel aussi, répondit Frances en riant de nouveau.

— Bien sûr que tu les aimes ! s'exclama Dex en fermant les yeux.

— Pose-moi, Henry. Je veux jouer dans les arroseurs automatiques.

— Attends une seconde, petit lapin. As-tu déjà rencontré mon ami Lance ?

— Ton ami ou ton petit ami ? questionna Frances, les yeux plissés.

— Mon petit ami, répondit-il en faisant un clin d'œil à celui-ci.

— Ton petit ami ou ton mari ? renchérit la fillette avec un sourire en coin.

Les yeux d'Henry s'écarquillèrent.

— Waouh, petit lapin, ça va plutôt vite, là. Nous venons juste d'emménager ensemble.

— Mais tous les bons petits amis finissent en maris, déclara-t-elle en levant les yeux au ciel. Pas vrai, Oncle Dex ?

Lance vit le regard d'une patience à toute épreuve entre les frères, et son cœur fit un grand tour spongieux dans sa poitrine.

— Les meilleurs finissent ainsi, petit lapin, dit Dex. Henry et Lance feront de leur mieux.

— Et je serai la demoiselle d'honneur avec une belle robe, et tu me laisseras garder le petit coussin en soie, comme je l'ai fait pour *votre* mariage, pas vrai, Oncle Dex ?

Dex referma de nouveau les yeux avec force.

— Oui, petit lapin. Ils connaissent le plan.

Lance ricana, alors que Henry la reposait au sol.

— Waouh, Henry. Es-tu prêt pour tous les projets qu'elle a ?

— Non, répondit platement celui-ci. Je soupçonne que c'est le cas pour toutes les petites filles de sept ans, et je suis content qu'elle soit à Davy et Carlos.

— Merci, petit frère. Tu es adorable.

— Rose, Davy, dit-il avec un sourire suffisant. Souviens-toi, rose. Également, arcs-en-ciel. Quoi que tu aies acheté, c'était nul, et tu le paieras pendant une éternité.

— Super. Va aider Kane avec le barbecue et te rendre utile.

Henry fit un salut militaire, et Dex vint s'asseoir à côté de Lance sur le banc de pique-nique. Il avait l'air d'un homme qui voulait parler discrètement.

— Que se passe-t-il ?

— Tu es très perceptif, constata Dex en lui offrant un bref sourire. Est-ce un truc de médecin ?

— Oui. Nous obtenons des capacités pour lire dans les esprits durant notre première année de fac. C'est dans le programme scolaire.

— Le sarcasme est si attractif, répliqua Dex en plissant le nez.

Lance gloussa, puis redevint grave.

— Sérieusement, qu'est-ce qui se passe ?

Dex ravala sa salive et jeta un regard à son frère.

— Alors, Trav a appelé aujourd'hui. Malachi a été transféré au pays il y a trois mois, et Debbie attendait de le rejoindre en Géorgie. Elle était un peu contrariée, parce qu'il ne relayait aucun ordre ni itinéraire de voyage. Elle a laissé le bail de leur maison expirer... elle a dû réemménager avec nos parents cette semaine.

— Oh non, souffla Lance.

Il pouvait voir où tout cela allait.

— Mal a été porté déserteur il y a une semaine et a vidé leurs économies.

Lance ferma les yeux.

— Quel. Salaud.

— Oui. Enfin, c'est un salaud qui sait où je vis, ce qui n'est pas très excitant. Mais c'est aussi un salaud qui veut récupérer Henry.

— Comment tu le sais ?

Parce que Lance avait retenu son espoir. Seigneur, Malachi était un homme intéressé. Quelle importance Henry avait-il eue pour lui, véritablement ? Mais apparemment, Dex connaissait la réponse.

— Je le sais, parce qu'il n'avait pas d'autre raison pour partir. J'ai demandé à Trav de poser des questions à Debbie sur comment allait Malachi. Elle a admis qu'il buvait beaucoup et parlait beaucoup d'Henry. C'est elle qui a suggéré qu'il se fasse transférer en Géorgie pour qu'elle puisse le voir et peut-être le remettre sur les rails, expliqua Dex en ravalant sa salive sous la colère. Trav dit qu'elle a commencé à pleurer. Peut-être que Malachi n'était pas prêt à la frapper, mais il lui a assurément raconté des trucs merdiques à propos du déploiement.

— Alors il sait que Henry est à Sacramento ? dut s'assurer Lance.

— Il le sait. Et il pourrait débarquer ici n'importe quand.

Lance se frotta les yeux avec la main et essaya de tenir la peur à distance. Henry avait été si heureux, si optimiste. Était-il prêt à affronter son plus grand démon ?

— Tu ne l'as pas dit à Henry.

— Je viens juste de raccrocher avec Trav il y a une heure. J'ai essayé de faire les calculs pour déterminer combien de temps il faudrait à Malachi pour arriver ici en bus, ou s'il pouvait obtenir un billet d'avion en étant déserteur, ou même s'il volait une voiture et prenait la route. Quand ce type va-t-il arriver sur le pas de ma porte ? Et je n'ai rien. Mais je voulais que tu le saches pour que tu puisses prévenir les gars dans l'autre appartement, et…

— Et je vais appeler Rivers, annonça Lance en sortant son téléphone portable. Il a un contact dans les services de police. Je lui demanderai le numéro de K-ski. Henry a des amis.

— Il en a, répondit Dex avec un faible sourire. C'est bon à savoir. Dis peut-être à ses amis de préparer des messages, parce qu'ils peuvent mettre Malachi en détention. Passe ton appel. Ensuite, si tu peux jouer avec Frances pendant que Carlos s'occupe des choses à brûler sur le grill, je parlerai à Henry. Je ne veux vraiment pas que Frances entende. Son… son père n'était pas une bonne personne. Elle en a eu assez dans sa vie.

— Compris, acquiesça Lance en frissonnant.

Seigneur, il ressentait la compulsion d'Henry. Celle qui disait « protéger ma famille » – celle qui l'avait conduit à se mettre en danger avec Jackson Rivers et à affronter Summer Frasier avec un pistolet. Lance ferait n'importe quoi pour protéger Henry. Il espérait simplement que Henry avait la guérison de son cœur pour se protéger.

— Je… Henry ne mérite pas ça.

— Non, lui dit Dex, les yeux clairs. Non. Il ne l'a jamais mérité.

C'était génial qu'ils soient tous les deux d'accord là-dessus. Mais Henry serait-il d'accord s'il revoyait Malachi ?

LA NOUVELLE fut un nuage au-dessus d'eux, mais comme avec la plupart des nuages, Henry haussa les épaules et agit comme s'il était un parapluie.

Mais il dit à Lance d'être prudent et de s'assurer qu'il y avait tout le temps quelqu'un avec lui.

— Je ne suis pas sûr de ce que Malachi ferait s'il savait pour toi, expliqua Henry. Je… je préférerais que rien de mauvais ne t'arrive, d'accord ?

Lance entendit le frémissement dans sa voix et serra fortement la main d'Henry.

— Tu sais que je soulève de la fonte autant que toi, pas vrai ?

— Tu sais que Mal et moi étions entraînés au combat, rétorqua Henry, les yeux levés au ciel. Ça ne l'a pas empêché de prendre le dessus sur moi. La guerre émotionnelle fonctionne, parce que les méchants jouent pour gagner.

Il n'y avait pas moyen d'argumenter contre ça, alors ils dînèrent à la place.

Burger à la dinde, laitue, tomates, cornichons, du ketchup, pas de petit pain. Lance vérifia son journal de calories et vit qu'il était en-dessous, alors il prit un peu de salade de fruits et s'installa. Henry le regarda ranger son téléphone et caressa sa cuisse. Une équipe. Ils allaient faire tout ça en tant qu'équipe. Ça rendait les choses plus faciles.

— Tu as de la place sur ce téléphone pour du gâteau ? demanda Dex, plein d'espoir. Nous avons fait des petits cupcakes à la compote de pomme pour vous.

— J'ai droit à du sucre blanc et du beurre, annonça fièrement Frances. Parce qu'Oncle Dex dit que je suis toute douce.

— J'y ai droit, parce que je mange tout ce que je veux, intervint Kane sans scrupule. Mais vous les gars, n'hésitez pas à prendre de la compote sans sucre, parce que je peux voir où ce serait amusant.

— Subtil, Carlos, vraiment subtil, le taquina Dex.

Et la conversation dégénéra en plaisanteries bon enfant sur tous types de sujets, pendant qu'ils finissaient de dîner.

Henry et Lance faisaient le nettoyage quand Kane entra dans la maison pour aller chercher le dessert. Ils entendirent tous les forts coups, presque frénétiques, à la porte d'entrée, et Lance et Henry se regardèrent alors que Kane criait :

— Dexter, garde Frances avec toi, d'accord ?

Henry posa la vaisselle et courut vers la porte latérale donnant sur l'allée, Lance sur ses talons.

Ce dernier se rappela de fermer la porte, et il sortit son téléphone alors même qu'il assistait à de la poésie en violence.

Un grand homme mince aux cheveux châtains s'envola du porche pour atterrir, à plat sur le dos, sur le petit carré de pelouse devant la maison. Kane bondit du porche pour se tenir au-dessus du type quand Henry arriva, fixant avec confusion l'étranger à l'air paniqué sur le sol.

— Malachi ? demanda-t-il, désorienté.

— Henry, dégage cet enfoiré…

Kane se pencha et saisit l'oreille du type, puis, pendant que les bras de Malachi faisaient des moulinets, il le releva très lentement, Malachi hurlant tout du long. Quand il l'eut remis debout, Kane bloqua les bras de Mal derrière lui, les remontant contre ses épaules jusqu'à ce qu'il arrête de se débattre.

Le mari de Dex était quelqu'un qu'il ne fallait pas chercher, et Lance ne l'oublierait jamais.

— Tu utiliseras un putain de bon langage dans ma maison, dit platement Kane. Et personne ne te laissera seul avec Henry.

Il regarda vers celui-ci et secoua Malachi suffisamment fort pour le faire gémir.

— Compris ?

La bouche d'Henry se tordit aux coins.

— Compris, Carlos, dit-il. Lance, peux-tu obtenir le numéro de K-ski ?

— Oui.

— Envoie-lui un message et dis-lui de faire venir la Police militaire ici. Nous avons un soldat déserteur.

Les doigts de Lance volèrent sur l'écran, et la réponse arriva si vite qu'il était pratiquement sûr que Kryzynski avait été assis sur son téléphone. *Arrivée dans trois minutes. Ils allaient faire du repérage dans le coin de toute façon.*

Merci, monsieur.

Dites à Henry de s'accrocher.

— Henry ! Bon sang, je suis venu jusqu'ici rien que pour te parler, supplia Malachi, avant d'ajouter : seul. Est-ce que je ne mérite pas de te parler seul à seul ? Après tout ce que nous avons traversé ?

La bouche d'Henry s'entrouvrit, et ses yeux devinrent brillants.

— Kane, tu peux le lâcher. Ça ira.

Le cœur de Lance s'écrasa à ses pieds.

Malachi eut un sourire arrogant, et Kane laissa retomber ses bras sur les côtés. Mal lança rapidement le coude en arrière, comme s'il essayait de toucher Kane aux reins, mais ce dernier l'attrapa entre son pouce et son index.

— J'écraserai ton crâne comme une noix, dit-il aisément.

Malachi fit quelques pas précipités en arrière, arrachant son bras de la prise apparemment douloureuse de Kane.

— Henry, viens ici, dit-il. Nous devons parler.

Lance le regarda de nouveau, le cœur douloureux. *S'il te plaît, Henry, ne va pas avec lui. Non. Tu n'es pas à lui. Tu ne l'as jamais été.*

Il vit l'indécision sur le visage d'Henry, le stoïcisme. Il avait été déterminé à faire tout ça seul, en partant du paiement de sa part de loyer jusqu'à garder cet homme – et leurs terribles secrets – verrouillé dans son cœur. Mais mon Dieu, ce n'était plus lui. Ne pouvait-il pas le voir ?

Pendant rien qu'un instant, Lance put le voir oublier toutes les leçons durement apprises au cours des derniers mois, et son cœur se brisa.

Puis Henry secoua la tête.

— C'était facile quand nous étions seuls, dit-il doucement. N'est-ce pas ?

— Toi et moi, déclara Mal sans croiser son regard, nous passions de bons moments seuls, pas vrai ?

Lance n'était même pas conscient d'avoir bougé jusqu'à ce que Henry se tourne et ne pose une main douce sur son torse.

— Non, chéri, chuchota-t-il. Pas pour lui.

— Toi et moi, cingla Mal en essayant de s'immiscer dans leur contact. Nous étions comme nous étions supposés être, n'est-ce pas, Henry ?

— Je le pensais, répondit celui-ci. Mais… mais c'était uniquement parce que je ne savais pas ce qui était bien.

Il laissa retomber sa main du torse de Lance et se retourna vers Malachi avant de reprendre :

— Tu m'as tellement dupé, je pensais que bien, c'était quand tu te souvenais du lubrifiant ou que tu ne m'assommais pas. Je pensais que bien, c'était quand nous allions en permission ensemble et que tu ne devais pas dire aux gens que j'ai mis fin à une baston de bar avec mon visage. Ce ne sont pas de bons moments, Malachi. Ce sont de mauvais moments. Ce sont onze ans de *très* mauvais moments. Tu penses que je vais y retourner maintenant ?

— Henry, ce n'était pas comme ça ! cajola Malachi. Je t'ai seulement frappé quand tu avais l'idée de partir, et regarde-nous…

— Tu as détruit ma carrière, Malachi. J'avais le droit de partir, et tu m'as enlevé l'armée. Tu penses que ça signifie que tu tiens à moi ?

— C'était un boulot merdique, de toute façon, écarta Malachi. Voyons, mon vieux. Tu ne peux pas simplement me jeter. Nous sommes proches depuis l'école primaire !

— Et c'est comme ça que ça aurait dû rester, répliqua sèchement Henry. Tu es *marié,* Mal. Est-ce que cela a échappé à ton attention ?

Malachi sourit comme une salamandre, et le ventre de Lance bouillonna.

— C'est ça qui t'a complètement retourné ? Tu veux que je quitte ta sœur ? J'ai quitté ta sœur…

— Tu as laissé ma sœur enceinte, seule et fauchée. Avec mes *parents,* là où Papa peut la malmener pour ne pas avoir été assez bonne pour rester mariée avec toi, parce que c'est un tel cadeau, railla Henry avant de déglutir et de secouer la tête. Je ne peux rien y faire. Debbie, mes parents… ils ne vont pas m'écouter maintenant ni écouter Davy. Mais c'est leur monde. Ceci est le mien. Et dans mon monde, je mérite un homme qui tient à moi.

— Je ne tenais pas à toi ? demanda Malachi, sa voix se brisant. Nous assurions les arrières de l'autre, Henry Matthew Worrall. Nous étions toujours là pour l'autre depuis notre enfance ! Je *t'aimais,* bon sang !

Mal tendit la main pour attraper son bras, et Lance commença à appuyer sur le bouton d'appel, parce que plutôt mourir que de laisser Mal poser de nouveau un doigt sur Henry.

— Tu *m'as violé* ! hurla Henry en brisant le contact.

Lance en laissa presque tomber son téléphone.

Mal répliqua avec mépris.

— Je n'ai rien fait que tu ne m'aies supplié de…

Mais Henry leva une main et prit une profonde inspiration.

— J'ai dit non. J'ai accepté une promotion pour rendre illégal le fait que je dise oui. Et tu l'as fait quand même. Ça pourrait ne jamais passer en jugement, mais tu sais quoi ? Je vais quand même porter plainte.

— Tu vas faire quoi ? haleta Mal. Tu diras à tous ces gens que…

— Les personnes qui tiennent à moi savent, répondit Henry. Ils tiennent toujours à moi. Je travaille dans un cabinet d'avocat désormais. J'aurai de l'aide pour les accusations. Hé, il se *pourrait* que ça passe en jugement. Il y a des précédents. Parce que toi et moi savons que tu n'avais pas mon consentement. Dis ce mot... dis *consentement.* Dis *viol.* Dis-toi que c'est ce que tu es. Dis-le jusqu'à ce que tu croies que tu es un homme mauvais, Malachi. Dis-le jusqu'à ce que tu saches que tu es le méchant de l'histoire.

— Tu couchais avec le mari de ta sœur, rétorqua Malachi, méprisant, en avançant vers lui. Ça ne fait pas de toi un putain de saint !

— Ma plus grande erreur a été de penser que nous avions une relation, expliqua Henry en reculant d'un pas. C'était de penser que j'avais le choix. J'ai été forcé, et tu es le méchant. Et j'ai fait des erreurs... Dieu sait que j'en ai fait... mais tu es une erreur avec laquelle je ne vais pas devoir vivre. Plus jamais. Un jour, je vais épouser un homme bon qui préférerait se manger le poignet plutôt que de me blesser. Il est médecin, Malachi, plus intelligent que moi, mais il pense quand même que je vaux quelque chose. C'est une relation. C'est comme ça que je sais que ce que nous avions, toi et moi, c'étaient des conneries. C'est comme ça que je sais que je ne devrais jamais retourner dans l'armée, ou même au Montana, pour savoir que je suis chez moi.

Malachi attrapa ses deux bras cette fois et le secoua.

— Tu dis n'importe quoi ! cria-t-il. Toi et moi, nous sommes ce qui est vrai !

Henry cassa de nouveau la prise en un mouvement classique de self-défense, et quand Malachi essaya de nouveau de l'attraper, Henry se libéra une nouvelle fois.

— Garde tes putains de mains loin de moi ! grogna-t-il. Tu ne pourras plus jamais me toucher !

Malachi releva la main en arrière et gifla Henry au visage, assez fort pour fendre sa lèvre et ensanglanter son nez, et Kane et Lance avancèrent tous les deux pour arrêter ce merdier, mais Henry était plus proche. Il ramena le coude en arrière et l'envoya au tapis – deux coups de poings sur le nez, la mâchoire – et les genoux de Malachi tremblèrent, alors qu'il levait les mains à son visage.

— Henry ? gémit-il, la voix brisée. Henry, tu m'as frappé... Je vais te tuer, putain. Toi et ton petit ami guindé. Tu m'as frappé, putain !

Henry essuya sa lèvre fendue et son nez ensanglanté sur son épaule.

— Tu es le méchant, dit-il. Et j'ai des hommes bons prêts à lutter pour moi maintenant, mais je n'ai pas besoin qu'ils te tabassent.

Mal baissa les mains et grogna, féroce comme un ours blessé. Avec un hurlement, il se précipita vers Henry, qui eut la présence d'esprit de reculer et de lui faire un croche-pied, alors il décolla en avant et finit tête la première sur le béton. Et Henry fit ensuite une chose qui terrifia Lance jusqu'aux os.

Il retourna Mal, s'assit sur son torse et commença à le tabasser.

— Arrête ça ! hurla-t-il. Arrête ça ! Arrête, putain ! Tu n'as pas le droit, bordel ! Arrête simplement !

— Henry ! s'écria Lance, effrayé de se mettre en travers. Henry… tu vas le *tuer* !

Malachi essayait toujours de se battre, mais il était solidement roué de coups, enfoncé dans le sol, et Seigneur, Lance se souvint de cette peur que la violence ne s'arrêterait pas, que Henry ne pourrait pas s'arrêter.

— Henry ! hurla-t-il. *Arrête ça !*

Et Henry marqua une pause, regarda le visage ensanglanté de Malachi et prit une inspiration ressemblant à un sanglot.

— Lance ? demanda-t-il en levant les yeux.

— Là, souffla Kane. Va voir Lance, Henry. Je vais le retenir, d'accord ?

Il souleva avec force Malachi, qui grogna un peu pour prouver qu'il n'était pas inconscient, mais sinon il ne bougea pas, pas cette fois.

Henry se releva en titubant dans les bras de Lance, et celui-ci le serra.

— Je suis désolé, sanglota-t-il en luttant pour respirer. Je suis désolé. Je suis tellement désolé.

— Tu as arrêté, lui dit Lance en fermant les yeux. Tu as arrêté. Tu l'as battu, Henry, et tu as arrêté. Ça va. Tu as arrêté.

— Je suis désolé. Je suis désolé. Je suis tellement désolé.

Lance le serra fort dans ses bras, pendant qu'ils attendaient la Police militaire, et espéra qu'un jour, *un jour*, Henry réaliserait qu'il ne devait pas s'excuser de s'être défendu. Qu'il ne devait pas s'excuser d'avoir gagné.

HENRY TINT le coup pendant qu'il parlait à la Police militaire, aucun d'eux ne battit d'un cil quand il raconta franchement la raison qui l'avait fait quitter l'armée et qui avait amené Malachi à déserter. Ce dernier pouvait tenir debout à ce moment-là, mais il était trop occupé à cracher du sang et du venin contre Henry pour que les officiers prennent sa déposition.

— Nous allons l'emmener à l'infirmerie, mais on dirait qu'il a commis une solide intrusion. C'est clairement un cas de légitime défense.

Henry hocha la tête et replaça la poche de glace que Dex lui avait apportée précipitamment avant de rentrer avec Frances, et Lance regarda impuissant alors que d'horribles bleus noirs apparaissaient sur les biceps d'Henry, là où Malachi l'avait secoué. Légitime défense, en effet.

— Nous pouvons le mettre en détention pour l'accusation de désertion, continua le premier officier, un homme chevronné dans la trentaine, nommé Carlson. Mais si vous voulez porter plainte pour l'agression initiale, il peut faire de la prison. De cette manière, vous pourrez être notifié s'il est libéré. Les lois contre le harcèlement sont là pour une raison, M. Worrall.

— C'est le mieux que nous pouvons espérer, merci, grogna Henry. Je demanderai à mon avocat de porter plainte demain.

Carlson inclina la tête en réponse, puis regarda son partenaire, mal à l'aise avant de dire :

— Écoutez, je sais que ce n'est pas à moi de juger ici, mais tant mieux pour vous. Cela arrive bien trop souvent. Homme ou femme, tout le monde mérite d'être en sécurité.

Henry se contenta de hocher de nouveau la tête, et Lance put voir ses épaules commencer à se voûter.

— Il est épuisé, dit doucement Lance. Pouvons-nous nous y mettre demain ?

Carlson se tourna vers l'endroit où on aidait Malachi à monter à l'arrière de leur véhicule.

— Oui. Il n'ira nulle part pour au moins vingt-quatre heures, expliqua-t-il à Henry en lui tendant sa carte. Que votre avocat appelle ce numéro.

— Merci, monsieur.

Les officiers partirent, et Lance enroula un bras autour des épaules d'Henry et commença à le ramener dans le jardin, où Dex était aux petits soins pour Kane, afin de voir s'il s'était blessé le moindre poil sur le dos de sa main en faisant face à un combattant vétéran et chevronné sur leur pelouse.

Ils arrivèrent à la porte et, avant que Lance puisse l'ouvrir, Henry se jeta dans ses bras et pleura.

— Tu t'en es si bien sorti, murmura Lance. Seigneur, tu t'en es tellement bien sorti.

Il se souvenait de ses peurs pour Henry, la violence, la répression.

Mais Henry ne dit rien, il frissonna simplement dans ses bras jusqu'à ce qu'il puisse fonctionner de nouveau. Après de longs instants, il recula et essuya son visage sur son t-shirt, laissant une traînée sanglante contre son épaule. Lance mourait d'envie de le ramener chez eux et de s'occuper de lui.

— Nous devons rassurer mon frère et sauver Carlos de tout ce que fait Davy, dit Henry de façon bourrue en levant les yeux au ciel dans une tentative de rendre les choses normales. À l'entendre, on penserait que Kane a dû fournir un effort. Doux Jésus, quel tank !

Autrefois Lance aurait pu lutter contre lui, mais maintenant, il était plus avisé.

— Oui, dit-il en empêchant sa voix de trembler. Essaie de ne pas l'énerver.

— Tu me connais, répliqua Henry avec un sourire tordu.

Lance hocha simplement la tête et le suivit dans le jardin. Le cœur d'Henry Worrall était bon – si bon. Mais parfois, il devait trouver son propre chemin.

En Avant !

BIEN SÛR, Jackson était obligé de venir au bureau ce matin-là. Merveilleux. Fantastique. Henry était si content.

Il aurait pu lui demander de partir. Il discutait avec Ellery comme client, pas comme employé, mais lui demander de partir semblait déplacé, d'une certaine manière. Son nez palpitait, tout comme sa lèvre inférieure, les bleus sur ses bras et ses articulations coupées, et c'étaient des choses que Jackson connaissait, et il saurait pourquoi elles étaient importantes.

Jackson avait été une des premières personnes à lui dire qu'il irait bien. Sans savoir pour le viol ou les violences, Jackson avait regardé Henry et lui avait dit que ses choix n'étaient peut-être pas géniaux, mais qu'il n'était pas une mauvaise personne et qu'il avait la majorité de sa vie à vivre, et à vivre mieux. Cela signifiait beaucoup pour Henry.

Cela signifiait suffisamment pour dire toute la vérité à Jackson.

Il finit de parler et regarda Ellery avec impatience. Lance avait proposé de venir avec lui pour ça – et Davy aussi, d'ailleurs – mais ces deux hommes étaient des relations que Henry avait forgées de lui-même, et il avait besoin qu'ils voient qui il était sans les gens qui le rendaient meilleur.

Il s'était attendu à ressentir quelque chose – n'importe quoi – quand il avait revu Malachi Daniels. Impuissance, rage, chagrin.

Il avait ressenti toutes ces choses, mais il s'était aussi senti... déçu. Il connaissait tant d'hommes meilleurs désormais. Comment avait-il pu ne pas voir que Malachi Daniels n'avait jamais valu sa douleur ?

Mais ça ne signifiait pas qu'il n'était pas inquiet à propos de Jackson et Ellery, ses nouveaux patrons, des hommes qu'il avait fini par admirer. Est-ce qu'ils le regarderaient toujours de la même manière ?

Eh bien, le nez plissé et le sourcil levé de Jackson étaient familiers, bien qu'habituellement, il aurait été en train de faire les cent pas au lieu d'être assis sur le siège rembourré à côté, dans le bureau opulent d'Ellery.

— Quoi ? demanda Henry, sur la défensive. Tu ne me crois pas ?

— Bien sûr que je te crois, répliqua Jackson en levant les yeux au ciel. Enfin, je crois à *ça*. Je crois que tu vas aller faire ta déposition pour que nous puissions déposer plainte. Mais, mon pote, je ne *te* crois pas !

Henry se détendit un peu. Cela ressemblait au Jackson qui l'emmerdait toujours. Il appréciait ce connard.

— Quoi ? Qu'est-ce qui est si difficile à croire ?

— Toi ! « Je suis le méchant, Jackson ! Je suis le méchant ! » Tu m'as presque dupé, espèce de petit con menteur. Tu n'as jamais été le méchant, putain, Henry Worrall. Tu es un foutu héros.

Henry sentit la chaleur submerger tout son corps.

— Personne n'est un héros pour avoir supporté ça.

— Tu es un héros pour être parti, dit Jackson d'un ton grave. Tu es un héros pour avoir le courage de déposer plainte. Tu es un héros pour avoir subi ça pendant onze ans et toujours croire à la bonté chez les gens. Tu ne me duperas plus jamais, connard. Je sais à quoi j'ai affaire désormais.

— Henry Worrall, à ton service, dit-il, gêné et les yeux brûlants. Pas grand-chose à voir ici, monsieur.

— Juste un héros, souffla Jackson.

Cette fois, Henry ne put discuter.

CETTE NUIT-LÀ, il attendit Lance, ce qui était devenu leur rituel au cours du dernier mois. Lance le surprit en arrivant un peu plus tôt, avec un sac plein de barres glacées, qu'il mit au congélateur pendant que Henry préparait son dîner.

— De la glace ? questionna Henry en souriant. Qu'ai-je fait pour mériter ça ?

— Oh, Henry, il y a tellement de choses que tu pourrais faire pour le mériter.

Lance s'accrocha alors au dos d'Henry et frotta le nez contre son cou. Et vérifia la guérison de son visage et de ses doigts.

— Je ne suis pas encore mort, grogna Henry.

— Non, mais j'ai des projets pour toi, ronronna-t-il.

Henry aimait les choses qu'il faisait derrière son oreille. Il en aimerait plus. La chaleur de Lance s'infiltrait dans ses os.

— Des projets, je comprends. Il y a une mise en garde.

— Nous allons nous marier, dit Lance. Je l'ai entendu hier. Tu penses que j'avais oublié?

Henry posa les wraps de salade qu'il préparait et se tourna dans les bras de Lance.

— Tu penses que je te laisserais oublier?

— Non. Nous allons avoir un bonheur complet.

La bouche de Lance sur la sienne était douce et sucrée, mais elle le faisait quand même monter, monter, monter. Waouh. De la misère totale au bonheur complet en un rien de temps

— Vraiment? Je suis impressionné. Je ne pensais pas que les gars comme moi obtenaient le bonheur complet.

Lance recula et le regarda, totalement sérieux.

— Les gars comme toi devraient toujours obtenir leur bonheur complet, dit-il. Je suis simplement content d'en faire partie.

— Je ne peux pas imaginer un bonheur complet sans toi.

Henry ferma les yeux et sourit, inclinant le visage pour accepter le baiser.

Lance avança pour retracer la ligne de la mâchoire d'Henry avec sa langue, puis murmura à son oreille :

— Si je promets de manger plus tard, m'attendras-tu nu dans notre lit pendant que je me douche?

Henry eut du mal à avaler sa salive. C'était *leur* lit – ce qui les excitait tous les deux. Personne ne pouvait entrer, personne ne pouvait mal interpréter la nudité d'Henry pour eux quand elle était censée être pour Lance.

— Tu promets? marmonna-t-il.

— Juré.

Lance prit le lobe d'Henry entre ses lèvres et suça, et les genoux de celui-ci cédèrent presque. Oh waouh. Incroyable que ce soit une zone

245

érogène. Tout ce à côté de quoi il était passé, et qu'on joue avec ses oreilles semblait être en haut de la liste.

— Tu triches, chantonna Henry.

— Je te veux tellement, répliqua Lance sur le même ton, faisant craquer son amant en serrant son entrejambe à travers son short

— La douche la plus rapide du mon-*de* !

— J'établirai un record, promit-il.

Puis il disparut, fonçant pratiquement à travers la petite kitchenette.

Henry remit les wraps de salade au frigo et courut vers la chambre, enlevant ses vêtements quand il atteignit la porte. Il était allé nager et s'était douché à la salle de sport après le travail – tous ses endroits secrets étaient frais comme de la menthe – et il se blottit sous les draps neufs avec un petit soupir de décadence et écouta la douche qui coulait.

Il était dur rien qu'avec l'anticipation.

Il se caressa lentement, n'essayant pas de monter trop haut, parce qu'il ne voulait pas jouir avant que Lance sorte de la douche. Et il le sentit – quelque chose qu'il pensait mort depuis longtemps, quelque chose que Malachi avait consumé en lui pour toujours avec ce dernier assaut brutal.

Il ressentit le besoin d'être pris.

Il tendit la main sous le coussin et attrapa le lubrifiant – la marque préférée de Lance, et pas un tube déposé au hasard que tout le monde partageait. Lance avait bon goût, et la substance qui coula sur ses doigts était soyeuse et lisse.

Déchiré entre se sentir stupide et se sentir sexy, il roula sur le ventre et écarta les jambes, faisant attention de ne pas mettre de lubrifiant sur les draps rayés rouge et bleu.

Ses doigts avaient réchauffé le gel, et son premier toucher hésitant sur son entrée ne le choqua pas autant qu'il le rendit curieux. Il savait que cela pouvait être bon – il avait réussi à jouir rien qu'en étant baisé avant. Mais comment ce serait avec de la tendresse, de la préparation, une partie de cette magie confiante que Lance avait étalée autour de sa propre ouverture quand il avait chevauché Henry et l'avait pris jusqu'au bout ?

Henry se souvenait de cette nuit, de la façon dont tout le corps de Lance avait frissonné, de la façon dont son propre sexe avait tout ressenti. Il voulait ça avec Lance.

Il enfonça deux doigts et gémit. *Oh waouh. Waouh, waouh, waouh, waouh, bon sang.*

Il remonta les deux jambes jusqu'à son torse et fit ressortir ses fesses, les draps tombant lorsqu'il changea de position.

Quand Lance sortit de la douche en s'essuyant encore, Henry était nu, se baisant sur ses doigts sans honte. Le «oolf» surpris de Lance fut la récompense qu'il n'avait jamais demandée.

Lance laissa tomber la serviette et avança au bout du lit pour passer des mains propres et humides sur les hanches et les fesses d'Henry.

— Oh mon Dieu, souffla-t-il. C'est tellement sexy.

Henry allait retirer ses doigts, mais Lance suça fort sur une fesse.

— Ah! gargouilla-t-il dans le coussin en se transperçant plus profondément.

— Tu veux ça? demanda Lance en tendant la main devant lui pour caresser son sexe.

— Oui, souffla Henry. Je te veux là.

Lance lâcha et bougea pour se tenir plus près de la tête d'Henry.

— Tu vois ça? questionna-t-il en caressant son érection et soupirant en arrivant au sommet. C'est ce que donne le fait de te voir comme ça.

Henry ouvrit la bouche et prit volontairement le sommet du membre de Lance dedans. Il fit tourner sa langue, une fois, deux fois, et Lance recula et se pencha, pour mieux prendre sa bouche.

— Je vais te baiser si doucement que tout ton corps se sentira comme neuf.

— Promis? demanda Henry avec un sourire.

Et Lance grogna, ce qui aurait dû être hilarant, parce qu'il n'était pas un homme des cavernes, il ne l'avait jamais été, mais en deux pas rapides, il fut derrière Henry, ses genoux grinçant sur le matelas alors qu'il retirait les doigts de son amant de son ouverture.

Il saisit le lubrifiant et en versa davantage, et au début, Henry ouvrit la bouche pour protester, mais quand Lance plaça son sexe devant son entrée et poussa prudemment, il accepta le geste pour ce qu'il était.

De l'attention.

Ce n'était pas un type qui déchirerait Henry des testicules au périnée, parce qu'il voulait baiser maintenant. C'était un type qui voulait que Henry aime ce qu'ils étaient en train de faire autant que lui. Et alors que Lance continuait à pousser, assez lentement pour faire transpirer Henry au creux des reins, celui-ci fut reconnaissant pour chaque amant, même ceux sur le plateau, qui avait appris à Lance comment être aussi doux, aussi prudent, qu'il l'était à cet instant.

Parce que, quand Lance arriva au bout, les poils pubiens frottant sur la peau de son derrière, Henry frissonna et sourit.

Magnifique.

Puis Lance commença à bouger. Il démarra lentement en murmurant :

— Fais-moi savoir si c'est bon, d'accord ?

— C'est bon, lui dit Henry. Tellement bon. N'arrête pas.

— Mm… tu es si facile à baiser. Attention. J'accélère.

Et il accéléra. Seigneur, plus vite et plus fort, mais jamais incontrôlable. Et chaque glissement de son membre dans le corps d'Henry apporta à celui-ci de plus en plus de plaisir, l'amena de plus en plus proche d'un pic inatteignable.

— Ne sois pas timide, incita Lance. Caresse-toi. Je t'ai dit que c'était sexy.

Henry tendit la main vers sa propre érection et serra, son corps tellement prêt qu'une caresse fut tout ce qu'il lui fallut. De la chaleur et du froid foncèrent sur sa peau, et il se perdit dans le brasier glacial de l'orgasme, tremblant si fort qu'il ne put former de mots.

Quand il se resserra autour du membre de Lance, ce dernier saisit brutalement ses hanches et convulsa, criant et s'effondrant sur le dos d'Henry, alors que son orgasme jaillissait en une brûlure chaude et collante.

Waouh. Oh waouh. Ses synapses n'allaient *jamais* arrêter de griller, et Henry fut tellement submergé, il lâcha un petit gémissement, roulant sur le côté et tremblant.

— Chut…, l'apaisa Lance.

Il passa des mains douces de haut en bas sur ses bras, frotta le nez sur son cou, pendant que tout le corps d'Henry se relâchait. Finalement, le toucher de Lance le ramena sur terre, l'ancra, et les frissons cessèrent.

Quelques battements de cœur supplémentaires, et il réussit à former des mots.

— Mauvaise nouvelle, grogna-t-il.

— Ah oui ? interrogea Lance en se penchant par-dessus son dos pour embrasser sa joue.

— Je pense que tu vas devoir te faire toi-même à dîner.

— Non, non… contra Lance en riant doucement. J'ai ramené de la glace. Tu es en train de me dire que tu ne peux pas te ressaisir pour ça ?

— Ça dépend. Quelle saveur ?

— Café croustillant.

— Tu triches vraiment, grommela Henry. Laisse-moi cinq minutes de plus.

— Retourne-toi, embrasse-moi, et je t'en laisse dix.

Eh bien, ça en valait la peine. Henry se tira du délice brumeux post-orgasme et se retourna, embrassant Lance et mettant tout son cœur dans le baiser.

Lance accepta, et le baiser continua, sans augmenter, simplement… simplement là. Tous les deux, leur cœur dans chaque contact, être ensemble après avoir créé de la magie corporelle sur le lit.

Finalement, ils réussirent à se lever et à atteindre la cuisine en sous-vêtement uniquement. Henry pensa qu'observer Lance manger des wraps de salade au-dessus de l'évier en sous-vêtement était une des choses les plus affectueusement sexy qu'il avait jamais vues.

Ils commencèrent à discuter en mangeant la glace – Lance mangea un granité pour lui tenir compagnie, bien sûr – et Henry parla de sa matinée, lui raconta avoir tout expliqué à Ellery et Jackson, et plus tard à Galen, d'avoir déposé plainte, et comment son nouveau patron assurait bien ses arrières.

Lance lui demanda si Malachi ferait de la prison, et Henry soupira.

— Si quelqu'un peut faire que ça arrive, c'est Ellery Cramer. Mais la vie n'est pas parfaite, et le système non plus. Au moins, *je* sais que j'ai essayé.

— Je le sais aussi, affirma Lance.

Il prit une bouchée inattendue du cône d'Henry. Il regarda ensuite son granité cerise avec mélancolie avant de reprendre.

— Waouh. Waouh, c'était une erreur. Comment va-t-il être à la hauteur maintenant ?

Henry lui offrit une autre bouchée de sa crème glacée, et Lance la prit avec un sourire timide.

— Ça va, dit Henry en se mordant la lèvre. Nous pouvons faire ça pour toujours.

Lance se pencha et lui donna un baiser désordonné.

— Parler de nos journées ? Être honnêtes sur ce que nous ressentons ? Faire des choses ensemble ? Je pense que c'est ainsi que nous continuerons.

— C'est pour ça que nous avons besoin de continuer de parler aux gamins du porno. Galen m'a dit que John avait envoyé deux nouveaux ici aujourd'hui. Nous devons leur rendre visite demain avant que j'aille travailler. Ces gamins, ils ont besoin de voir ce qu'est une relation. Je ne pense pas que certains d'entre eux le sachent, expliqua-t-il très sérieusement, avant de marquer une pause. Je ne savais pas.

Lance sourit, ses yeux brillant de manière diabolique.

— La relation qu'ils peuvent avoir, dit-il. Le sexe…

— C'est tout à nous.

Henry finit son cône de glace, puis l'embrassa de nouveau, savourant la glace à la cerise avec son chocolat et sa vanille. Lance répondit au baiser, jusqu'à ce que la glace et la crème glacée aient complètement disparu, et ensemble ils nettoyèrent et retournèrent au lit, pour dormir cette fois.

Avant de fermer les yeux, Henry prit un instant pour apprécier d'être dans les bras de Lance, le soleil semblant illuminer le chemin vers leur futur.

Chacun de leurs moments durement gagnés d'espoir et de joie était prêt à être savouré, et chaque bon moment reposait devant eux avec le nouveau futur éclatant d'Henry.

Quelques mois auparavant, il était au bout de tout – sa carrière, sa relation, sa famille.

Qui savait que la fin n'était que le commencement ?

AMY LANE vit dans une belle demeure croulante avec deux adolescents, une kyrielle de bébés à poils et un époux déconcerté. Elle a également bien trop de laine, un penchant pour les films d'action-aventure et un besoin de savoir que quelque part dans toute la douleur se trouve une histoire d'Amour, le Grand Amour, dans lequel elle continue de croire à ce jour ! Elle écrit de la fantaisie, de la fantaisie urbaine et de la romance gay – et si vous croisez accidentellement son regard, elle vous ennuiera à mourir avec la raison pour laquelle ces trois genres vont ensemble. Elle vous dira aussi que les sacrifices, grands et petits, valent le désir d'écrire.

Site internet : www.greenshill.com
Blog : www.writerslance.blogspot.com
E-mail : amylane@greenshill.come
Facebook : www.facebook.com/amylance.167
Twitter : @amymaclane

Par Amy Lane

Ce n'est pas du Shakespeare
Coup d'envoi
De la nourriture pour l'esprit
En retard pour Noël
Les joueurs
Super Sock Man

DREAMSPUN DESIRES
LES MANNIES
Un manny si innocent
Le manny décroche son homme
Reste auprès de ton manny

FEU DE JOIE
Feu de joie
Crocus

UNE HISTOIRE DE LA PIAULE
Nuances d'Henry

PROMESSES
Le rocher aux promesses
La valeur d'une promesse

TALKER
Talker
Talker, la rédemption
Talker, la décision
Talker : Intégrale

Publié par DREAMSPINNER PRESS
www.dreamspinner-fr.com

AMY LANE

En retard pour Noël

Cassidy Hancock déteste être en retard, c'est même pathologique chez lui. Par un frais matin d'automne, il s'arrête sur le trottoir pour regarder le si beau fils de sa voisine courir derrière son chien... et voilà qu'un arbre lui tombe dessus.

Mark Taylor, interne en chirurgie orthopédique, assiste à la scène et prodigue les premiers soins au jeune homme. Malgré lui, il est fasciné par son voisin et peu à peu, tandis qu'il s'efforce d'aider Cassidy à se remettre de sa fracture, il comprend ce que cache cette obsession pour la ponctualité : l'histoire d'un garçon solitaire qui pense qu'il doit être parfait pour être aimé.

Les Taylor sont loin d'être parfaits, mais pour Cassidy, ils pourraient représenter la parfaite solution. Alors que les deux hommes apprennent à se connaître, Cassidy se met à fantasmer sur un avenir heureux en famille, ce qu'il n'aurait jamais pensé avoir un jour. Quant à Mark, il s'attache de plus en plus à Cassidy, à sa gentillesse, à ses grands yeux écarquillés et à sa surprenante créativité. Mais pour avancer, le couple doit surmonter les peurs de Cassidy. La période de Noël offre des joies infiniment plus riches que la ponctualité.

www.dreamspinner-fr.com

DREAMSPUN DESIRES

UN MANNY SI INNOCENT

Amy Lane

Les mannies

Grandir et tomber amoureux

Les mannies

Grandir et tomber amoureux.

La famille, c'est parfois une bénédiction et parfois une malédiction. Surtout une malédiction se dit Tino Robbins lorsqu'il se fait enrôler par sa sœur pour l'aider à livrer ses plats italiens tout prêts alors qu'il devrait étudier, pour ses partiels. Mais une seule livraison peut tout changer.

La vie bienheureuse de Channing Lowell change brutalement lorsque sa sœur décède en lui laissant la garde de son neveu de sept ans. Channing s'engage à faire ce qu'il y a de mieux pour Sammy… mais il va avoir besoin d'aide. De beaucoup d'aide. Lorsque Tino apparaît sur son perron, Channing est déterminé à le faire intégrer la Team Sammy.

Tino ne veut pas perdre le bénéfice de son diplôme – même si cela signifie renoncer à avoir une relation –, mais plus il tombe amoureux de son patron, plus il commence à se demander s'il doit laisser derrière lui sa toute nouvelle famille au profit d'une carrière prometteuse.

www.dreamspinner-fr.com

Feux de joie, tome 1

Dix ans auparavant, le Shérif adjoint Aaron George a perdu sa femme et a déménagé à Colton, pensant qu'il serait mieux pour ses enfants de grandir dans une petite ville. Il a appris à connaître sa communauté, y compris monsieur Larkin, le sympathique et dynamique professeur de sciences. Lorsqu'on l'oblige à prendre un poste de direction, Larx arrête d'entraîner l'équipe de course à pied et commence à courir en solitaire. Aaron, qui pensait que la vie commençait et se terminait avec ses enfants, est distrait par une poitrine brillante et un principal courant sur une route dangereuse.

Larx a vécu, lui aussi, pour ses enfants… et ses étudiants du lycée de Colton. Il n'est pas prêt à être charmé par Aaron, cependant, lorsqu'ils commencent à courir ensemble, il apprécie la solidité du représentant de la loi, son humour et sa compréhension parfaite de ses priorités : les enfants d'abord, le travail ensuite et enfin, arrivant tristement en dernier, ses propres intérêts.

Il suffit d'un baiser pour que les deux hommes, approchant de la cinquantaine, commencent à se comporter comme des adolescents amoureux, même avec toutes leurs responsabilités. Puis un acte violent met en danger leur relation naissante. Leurs responsabilités sont maintenant essentielles pour empêcher leur ville d'exploser. Lorsque les choses deviennent critiques, ils réalisent que leur famille nouvellement forgée pourrait être ce qui empêche leur monde d'échapper à tout contrôle.

www.dreamspinner-fr.com

Les jeux qui importent ne se
passent pas sur le terrain.

Coup d'envoi

AMY LANE

Les saisons, numéro hors série

Au cours d'une adolescence malheureuse et d'une vie adulte solitaire, Skipper Keith n'a rêvé que d'avoir une famille. Il trouve ce qui s'en approche le plus avec l'équipe de football qu'il entraîne après le travail et son meilleur joueur et meilleur ami, Richie Scoggins.

Un soir venteux d'octobre, le partage pratique d'une voiture d'après l'entraînement se transforme en une rencontre sexuelle qu'aucun d'eux n'attendait et ne veut oublier. Bientôt, Skip et Richie vivent pour les week-ends, leurs matchs de football de la saison d'hiver et les jeux qu'ils apprécient hors du terrain. Grâce à des nez brisés, des décorations de fêtes et une grippe sévère, ils en apprennent davantage l'un sur l'autre que ce qu'ils auraient pu rêver.

Chaque nouvelle découverte les emmène au-delà des limites du terrain de football vers les possibilités infinies de la meilleure relation de la vie de Skipper.

Skipper ne peut pas rêver d'une meilleure famille que Richie, mais celui-ci a de vrais problèmes familiaux dont il ne peut pas se dépêtrer. Skipper doit le convaincre de rester avec lui au-delà du coup d'envoi du tournoi d'hiver, afin que la relation qu'ils ont débutée sur le terrain se transforme en un avenir heureux dans la vraie vie !

www.dreamspinner-fr.com

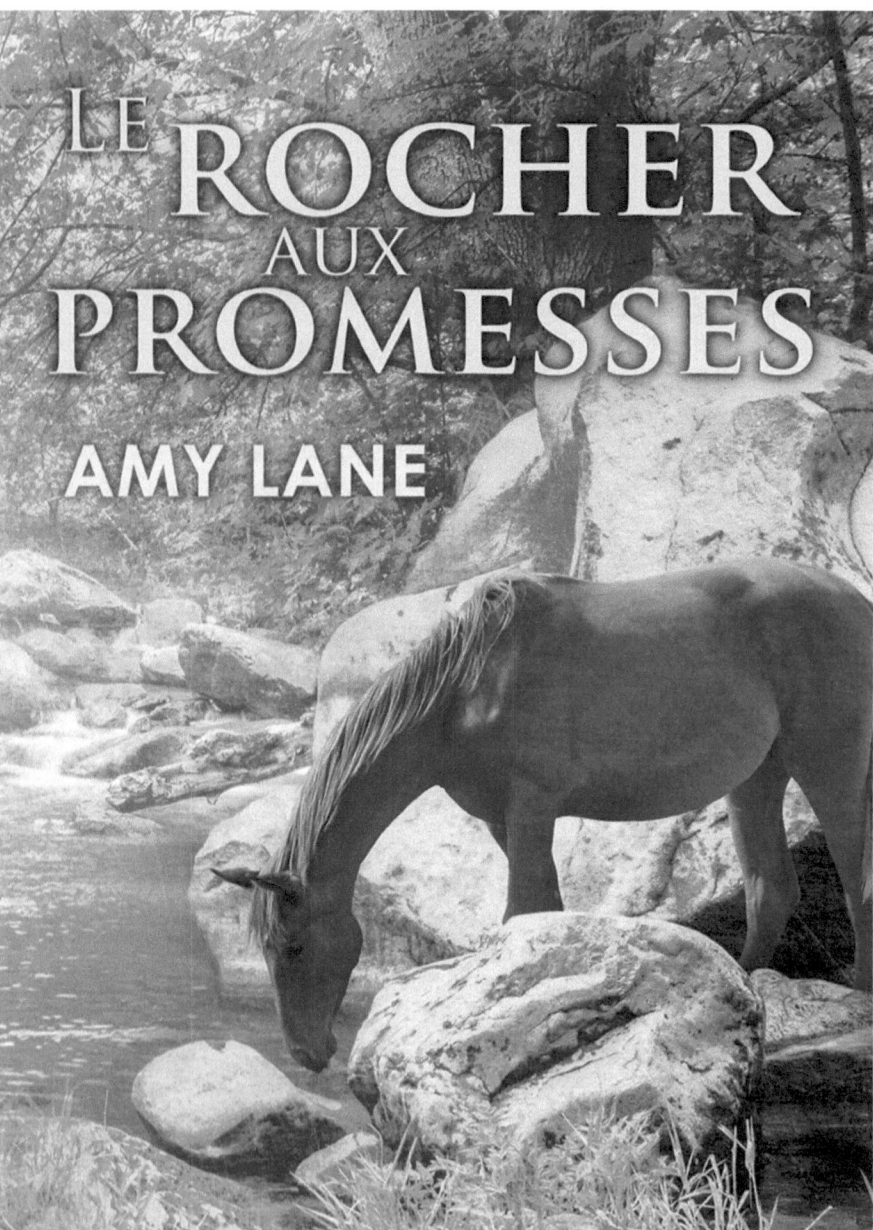

Promesses, tome 1

Carrick Francis a passé la majeure partie de sa vie à sauter à pieds joints dans les problèmes. La seule chose qui l'a sauvé de la prison, ou pire, est sa dévotion absolue envers Deacon Winters. Deacon a été sa raison et son salut durant une enfance misérable de maltraitance, et Crick ferait tout pour rester à jamais avec lui. Aussi, lorsque le père de Deacon meurt, Crick suspend ses projets universitaires pour aider Deacon, tout comme Deacon l'a aidé auparavant.

Le plus grand souhait de Deacon est de voir Crick échapper à ses souvenirs et à la ville où ils ont grandi, afin que Crick puisse jouir d'un avenir plus rayonnant. Mais après deux ans de sentiments refoulés et de tentations, le maladivement timide Deacon succombe finalement aux avances insistantes de Crick et reconnaît se voir faire partie de la vie du jeune homme.

Alors Deacon est presque détruit en découvrant que Crick attendait qu'il le repousse, exactement comme la famille de Crick l'avait fait par le passé. Quand le don de Crick pour prendre des décisions sur des coups de tête le conduit loin de chez lui, Deacon finit abandonné, traumatisé et seul, luttant pour reforger son cœur dans un monde où l'amour avec Crick est une promesse, mais en aucun cas une certitude.

www.dreamspinner-fr.com